SCIENCE FICTION

Herausgegeben
von Wolfgang Jeschke

Ein Verzeichnis weiterer Bände dieser Serie
finden Sie am Schluß des Bandes.

DIANE DUANE

DIE BEFEHLE DES DOKTORS

Roman

STAR TREK™ CLASSIC
Band 57

Deutsche Erstausgabe

WILHELM HEYNE VERLAG
MÜNCHEN

HEYNE SCIENCE FICTION & FANTASY
Band 06/5247

Titel der Originalausgabe
DOCTOR'S ORDERS
Übersetzung aus dem Amerikanischen
von Ronald M. Hahn

Redaktion: Rainer Michael Rahn
Copyright © 1990 by Paramount Pictures
Die Originalausgabe erschien bei POCKET BOOKS,
a division of Simon & Schuster, Inc., New York
Copyright © 1995 der deutschen Ausgabe und der Übersetzung
by Wilhelm Heyne Verlag GmbH & Co. KG, München
Printed in Germany 1995
Umschlagbild: Pocket Books/Simon & Schuster
Umschlaggestaltung: Atelier Ingrid Schütz, München
Technische Betreuung: Manfred Spinola
Satz: Schaber Satz- und Datentechnik, Wels
Druck und Bindung: Ebner Ulm

ISBN 3-453-07970-1

Für Laura, Nita, Tom,
den wackeren Dr. Spencer
und die vielen anderen Freunde,
die in der New Yorker
Payne Whitney Psychiatric Clinic
und um sie herum arbeiten
(oder gearbeitet haben):
mit glücklichen Erinnerungen
an den sechsten Stock
und die Profis aus Dover.

Für sie alle die Variante eines alten Themas:
»Warum sollte jemand die Welt beherrschen wollen?
Er würde ohnehin nur die Dienstpläne machen.«

»Ich spreche diesen Eid im ehrwürdigen Namen Apollos des Heilers, Äskulaps sowie seiner Töchter Gesundheit und Allheil, doch hauptsächlich im Namen des Einen, der über ihnen steht und dessen Namen wir nicht kennen: Ich schwöre, meine Kunst ausschließlich so auszuüben, daß sie der Bewahrung des Lebens in seinen zahllosen Formen dient oder es ihm erlaubt, würdevoll abzutreten. Ich entsage jeder Handlung oder Nichthandlung, die dazu beiträgt, das Leben eines Geschöpfs vor der Zeit zu beenden. Wo ich auch bin, um Kranke zu heilen, ich werde alles, dessen Zeuge ich werde, ebenso geheimhalten wie die heiligen Mysterien. Ich schwöre, nichts zu tun, wozu meine Qualifikation nicht ausreicht, und meine Stellung nicht dazu zu benutzen, irgendein Lebewesen zu manipulieren. Wenn sie es wünschen, werde ich meine Kunst an andere Jünger, die durch den Eid an sie gebunden sind, ohne Vergütung oder Absprachen weitergeben. Ich werde jene, die mich die Kunst gelehrt haben, als Teil der Familie achten und ihnen, wenn es erforderlich ist, beistehen. Ich bitte die für den Eid zuständige Macht, diesen meinen Schwur zu hören, auf daß ich, solange ich mich an ihn halte, den Respekt meiner Mitwesen rechtmäßig genieße. Sollte ich ihn jedoch brechen, möge das Gegenteil der Fall sein.«

Hippokratischer Eid, rev. Fassung

»Wenn Blasphemie, Unwissenheit und Tyrannei unter der Ärzteschaft aufhören würden, wäre sie vielleicht glücklich, und ich könnte mich freuen.«

Nicholas Culpepper
Fachmann für alternative Medizin
1608

1

Weißt du noch«, sagte Leonard McCoy, »wie ich deine Leiche gemopst habe?«

Der hochgewachsene grauhaarige Mann auf der anderen Liege lachte leise. »Herrjemineh«, sagte er. »Au weia! Schreck in der Abendstunde! Potz Blitz! Da war die Kacke am Dampfen. Mein lieber Scholli! Donnerkeil!«

McCoy nahm an, daß Dieter damit sagen wollte, er sei damals ziemlich erschreckt gewesen. Es war immer reine Mutmaßung zu kapieren, was er eigentlich meinte. Mit Dieter Clissmans Englischkenntnissen war es zwar nie weit her gewesen, aber manchmal schien er es darauf anzulegen, einen zur Verzweiflung zu treiben.

McCoy beugte sich vor und gab dem Kellner, der auf die Hotelterrasse hinausblickte, einen Wink. »Na ja, macht nichts«, sagte er. »Du hast es trotzdem überlebt. – Du und deine Milchgetränke. Soll ich dir noch eins bestellen?«

Der Kellner schaute McCoy an, nickte und verschwand. McCoy lehnte sich wieder zurück und musterte durch die Gitterstäbe des Terrassengeländers die Landschaft. Das alte Hotel lag auf dem höchsten Ausläufer des kleinen Plateaus, das den Ort Wengen vor der Jungfrau schützte, der Königin der Berner Alpen. Der Himmel in diesem alpinen Spätsommer war perfekt hellblau; Ende Juli, kurz vor Herbsteinbruch, hatte er diese Farbe immer. Unter ihnen, zwischen den verstreuten dunkelgrünen Tannen, gingen hinter den Fen-

7

stern unter den braungedeckten Dächern allmählich die ersten Lampen an. Der Tag neigte sich dem Ende zu, die am weitesten westlich liegenden Häuser der Ortschaft tauchten im höher werdenden Schatten des am anderen Talausgang liegenden Schilthorn unter. Drunten im Lauterbrunnental kündigten zwei Lichter den sich über die alte Zahnradbahnstrecke nähernden Zug an. Er war voller Touristen und Tagespendler aus Interlaken, Thun und Bern. In den Straßen des Ortes bewegten sich nur Spaziergänger und elektrisch betriebene oder von Pferden gezogene Karren. Größere Bodenfahrzeuge und Flieger durften sich dem Berg nur bis Lauterbrunnen nähern. McCoy konnte mit dieser Einschränkung leben, denn das Ergebnis war eine perfekte Ruhe, die nur von den gestimmten Glöckchen am Zaumzeug der Pferde und denen der Ziegen und Kühe auf der ein Stück bergauf liegenden grünen Alm gestört wurde. Hoch über allem ragte der rasiermesserscharfe, halb in büscheligen Wolkenschleiern versteckte Gipfel der Jungfrau auf. Und dagegen hatte McCoy wahrlich nichts einzuwenden. In Wengen bedeuteten Wolken am Ende eines Tages einen atemberaubenden Sonnenuntergang. Und der Sonnenuntergang war ein Grund für McCoys Hiersein. Ein anderer war der, Dieter zu besuchen.

Es war lange her, seit sie zusammen Medizin studiert hatten. Sie waren nach dem Examen getrennte Wege gegangen. Dieter leitete nun die Xeno-Fakultät an der Universität Bern. Er war unter den Xenomedizinern der Föderation fast zu einer Legende geworden. Und McCoy ... *Weiß der Himmel, was aus mir geworden ist*, dachte er.

»Wann geht's los?« erkundigte er sich bei Dieter.

»Ich nehme an, in etwa einer Stunde«, sagte Dieter und warf einen Blick ins Tal hinunter. Nach einem sehr langen Schluck aus seinem Glas fügte er hinzu: »Warum hast du mir eigentlich damals die Leiche geklaut?«

Die Frage ließ McCoy leise lachen, dann nahm er einen weiteren Schluck von seinem Minzeisgetränk. »Hätte ich es nicht getan«, sagte er, »hätte es ein anderer getan. Ich hielt es für besser, wenn es ein Freund tut.«

»Hmmm«, machte Dieter. »Unter uns waren wirklich ein paar Rabauken, was?«

McCoy nickte. In ihrem Jahrgang hatten sich ein paar Leute befunden, bei denen sich erwiesen hatte, daß sie für die Xenomedizin kaum geeignet waren. *Tja*, dachte er, *es ist besser, man merkt es während der Ausbildung und nicht erst bei der Behandlung eines Patienten.* Einige der Leute waren nicht gerade nett zu den schwer arbeitenden, fleißigen Studenten gewesen, die bessere Noten als sie bekommen und neben denen sie im Labor und in der Praxis weniger kompetent gewirkt hatten. Viele dieser Leute hatten ihr Bestes getan, um Dieter nach allen Regeln der Kunst das Leben zu vermiesen. Es hatte McCoy geärgert. Es ärgerte ihn sogar noch heute, obwohl es schon lange her war. Manche Erinnerungen ließen einen eben nie in Ruhe.

»Das kann man wohl sagen«, erwiderte er. »Aber ich schätze, sie sind nun alle in anderen Branchen tätig.«

»Ich hab nie kapiert, warum du die Leiche ins Büro des Dekans gelegt hast«, sagte Dieter. Er lehnte sich zurück und warf einen Blick auf die das Schilthorn umgebenden Wolken, das Morgenburghorn und den im Westen liegenden Niesen, wo der Himmel allmählich scharlachrot wurde.

»Mir kam es damals sehr witzig vor«, sagte McCoy. Er schaute sich auf der Terrasse um. Sie füllte sich allmählich mit Touristen – Menschen mit Fotoapparaten und Kameras. Sie trugen meist Pullover. Keine schlechte Idee, denn es kühlte sich ab. McCoy wünschte sich, er hätte seine Jacke mitgenommen. »Außerdem glaubte ich«, fuhr er fort, »der Dekan sei nach einer solchen Geste gezwungen, sich etwas mehr für das zu interessieren, was bei uns vor sich ging. Und das schien mir ein guter Grund zu sein.«

»Aber in Anatomie hast du *geschummelt*«, sagte Dieter.

McCoy errötete. Auch dies war eine Erinnerung, bei der ihm in schlaflosen Nächten der Schweiß ausbrach. »Das hat ihn dazu gebracht, sich auf *dich* zu konzentrieren«, sagte Dieter, ohne McCoys Verlegenheit zur Kenntnis zu nehmen. »Und das war weniger gut.«

»Ist doch alles relativ«, murmelte McCoy. »Schließlich ist es gut ausgegangen.« Tja, wirklich, wenn es auch so ausgegangen war, daß der medizinische Oberhäuptling ihn in den nächsten drei Monaten permanent in die Mangel genommen hatte. McCoy hatte die Anatomieprüfung mit einer recht ansehnlichen Note bestanden. Der Dekan hatte ihm die Hand geschüttelt und ihm mitgeteilt, daß er ihn nie wieder sehen wolle. »Wird 'n bißchen voll hier oben, was?« meinte McCoy. Er musterte die sie umringenden Touristen, die sich nun erwartungsvoll am Geländer versammelten.

»Du kannst mich aber trotzdem nicht ablenken«, sagte Dieter. »Du hattest meinetwegen ziemlichen Ärger. Das hab ich dir nie vergessen.«

»Na ja. Weißt du, damals ...« McCoy hielt inne. Dann dachte er: *Wieso soll es falsch sein, ein Dankeschön anzunehmen?* »War doch nichts Besonderes«, sagte er ein paar Sekunden später. »Ich hab dir gern geholfen.«

»Und ich hab deine Hilfe gern angenommen. Das ist auch der Grund, warum ich dich treffen wollte, bevor du wieder abhaust. In deinen letzten Briefen ... hast du dich sehr oft über die Starfleet-Bürokratie beschwert.«

McCoy lachte leise. »Willst du mich abwerben, Dieter?«

»Mach keine Witze. Du brauchst dich schließlich nicht mit meinen Etatkürzungen herumzuschlagen. Ich wollte nur wissen, daß es dir gutgeht.«

McCoy warf seufzend einen Blick in das dunkler werdende Tal. »Na ja, in der Regel gelingt es dem Guten immer, die Bürokratie zu besiegen – wenigstens in letzter Zeit. Doch muß das Gute dabei immer und ewig auf der Hut sein. Und das kann einen ganz schön schlauchen.«

Dieter sagte nichts dazu. Er trank etwas. »Eure Mission«, sagte er, »die daran schuld ist, daß du nicht zum Abendessen bleiben kannst... Wird sie dich diesmal lange beschäftigen? Ich würde dich gern für Vorlesungen anheuern, falls du im Urlaub noch die Kraft dazu hast. Nach deinen letzten Artikeln lechzen die Chefs der anderen Fakultäten nach deinem Blut. Besonders hat es ihnen der Aufsatz über *Gastroenteritis denebiis* angetan. Der alte Kreuznauer hat angedroht, er würde dich den Artikel ohne Senf fressen lassen.«

McCoy lachte leise. »Ich weiß nicht«, sagte er und musterte den Sonnenuntergang. Er wurde immer großartiger; das reflektierte scharlachrote Licht der schon untergegangenen Sonne verharrte nun so auf den höchsten schneebedeckten Gipfeln, daß sie rosarot vor dem dunkler werdenden Blau flammten, wie von einem inneren Feuer erhellt. »Offiziell handelt es sich um eine Nachexpedition. Die Erstkontaktler, die auf dem fraglichen Planeten waren, haben die Spezies gezählt. Allem Anschein nach wissen sie schon einiges über Raumfahrt. Die Forschungsgruppe hat erste Sprachanalysen und dergleichen vorgenommen. Jetzt müssen wir hin, um die Feinabstimmung für die Universaltranslatoren vorzunehmen... und sie einstufen, um herauszukriegen, ob sie Material für die Föderation sind. Und ob sie überhaupt wollen.« Er zuckte die Achseln. »So was ist für uns nichts Neues. Ich werde eine Menge Arbeit haben... Wie du dir vorstellen kannst, ist auch eine Menge Xenopsychologie im Spiel. Aber es geht auch um andere Dinge: die biologische Untersuchung der Flora und Fauna – besonders der Bakterien –

und die anatomische und medizinische Analyse der einheimischen Spezies ...«

»Moment mal«, sagte Dieter. »Spezies *plural*?« Er klang überrascht. »Gibt's da mehr als eine?«

McCoy nickte. »Es ist ungewöhnlich«, sagte er. »Sie sind nicht angesiedelt worden ... Das heißt, sie wurden nicht irgendwann von einer raumfahrenden Rasse dort abgesetzt. Auf dem Planeten existieren drei Spezies, die sich konvergierend entwickelt haben. Starfleet ist ganz versessen zu erfahren, was dort vor sich geht ... Schließlich hat man einen solchen Planeten nie zuvor gefunden. Eigentlich sollte die *Enterprise* ganz woanders hin, aber diese Mission hat unser ursprüngliches Ziel ziemlich nach unten auf die Liste geschoben. – Deswegen starten wir schon heute abend statt in einer Woche, wie ich geglaubt habe. Wäre es nicht so, würde ich mit Freuden eine Vorlesung bei euch halten. Ich habe keine Ahnung, wie viele Jahre es diesmal dauern wird. Du weißt doch, wie das ist.«

Dieter erzeugte einen Laut, der wie ein Seufzen klang. »Da sind wir nun gestandene Männer in unserem Beruf«, sagte sein Seufzer aus, »und haben trotzdem nicht mehr Zeit für uns als im ersten Semester. Da stimmt doch irgend etwas nicht.«

McCoy musterte sein Glas. »Wenigstens langweilen wir uns nicht.«

»Gelangweilt haben wir uns früher auch nicht«, sagte Dieter. Er legte eine Pause ein und fügte dann hinzu: »Weißt du, ich glaube, sie fangen heute früher an. Laß uns zuschauen.«

McCoy stand auf und folgte seinem Freund zum Ende des Geländers, wo noch ein paar Plätze frei waren. Sie blickten ins Freie hinaus, vorbei an der Ortschaft, hinunter auf das Tal. Lichtfunken waren zu sehen. Diesmal waren es keine Lampen, sondern Feuer. Sie brannten auf den nahen Hügeln und Anhöhen und gingen nacheinander an: Sie leuchteten im Tal bei Lauterbrunnen und Murren bis nach Interlaken und Spiez am See hinunter, auf den Höhen des Thuner und des Brienzer Sees gegenüber, auf den Brienzer und Sigriswiler Rothörnern und östlich auf der Schrattenflue, bis sie sich auf den stillen Wassern verdoppelten. Sie reichten bis in die Niederungen hinab und bis auf die Anhöhen von Rammisgammen und Napf hinauf. Das winzigste Licht war am weitesten entfernt, es brannte im Norden, am Luzerner See. Es war kein Lagerfeuer, sondern ein gerade in die Höhe schießender Laserstrahl, der wie eine Lanze vom Pilatusgipfel abhob und in der Nacht verschwand.

»Sie können einfach nicht mehr bis Mitternacht warten«, sagte Dieter. »Die Jugend ist so ungeduldig. Aber du verstehst trotzdem, warum ich es dir zeigen wollte. Besonders in diesem Jahr.«

McCoy nickte. Überall um sie herum, auf allen Bergspitzen, wurden neue Feuer angezündet. Eins wurde unten auf dem Wengener Marktplatz entfacht. Als Reaktion darauf zuckte ein zweiter Laserstrahl von der meteorologischen Forschungsstation auf dem Gipfel der Jungfrau in die Höhe. Er war rein weiß und warf wie hellen Mondschein wirkendes Licht auf alles in seiner Umgebung. Allmählich drang Gesang zu ihnen hinauf – anfangs nur wenige Stimmen, doch dann immer mehr. Sie waren dünn, aber deutlich und sangen ein einfaches Lied in Dur. Man hätte es für die Melodie einer Spieldose halten können. Doch der Translator verarbeitete die Worte ohne Zögern, auch wenn sie in der ältesten Sprache der Schweiz, der rätoromanischen, gesungen wurden. Dies verdeutlichte, daß es keine Spieldosenmelodie war. »Wir wollen Freiheit oder Tod; keine Fremdherrschaft, um keinen Preis; wir sind ein freies Volk in einem freien Land ...«

»Es ist fast tausend Jahre her, seit man diese Worte zum ersten Mal gesprochen hat«, sagte Dieter. »Mitten in der Nacht, auf der Rütliwiese, nördlich von Luzern.

Dreizehn sture Bauern, die sich gegen den hiesigen Vertreter eines ausländischen Reiches erhoben.«

McCoy nickte. Ihr Pakt, die Eidgenossenschaft, hatte die Saat zur Gründung der Schweiz gelegt. Der Pakt hatte erklärt, daß die Schweizer nur sich und einander gehörten, nicht irgendeinem Reich, das sie unterwerfen wollte. Die Verfassung der Schweiz war eine von mehreren nützlichen Modellen für die Verfassung der Föderation gewesen – eines losen Verbundes heftig auf Unabhängigkeit bedachter Reiche, die sich zusammengetan hatten, um anderen, wenn sie in Gefahr gerieten, zu helfen, die Reiche gegen Bedrohung oder Einmischung von außerhalb zu schützen und sich sonst nach Möglichkeit in Ruhe zu lassen. Es war alles Geschichte, die jeder kannte. Allerdings machte sich ein winziger Anflug von Argwohn in McCoy breit, der sich nicht zum Schweigen bringen ließ. »Wieviel davon stimmt wirklich?« fragte er. »Die ganze Wilhelm Tell-Geschichte?«

Dieter lachte leise. »Wilhelm Tell hat zwar gelebt«, sagte er, »aber er hat den Tyrannen weder mit bloßen Händen getötet, noch seinem Sohn einen Apfel vom Kopf geschossen. Er war ein sturer Bursche, der aus Protest keine Steuern gezahlt und seine Nachbarn dazu gebracht hat, ebenso zu verfahren – unter anderem. Und was die Rütliwiese angeht – na ja, sie existiert, aber wer weiß schon, was vor tausend Jahren dort im Dunkeln passiert ist? Wir haben nur den unterschriebenen Eid im Bundesbriefarchiv von Schwyz. Und seine Resultate.«

Einige der Leute auf der Terrasse sangen nun in deutscher, französischer und italienischer Sprache; ihre Worte wurden ausnahmslos von McCoys Translator übersetzt, obwohl er oftmals Schwierigkeiten mit dem Rätoromanischen hatte und mit der Sprache so verfuhr, als handele es sich bei ihr um eine Art abgeschliffenes Italienisch mit plattdeutschen Brocken. »Unser Heim und unser Leben gehören uns allein; unser Boden, unser Blut gehören keiner ausländischen Macht...«

Der Refrain führte zum Ende des Liedes. Als auf den Hügeln weitere Feuer aufflammten, erklangen Jubel und Applaus. Man hob die Gläser und leerte sie. Zu Boden wurden sie allerdings nicht geworfen, denn schließlich befand man sich in der ordentlichen Schweiz. Die Leute gingen, um sie nachfüllen zu lassen. Der Kommunikator in McCoys Hosentasche piepste.

Er seufzte, plötzlich ernüchtert von der eigenartigen Hochstimmung, die sich in ihm aufgebaut hatte. »Immerhin hab ich es gesehen«, sagte er zu Dieter. Er zog den Kommunikator heraus und meldete sich. »McCoy.«

»Doktor«, sagte Spocks Stimme, »der Captain hat mich gebeten, Ihnen folgendes auszurichten: ›Alle Mann an Bord, die noch mitwollen‹.«

»Sagen Sie ihm, daß ich die Verlängerung zu schätzen weiß, Spock«, erwiderte McCoy. »Und teilen Sie Uhura mit, daß ich bereit bin.«

»Registriert.« Eine kurze Pause folgte. »Ein äußerst bemerkenswerter Anblick, Doktor. Und irgendwie auch sehenswert.«

»Ach? Wieso denn das?«

»Ich hätte nicht gedacht, daß Sie sich so für Geschichte interessieren.«

McCoy lachte kurz. »Hier geht's eigentlich mehr um rein persönliche Geschichte. Und außerdem«, fügte er hinzu, »müssen jene, die die Fehler der Vergangenheit ignorieren, in der Regel die aus ihnen resultierenden Einschußlöcher in der Zukunft behandeln. Sie können es als einfache Prophylaxe sehen. – McCoy, Ende.«

Als er die Verbindung kappte, konnte er Spocks Verwirrung hören, was ihm sehr gefiel. »Beim nächsten Mal bleibe ich länger, alter Freund«, sagte er zu Dieter.

Dieter hob sein Glas. »Gott zum Gruße«, sagte er.

15

»Hals- und Beinbruch«, sagte McCoy. Kurz bevor der Transporterstrahl ihn erfaßte, leerte er sein Glas und stellte es hin. »Und *ciao*.«

James T. Kirk lehnte sich auf der Brücke zurück. Er schien keine besondere Notiz von der rings um ihn stattfindenden Startvorbereitungsprüfung zu nehmen. Er hatte diese Haltung schon vor äußerst langer Zeit kultiviert. Bei der alltäglichen Arbeit, ein Schiff zu führen, schickte es sich nicht für einen Captain, die Mannschaft auf den Gedanken zu bringen, man schaue ihr zu sehr auf die Finger. Forschende Blicke dieser Art machten die Leute nur nervös oder ließen sie darüber nachgrübeln, was der Captain wohl von ihrer Kompetenz hielt. Nein, da war es schon besser, sich zurückzulehnen, den Ausblick zu genießen und sie ihre Arbeit tun zu lassen.

Trotzdem kannte Kirk natürlich jeden Schritt der Startprozedur, und zwar für jede Brückenabteilung. Und er schenkte ihm, wenn auch nur mit einem Auge, aus dem gleichen Grund peinlich genaue Beachtung, aus dem Fallschirmspringer in alter Zeit ihren Fallschirm stets selbst gepackt und gekennzeichnet hatten. Die andere Hälfte seiner Aufmerksamkeit galt der Überprüfung der Warp- und Impulstriebwerke und den Klarmeldungen der verschiedenen Schiffsabteilungen. Dies versicherte ihm, daß alles seinen natürlichen Lauf nahm. Nebenher jedoch beschäftigte sich die erste Hälfte seiner Aufmerksamkeit mit einem philosophischen Problem.

Bin ich einsam? fragte er sich.

Er hatte vor nicht allzu langer Zeit Geburtstag gehabt, und nun beschäftigte ihn ein Teil seiner Glückwunschpost. Die Karte eines alten Freundes von der Erde hatte leicht humorvoll angefragt, wann er sich endlich mit irgend jemandem fest zusammentun wolle. Nach der ersten Reaktion – er hatte über die Frage gelacht – war ihm der Gedanke gekommen, daß er doch schon längst mit jemandem zusammen war: mit der *Enterprise*. Doch kurz darauf hatte ihm irgendein verärgerter Teil seines Bewußtseins in aller Deutlichkeit zu verstehen gegeben: *Wie lange willst du dir das noch einreden? Du hast diese Antwort schon vor langer Zeit erfunden. Gilt sie noch? Hat sie überhaupt je gegolten? Wieso ist es eigentlich schon so lange her, seit du über sie nachgedacht hast?*

Weil sie damals gestimmt hat und auch heute noch stimmt, hatte er dem geschwätzigen Teil seines Hirns zur Antwort gegeben. Doch die spöttische Stille, aus der die ganze Antwort bestand, hatte ihn verrückt gemacht. Kirk hatte im Lauf der Jahre allmählich gelernt, den Dingen Beachtung zu schenken, die ihm sein Bewußtsein ohne Vorwarnung erzählte. Ob sie nun stimmten oder nicht, meist waren sie es wert, daß man sie in Erwägung zog. Deswegen sinnierte er über die Frage, auch wenn sie ihm Kopfschmerzen bereitete.

Irgendwie ist es alles McCoys Schuld, dachte er leicht säuerlich. *Früher war ich nie so introvertiert. Er hat mich vergiftet.*

»Krankenstation«, hörte er Lieutenant Uhura hinter sich sagen. Sie fragte die Checkliste ab.

»*Krankenstation fertig*«, erwiderte Lia Burke. Seit Christine Chapel ihr Arztpraktikum ableistete, war sie als McCoys Oberschwester tätig. »*Doktor McCoy ist vom Transporterraum aus zu uns unterwegs.*«

»Falls er Zeit hat, bitten Sie ihn auf die Brücke«, sagte Kirk und nahm sich in spontaner Boshaftigkeit vor, wenn er sich schon philosophisch unwohl fühlte, einen Teil dieses Unwohlseins an ihrer Quelle abzuladen.

»Gewiß, Captain. Irgendwelche besonderen Gründe?«

»Bespreche ich mit ihm, wenn er hier ist«, sagte Kirk. *Soll er ruhig ein bißchen schwitzen*, dachte er leicht amüsiert. »Ah, Mr. Chekov. Vielen Dank.«

Er streckte die Hand aus und ergriff den Datenblock, den Chekov ihm hinhielt. Er schenkte ihm einen Blick, sah nichts auf dem Tagesplan, das er dort nicht erwartet hatte, und gab ihn Chekov zurück. »Wie ich sehe, leiten Sie heute die Einsatzbesprechung«, sagte er.

»Um 19.00 Uhr«, sagte Chekov. »Jawohl, Sir.«

»Haben Sie sämtliche Hausaufgaben gemacht?«

»Ich glaube schon, Captain«, sagte Chekov sanft. »Hausaufgaben sind eine russische Erfindung. Wie vieles andere auch.«

Kirk lächelte. »Weitermachen, Fähnrich«, sagte er.

»Jawohl, Sir«, sagte Chekov und ging an seinen Platz zurück.

Von dort aus, wo er seine eigenen Checks absolviert hatte, trat Spock neben die Steuerkonsole. »Wir sind startbereit, Captain«, sagte er. »Alle Mann an Bord, und sämtliche Abteilungen haben Bereitschaft gemeldet.«

»Schön«, sagte Kirk. »Dann die üblichen Meldungen an die orbitale Startleitung.« Er warf einen Blick auf die Steuerkonsole. »Bringen Sie uns ordentlich raus, Mr. Sulu.«

»Jawohl, Sir«, sagte Sulu und nahm das Startverfahren in Angriff.

Kirk reckte sich leicht im Kommandosessel. »Diesmal brauchen wir uns hoffentlich kein Bein auszureißen«, sagte er. »Ein bißchen reine Wissenschaft wird uns allen guttun.«

Spock schaute sinnierend drein. »Auch wenn es gefährlich wäre, den Versuch zu wagen, die Zukunft ohne ausreichende Daten vorherzusagen«, meinte er, »aber wünschen möchte man sich schon, genügend Zeit für seine Forschungen zu haben.«

Kirk schaute Spock von der Seite her an. »Wissen Sie irgend etwas, das Sie mir nicht sagen wollen?« fragte er. »Haben Sie irgendeinen Grund zu der Annahme, unsere Mission könnte *nicht* in aller Ruhe ablaufen?«

»Keinesfalls«, sagte Spock mit leicht empörtem Gesichtsausdruck. »Ich würde Sie auf der Stelle darüber informieren. Hinsichtlich aller bedeutsamen Probleme sind sämtliche Daten negativ.«

»Und was sagt Ihre *Nase*?« fragte Kirk. Seine Spötterlaune hatte keine Lust, sich auf McCoy zu begrenzen.

»Sir«, sagte Spock, »es ist in der Tat ein *wenig* wünschenswertes Verfahren, ohne Daten Hypothesen aufzustellen ...«

»Natürlich«, sagte Kirk. »Lassen wir's halt.«

Die Brückentür zischte. »Man kann den Laden aber auch keine Minute allein lassen«, sagte McCoy. »Kaum dreht man ihm den Rücken zu, tanzen alle auf dem Tisch. – 'n Abend, Spock.«

»Eigentlich ›Guten Morgen‹«, sagte Spock. »Es ist Punkt drei Uhr sechs ...«

»Ersparen Sie's mir«, sagte McCoy und lehnte sich an den Kommandosessel. Er hatte einen Datenblock mitgebracht und schaute mürrisch drein. »Hast du das schon gesehen, Jim?«

Kirk nahm den Block und überflog ihn. Es war die Liste der Besatzungsmitglieder, die in der vergangenen Woche, während der Ruhepause der *Enterprise,* in der Krankenstation gewesen waren. »Ja. Und?«

»Es sind *doppelt* so viele wie sonst. Vielleicht sogar dreimal so viele. Schau mal, hier: Fünf hatten eine Erkältung ...«

»Es ist doch nicht ihre Schuld, daß du noch nicht in Erfahrung gebracht hast, wie man gewöhnliche Erkältungen kuriert«, sagte Kirk.

McCoy maß ihn mit einem finsteren Blick. »Du weißt doch genau, daß Nahrung, Gymnastik und ein allgemein gesundes Immunsystem die einzigen Dinge sind, die kleine Infektionen der oberen Atemwege verhindern. Kaum gehen die Leute auf Landurlaub, ist ihre gesamte Gesundsheitsausbildung beim Teufel.«

»Also wirklich, Pille«, sagte Kirk. »Ein Landurlaub

hat letztlich auch den Grund, ein bißchen auf die Pauke zu hauen.«

»Ja, wirklich«, sagte Spock. »Erst vor einer Woche haben Sie uns über die wohltuende Wirkung des Landurlaubs belehrt – weil er die Auswirkungen von langfristig aufgebautem Streß abbaut.« Er hielt eine Sekunde lang inne und fügte dann hinzu: »Natürlich nur bei Lebensformen, die überhaupt Streß *empfinden*.«

McCoy schnaubte nur geringschätzig in Spocks Richtung und sagte zu Kirk: »Die Zahlen sind *viel* höher, als sie sein dürften.«

Kirk seufzte und reckte sich leicht. »Na ja ... Jeder, der an Bord ist, kann natürlich nicht in Bestform sein, oder?«

»Natürlich!« sagte McCoy in einem überraschendem Aufbegehren. »Genau das ist doch mein Ziel. Nichts weniger.«

»Aber wenn es so wäre, hättest du nichts mehr zu tun.«

»Jim, alle Ärzte und Schwestern von hier bis zum Rand der Galaxis leben in der Hoffnung, eines Tages aufzuwachen und dann festzustellen, daß jeder in diesem Universum völlig gesund ist und sich im Besitz eines von Gott unterzeichneten Zertifikats befindet, laut dem er friedlich im Schlaf sterben wird. Dann können wir alle in Pension gehen und angeln.«

»Wo du doch so gern angelst ... Als ich dich das letzte Mal mitgenommen habe, hast du es barbarisch genannt. Du hast mich sogar gezwungen, eine zehnpfündige Forelle wieder ins Wasser zu werfen.«

McCoy schenkte Kirk einen finsteren Blick. »Verdammt noch mal, jetzt verstehst du endlich, was ich meine. Jeder von uns möchte etwas anderes tun. Uns wäre jeder andere Beruf recht. Aber dazu wird's in dieser Woche nicht mehr kommen.«

»Also, *jeder* andere Beruf wäre mir nicht recht«, sagte Kirk und spürte, daß seine Spötterlaune zunahm.

»*Seinen* möchte ich jedenfalls nicht haben«, sagte McCoy und blickte Spock an. »Ich würde bestimmt Magengeschwüre kriegen.«

»Wäre dir *meiner* vielleicht lieber?«

»Mach mich nicht heiß darauf«, sagte McCoy. »Dein Sitz ist viel bequemer als der in meinem Büro. Meinen hat wahrscheinlich Torquemada entworfen. – Aber trotzdem, Jim, die Zahlen müssen bei der nächsten Abteilungsleiterkonferenz besprochen werden. Sie sind eindeutig zu hoch; sie waren schon bei den zwei letzten Missionen zu hoch. Als Vorbilder müssen die Chefs der Abteilungen – besonders was die Schichtarbeit angeht – etwas mehr Verantwortung übernehmen und dafür sorgen, daß die Leute sich nicht aus schierem Enthusiasmus kaputtmachen. Ich kann schließlich nicht überall zugleich sein.«

»Ach!« sagte Spock und hob eine Augenbraue.

»Nein«, sagte McCoy. »Da Ärzte nicht überall zugleich sein können, hat Gott die Vulkanier erfunden. Ich dachte, das wüßten Sie.«

Kirk grinste schwach. »Jedenfalls«, fuhr McCoy fort, »müssen wir es bei der nächsten Konferenz besprechen. Ich hoffe, daß du mir dabei den Rücken stärkst, Jim.«

»Klar, mach ich. Sonst noch was?«

McCoy warf einen nachdenklichen Blick auf Kirks Bauch. »Ich möchte dich irgendwann morgen sehen«, sagte er.

»Nur mich? Spock nicht?«

»Spock denkt logisch«, sagte McCoy mit deutlich übertriebenem Behagen, »und kann sich gut um sich selbst kümmern. Außerdem steht sein 100 000-Kilometer-Ölwechsel noch nicht an. Morgen früh, Jim, um 8.00 Uhr. Sei pünktlich.«

McCoy machte sich zur Brückentür auf. »War nett, dich mal wiederzusehen, Pille«, rief Kirk hinter ihm her. »Mein Urlaub war *auch* toll – danke der Nachfrage!«

»Grrr ...«, machte McCoy. Die Tür schloß sich hinter ihm.

Kirk und Spock sahen sich an. »Er ist ausgezeichneter Laune«, sagte Kirk. »Ich schätze, irgendwie ist er noch in Urlaub.«

»Manchmal«, sagte Spock, »kann man wirklich schwer erkennen, was ihn beschäftigt. ›Was ihn in Anspruch nimmt‹ wäre vielleicht eine treffendere Beschreibung. Ich vermute, die medizinische Verhaltensforschung hat einen Fehler; sie verlangt allem Anschein nach von ihren Verfechtern, daß sie das, was sie privat bewegt, für sich behalten. Ich wage aber zu behaupten, daß der Doktor uns in angemessener Zeit einweihen wird.«

Kirk nickte. Als Sulu sie aus der Ekliptikebene und dem System herausbrachte, beobachtete er die rasch hinter ihnen vorbeigleitende Erde. »Sie haben wahrscheinlich recht«, sagte er. »Und was ist nun mit den Massenumwandlungsquotienten, die Sie mit mir besprechen wollten?«

»Der Name des Planeten«, sagte Mr. Chekov, »ist 1212 Muscae IV. Er ist der vierte des Sterns 1212 Mus, einer roten Sonne vom Typ F8, die keine erwähnenswerten spektrographischen oder historischen Anomalien aufweist. Sie wurde 1950 auf der Erde durch die Skalnate Pleso-Sternvermessung katalogisiert; die ihr daraufhin zugeteilte Bayer-Nummer und Klassifikation wurden in den neuen IAU-Publikationen beibehalten. Die galaktischen Koordinaten und nächsten Cepheiden-variablen Markierungsbojen sind in den Ephemeriden ihrer Bildschirme aufgelistet.«

Kirk lehnte sich auf seinem Sitz am Kopf des Tisches im Konferenzraum zurück. Ihm fiel auf, daß die Koordinatenliste etwa um fünfzig Prozent länger war, als sie ausgefallen wäre, hätte Spock die Einsatzbesprechung geleitet. Chekov wollte offenbar nichts dem Zufall überlassen, denn Spock saß am anderen Tischende, und sein kühles Wohlwollen ruhte mit dem ruhigen Interesse eines Lehrers, der darauf wartete, wie der Klassenbeste sich aufführte, auf dem Bildschirm.

»Der Planet«, sagte Mr. Chekov, »wurde während der ersten südgalaktischen Grenzexpedition einer Musterung unterzogen. Die ersten Messungen der Expedition, die nicht gelandet ist, deuteten im weitesten Sinn auf einen Planeten der Klasse M hin, was bedeutet, daß er über einen eisenhaltigen Kern und eine dicke siliziumtragende Kruste mit bedeutenden Kohleablagerungen verfügt. Die Atmosphäre liegt im Mittelbereich; sie enthält zwanzig Prozent Sauerstoff und etwa siebzig Prozent Stickstoff. Die Edelgase bewegen sich innerhalb der medizinischen Toleranzen für Leben, das auf Kohlenstoff basiert.«

Er berührte eine Taste seines Datenpults. Das Bild auf den Schirmen zeigte einen grünblauen Planeten vom Erdtyp. Die Bilder waren aus einer Entfernung von dreihunderttausend Kilometern aufgenommen worden. Weiche weiße Wolken, die an Pinselstriche erinnerten, streichelten seine Oberfläche; die Kontinente waren von weiten Meeren geteilt und bestanden, wenn man nach der Skala in der Bildecke urteilte, hauptsächlich aus Inseln von der ungefähren Größe Australiens. Die Polkappen waren winzige, kaum erkennbare Eisbröckchen.

»Wie Sie sehen«, sagte Chekov, »macht der Planet gerade eine Zwischeneiszeit durch; die durchschnittliche Oberflächentemperatur beträgt sechzehn Grad Celsius. Die Wetterlage ist allgemein nicht erwähnenswert, wenn man davon absieht, daß sie mild ist. Während der neunundzwanzigtägigen Forschungsperiode hat kein Wind Stärke vier überstiegen, auch nicht in den Polargebieten.«

»Wie hoch ist die durchschnittliche Tagestemperatur

in den gemäßigten Zonen?« fragte Scotty vom anderen Tischende her.

»Einundzwanzig Grad im Winter«, sagte Chekov, »und dreiundzwanzig im Sommer.«

»Ah!« sagte Scotty. »Genau wie in Aberdeen!«

Einige der am Tisch Versammelten lachten.

»Selbst wenn es so ist, Scotty«, sagte Kirk. »Mr. Chekov, es klingt alles so, als sei der Planet ein hübscher Ort für einen Urlaub.«

»So könnte es sein, Sir, wenn niemand dort leben würde. Aber dazu gleich mehr. Wenn Sie das nächste Bild betrachten...« Das Bild wechselte erneut; nun zeigte es eine kleine taktische Grafik, die die relative Position des Machtbereichs der Föderation auswies. »...erkennen Sie, daß das System in einem sogenannten ›strittigen‹ Raum liegt, auf den weder die Föderation noch eine andere ähnliche Gruppierung irgendeinen ernsthaften territorialen oder ›Puffer‹-Anspruch erhoben hat. Weder die klingonischen noch die romulanischen Interessen haben sich weit in diese Gegend vorgewagt, möglicherweise aus wirtschaftlichen Gründen. Dieser Teil des Raumes ist ziemlich sternenarm, da er zwischen dem Sagittarius- und Perseus-Arm der Galaxis in einem Loch liegt und Systeme mit zur Ausbeutung tauglichen Ressourcen – etwa Asteroidengürtel – hier auch nur sehr selten vorkommen.«

Kirk nickte. »Eine lange Reise, wenn man nur Urlaub hier machen will.«

Chekov nickte. »Zudem würden die verschiedenen hier lebenden Spezies einen Urlaub komplizieren«, sagte er. Das Bild wechselte erneut und zeigte nun ein Diagramm mit drei Strichzeichnungen als Größenvergleich: das erste sah aus wie ein schlaffer Sack, das zweite war vage baumähnlich, das dritte war bloß ein quadratisch gepunkteter Umriß – etwas größer als die menschliche Gestalt, die zum Vergleich neben ihr stand.

»Dies sind die drei auf dem Planeten lebenden, intelligenten einheimischen Spezies«, sagte Chekov. Jene, die noch nichts von ihnen gewußt hatten, tauschten nun am Tisch Blicke aus. »Wie manche von Ihnen schon vermutet haben, ist es äußerst ungewöhnlich. Dieser Planet ist bis jetzt der einzige von einer Expedition der Föderation entdeckte, auf dem mehrere Spezies zusammenleben, ohne von einer anderen Rasse, wie etwa den Bewahrern, dort abgesetzt worden zu sein. Das Erforschungsteam bestätigt, daß sie echte Produkte der planetaren Evolution sind; die damals genommenen DNS-Analog-Proben geben dieser These mehr als Sigma-Sechs-Wahrscheinlichkeit. Eine unserer Aufgaben besteht darin, eine hundertprozentige Bestätigung der evolutionären Lage zu erhalten, die in der bisherigen Raumforschung sicher einmalig ist und gewiß von der wissenschaftlichen Gemeinschaft hinterfragt werden wird, wenn wir die Daten nach Hause bringen.«

»Dann haben wir also die Ehre, die Daten zu verteidigen?« fragte McCoy vom unteren Ende des Tisches.

»Die Wahrheit ist es immer wert, daß man sie verteidigt, Doktor«, sagte Spock gelassen. »Solange sie die Wahrheit *ist*. Und es ist unser Auftrag, dies zu klären.«

»Die drei Spezies weisen eine ungewöhnliche Bandbreite an Morphotypen auf«, sagte Chekov, der unbeeindruckt weitermachte und dem Hintergrundpalaver keine besondere Beachtung schenkte. Kirk lächelte vor sich hin. »Die erste, mit der wir Kontakt aufnehmen werden ...«

Das Bild auf den Schirmen wechselte erneut. Nun sah man etwas, das überraschend einem mit einer klaren Flüssigkeit gefüllten Kunststoffbeutel ähnelte. Doch die Oberfläche des Beutels schillerte in einer irisierenden Farbe, wie seit Jahren in der Sonne liegendes Glas. »Diese Spezies«, sagte Chekov, »bezeichnet sich als Volk der Ornae – der Singular und das Adjektiv

25

dazu lauten wohl Ornaet. Die Ornae zählen zu den ersten echten Theriomorphen, die der Wissenschaft der Föderation bekannt sind. Sie sind es noch eher als die Alariin oder die amphibischen Gelformen von Sirius B III. Auf dem Planeten leben allem Anschein nach etwa fünf Millionen, was die Einheimischen als normale und stabile Zahl bezeichnen. Laut Bericht des Forschungsteams besteht ihr Inneres aus reinem undifferenziertem Protoplasma. Die Außenmembran scheint normal halbdurchlässig zu sein, wie auch bei einfachen Einzellern, etwa Amöben. Die Außenhaut – auch Pellikel genannt – ist jedoch stark strahlungsresistent, und ihre relative Durchlässigkeit scheint willentlich steuerbar zu sein. Sie ist zudem völlig dehnbar; die Ornae sind offenbar fähig, für einen begrenzten Zeitraum jede beliebige Gestalt anzunehmen, und nutzen ihren eigenen Körper als Werkzeuge.«

»Sie sind aber keine Gestaltwandler«, sagte Scotty.

»Nein; ihr Äußeres bleibt ungeachtet der Gestalt, die sie annehmen, gleich«, sagte Chekov. »Sie können offenbar jede vorhandene Energieart direkt aus der Umgebung absorbieren.« Er grinste verhalten. »Ein junger Ornaet hat einen Phaser des Forschungsteams geklaut und verspeist. Der Forscher bekam die Waffe zwar unbeschädigt zurück, aber sie war völlig leer.«

Scotty runzelte die Stirn.

»Das Forschungsteam stuft die Ornae als freundlich und kommunikativ ein, wenn auch als unklar«, sagte Chekov. »Man weiß nicht genau, ob die Unklarheiten auf Probleme mit dem unjustierten Universaltranslator oder auf spezies-spezifische Schwierigkeiten zurückzuführen sind. Das herauszufinden, hat man uns überlassen.«

McCoy setzte einen interessierten Blick auf. »Was ist denn so unklar an den Ornae?«

»Wie das Forschungsteam berichtet, hatten die meisten Probleme mit der Körperlichkeit zu tun«, erläuterte Chekov. »Mit der Körperform und dergleichen. Man geht davon aus, daß polymorphe Lebewesen eventuell Probleme haben zu verstehen, wieso Fremde ihre Form nicht so oft verändern wie sie.«

»Verständlich«, sagte McCoy. »Wahrscheinlich ist ihre Sprache ebenso so flexibel. Für eine Psyche dieser Art wäre es doch normal, das sich *alles* konstant verändert, die Symbolik eingeschlossen. Ich nehme an, wir finden schon eine Möglichkeit, damit klarzukommen.«

»Die zweite Spezies ...« Wieder änderte sich das Bild. Diesmal erblickte Kirk etwas, das einem Wäldchen ähnelte – und wurde den Verdacht nicht los, daß es ihn anschaute. »Dies ist ein Lahit ...«

»Einzahl?« sagte Uhura überrascht.

»Ja, es ist ein Lebewesen«, sagte Chekov. »Dieses Volk weist eine deutliche körperliche Ähnlichkeit mit Dendroiden wie den Lusitaniern auf, aber das ist auch schon alles. Die Lusitanier sind Einzelwesen; die Lahit hingegen sind eher wie ein Bienenschwarm. Sie sind Leben wie Pflanzen und wandern in großen Gruppen langsam über den Planeten. Manche siedeln sich bereitwillig in den Parklandschaften der Ornae-Städte an. In vielen Fällen scheinen die Ornae die Parklandschaften speziell für sie anzulegen. Auf dem Planeten existieren etwa zwanzig Millionen Lahit, was aufgrund einer Katastrophe in der jüngeren Vergangenheit, deren Natur das Forschungsteam nicht klären konnte, als unter dem Bevölkerungsnormalmaß beschrieben wird. Jedes Lahit-Wesen ist durch ein System verästelter Nervenzellen, das sich in der Regel unter dem Boden befindet, mit seinen Untergruppen und seiner unmittelbaren Übergruppe verbunden und bewegt sich mit hohem Tempo durch sie hindurch, etwa so wie bei den Sporenkanälchen der Dickkopf- und Dunkelgraspilze. Dieses Netz agiert zwar als Nervensystem, aber das Forschungsteam weist auch auf die scheinbare Langsamkeit der Übermittlung durch dieses Netz hin. Stellt man einem Lahit eine Frage, kann es passieren, daß man tagelang auf die Antwort wartet.«

»Ich spreche mit den Bäumen«, sang Uhura leise vor sich hin, »aber sie hören mir nicht zu ...«

Rund um den Tisch wurde ein Kichern laut. »Das war so ziemlich alles, was das Forschungsteam gemeldet hat«, sagte Chekov. »Nur wenige Lahit haben sich überhaupt zu erkennen gegeben, und noch weniger haben mit dem Team kommuniziert. Aber die Ornae nehmen offenbar an, daß die Lahit für den Planeten irgendwie wichtiger sind als sie. Auch das ist ein Rätsel, das wir werden lösen müssen.«

Das Bild auf den Schirmen wechselte erneut. »Die dritte Spezies ...«, sagte Chekov.

Kirk kniff die Augen zusammen. Das Bild war irgendwie verschwommen. Er sah eine große, rechteckige, blaßfarbene Gestalt. Sie schien im Nebel zu stehen. »War wohl kein gutes Wetter an dem Tag, was, Mr. Chekov?« sagte er.

»Nein, Captain. Das Bild wurde am hellichten Tag aufgenommen, und bei klarem Wetter. Dies ist ein ;At.«

»Können Sie es noch mal sagen?« bat Uhura.

Chekov schüttelte den Kopf. »Es ist die abgesegnete Aussprache der Bezeichnung, die die Spezies sich selbst gibt – beziehungsweise kommt es ihr so nahe, wie die Linguisten des Forschungsteams es nachempfinden konnten. Die IPA-Orthographie steht im Gesamtbericht. Vielleicht verstehen Sie mehr davon als ich. Die ;At sind jedenfalls die dritte Spezies des Planeten. Wie viele sie sind, wissen wir nicht, und dies ist die beste Aufnahme, die das Forschungsteam von einem ;At machen konnte.«

»Irgendein gasförmiges Lebewesen?« fragte Scotty.

»Nein, Sir. Manchmal wirken sie so, als wären sie einfach nicht *da*; ihr Körper ist selektiv variabel. Das Forschungsteam meldet, daß die ;At, mit denen man geredet hat, sich ohne Vorwarnung ein- und ausblen-

28

deten, und zwar ohne erkennbaren Bezug zum gerade besprochenen Thema. Die Aufnahmen, die man von ihnen macht, werden einfach nicht scharf, und wenn sich das fragliche Geschöpf noch so deutlich zeigt.«

Das, was Chekov berichten mußte, ließ ihn leicht verlegen klingen. »Die Forscher melden«, sagte er, »die ;At hätten sie mit großer Herzlichkeit aufgenommen und seien bereit gewesen, in aller Ausführlichkeit mit ihnen zu reden – viel ausführlicher als die beiden anderen Spezies. Freilich waren die Gespräche alle sehr problematisch … denn aus den Aufzeichnungen geht hervor, daß die ;At nicht an das Forschungsteam glaubten.«

Der Satz rief unter den Konferenzteilnehmern erstaunte Blicke hervor. »Sie haben nicht an die *geglaubt*?« sagte McCoy. »So, wie man nicht an den Weihnachtsmann glaubt? Das ist doch absurd!«

Chekov zuckte die Achseln. »Die Aufzeichnungen wiederholen diesen grundlegenden Zusammenhang mehrmals«, sagte er. »Ein Angehöriger des Forschungsteams fragte einen ;At, ob er den Eindrücken seiner Sinne mißtraue, und die Antwort lautete – so, wie der Translator sie übertragen konnte – ›er mißtraue der Wahrnehmung immer, und wenn seine Sinne ihm unannehmbare Daten lieferten, tausche er sie gegen neue ein‹.«

McCoy lehnte sich mit verschränkten Armen in den Sitz zurück. Auf seinem Gesicht breitete sich ein Ausdruck großen Interesses aus. *Aha*, dachte Kirk erfreut, *jetzt hat er angebissen*. Nichts konnte Pilles Phantasie mehr anregen als eine bizarre neue Psychologie, und diese hier kam einer solchen bestimmt sehr nahe.

»Sonst existieren keine Informationen über die ;At«, sagte Chekov. »Das Forschungsteam fand sie trotzdem umgänglich und redegewandt, wenn man auch große Probleme hatte zu verstehen, was sie meinten. Der Bericht schlägt vor, eventuell einen verbesserten oder komplexeren Translatoralgorithmus zu verwenden.«

Uhura nickte; sie machte sich auf ihrem Datenblock Notizen.

»Damit schließt der Bericht des Forschungsteams, Captain«, sagte Chekov.

»Vielen Dank, Mr. Chekov.« Kirk schaute in die Runde.

»Diese Mission bringt uns manch interessante Arbeit«, sagte er. »Und da wir ein gutes Stück von den Konflikten bevölkerungsreicher Gegenden der Galaxis entfernt sind, müßten wir genug Muße haben, um uns auf diese Arbeit zu konzentrieren. Die Befehle, die ich von Starfleet bekommen habe, besagen, daß wir so lange in diesem Gebiet bleiben können, wie wir brauchen, um gründliche Forschungsarbeit zu leisten. – Natürlich müssen wir jederzeit mit einem Widerruf rechnen.« Alle am Tisch richteten den Blick zur Decke. Die *Enterprise* war bekannt dafür, daß man sie von den interessantesten Aufträgen abzog, damit sie auf der anderen Seite der Galaxis irgend jemandes Haut rettete. Obwohl sich inzwischen alle daran gewöhnt hatten, fand niemand Gefallen daran.

»Trotzdem«, sagte Kirk, »glaube ich, wird man uns diesmal unsere Arbeit tun lassen. Meine Befehle besagen deutlich, daß die *Enterprise* auf diese Mission geschickt wurde, weil wir die dazu nötigen wissenschaftlichen Experten an Bord haben. Die Hälfte unseres Einsatzes besteht aus normalen naturwissenschaftlichen Ermittlungen; die wissenschaftliche Gemeinschaft der Föderation möchte alle möglichen Informationen über die Evolution dieser Welt und über so viele Spezies, wie wir katalogisieren können, ob sie nun intelligent sind oder nicht, und alle begründeten Theorien, die uns zu der Frage einfallen, was diese Welt zu dem gemacht hat, was sie ist ... Und warum nur *sie* unter den Zehntausenden bewohnter Planeten, die wir kennen, so geworden ist. Was wir hier entdecken, was die Spezies über sich selbst berichten können, wird enorme

Auswirkungen auf sämtliche biologischen Wissenschaften haben. Deswegen werden alle an Bord befindlichen wissenschaftlichen Abteilungen ihr Äußerstes geben müssen.« McCoy rutschte auf seinem Sitz hin und her. »Ich möchte Sie alle daran erinnern, darauf zu achten, daß Ihre Leute sich nicht überarbeiten«, fuhr Kirk dann fort. »Übermüdete Forscher übersehen Hinweise, die eventuell direkt vor ihrer Nase liegen und unter Umständen lebenswichtig sind. Sobald wir angekommen sind, werde ich täglich alle Laborpläne und Einteilungen für Landegruppen begutachten. Wenn Sie noch Fragen haben, wenden Sie sich an Dr. McCoy.«

Alle nickten. »Die andere Hälfte unserer Mission«, sagte Kirk, »ist diplomatischer Natur. Das heißt, wir hoffen zumindest, daß sie es ist. Die Angehörigen des Forschungsteams haben sich lediglich als Wissenschaftler identifiziert. Sie haben fast nichts darüber erfahren, wie der Planet regiert wird, wie die drei Spezies miteinander auskommen und dergleichen. Unsere Aufgabe besteht darin, diese Fragen zu klären und die gesellschaftlichen Strukturen und Regierungen der Einheimischen zu erkennen, falls sie so etwas haben – und im Namen der Föderation offizielle Kontakte mit allen drei Spezies aufzunehmen. Wir müssen erfahren, ob sie sich uns anschließen wollen; ob es nur einige sein werden oder alle, und falls ja, in welcher Form. Außerdem müssen wir erfahren, ob es überhaupt schicklich ist, sie danach zu fragen. Meine diesbezüglichen Befehle ...«, Kirk schaute leicht grimmig drein, »... besagen eindeutig, ich soll ihnen versichern, daß es schicklich *ist*. Eingedenk der wie auch immer ausfallenden politischen Implikationen einer solchen evolutionären Situation sind die Diplomaten offenbar darauf versessen, diese Welt in unserem Lager zu wissen statt in einem anderen. Sie haben uns in dieser Hinsicht unter einigen Druck gesetzt. Trotzdem habe ich vor, darauf zu achten, daß diese zweite Forschungsexpedition mit äußer-

31

ster Redlichkeit durchgeführt wird. Um *was* geht es? Es geht darum, den drei Spezies klare Informationen zu bieten, damit sie anschließend frei wählen können. Ich erwarte, daß sich alle Abteilungen danach richten.«

Kirk legte eine kurze Pause ein und dachte nach. »Eine der Hauptaufgaben der Wissenschaft wird die korrekte Justierung des Universaltranslators für diesen Planeten sein. Das erste Forschungsteam konnte allem Anschein nach schon aus Zeitgründen nicht mehr als eine schnelle und grobe Justierung vornehmen. Es hängt sehr viel davon ab, daß wir uns klar verständigen können, sonst sind die ›Hörensagen‹-Daten, die wir sammeln, nicht zu gebrauchen. Und in den späteren Stadien, speziell bei der Diplomatie, wird bei den drei Spezies alles von der Genauigkeit und Vollständigkeit der Übersetzung abhängen. Wir brauchen, ebenso wie sie, exakte Daten, mit denen wir unsere Wahl treffen können.« Er schaute Uhura und Spock an. »Ich erwarte, daß alle anderen wissenschaftlichen Abteilungen sich nach den Wünschen der Linguistik richten, was die Computerzeit und andere Notwendigkeiten angeht. Merkt euch das – und zwar alle.«

»Gemerkt«, murmelten mehrere Stimmen.

»Mit etwas Glück«, sagte Kirk und entspannte sich leicht, »werden mindestens zwei der drei Spezies die Wahl treffen, sich uns auf die eine oder andere Weise anzuschließen. Dann können wir mit gutem Gewissen davon ausgehen, daß irgendein anderes Schiff herkommen und das klären kann, was uns entgangen ist. Wir können uns aber nicht darauf *verlassen*. Die schiere Einmaligkeit dieses Planeten verlangt, daß wir unsere Expedition als Einmal-und-nie-wieder-Gelegenheit behandeln. Starfleet hat die kurze Ruhepause freundlicherweise dazu genutzt, weitere achtzig Terabytes in die Bibliothekscomputer einzubauen. Und ich möchte mit *vollem* Speicher wieder nach Hause kommen, meine Damen und Herren. Lassen Sie sich einen Rat geben: Im schlimmsten Fall bekommen wir wenigstens so viele Rohdaten, daß sich die Reise gelohnt hat... und dann haben wir etwas über das Universum erfahren, was wir noch nicht wußten. Im besten Fall schließen sich uns ein, zwei Spezies an, und nach Abschluß der Vereinbarung zwischen der Föderation und den Völkern von 1212 Muscae kann sich der Rest der Mission in Gummiadler-Restaurants zerstreuen. Beziehungsweise in die Restaurants, in die man auf 1212 geht, um Gummitiere zu verspeisen.«

Wieder wurde gelacht. »Noch Fragen?« sagte Kirk.

»Wann sind wir da?« fragte Uhura.

»In drei Tagen. – Stimmt's, Scotty?«

»Aye, bei Warp sechs. Es sei denn, Sie wollen schneller werden.«

»Was? Um die Abteilungen der Möglichkeit zu berauben, sich vorzubereiten? Erscheint mir unklug. Drei Tage sind in Ordnung. Sonst noch jemand?«

Niemand sagte etwas.

»Das war dann alles, meine Damen und Herren«, sagte Kirk. »Sie können wegtreten. Für die, die Zeit haben, steigt um 21.00 Uhr ein informeller Empfang.«

Außer McCoy standen alle auf. Auch Kirk blieb sitzen. Er wartete, bis der Raum sich geleert und die Tür sich zum letzten Mal zischend geschlossen hatte. »Probleme, Pille?« fragte er. »Hab ich dir etwa den Rücken nicht gestärkt?«

»Es war mehr als ausreichend.« McCoy reckte sich. »Danke, Jim.«

»Also hast du noch was anderes?«

McCoy lächelte verhalten. »Da haben sie dir wieder die heißeste Kartoffel serviert, die auf Lager war, was?«

Kirk zuckte die Achseln. »Typisch Starfleet«, sagte er. »Die leichten Jobs kriegt man erst, wenn man bewiesen hat, daß man auch die schwierigsten meistern kann.«

»Trotzdem wette ich, daß ich weiß, wie deine Befehle lauten«, sagte McCoy. »Der einzige Raumschiffkom-

33

mandant mit genügend Diplomatie- und Forscher-
erfahrung für eine solche Aufgabe. Unglaublich wichtig für die Galaxis. Ernste Konsequenzen für die Föderation, falls irgendein anderer in diesem empfindlichen
Bereich des Weltraums an Einfluß gewinnen würde ...«

Kirk fragte sich nicht zum ersten Mal, ob das Paß-
wort, das ihm Zugang zu seinem persönlichen Terminal verschaffte, wirklich so geheim war, wie er glaubte.
»Hör mal, Pille, sie haben keinen ...«

»Aber natürlich haben sie.«

»*Was* haben sie?« sagte Kirk. McCoys Lieblingsge-
dankenlesespiel hatte ihn schon immer geärgert.

»Anspruch darauf, sicher sein zu können, daß du ihr
Eisen aus dem Feuer holst, wann *immer* es auch rein-
fällt«, sagte McCoy.

Wie ärgerlich, dachte Kirk. *Und besonders dann, wenn
er wirklich weiß, was ich denke, verdammt noch mal.*

»Jim, darf ich dir einen Rat geben?«

»Ganz unverbindlich? Oder krieg ich später 'ne
Rechnung?«

McCoy schnaubte. »Hör mal, Jim ... Jetzt entspann
dich mal und denk an gar nichts.«

Irgendwie war dies nicht der Rat, den Kirk erwartet
hatte. »Ach, wirklich?« sagte er leicht schlaff.

»Ja. Denn wenn ich diese Mission richtig verstanden
habe, wirst du ziemlich lange gar keine Entscheidungen zu treffen brauchen. Weil du nicht genügend *Daten*
hast, um sie zu treffen. Ruh dich also aus und laß deine
Leute die Arbeit tun.« McCoys Augen zeigten ein boshaftes Funkeln. »*Wir* müssen auf dieser Mission ohnehin die schlimmste Arbeit tun. Ist doch mal 'ne Abwechslung für dich.«

Kirk lachte leise. »Du schreibst mir alle naselang vor,
wie ich meine Arbeit tun soll ... Und jetzt schreibst du
mir auch noch vor, wie ich sie *nicht* tun soll?«

»Vielleicht habe ich lange Zeit keine Gelegenheit
mehr dazu«, sagte McCoy. »So, wie die Dinge stehen,

werden die Psychologen und Xenopsychologen bei dieser Mission schwer beschäftigt sein. Wir werden die Völker von 1212 bearbeiten... und unsere eigenen Leute, die vielleicht Probleme haben, mit ihnen klarzukommen. Der Kulturschock geht in beide Richtungen... und ist beim ersten Mal immer am schlimmsten.«

»Ich dachte, du wärst Arzt«, ulkte Kirk.

McCoy setzte eine ironische Miene auf. »In ein paar Wochen wünsche ich mir vielleicht, es wäre so«, sagte er. »Wann, zum Teufel, konnte ein Schiffsarzt denn je nur in seinem Fach arbeiten? Wenn unsere Leute genug zu tun haben, muß ich vielleicht noch Mikroskopplättchen putzen. Es wäre nicht das erste Mal.«

»Diesmal aber hoffentlich nicht«, sagte Kirk. »Du solltest dich auf keinen Fall *überarbeiten*. Sonst müßte ich dich vielleicht vom Dienst suspendieren.«

»Leere Drohungen, alles leere Drohungen«, sagte McCoy mit einem verhaltenen Grinsen und stand auf. »Kommst du irgendwann aufs Freizeitdeck?«

»Falls ich die Zeit dazu finde.« Kirk stand ebenfalls auf. »Die Bürokratie...«

McCoy verdrehte die Augen. »Was ist eigentlich aus dem unbürokratischen Raumschiff geworden, das man uns vor zehn Jahren versprochen hat?« fragte er. »In dem alle Sekretärinnen einer telepathischen Rasse angehören, die, ohne uns zu fragen, wissen, was getan werden muß?«

»Die Pläne sind längst fertig«, sagte Kirk. »Dann hat man sie in die Erdumlaufbahn geschossen und Starfleet Command genannt.«

Lachend gingen sie zusammen hinaus.

2

Ich glaub' es einfach nicht!« sagte McCoy. Beim ersten Mal sagte er es ziemlich leise, doch dann wurde er lauter, damit auch seine Mitarbeiter ihn hörten. »Ich *glaub'* es einfach nicht! – Lia!«

»Hm?« machte Lia ohne allzu große Begeisterung aus einem Nebenraum der Krankenstation. Es war vielleicht verständlich, da sie inzwischen seit zwei Tagen auf Beschwerden dieser Art reagieren mußte.

»Was haben Sie mit dem verdammten Bericht aus der Biologie vor?«

»Ich lasse ihn liegen, bis...« Sie legte eine kurze Pause ein, als überlege sie mehrere Möglichkeiten. »...ein anderer sich damit beschäftigt. Im Moment kümmere ich mich um Uhuras Sache.«

McCoy schlug stöhnend die Hände vors Gesicht. »Können Sie da nicht Lieutenant Kerasus oder jemanden von der Linguistik dransetzen?«

»Nicht, solange der Translatoralgorithmus aus der Linguistik hier steht, den wir einer psychologischen Bewertung unterziehen sollen.«

»Verflucht«, sagte McCoy und nahm wieder hinter seinem Schreibtisch Platz. Aber auch das trug nicht dazu bei, die Lage zu entspannen, denn nun sah er sich Stapeln von Datenblöcken, Kassetten, Disketten und anderem Müll gegenüber. Und all dies türmte sich auf seinem ansonsten sauber aufgeräumten Tisch in die Höhe.

Er lehnte sich leise ächzend in den Sessel zurück.

Zwar hatte man die Vorarbeiten des Unternehmens über sämtliche Abteilungen des Schiffes verteilt, aber irgendwie schienen alle irgendwann auf seinem Schreibtisch zu landen, damit er sie genehmigte oder berichtigte. Die Katalogisierung der Mikroorganismen und der antibiotischen/antigenen Forschung. Na schön, sie fielen natürlich in den Bereich der Medizin. Aber wenn man Stunde um Stunde damit verbrachte, sich Fotos und Dias von Bazillen anzusehen, und sich fragte, welche eventuell biologisch aktiv waren und welche das Laborpersonal kultivieren sollte, machte es keinen Spaß mehr. Nicht mehr als der Gedanke, man könne die Menschheit um ein überall vorkommendes Heilmittel gegen den Krebs betrügen, weil man aufgrund eines Denkfehlers oder schlechter Laune irgendwelche unvoreingenommene Organismen übersieht. *Oder ein Mittel gegen eine lumpige Erkältung,* dachte McCoy vergrätzt. Ganz gleich, was er auch tat, die Leute mußten über den ganzen Planeten eilen und Bodenproben sammeln, und den Laboranten mußte gesagt werden, welche sie nach wahrscheinlichen Organismen absuchen sollten. McCoy wußte, daß man das Penicillin auf dieser Reise wenigstens dreihundertmal neu entdecken würde.

Und dann kam noch die Erforschung der Flora und Fauna. Man hätte annehmen können, daß die zuständigen Wissenschaftler sich um sie kümmerten, die Biologen. Aber nicht doch, die gesamte Flora von 1212 Muscae, von der einfachsten bis zur kompliziertesten, neigte offenbar leicht zur Hyperaktivität. *Gehende Bäume... Wer, um alles in der Welt, hat sich das ausgedacht?* Also gehörten alle Pflanzen zur Xenobiologie – und damit zur Medizin. *Ich mag ja vielleicht Chirurg sein,* dachte McCoy, *aber bin ich Baumchirurg?*

Und dann die Linguistenarbeit. Kein Übersetzungsprogramm konnte ohne Wissen über die Psychologie einer Spezies die Arbeit aufnehmen. Das Forschungsteam hatte nur rudimentäre Angaben über das gemacht, was eine der drei Spezies geistig beschäftigte – oder wie sie über bestimmte Dinge dachten. *Wer hat dieses Team überhaupt ausgesucht? Irgendein verfluchter Beamtenarsch, der wie ein New Yorker Bürgersteig denkt. Die sind auch aus Beton und kennen keine Abstraktionen. Der Knabe hatte nicht mehr Tiefe als ein Froschtümpel im August. Keine Aufforderung zur Selbstbeobachtung oder Analyse – nichts!* ›*Wie kommt ihr denn so klar?*‹ *–* ›*Was eßt ihr denn so?*‹ *Verflucht noch mal, keine Spezies lebt vom Brot allein* ...

Und das war erst der Anfang. Atmosphärenforschung, Taxonomie, Ursachen einheimischer Krankheiten, falls es ihnen überhaupt gelang, so lange mit den Einheimischen zu reden, um in Erfahrung zu bringen, woran sie erkrankten. Wenn sie erst einmal in Erfahrung gebracht hatten, *wie* man mit den Einheimischen redete. Vorausgesetzt, die Einheimischen *wollten* überhaupt mit ihnen reden...

McCoy kratzte sich am Kopf. »Schwester«, sagte er so leise, daß es niemand hören konnte, »mein Gehirn tut weh.«

»Dann müssen wir's wohl rausnehmen«, sagte Lia vom Eingang her. Sie stand mit den Händen voller Tonkassetten da. Eine schlanke Frau mit lockigem Haar. Ihr sonst so fröhliches Äußeres wirkte im Moment ziemlich gedämpft. Es sah eigentlich so aus, als hätte es sich abgeschliffen.

»Nehmen Sie's mit«, sagte McCoy. »Ich glaube, eine Lobotomie ist genau das, was mir jetzt fehlt.«

»Wir haben ein Sonderangebot«, sagte Lia. »Präfrontal mit zehnprozentigem Rabatt bei einer Vasektomie.«

»Jetzt halten Sie aber mal die Klappe«, sagte McCoy und richtete sich leicht auf. »Diese hochnäsigen Schwestern! Irgendwann bilden Sie sich noch ein, daß Sie den ganzen Laden hier schmeißen.«

Lia lächelte nur. »Sie haben um den Gesundheitsbericht der Mannschaft gebeten«, sagte sie. »Er ist fertig. Möchten Sie ihn lesen?«

»Sollte ich ihn lesen? Ob er mir irgend etwas sagt, was ich wissen möchte? Oder nicht schon weiß?«

»Nein.«

»Dann unterzeichnen Sie das verdammte Ding und schicken Sie es dem Captain. Soll *er* doch lesen, was die Mannschaft vom Landurlaub alles hier eingeschleppt hat.« Er schnaubte. »Tennisarm! Der einzige Ort, an dem man sich so etwas heutzutage noch holen kann, ist ein Museum!«

Lia sah resigniert aus. »Sind Sie mit dem zufrieden, was Sie von der Linguistik bekommen haben?« fragte McCoy nach einer Weile.

Lia nickte. »Für den Moment müßte es reichen. Wir sollten jemanden von da unten ganz schnell in Befragungstechnik schulen, wenn möglich jemanden von der ersten Gruppe. Die jetzigen Translatoralgorithmen sind ohne mehr Verben und die Kausalbezugstabellen ziemlich wacklig. Falls die Einheimischen an kausale Bezüge *glauben*, woran ich allmählich zweifle – besonders im Fall der ;At.«

Sie schnalzte irgendwie vor dem Vokal. McCoy legte den Kopf schief. »*So* spricht man es also aus?«

»Fragen Sie mich doch nicht«, sagte Lia. »Jedenfalls haben die meisten Angehörigen des Forschungsteams es meist so ausgesprochen. Aber es ist natürlich kaum eine Garantie für irgend etwas. Ich möchte gern hören, wenn eins dieser Geschöpfe es ausspricht.« Sie hielt inne und sagte dann: »Falls es dabei überhaupt um Hören geht. Manche von den Tonaufnahmen sind ganz schön eigenartig. Voller Rauschen.«

McCoy nickte seufzend. »Ich höre sie mir später an… Hab' im Moment ein bißchen viel um die Ohren. Muß ich sonst noch etwas wissen?«

»Lieutenant Silver ist wegen seiner Untersuchung drin«, sagte sie.

McCoy hob eine Braue. »Benimmt sich der Knochen noch?«

»Gut gestrickt«, sagte Lia. »Keine Anzeichen von Metastasen oder Ödemen.«

»Behalten sie ihn im Auge. Sein Mark hat sich schon mal komisch verhalten.«

»Soll ich ihn einer Breitbandgewebeuntersuchung unterziehen?«

McCoy nickte. »Machen Sie nur«, sagte er. »Jetzt muß ich mich wieder um das hier kümmern. In ein paar Minuten habe ich Spock wegen des verfluchten Taxonomievorschlags am Hals.«

Lia marschierte weiter. McCoy wandte sich seufzend wieder seinem Datenterminal zu. »Neustart«, sagte er. »Vorherige Liste anzeigen.«

Der Bildschirm zeigte ihm eine lange Aufstellung griechischer und lateinischer Wörter. Der Tischkom pfiff grell. Beides passierte im gleichen Moment. »Verdammt«, sagte McCoy und drückte auf den Knopf. »McCoy!«

»Hier ist Spock, Doktor ...«

»*Natürlich* sind Sie da«, sagte McCoy mit einer übertriebenen Freundlichkeit, die er in diesem Moment eindeutig nicht empfand. »Wo sollten Sie auch *sonst* sein? Ich bin noch nicht fertig. Sie können es in einer Stunde haben.«

Am anderen Ende herrschte einige Zeit Stille. »Doktor«, sagte Spock, »ich wollte mich gar nicht nach der taxonomischen Parameterliste erkundigen.«

»Welche Erleichterung!«

»Mein Interesse gilt Ihrer Einschätzung der Pilzdaten der Forschungsexpedition im vorläufigen mikrobiologischen Katalog.«

»Spock, mein Junge«, sagte McCoy, »ich sag's Ihnen im Vertrauen, aber diese Forschungstypen würden nicht mal dann einen Giftpilz erkennen, wenn er sie anspringt und mit Warzen verseucht. Hier hat man irgendwo …« Er kramte kurz in den auf seinem Tisch liegenden Kassetten und gab es dann auf. »… auch wenn ich's gerade nicht finde, einen Pilz als vier verschiedene Spezies aufgeführt. Dann gibt's noch drei, die *für mich* wie verschiedene Spezies aussehen, die man aber versehentlich für unterschiedliche Sporenformen der gleichen gehalten hat. Der Himmel mag wissen, wie oft ihnen das in diesem vorläufigen Katalog passiert ist – von den anderen ganz zu schweigen. Und da die abweichenden Evolutionsprobleme es lebenswichtig machen, den Unterschied zwischen mutativen und allomorphen Formen dieses speziellen Planeten zu erkennen, müssen wir, glaube ich, fast alles neu bewerten, was uns das Forschungsteam hinterlassen hat. *Dieser* Bericht ist freilich eindeutig am besten auf einem Komposthaufen aufgehoben.«

Wieder ein kurzes Schweigen. McCoy wappnete sich. Dann sagte Spock: »Doktor, ich bin ganz Ihrer Meinung. Darf ich Sie so verstehen, daß Ihre Abteilung im Augenblick unter einer gewissen Überlastung leidet?«

McCoy stieß die Luft aus. »Sie verstehen mich völlig korrekt, Spock. Um das mindeste zu sagen.«

»Es wäre eventuell möglich«, sagte Spock, »einen Teil des naturwissenschaftlichen Personals von der Bewertung der Einschätzungspläne an die Medizin zu überstellen, sobald wir auf dem Planeten gelandet sind und Zeit hatten, eine erste Einschätzung vorzunehmen. Vielleicht zwei oder drei Tage nach der Ankunft.«

Aber ich brauche sie JETZT, dachte McCoy. *Die Naturwissenschaftler brauchen sie aber auch, und zwar ebenfalls jetzt; die Studien- und Klassifikationspläne, die sie gerade erstellen, werden bestimmen, was sie in den nächsten Wochen tun …* »Das wäre sehr nett von Ihnen, Spock«, sagte er. »Wirklich sehr nett.«

Wieder eine kurze Stille. »Es wäre nur logisch, Doktor. *Nett* ist …«

»Autsch! Um Himmels willen, halten Sie die Klappe und zählen Sie Elektronen oder so was«, sagte McCoy, wenn er auch bei seinen Worten lächeln mußte. »Es reicht mir auch so, Spock. Ist sonst noch etwas?«

»Nein. – Spock, Ende.«

McCoy schüttelte den Kopf, nahm die nichtsnutzige Berichtskassette und warf sie vom Tisch in den antiken ›Papierkorb‹, den seine Tochter ihm geschickt hatte. Er musterte ihn eine Weile.

»Doktor«, rief Lia von nebenan, »wollen Sie mal einen Blick auf diese Gewebeuntersuchung werfen?«

Eigentlich nicht. »Ich komme!« sagte er und ging hinaus, um den Knochenmarktest zu studieren.

Der Planet war schöner, als die Bilder ihn gezeigt hatten. Da sie an der anderen Seite des Systems aus dem Warp kamen, sah seine winzige, weit entfernte Scheibe wie ein Abendstern im leicht silbernen Licht seines Hauptgestirns aus.

Kirk saß da und schaute untätig zu, als Sulu das Schiff näher heranführte und an einigen inneren Planeten des Systems vorbeiglitt. Die Annäherung war zwar nicht zwingend notwendig, doch Kirk bewunderte die Tatsache, daß sie Sulu gelungen war. Er fragte sich, ob er dabei streng an den szenischen Wert einer solchen Annäherung oder die wissenschaftlichen Möglichkeiten dachte ... denn Spock nahm auch jetzt noch, als sie an ihnen vorbeikamen, eine Spektralanalyse der inneren Welten vor. *So wie ich Sulu kenne,* dachte Kirk, *hat er es wahrscheinlich aus beiden Gründen getan.*

Zwei der drei inneren Planeten waren felsig und öde, der dritte hatte zwar eine Atmosphäre, aber sie war vom Venustyp – voller Reduktionsgase unter hohem Druck. Spock schleuste eine Radarkartographieboje in die Nitridsäurensuppe der Atmosphäre aus und richtete seine Aufmerksamkeit dann auf den vierten Planeten, ihr Ziel.

»Fliegendreck«, sagte Sulu leise und kicherte.

»Wie bitte, Mr. Sulu?« sagte Kirk.

Sulu lachte. »Ein Spitzname, Captain«, sagte er. »Viele Naturwissenschaftler nennen ihn so. Weil das System so klein ist.«

Auch Kirk kicherte. Musca, das Sternbild, zu dem das System gehörte, war das lateinische Wort für Fliege; den Namen hatte der alte irdische Astronom Bayer dieser Konstellation gegeben. Als die Forscher in die südliche Hemisphäre vorgestoßen waren, hatten sie die Tradition, Sternen lateinische Namen zu geben, zwar fortgeführt, doch als ihnen die Tiere und Insekten ausgegangen waren, hatten sie ihnen auch komische Namen verliehen. »Wenn man sich in diesem Teil des Himmels aufhält«, sagte Kirk, »fällt es einem wirklich schwer, Witze mit Worten wie *Luftpumpe* zu reißen.«

»Kann man wohl sagen«, sagte Sulu. »Planetensynchrone Höhe, Captain. Soll ich hier anhalten oder in eine Standardkreisbahn gehen?«

»Mr. Spock?« sagte Kirk. »Brauchen Sie irgend etwas aus der momentanen Kreisbahn?«

»Nein, Sir.« Der Vulkanier stand auf und warf einen gelassenen Blick auf den Bildschirm.

»Dann also Standard, Mr. Sulu.«

»Aye, aye.«

Sie rutschten dichter an den Planeten heran und gingen in eine Kreisbahn. Die Meere waren doppelt so blau wie auf den Fotos; die Wolken in der hohen Atmosphäre fingen die leicht goldene Farbe der Sonne ein und sahen so weniger wie Wolken als Strudel aus Schlagsahne aus. Als sie über den Kontinenten dahinschwebten, wirkten diese unglaublich grün und unreif.

»Viel Stickstoff in der Atmosphäre?« fragte Kirk. »Oder CO_2?«

Spock schüttelte den Kopf. »Nicht mehr als üblich. Die visuellen Auswirkungen haben nichts mit der Diffraktion zu tun. Ich gehe davon aus, daß die hiesigen

Chlorophyll- oder Phyllanalog-Anordnungen intensiver gefärbt sind als die eines üblichen Planeten vom M-Typ. Wahrscheinlich handelt es sich um chemische oder Zellunterschiede, die ziemlich faszinierend ausfallen dürften, sobald wir Zeit haben, sie uns anzusehen.«

Chekov, der neben Sulu am Steuer saß, beobachtete die vorläufige Kartographie auf seiner Konsole. »Keine Anzeichen von Städten«, sagte er. Er klang leicht verwundert. »Keinerlei Energieausstoß. Leichte geothermische ...«

»Laut Bericht sind die Städte ziemlich klein«, sagte Kirk, »und die Lebensformjustierung, die wir von der Expedition bekommen haben, nur provisorisch. Ich glaube mich daran zu erinnern, in dem Bericht steht, daß die Justierungen, die an einem Tag vorgenommen wurden, am nächsten manchmal nicht mehr funktionierten.«

»Stimmt«, sagte Spock. »Vielleicht hat es Probleme mit den Instrumenten gegeben; das sollten wir nicht unterschätzen. Unsere Geräte funktionieren natürlich ordentlich.«

»Natürlich«, sagte Kirk. Unter ihnen machte wieder ein Kontinent einem neuen, ungeheuer blauen Meer Platz; dann glitten sie durch den planetaren Terminator auf die Nachtseite der Welt. Ein kleiner Mond schaute grünsilbern auf die Wolken herab. Sein Licht spendete auf der Nachtseite die einzige Helligkeit.

Kirk nickte vor sich hin. Ein neuer Tag, eine neue Welt. Doch die Erregung war immer die gleiche. Sie war, dem Himmel sei Dank, neu, wie immer ... »In Ordnung, Mr. Sulu«, sagte er. »Geben Sie Mr. Chekov eine kartographische Kreisbahn, bis er und Mr. Spock mit den Ergebnissen zufrieden sind. Dann auf Standardäquator gehen. – Mr. Spock, haben Sie die Erstkontaktgruppe zusammengestellt?«

»Ja, Captain.« Spock kam zum Kommandosessel hinunter und reichte Kirk einen Datenblock.

Kirk überflog die Liste. »Hm. Kerasus von der Linguistik. Gut. Morrison und Fahy von der wissenschaftlichen Abteilung. Chekov für Exo…« Er nickte Spock zu. »Ausgezeichnet. Machen Sie eine Ornae-Siedlung aus, die von der Expedition erwähnt wurde – die Ornae sind wohl im Moment die am leichtesten erreichbare Spezies –, und lassen Sie sie von dem Landeteam begrüßen.«

»Die Siedlung ist bereits ausgewählt«, sagte Spock. »Ich treffe die Leute im Transporterraum.«

Kirk nickte und winkte Spock hinaus. »Wir schauen Ihnen zu«, sagte er. »Viel Glück.«

Spock nickte ernst und ging hinaus. Kirk wischte sich die Handflächen an der Hose ab. Bei Starfleet wurde neuerdings ziemlich genau darauf geachtet, daß der Captain nicht schon mit der ersten Landegruppe von Bord ging; auch dann, wenn eine Expedition die Umgebung zuvor erforscht hatte. Seine Befehle waren eindeutig: Kirks Wert für diese Mission lag hauptsächlich in der Datensynthese – er sollte das Geschehen beobachten und sich bemühen, einen Sinn darin zu erkennen – und in seiner Eigenschaft als Diplomat. Außer dem Kommandanten eines Schiffes war niemand ermächtigt, mit einer oder mehreren einheimischen Spezies die Beitrittsvereinbarung auszuarbeiten. Er mußte an seinem Sitz kleben bleiben, bis feststand, daß alles sicher war, und seine Besuche auf die für den diplomatischen Teil notwendigen beschränken.

So und nicht anders sollte es sein. Kirk lächelte kurz. Allerdings gab es immer eine Chance, die Bürokraten an der Nase herumzuführen.

Die Brückentür ging zischend wieder auf. »Hübsche Gegend«, sagte gleich darauf McCoys Stimme über Kirks Schulter hinweg.

Kirk schaute ihn mild überrascht an. »Ich dachte, du gehst mit der Landegruppe runter«, sagte er, »um zu verhindern, daß Spock alles vermasselt.«

45

McCoy lachte leise. »Ach, das wird er schon nicht«, sagte er und rieb sich kurz die Augen. »Nee, auf meinem Tisch liegt im Moment zuviel Arbeit. Ich geh in ein oder zwei Tagen runter.«

Kirk runzelte leicht die Stirn. »Wie lange hast du letzte Nacht geschlafen?«

McCoy riß weit die Augen auf. »Also bitte, Jim – nicht in diesem Ton! Ich wette, ich habe länger geschlafen als du.«

Kirk lächelte verhalten und nickte. »Kann schon sein«, sagte er. Es war schon immer sein Problem gewesen – es war natürlich kein ernstes –, daß die Aufregung, in Kürze einen neuen Planeten zu sehen, ihn in der Nacht davor meist länger wachhielt als sonst. Aber trotzdem ... »Du hast zu schwer gearbeitet«, sagte er.

»Aber nicht doch«, sagte McCoy. »So was kannst du in zwei Tagen zu mir sagen. Dann kannst du mich sogar *anbrüllen*. Dann werde ich dich sogar um deinen netten, leichten Job hier beneiden.«

Kirk markierte einen Erstickungsanfall. »Leicht ...!«

Auch darüber lachte McCoy. Dann sagte er: »Nun ja, es ist vermutlich alles relativ.«

Der Kommunikator pfiff. »Transporterraum«, ertönte eine Stimme. »Hier ist Lieutenant Renner. Landeteam meldet fertig zum Runterbeamen, Captain.«

»Beamen Sie sie runter, Lieutenant«, sagte Kirk.

In diesem Moment flammte der Brückenbildschirm auf und zeigte ihnen die Bilder, die Fähnrich Morrisons Tricorder übermittelte: Lieutenant Renner an der Transportersteuerung, der die letzten Einstellungen vornahm und dann die Regler hochschob. Ein Glitzersturm, als die Aktivierung den Raum auslöschte. Dann das Verblassen des Glitzerns.

Durch das Glitzern zeigte ihnen der Schirm etwas, das eine Waldlichtung zu sein schien. Hellgelbes Sonnenlicht brach durch breite Kronen und bedeckte in hellen Pfützen einen Boden, der wie eine Mischung aus

Kompost und anderem Material aussah und grüner war als das grünste Gras, das Kirk je gesehen hatte. Die Bäume waren ungeheuer grün, auch ihre ziemlich glatten Stämme, die an Birken erinnerten. Die Angehörigen der Landeeinheit kamen nacheinander ins Blickfeld und schauten sich um.

Spock nahm seinen Tricorder und tastete auf traditionelle Weise die Umgebung ab. Die anderen gingen langsam umher und berührten hier einen Zweig und dort eine Pflanze. Der Wald war sehr still – wenn man von einem leisen kratzenden Geräusch absah, das aus der Ferne kam und eine Insektenstimme hätte sein können. Doch Kirk schob diesen Gedanken sofort beiseite; auf neuen Planeten waren alle Mutmaßungen ohne Daten sinnlos, und sämtliche Annahmen konnten einen ohne Vorwarnung töten.

»Ergebnisse«, sagte Spock leise zu Chekov und Kerasus, die ihre Tricorder ebenfalls in den Händen hielten.

»Anzeichen von Leben, Sir«, sagte Chekov. »Glaube ich. Zwei, eins, vier, Typ sechs. Nicht viel Bewegung.«

Spock musterte seinen Tricorder. »Miss Kerasus?« sagte er.

Die hochgewachsene, lässig aussehende junge Frau nickte. »Ich stimme zu. Die Anzeigen sind bunt gemischt – tierisches und pflanzliches Leben. Wie zu erwarten.«

»Stimmt. Landegruppe, wir arbeiten uns in diese Richtung voran. Da drüben scheint eine Art Weg zu sein.«

»Sieht wie ein Hirschpfad aus«, sagte Morrison zu den Leuten, die ihnen auf der Brücke zuschauten. »Hier und da abgebrochene Zweige – in Hüfthöhe etwa. Ich würde sagen, hier herrscht allerhand Verkehr.«

Sie arbeiteten sich durch den Wald. Kirk lehnte sich zurück und schaute sich an, wie sich die grüngoldene Beleuchtung zu Goldgelb hin veränderte. Die Landeeinheit betrat eine Lichtung, blieb einen Moment auf ihr stehen und schaute sich um.

Was, zum ... dachte Kirk. In der Mitte der Lichtung stand etwas, das wie ein großer, amorpher Kristallklumpen von der Größe eines Beibootes aussah.

Bis es sich bewegte.

Der *Kristall*klumpen zerlegte sich in etwa fünfzig Teile, die nun auf die Landeeinheit zuhüpften und -rollten. Sie bewegten sich eigentümlich flüssig; Kirk hatte so etwas seit langer Zeit nicht mehr gesehen. Auf der Brücke wurde hier und da ein Ächzen hörbar. Kirk ignorierte es und fragte sich kurz, was diese Geschöpfe anstelle einer Muskulatur verwendeten, da sie doch angeblich nur aus Protoplasma bestanden. Aber die Bewegung machte ihnen eindeutig keine Probleme, auch wenn ihre besondere Art der Fortbewegung meist so aussah, als strömten dicke Plastiktüten über den Boden, die hin und wieder eine Rolle vorwärts machten, um etwas mehr Tempo aufzunehmen.

»Keine Phaser«, sagte Spock leise zu seinen Kollegen. Die anderen nickten.

Als sie in die Nähe der Landeeinheit kamen, verlangsamten die heranpurzelnden, sich über die Lichtung ergießenden Gestalten und umringten sie. Spock musterte sie mit der für ihn typischen Gelassenheit. Keins der Wesen reichte ihm weit übers Knie. Er wartete ab, was passieren würde. Langsam bildete sich um die Landegruppe ein Kreis; die Geschöpfe blieben dort, wo sie waren, verlagerten ihr Gewicht oder wackelten leicht hin und her. Morrison drehte sich langsam um und zeigte ihnen den Kreis der Geschöpfe. Sie waren wie Klumpen aus irisierendem Glas, aber sie bebten und waren lebendig. Sie mochten wer weiß was denken.

»Guten Morgen«, sagte Spock. Kirk gestattete sich eine Sekunde, um McCoy anzugrinsen. Spocks offizieller Ton reizte wirklich manchmal zum Lachen. »Sind Sie Angehörige der Ornae genannten Spezies?«

Erneut fuhr das Zittern einer Bewegung durch die Reihen der sie umzingelnden Geschöpfe. Dann ein Laut. Irgend etwas Kratziges, aber nicht exakt der ›Insektenton‹, den Kirk zuvor vernommen hatte. Der Brückentranslator schaltete sich sofort ein und wandelte das Geräusch in ein eigenartig schrilles Lachen um.

Ein Lebewesen in der ersten Reihe schüttelte sich am ganzen Körper und bewegte sich, noch immer zitternd, langsam auf Spock zu. Spock zuckte mit keiner Wimper. Das Wesen bildete ein langes, schlankes Pseudoglied, das im hellen Sonnenschein wie geblasenes Glas leuchtete, und betastete Spocks Stiefel. Dann erzeugte es wieder einen kratzenden Laut – noch mehr Gelächter – und sagte ein Wort.

»Ich hab dich!«

Es sprang an seinen Platz zurück. Nun fielen alle anderen Geschöpfe in das Kratzgelächter ein. Spock schaute sich in milder Verblüffung um und sagte: »Captain, ich nehme an, wir sind auf einen Kindergarten gestoßen, der gerade Pause macht. Oder auf etwas Vergleichbares.«

Kirk lachte. »Was es auch ist«, sagte er, »sie sind eindeutig Ornae.«

»Und ob.« Spock beugte sich ein Stück zu dem Ornaet hinunter, der ihn ›erwischt‹ hatte, und sagte: »Wir sind zu Besuch hier. Glaubst du, du kannst uns zu denen bringen, die die letzten Besucher unserer Art begrüßt haben?«

Darüber wurde noch mehr gelacht, doch einige Ornae machten dem Team Platz. Sie öffneten für sie einen Pfad, der zur anderen Seite der Lichtung führte. »Danke«, sagte Spock ernst und ging in diese Richtung. Der Ornaet, der mit ihm gesprochen hatte, hüpfte und rollte neben ihm her und bumste gelegentlich gegen ihn, um ihm den richtigen Weg zu weisen.

Kirk und die anderen schauten zu, als die Ornae die

49

Landegruppe wieder in den Wald zurückführten, diesmal auf einen anderen Pfad, einen breiteren, an dessen Rändern noch mehr verfaultes Laub lag. Hier schien noch mehr Verkehr zu herrschen. Man führte die Landeeinheit über mehrere andere Lichtungen, auf denen man jedoch keine Ornae fand. Dann erreichten sie die letzte Lichtung, die größte, die ihnen bisher begegnet war. Hier standen Bauwerke von der Größe kleiner Häuser. Sie bestanden aus irisierendem Glas und wirkten überraschend elegant. Man sah spitze, runde Türme, gläserne Dome und Labyrinthe ohne Dach, die unbekannten Zwecken dienten. Je näher sie kamen, desto mehr Ornae verließen die Gebäude oder gingen in sie hinein.

McCoy atmete leise aus. »Von solchen Bauwerken steht aber nichts in dem Bericht«, sagte er.

»Sie haben recht, Doktor«, sagte Spock. »Ich vermute, daß man uns nur die Hälfte erzählt hat... Wie schon gesagt.«

Kirk machte sich die geistige Notiz, hinsichtlich des Expeditionsberichts eine scharf formulierte Beschwerde an Starfleet zu senden. Die während der letzten drei Tage von den einzelnen Abteilungen der *Enterprise* abgefaßten Meldungen hatten ihm verdeutlicht, daß der Bericht des Forschungsteams im höchsten Maße unvollständig und fehlerbehaftet war. *Schickt man diese Leute nicht hierher, damit sie die Arbeit ein wenig erleichtern? Weiß der Himmel, welche Gefahren sie auf diesem Planeten übersehen haben, mit denen wir fertig werden müssen, bevor wir wieder abreisen...*

»Heiliger Bimbam!« sagte McCoy plötzlich. »Schau dir das an!«

Kirk schaute hin... und verstand den Ausruf. Ein Gebäude hatte sich lautlos zerlegt. Der höchste Turm – er ragte etwa fünfzehn Meter hoch auf – schmolz so langsam und graziös wie ein Glyzerintropfen rings um sein Restfundament zusammen... Es war allerdings ein Tropfen, der aus gut hundert Litern bestand.

50

»Sie bauen Behausungen aus *sich selbst*«, sagte McCoy entzückt und fast ehrfürchtig. »Es ist unglaublich, Jim. Ob es Ornae gibt, die das als Hauptberuf machen? Oder wechseln sie sich ab?«

»Pssst«, machte Kirk. Er beobachtete den einzelnen Ornaet, der an dem Gebäude hinabrutschte, das aus seinen gegenwärtig weniger mobilen Genossen bestand. Er hielt vor der Landeeinheit an, blieb zu Spocks Füßen hocken und schaute zu ihm auf. Daß er zu ihm aufschaute, erkannte man daran, daß aus der leeren glatten Rundung seines Körpers zwei Stielaugen wuchsen.

»Gruß«, sagte er.

Spocks Augenbraue rutschte hoch.

»Auch ich grüße Sie«, sagte er mit der Andeutung einer Verbeugung. »Ich bin Commander Spock vom Föderationsraumschiff USS *Enterprise.*«

»Föderation«, sagte das Geschöpf. Der Translator verlieh dem Wort einen leicht meditativen Tonfall: »Umf.«

Spock warf Lieutenant Janice Kerasus, deren große dunkle Augen sehr nachdenklich dreinschauten, einen Blick zu. Als Linguistikchefin war sie möglicherweise von allen an Bord befindlichen Menschen am besten ausgerüstet, die Launen des Universaltranslators zu verstehen. Doch die momentane Lage, in der die Justierung gerade halb fertig und allem Anschein nach auch unrichtig war, würde sich wahrscheinlich erst in Tagen oder gar Monaten ändern. Der Himmel mochte wissen, was sie diesen Geschöpfen mitteilten; und solange sie nicht mehr von der Sprache der Ornae gehört hatten, wußte auch nur der Himmel, was die Geschöpfe erwiderten. Die ganze Mission hing davon ab.

»Unsere Landeeinheit«, stellte Spock gelassen seine Begleiter vor. *Er* schwitzte natürlich nicht. »Lieutenant Kerasus, Fähnrich Morrison, Fähnrich Chekov.«

»Umf«, sagte der Ornaet. »Gruß, Gruß, Gruß. Föderation?«

»Ja«, sagte Spock, während die anderen nickten, vor sich hinbrummten oder eigene Grüße aussprachen. »Wir alle gehören der gleichen Organisation an. Unser kommandierender Offizier hat uns geschickt, um erste Kontakte mit Ihnen aufzunehmen. Wir möchten Ihren Planeten für eine Weile besuchen und, falls Sie nichts dagegen haben, Gespräche mit Ihnen führen.«

Der Ornaet schob seine Stielaugen ein Stück dichter an Spock heran. Sein Ausdruck wirkte irgendwie spöttisch. Kirk ermahnte sich wieder einmal, fremde Lebensformen nicht zu vermenschlichen. »Nur Einspruch ;At«, sagte der Ornaet.

Kirk runzelte die Stirn. Dies war ihm neu. McCoy warf ihm einen Blick zu. Der spöttische Ausdruck auf dem Gesicht des Arztes konnte nicht falsch verstanden werden. »Ähem«, sagte er.

»Laß uns noch nicht in Panik verfallen«, murmelte Kirk. »Dazu ist es noch ein bißchen früh.«

»Willkommen«, sagte der Ornaet dann. »Bleiben, reden, hier sein, ja.« Er zog die Augen in seinen Körper zurück, als sei es eine große Anstrengung für ihn gewesen, sie auszufahren.

»Wir danken Ihnen«, sagte Spock mit einem anerkennenden Nicken. »Wir möchten Sie und Ihr Volk gern untersuchen, um zu erfahren, ob Sie so wie wir sind oder anders. Die Untersuchung ist nicht zudringlich. Dürfen wir?«

Der Ornaet glotzte Spock erneut an, diesmal allerdings, ohne seine Stielaugen so weit auszufahren wie zuvor. »Untersuchen«, sagte er nachdenklich. »Ja. Untersuchen euch?«

Spock schaute Kerasus an, um ihr die stumme Frage zu stellen, ob sie die Syntax des Geschöpfs ebenso verstand wie er. Sie nickte. »Ja«, sagte Spock. »Aber gewiß. – Meine Herren?« sagte er zu Chekov und Morrison.

»Natürlich, Sir«, sagte Morrison. »Sicher«, sagte Chekov.

McCoy, der neben Kirk stand, zuckte leicht zusammen. »Ich möchte wissen, womit man sie zuerst untersucht«, sagte er so leise, daß nur Kirk ihn hören konnte. »Ich habe keine Ahnung, wie zudringlich *ihre* Verfahren sind.«

»Spock wird sie schon im Auge behalten«, sagte Kirk. »Und wir auch. Und ihre Bitte ist berechtigt.«

McCoy nickte seufzend. »Uhura«, sagte er, »sorgen Sie dafür, daß die Tricorder-Aufzeichnungen der Landeeinheit direkt in die Krankenstation überspielt werden. Ich möchte sofort loslegen können.«

»Kein Problem, Doktor.«

»Ich kann mir nicht mal vorstellen, wie sie sich fortbewegen«, sagte McCoy leise. »Laut Bericht bestehen sie aus undifferenziertem Protoplasma. Aber das hat nicht mal annähernd genug ATP oder etwas Vergleichbares, um sich derart flott bewegen zu können…«

»In dem Bericht steht viel, worüber ich mit Starfleet reden möchte«, sagte Kirk. »Aber lassen wir das jetzt.«

Er interessierte sich mehr für das, was der Bildschirm zeigte, was verständlich war, denn nun wurde die Landegruppe in das erstaunliche Bauwerk geführt. Im Inneren war das Gebäude nach menschlichem Ermessen nicht sonderlich groß; es hatte in etwa die Größe des Konferenzraums der *Enterprise* und eine ziemlich niedrige Decke. Doch die relative Transparenz der Wände machte es hell und luftig, als hielte man sich in einem aus Glasbausteinen erbauten Raum auf. Der Unterschied bestand natürlich darin, daß es keine Glasbausteine waren, sondern die abgerundeten Körper von Ornae, die sich streckten oder komprimierten, um die Stellen auszufüllen, die sie einnahmen. Wie Basreliefwände aus fließenden, runden Gebilden. Und alle Ornae *schauten* die Landeeinheit an – mit Augen, die entweder in der Masse des einzelnen verborgen waren oder aus ihm hervortraten. Es reichte aus, um einem zur Nervosität neigenden Menschen das kalte Grauen einzujagen.

Spocks Nervenkostüm war natürlich wieder einmal das kälteste. Er nahm mitten im Raum auf dem Boden Platz, legte den Tricorder hin, nahm ein paar Feinabstimmungen vor und unterhielt sich gelassen mit dem Ornaet, der sie ins Gebäude geführt hatte. Die anderen Angehörigen der Landeeinheit schlenderten umher, begannen unter sich ein Gespräch und untersuchten die Umgebung. Es wurde allmählich schwierig, das zu verfolgen, was die Gruppe als solche tat, denn nur der Tricorder Morrisons sendete, während Morrison selbst sich auf die Wände konzentrierte. Der Brückenbildschirm wurde von glänzend schwarzen Ornaet-Augenpaaren (beziehungsweise Augen-Drillingen) beherrscht, die den Tricorder musterten oder sanft mit Pseudopodien betasteten.

Kirk lehnte sich zurück und rieb sich die Augen. »Da kommt etwas Faszinierendes auf uns zu«, sagte er. »Um mal eine neue Phrase zu kreieren.«

McCoy seufzte. »Kann man wohl sagen. Ich möchte lieber runtergehen, um dafür zu sorgen, daß wir die Daten kriegen, die ich brauche. Was diese Geschöpfe zum Transport von Energie verwenden, kann *ich* mir jedenfalls nicht vorstellen...«

»Erzähl's mir, wenn du's rausgekriegt hast«, sagte Kirk. »Ich muß noch eine ziemliche Weile hier kleben, sonst vertilgen gewisse Leute bei Starfleet zum Frühstück mein Kapitänspatent.«

»Armer Jim«, sagte McCoy. »Ja, ja, Bürden der Pflicht. Da mußt du nun in einem hübschen weichen Sessel sitzen und zusehen, wie wir herumrennen und uns zu Tode placken.«

»Fang bloß nicht schon wieder an«, sagte Kirk. »Als

wäre das Leben nicht schon hart genug. Schieb ab, nach unten. Und viel Spaß.«

»Spaß!« schnaubte McCoy und verschwand von der Brücke.

Kirk setzte sich zurück und fing langsam an zu grinsen.

Die medizinische Seite der Situation verwandelte sich in einen Zirkus, mehr konnte man dazu nicht sagen. Die Menschen funktionierten einfach nicht mehr ohne Überwachung aus nächster Nähe. McCoy wußte nicht, was man den Leuten heutzutage in der Schule beibrachte.

»Also wirklich, Mr. Chekov«, sagte er in seinem Büro ins Interkom, während er im Begriff war, die Notausgabe jener Dinge zusammenzustellen, die er auf dem Planeten brauchte. »Soll sich doch mal Lieutenant Kerasus mit dem Verb-Problem herumschlagen. Wir müssen uns um andere Dinge kümmern. Ich bin in zehn Minuten bei Ihnen, und sollten Sie dann noch keine Serologieanalyse, keinen Integumenttest, keinen Neuraltest mit relevanten EEGs und kein Perkussionsauskultationssortiment für mich fertig haben...«

»Kein Problem, Doktor«, sagte Chekov fröhlich.

McCoy schnaubte freundlich. »Kümmern Sie sich drum. Ich bin in zehn Minuten da. – McCoy, Ende.«

Lia rief aus dem Nebenraum: »Soll ich mit runterkommen, um Ihnen zu helfen?«

»Nein, danke«, sagte McCoy. Er nahm einen Inverpalliator in die Hand, zog ihn in Erwägung, warf ihn dann in die Schublade zurück und nahm statt dessen ein Miniaturpolariophthalmoskop. »Solange der Translator nicht besser justiert ist, hat der Captain nur Abteilungschefs ermächtigt, auf den Planeten zu gehen. Er möchte die möglichen Fehler nicht vervielfachen.«

»Klingt so, als hätten Sie es ihm geraten«, sagte Lia und lugte um den Türrahmen.

»Hab' ich auch.«

»Ich versteh schon«, sagte sie. »Schon wieder ein Alibi, damit Sie sich überarbeiten können.«

»Aber nein«, sagte McCoy. Er schloß die kleine schwarze Tasche, öffnete sie wieder und warf ein Radiolaparoskop und einen Zungendepressor hinein. »Sie tun Ihre Arbeit hier und sorgen dafür, daß alle Daten gesichert werden.«

Lia seufzte. Sie hatte diese Sprüche schon viel zu oft gehört und inzwischen gelernt, daß es sinnlos war, sich darüber mit ihm zu streiten. »Dann wünsche ich Ihnen viel Spaß«, sagte sie.

McCoy grunzte, nahm die kleine schwarze Tasche und eilte zum Transporterraum.

Als er auf Spock stieß, saß dieser noch immer auf dem Boden dessen, was das Hauptgebäude der Ornae auf dieser Lichtung zu sein schien. Inzwischen hatten die Scanner zwar noch viele weitere Lichtungen mit ähnlichen Bauwerken aufgespürt, aber hier und da gab es offenbar auch aus einheimischem Holz und Gestein erbaute Gebäude. *Bestehen sie aus einer der anderen Spezies? dachte McCoy. Oder wie, oder was? Wozu brauchen intelligente Bäume Behausungen? Und die dritte Spezies ist doch angeblich ›unkörperlich‹. Nun ja, eins nach dem anderen...*

»Ah, Doktor«, sagte Spock und schaute von seinem Tricorder auf. »Ich habe mich schon gefragt, ob Sie die Zeit finden, sich zu uns zu gesellen.«

»Ich hatte keine große Wahl«, sagte McCoy. »Die Daten tröpfeln so jämmerlich langsam bei uns ein...«

Spock schenkte ihm einen Blick, der in erster Linie Mitleid ausdrückte – vorausgesetzt, Vulkanier gaben zu, daß sie so etwas wie Mitleid überhaupt empfinden konnten. McCoy nahm an, daß Spock es eventuell zugeben würde, solange es *ihn* betraf. »Sie meinen die *medizinischen* Informationen«, sagte Spock. »Ich fürchte, unser Hauptinteresse gilt momentan eher der Sprachwissenschaft ...«

»Was Sie nicht sagen. – Wie geht's denn, Lieutenant?« fragte McCoy über die Schulter hinweg.

Janice Kerasus schaute von ihrem Tricorder auf. Der Ornaet, mit dem sie sich unterhielt, untersuchte ihn interessiert. »Ich brauche mehr Verben«, sagte sie in einem verzweifelt klingenden Tonfall.

»Brauchen wir doch alle, meine Liebe«, sagte McCoy. »Brauchen wir doch alle.« Er ging auf Chekov zu, hielt aber kurz bei Morrison an. »Wie kommen wir voran?«

»Das Bürschlein hier sagt, daß ich gerade untersucht werde«, sagte Morrison. Er saß im Schneidersitz auf dem Boden. Ihm gegenüber saß, falls dies das richtige Wort war, ein wie ein Ball aussehender Ornaet, der weder Gliedmaßen noch Augen hatte. »*Spüren* tu ich allerdings nichts.«

»Beschweren Sie sich nicht«, sagte McCoy. »Und achten Sie darauf, was Sie sagen. Man kann nie wissen, was hier angewendet wird, um Gefühlsmängel zu prüfen. Könnte etwas härter sein als ein Reflexhämmerchen. – Nun, Mr. Chekov?«

»Hier ist alles, was Sie haben wollten, Sir.«

»Umpf«, sagte McCoy, als er sich neben Chekov hinhockte und sich die Liste der Anzeigen ansah. Das Ergebnis des Serologietests, um den er Chekov gebeten hatte, war ziemlich verwirrend. Die Lebewesen hatten kaum etwas, das man als Kreislauf bezeichnen konnte, also konnte man nicht genau sagen, wieviel der in ihnen umlaufenden Flüssigkeit aus Durchflußmasse bestand und wieviel der kurz zuvor aus festem ›Muskel‹-Material bestehenden Masse nur zeitweise flüssig war. McCoy hatte zwar in seinem Leben schon einige Protoplasmageschöpfe gesehen, aber nur wenige davon waren so undifferenziert wie dieses hier. In der Regel entwickelten Lebewesen von dieser Größe wenigstens etwas mehrzellige Struktur. Die Situation war zwar verwirrend, aber vielleicht auch Grund genug, einen neuen Aufsatz zu schreiben. *Der arme Dieter*, dachte McCoy mit dem Anflug eines Lächelns. *Und er meint, man hätte sich schon über meinen letzten Artikel aufgeregt. Die Xeno-Meute wird aufheulen, wenn sie etwas über dieses Volk liest.* »Hmm«, sagte er, überblätterte die unklaren Serologieergebnisse und schaute sich statt dessen den Integumenttest an.

»Hmm«, sagte das Geschöpf ziemlich deutlich zu ihm. McCoy schaute Chekov an, dann den Ornaet. »Verzeihen Sie, mein Sohn«, sagte McCoy, »aber ich habe Sie nicht gesehen. Ich heiße McCoy und bin Arzt.«

Der Ornaet sagte etwas Kratziges, was der Translator als ›Was Sohn?‹ übersetzte.

»Um der Barmherzigkeit willen, Doktor«, rief Kerasus durch den Raum, »bitte, überspielen Sie alles, was Ihr Translator aufnimmt, auch zu meinem. Ich brauche jedes Wort.«

»Richtig.« McCoy nahm eine Einstellung an seinem Tricorder vor und wandte sich wieder dem Ornaet zu. »*Sohn* ist ein Wort der Zuneigung«, sagte er. »Also, wenn man jemanden gern hat.«

Es gab eine Pause, dann sagte der Ornaet: »Gern?« Er stieß wie eine verspielte Katze seitlich an McCoys Bein.

»Ja, genau. Oder so. Darf ich Sie anfassen?« fragte er und hielt sich kurz zurück, bevor er es dann doch tat.

»Anfassen, ja.«

McCoy wollte es sehr gern tun, nachdem er den ersten Teil des Integumentberichts gesehen hatte. Er tätschelte freundlich die Haut des Ornaet. »Sehen Sie?« sagte er. »So zeigen wir einem anderen, daß wir ihm freundlich gesinnt sind.«

»Freundlich, ja!« sagte der Ornaet fröhlich. Er bildete einen stumpfen, abgerundeten Pseudoarm und erwiderte McCoys Tätscheln.

McCoy lachte leise und streichelte die wunderschöne irisierende Haut. *Haut* war natürlich das falsche Wort, denn die ersten Untersuchungen hatten ergeben, daß die Hülle des Wesens ebenso wenig mehrzellig war als der Rest. Es war ein dickes Stück selektiv durchlässiger Membran, nicht anders als das, wodurch sich die Blut-, Haut- oder Muskelzellen eines Menschen von denen eines anderen unterschieden. Sie war nur etwa fünftausendmal dicker. *Wie hat sich das entwickelt?* fragte er sich. *Wie wird das Gewebe richtig ›durchblutet‹, von der Ernährung ganz zu schweigen? Keine Gefäßstruktur. Postuliert man andererseits durchlässiges Membranverhalten, hat jeder Innenteil Zugriff auf ausreichend Flüssigkeit – schließlich plätschert doch alles in ihm herum. Aber es ist trotzdem unerklärlich ...*

»Haben Sie einen Namen?« fragte McCoy und nahm eine leichte Drehung vor, um Chekovs Tricorder anzuweisen, er solle zur nächsten Anzeigenreihe weiterblättern.

»Namen?«

»Sie wissen schon: Wie die anderen Sie nennen.« Er hielt inne, um sich den Neuraltest anzusehen. Er ergab noch weniger Sinn als der Integumenttest. »So wie man mich McCoy nennt.«

Wieder erzeugte der Ornaet ein kratzendes Geräusch, das sich nicht übersetzen ließ. *Au weia*, dachte McCoy, denn das Geräusch konnte entweder bedeuten, daß der Name des Wesens in keiner bekannten Sprache eine Entsprechung aufwies oder daß es die Frage mißverstanden hatte und etwas erwiderte, mit dem der Translator nicht fertig wurde. »Hmm«, sagte McCoy, »könnten Sie das noch mal wiederholen?«

Der Ornaet erzeugte das Kratzgeräusch noch einmal, aber ebenso wie vorher. »Nun ja«, sagte McCoy, »Sie haben gewiß nichts dagegen, daß ich Sie Hhch nenne, wenn Sie wissen, daß es das Beste ist, was ich aus dem Ton machen kann, den Sie gerade erzeugt haben. Ich weiß auch nicht, wie meine Aussprache ausfällt. Ich weiß nicht mal, ob Sie mich verstehen oder ob das Geräusch überhaupt Ihr Name war. Hat mich trotzdem gefreut, Sie kennenzulernen.«

Der Ornaet stupste ihn wieder an; möglicherweise wollte er Zustimmung signalisieren. »Wie nennen Sie diesen Teil Ihres Körpers, Hhch?« fragte McCoy und tätschelte die Haut des Wesens noch einmal.

Der Ornaet stieß einen anderen Ton aus. »Könnte Haut das richtige Wort sein?« sagte McCoy und zog an seiner Unterarmhaut, um seine Frage zu illustrieren.

»Ja, Haut«, sagte Hhch.

»Da haben Sie wieder 'n Wort, Kerasus«, sagte McCoy. Er wandte sich erneut den Messungen zu. »Dann wollen wir doch mal sehen, wie ihr innen drin so ausseht. Gütiger Himmel, mein Sohn, eine Kartoffel hat mehr EEG als Sie! Aber Sie denken und bewegen sich eindeutig und sind eine auf Kohlenstoff basierende Lebensform. Was verwenden Sie anstelle von Bioelektrizität? Falls Sie nicht alle, wie die Deneber, chemische Neuraltransporter sind? Es ergäbe keinen Sinn, nicht bei Ihrer physikalischen Struktur. Tja...«

»Ich habe Struktur«, sagte der Ornaet ziemlich plötzlich. McCoy schaute ihn an und fragte sich, was er genau damit meinte.

»Und ob Sie eine haben, Hhch, alter Knabe. Aber nichts in der Art wie das, was ich in diesem Glücksmonat gesehen habe. – He, Chekov«, sagte McCoy und tastete hinter seinem Rücken herum, »tun Sie mir den Gefallen und nehmen Sie eine chemische Untersuchung vor. Für mich sieht das hier aus wie die Stelle, an der ein Neurotransmitter sitzt. Sehen Sie die Mikrostruktur da? Richtig. Richten Sie das Molekularanalysemodul darauf und prüfen Sie nach, ob es am Ende dieses Bauwerkes irgendwelche Gehege gibt, die so aussehen, als wären sie bereit, sich enträtseln zu lassen. Oder auch nicht«, fügte er sinnierend hinzu. »Es sieht so aus, als sei im Inneren dieses Bürschleins alles möglich. Himmel, wie mein Bericht ausfallen wird ...«

»Doktor«, sagte Spock von der anderen Seite des Raumes her, wo er sich noch immer mit dem Ornaet unterhielt, der sie zuerst begrüßt hatte, »um einen erfolgreichen Bericht zu schreiben, muß man zuerst verstehen, worüber man eigentlich schreibt ... Man sollte es zumindest so gut verstehen, damit man Theorien formulieren kann, die nicht gleich wieder in sich zusammenfallen.«

»Seien Sie jetzt mal still, Spock«, sagte McCoy, der sich zum ersten Mal seit Beginn ihrer Mission gut aufgelegt fühlte. »Wenn ich erst mal mit dem Schreiben anfange, können Sie sich darauf verlassen, daß ich ein paar Theorien habe.« *Hoffe ich jedenfalls*, dachte er.

Spock hob eine Braue. Er sagte nichts mehr und nahm sein Gespräch mit dem Ornaet wieder auf. McCoy lächelte und wandte sich wieder seiner Arbeit zu. »Und jetzt«, sagte er zu Hhch, »wollen wir doch mal sehen, was Sie für Nerven haben ...«

»Wo ist Dr. McCoy?« fragte Kirk und musterte den Tisch im Konferenzraum von oben bis unten.

Es war spät am Abend – Schiffszeit. Die Landegruppe war vor einigen Stunden zurückgekehrt, und man hatte eine neue nach unten geschickt, um die Flora und Fauna und andere nächtliche Aktivitäten zu untersuchen. Sämtliche Mitglieder der ersten Gruppe – ausgenommen McCoy – hatten sich mit den Chefs der Abteilungen um den Tisch versammelt. »Lieutenant Burke«, sagte Kirk, »wo ist er?«

Lia schaute nervös drein. »Als ich das letzte Mal von ihm hörte, Captain, vor etwa einer Stunde, war er noch unten. Er wußte, daß dieses Treffen stattfindet. Er hat auch gesagt, er möchte daran teilnehmen. Ich habe angenommen, daß wir uns hier treffen.«

Kirk seufzte. Dergleichen kam nicht zum ersten Mal

61

vor. McCoy beschwerte sich zwar ständig über zuviel Arbeit für seine oder andere Abteilungen, aber er verschwendete keinen Gedanken daran, wie er selbst schuftete. Kirk drückte den Kommunikationsschalter auf dem Tisch und sagte: »Brücke? Lieutenant Brandt.«

»Sir?« meldete sich die Stimme des Kommunikationsoffiziers von der Spätschicht.

»Suchen Sie Dr. McCoy. Wir warten hier unten auf ihn.«

»Jawohl, Sir.«

Kirk nahm Platz. »Einige Präliminarien können wir ja schon erledigen. – Spock? Wie steht's um die diplomatische Lage?«

Spock faltete die Hände. »Wie wir wissen, Sir, müssen ernsthafte Anstrengungen so lange unterbleiben, bis der Translator besser justiert ist. Heute abend stehen wir freilich eindeutig besser da als nach den Informationen des Expeditionsberichts. Unsere Daten weisen eindeutig mehr Tiefe auf.« Kirk lächelte. Spock legte seine Position eindeutig klar. Niemand an Bord hatte größeren Abscheu vor ungenauen Daten.

»Ich habe die meiste Zeit auf dem Planeten mit dem Versuch verbracht, unser Wissen darüber zu vertiefen, welche Vorstellungen die Ornae von sich und ihrer Beziehung zu den anderen vernunftbegabten Spezies dieser Welt haben«, sagte Spock, »unter besonderer Berücksichtigung aller Dinge, die wir über ihre organisatorischen und politischen Strukturen zu erkennen in der Lage sind. Es gibt noch sehr viel zu entdecken, aber wie schon gesagt, wir müssen auf die Verbesserung der Translatoralgorithmen warten. Insgesamt glaube ich jedoch, daß wir uns spätestens dann auf alle Informationen verlassen können. Die Ornae scheinen zunächst einmal fast alles als flüssig wahrzunehmen: Beziehungen; wie schon erwähnt die Sprache, und auch Strukturen, ob sie nun physikalischer oder nichtphysikalischer Natur sind. Sie sind ziemlich überrascht von unserer Form-

62

festigkeit. Ich hatte den Eindruck, daß sie uns zwar nicht unbedingt als inakzeptabel einschätzen, aber als recht anomal. Für Lebewesen, die bis vor kurzem noch keiner anderen vernunftbegabten Spezies begegnet sind, verfügen sie aber über einen für unsere Begriffe ungewöhnlich verständnisvollen Charakter. Auch dies ist möglicherweise auf ihre ›Unfestigkeit‹ und die Art zurückzuführen, wie sie sich auf ihr Denken auswirkt. Sie haben zwar nichts dagegen, daß wir so formfest sind, aber sie behalten uns genau im Auge, als rechneten sie damit, daß wir unsere gegenwärtige Körperform jeden Moment aufgeben, um etwas anderes zu werden.«

»Ich enttäusche sie zwar nicht gern«, sagte Kirk, »aber damit müssen sie leben. Sehen Sie darin ein Problem?«

»Nein«, sagte Spock. »Aber ich mutmaße, daß es anderswo Probleme geben wird. Nach etlichen Gesprächen wurde mir klar, daß diese Wesen über keine organisatorische Struktur unserer Art verfügen. Der Planet wird von niemandem beherrscht; das Treffen von Entscheidungen ist eine rein persönliche Angelegenheit, was möglicherweise klug ist, da jeder sein Äußeres oder seine Pläne in jedem beliebigen Moment verändern kann. Wie wir an den hiesigen *Gebäuden* gesehen haben, gibt es Perioden der Kooperation, deren Zweck mir aber noch völlig unklar ist. Die Geschöpfe scheinen keinen Bedarf an Unterkünften im klassischen Sinn zu haben. Ihre Umwelt ist allgemein unfähig, ihnen Schaden zuzufügen, und sie brauchen allem Anschein nach keinen Schutz vor ihr. Jedenfalls entscheidet jedes Individuum selbst, ob es Teil einer Gemeinschaft sein will oder nicht. Die Ornae haben wenig Einfluß aufeinander, und auch keinen auf andere Spezies, die sie mit Worten beschreiben, für die wir momentan noch keine Entsprechungen kennen.«

»Erscheint ihr Tonfall Ihnen freundlich?« fragte Uhura vom anderen Ende des Tisches her.

»Schwer zu sagen«, erwiderte Spock. »Wir haben noch nicht genug Sprachinformationen, um eine emotional selbständig reagierende Translatorjustierung vorzunehmen. Es kann noch ein paar Tage dauern. Dieses Volk drückt sich zwar nicht absichtlich nebelhaft aus, aber sein Denken unterscheidet sich sehr stark von dem der Hominiden, und es wird eine Weile dauern, bis wir eine gemeinsame Basis gefunden haben.«

Uhura nickte.

»Die Ornae«, sagte Spock, »scheinen keine Vorstellung davon zu haben, was Arbeit ist. Sie haben auch kein Bedürfnis danach. Sie überleben wohl durch direkte Energieaufnahme aus der sie umgebenden Umwelt, auch wenn wir noch nicht genau wissen, mit welchem Mechanismus sie dies bewerkstelligen. Sie essen, trinken und exkrementieren nicht; sie brauchen, wie schon gesagt, kein Obdach. Außer Zufallsverletzungen scheint es auf diesem Planeten wirklich nichts zu geben, das sich nachteilig auf sie auswirken kann. Sie haben keine der für uns normalen körperlichen Bedürfnisse. Sie führen offenbar ein reichhaltiges gesellschaftliches Leben, doch *womit* sie ihre Zeit verbringen, wissen wir so gut wie nicht. Sie sind allerdings nicht untätig. Ich vermute aber, daß die meisten Dinge, die uns wichtig sind, ihnen entweder völlig sinnlos oder närrisch erscheinen. Dies wird natürlich irgendwelche Auswirkungen auf das diplomatische Ergebnis haben.«

Irgendwelche, dachte Kirk traurig. *Welchen Anreiz, sich einer Gemeinschaft anzuschließen, bietet man einer Rasse an, die nichts braucht und nicht versteht, wieso wir es brauchen?*

»Dann kann ich wohl weitermachen«, sagte Uhura. Spock nickte ihr zu, um sie wissen zu lassen, daß er im Moment fertig war. »Captain, die Sprache der Ornae – das heißt, das, was wir schon von ihr wissen – verdeutlicht, daß sie ein prächtiger Gewinn für die Föderation wären – falls wir sie überreden können, ihr bei-

64

zutreten. Dieses Volk hat in seiner gesprochenen Sprache eine höhere Verbendichte als *jedes* andere in der Galaxis. Vom Satzbau einmal abgesehen, kommen bei ihnen auf zwei Substantive etwa zehn Verben. Alle ihre *Pronomen* sind Verben – was uns, wie ich annehme, nicht überraschen dürfte, wenn man bedenkt, daß sie Werkzeuge und Gebäude aus sich selbst machen. Es ist unvorstellbar für sie, *nicht* auf ihre Umwelt einzuwirken. Was die Frage aufwirft: *Wie* wirken sie auf sie ein? Denn sie essen, trinken, arbeiten oder schlafen offensichtlich nicht.«

Lia Burke schaute sinnierend drein. »Vielleicht das reichhaltige gesellschaftliche Leben. Sie wirken aufeinander ein.«

»Scheint so. Das Verhalten des Gebäudes, das wir heute beobachtet haben, könnte ein Hinweis darauf sein. Oder sie wirken auf die anderen Spezies ein.«

Lieutenant Kerasus nickte. »Als wir interspezifische Themen in Angriff nahmen«, sagte sie, »bekamen wir eine ganze Flut neuer Verben. Mehr, als wir verarbeiten konnten.«

»Sie wollten doch mehr Verben haben«, sagte McCoy, der eben eintrat. »Jetzt haben Sie sie. Achten Sie darauf, um *was* Sie bitten. – Tut mir leid, Leute, daß ich zu spät komme.«

»Setz dich, Pille«, sagte Kirk. »Wir sind noch nicht lange dran.« *Er sieht schauerlich aus,* dachte er. McCoy wirkte regelrecht erschossen. Kirk hatte gelernt, diesen Anblick als den der Dehydration eines Menschen zu sehen, der seit mehreren Stunden keine Pause gemacht hatte, um zu essen oder zu trinken.

Kerasus lächelte McCoy traurig an. »Damit haben Sie jedenfalls recht«, sagte sie. »Die Verben, die sich auf die verschiedenen Spezies bezogen, waren sehr kompliziert und lang – eine verbale Einwirkung auf die andere gestapelt, bis der gesamte Tätigkeitswert eines Satzes in einen Gedanken paßte.«

»Lieutenant«, sagte Kirk, »wie dicht stehen wir vor einem Übersetzungsniveau, dem wir soweit vertrauen können, um anzufangen, etwas in diplomatischer Hinsicht zu unternehmen?«

Kerasus und Uhura schauten sich an und schüttelten dann gleichzeitig den Kopf. »Würde ich Ihnen eine konkrete Zeit oder ein Datum nennen, müßte ich lügen«, sagte Uhura. »Wir brauchen einen viel größeren Wortschatz, Sir, bevor wir soweit sind, uns über etwas Komplizierteres als das Wetter zu unterhalten.«

»Tja«, sagte Kirk, »wenn wir's nicht übers Knie brechen können, tun Sie, was getan werden muß – und in der Zeit, die Sie dafür brauchen.« Er wandte sich zu McCoy um. »Da du so konzentriert beim Datensammeln warst, Pille, nehme ich an, du hast uns etwas Faszinierendes zu berichten.«

»Nun ...«, sagte McCoy. Er warf einen Blick auf den mitgebrachten Datenblock und schob ihn dann beiseite, als habe er sich über ihn geärgert. »Faszinierend ist es schon, aber nicht unbedingt erhellend. Die Physiologie der Ornae gehört zu den wankelmütigsten, die mir je untergekommen sind. Ich habe – jeweils im Abstand von etwa drei Stunden – vier Untersuchungen am gleichen Lebewesen vorgenommen, doch von einer Untersuchung zur nächsten haben sich größere Teile seiner Innenphysiologie verändert. Und zwar alles mögliche: Energietransportmechanismen, Plasmafluß und Nervenströme. Ich wollte den Versuch machen zu ermitteln, ob es bewußte oder unbewußte Veränderungen sind, aber das gute Wesen kennt den Unterschied offenbar nicht – oder es glaubt nicht an ihn. Ich weiß aber nicht, ob es ein Übersetzungsproblem ist.« Er warf Uhura und Kerasus einen Blick zu.

Die beiden schüttelten erneut den Kopf. »Auch wir haben uns über diese Frage den Kopf zerbrochen, Doktor«, erwiderte Kerasus. »Die Vorstellung der Ornae

66

von Kausalität ist schon absonderlich genug. Sie glauben offenbar, daß sie der Grund all dessen sind, was ihnen zustößt. Selbst von Dingen, die sie nicht gekannt haben und von denen sie nichts wissen konnten. Etwa die Ankunft des ersten Forschungsteams... und die unsere.« Sie lachte leise. »Sie waren zwar überrascht, uns zu sehen, aber sie sagen, *sie* hätten uns herkommen lassen. Oder so was in der Art. Ohne größeres Vokabular und mehr Gefühl für die Verbenstruktur ist es noch immer schwer zu sagen, ob sie es wörtlich meinen oder ob wir einfach nur ein Subjekt/Objekt-Paar deplaziert haben.«

McCoy nickte. »Das habe ich befürchtet. Tja, dazu kann ich nur eins sagen: Sollte diese Unbeständigkeit auch den anderen Spezies dieses Planeten zu eigen sein, steht uns hinsichtlich des Begreifens ihrer Körperstruktur ein Alptraum bevor. Ich hoffe inständig, daß die von mir beobachteten physiologischen Veränderungen nach einem Schema vor sich gehen, aber es wird tagelange Beobachtung erfordern, bis wir wissen, ob es so ist. Wir müssen jeden Tag *haufenweise* ärztliche Untersuchungen vornehmen, denn mir ist der grauenhafte Gedanke gekommen, daß unter Umständen jeder einzelne Ornaet ein eigenes Veränderungsschema hat.«

Kirk nickte. »Registriert. – Spock? Was ist mit den anderen Spezies?«

»Wir haben die Ornae gefragt, ob sie eine Begegnung mit Vertretern der Lahit und ;At arrangieren könnten«, erwiderte Spock. »Soweit ich verstanden habe, haben sie zugestimmt. Zumindest hat das Individuum, mit dem ich gesprochen habe, gesagt, daß es möglich sei und geschehen werde. Was die andere Spezies angeht, so scheinen sie von einer Aura der Zurückhaltung umgeben zu sein – speziell die ;At. Der Grund dafür ist mir schleierhaft, aber wenn man in der momentanen Lage bei dem Versuch, der Sache auf den Grund zu gehen, die falsche Frage stellt, könnte dies mehr Schaden als Gutes bewirken.«

»In Ordnung«, sagte Kirk. »Seien wir also auf alles gefaßt. – Es dürfte bestimmt sehr spannend werden, ein Beitrittsdokument mit diesen Völkern auszuhandeln, falls sie alle so desorganisiert sind...« Er hielt inne. »Verzeihung, aber der Begriff klingt leicht abwertend. – Wenn sie so zur Unorganisation neigen wie offenbar die Ornae.«

»Vielleicht ist es sogar unmöglich«, sagte Spock, »ein Abkommen mit dem gesamten Planeten zu schließen. Kein Einzelwesen darf für andere sprechen.«

Die Befehle von Starfleet hatten Kirk klargemacht, daß man mit sämtlichen Spezies ein Abkommen schließen wollte. Ein Abkommen mit einem oder mit zwei Völkern konnte nur eine Notlösung sein. Kirk seufzte. *Manchmal gehen mir Politiker wirklich auf den Geist,* dachte er. *Wir tun unser Bestes für sie. Wenn's nicht so ausgeht, wie sie es sich wünschen, müssen sie sich eben damit abfinden.*

»Das verstehe ich, Mr. Spock«, sagte Kirk. »Wann werden die Lahit und ;At nach Ansicht der Ornae in der Gegend sein?«

»Sie haben zwar ziemlich eigentümliche Zeitbegriffe«, sagte Spock, »aber ich nehme an, sie gehen davon aus, man könnte für morgen oder übermorgen etwas arrangieren.«

»Na schön. Putzen wir also das Tafelsilber. Meine Damen und Herren, gibt es noch etwas, das jetzt vor den Chefs der Abteilungen behandelt werden müßte? Die Einsatzbesprechung der Naturwissenschaftler findet morgen früh statt.«

Überall am Tisch wurden Köpfe geschüttelt.

»Dann weggetreten. – Doktor...«

Der Raum leerte sich langsam. McCoy reckte sich auf seinem Sitz, und als die Tür sich schloß, sagte er: »Muß ich wegen der Verspätung nachsitzen?«

»Ich habe immer gedacht, du bist derjenige, der andere ewig damit nervt, daß sie sich überarbeiten«, sagte Kirk.

McCoys Gesicht zeigte sein schlechtes Gewissen, aber nur kurz. »Jim, du darfst nicht vergessen, daß die momentane Situation mit keiner vergleichbar ist, der wir je gegenübergestanden haben...«

»Wie die meisten Situationen, denen wir gegenübergestanden haben«, sagte Kirk. »Jetzt legst du aber mal 'ne Pause ein und verteilst die Lasten auf deine Leute. Die Lage ist doch wohl stabil. Morgen schicken wir größere Landeeinheiten hinunter, und mehrere.«

McCoy nickte gähnend, dann setzte er eine verärgerte Miene auf, die ihm selbst galt. »Verzeihung... Es ist der Blutzucker. Ich habe eine Mahlzeit ausgelassen.«

Als er aufstand, drohte Kirk ihm mit dem Finger. »Du solltest dich was schämen. Arzt, ernähre dich. Am besten kommst du mit mir runter aufs Freizeitdeck. Ich habe das Essen auch verpaßt.«

»Wie willst du gesund bleiben«, sagte McCoy, »wenn du nicht regelmäßig ißt?«

Kirk erwiderte, McCoy sei der nervigste Schiffsarzt, der ihm je begegnet sei, und sie gingen zusammen hinaus.

3

Am nächsten Tag stand McCoy kopfschüttelnd im Licht des frühen Morgens da. »Dem alten Willy Shakespeare hätte es gefallen«, sagte er.

Der neben ihm stehende Don Hetsko, ein großer blonder Mann, der in der Krankenstation als Sanitäter arbeitete, schaute verdutzt von seinem Tricorder auf. »Wieso?«

»Na, schauen Sie doch mal«, sagte McCoy. »Birnam Wood kommt nach Dunsinane.«

Sie standen, erneut von den Ornae und anderen Besatzungsmitgliedern der *Enterprise* umgeben, auf der Lichtung. Die Geräusche, sie die bis jetzt gehört hatten, waren die Morgengeräusche des örtlichen Waldes – das leise, wiederholte Pfeifen eines großen, geflügelten Insekts, das einem Iguan mit Schwingen täuschend ähnlich sah – und die fröhlich kratzenden Stimmen der Ornae, die von den Gesprächen verschiedener sich unterhaltender Wissenschaftler übertönt wurden. Doch nun vernahm man noch ein anderes Geräusch, das zunehmend lauter wurde: einen raschelnden Ton, wie von rhythmisch schwingenden Ästen. Und es waren auch rhythmisch schwingende Äste. Eine Lahitgruppe rückte langsam auf die Lichtung vor.

Keiner war unter eins achtzig groß, die meisten maßen zweieinhalb Meter. Sie bestanden eindeutig aus Stämmen und Ästen; ihre allgemeine Form war hochgewachsen und lief spitz zu, wie bei Tannen. *Zumindest sieht diese Bande so aus,* dachte McCoy, denn die Aufnahmen des Forschungsteams hatten gezeigt, daß die Lahit in vielen Formen auftraten. Wie viele es waren, stand noch nicht fest. Die ›Blätter‹ an den Ästen der Lebewesen waren weich und fedrig. In ihrem Aussehen glichen sie Tannennadeln, aber sie waren länger und feiner und bewegten sich beim geringsten Windhauch. Ihre Stämme waren hellgrün, wie die der unbeweglichen Bäume des Waldes. Die Blätter waren dunkler und zeigten die leicht blaugrüne Farbe von ›Fichten‹. Zwischen dem Geäst waren kleine, helle, runde, beerenähnliche Formen verborgen. Zuerst hielt McCoy sie auch für Beeren, doch dann wurde ihm klar, daß es sich um Augen handelte, und daß einige ihn ansahen.

Er befahl seinen Nackenhaaren, sich wieder flachzulegen. Der neben ihm stehende Hetsko sagte mit beeindruckt klingender Stimme: »Gütiger Himmel... Der Tag, an dem die Weihnachtsbäume zurückschlugen...«

»Bringen Sie sie nicht auf dumme Gedanken, mein Sohn«, sagte McCoy, der die Fortbewegung der Lahit interessiert verfolgte. Auch wenn es sich um gehende Bäume handelte, es war nur *ein* Geschöpf und bestand aus ungefähr fünfzehn Stämmen, die sich allem Anschein nach unabhängig voneinander bewegten. Sie zogen ihre Wurzeln nie sehr weit aus dem Boden. Was verständlich war, wenn sie wirklich die gleiche Funktion hatten wie die Wurzeln gewöhnlicher Pflanzen. Es war sinnlos, sich bei jeder Bewegung, die man machte, von seiner Nahrungsquelle abzuschneiden. Ihr ›Durchblutungsmechanismus‹ war wahrscheinlich noch interessanter als der der Ornae.

Sieh es gefälligst als Einzelwesen, ermahnte McCoy sich in Gedanken. *Deine privaten Vorurteile dürfen die Situation nicht überlagern. Die Wirklichkeit wird sich schon als bizarr genug erweisen.*

»Speichern Sie die letzten Messungseinheiten lieber ab«, sagte er zu Hetsko. »Bald werden wir uns mit einem ganz anderen Stapel beschäftigen müssen. Spielen Sie das neue Ornaet-Zeug zum Schiff rauf; ich muß später sowieso wieder nach oben, um den Translator-algorithmus noch mal durchlaufen zu lassen.«

»Richtig«, sagte Hetsko und machte sich auf, um den Auftrag zu erledigen. Er ließ McCoy allein, der nun Kerasus beobachtete, die zu dem Lahit hinüberging, um mit ihm zu reden. Sie wirkte, als sei ihr leicht unbehaglich zumute, und McCoy verstand den Grund. Sie hatte den Punkt erreicht, an dem sie leichte Zuversicht empfand, die Grundbegriffe der Ornae korrekt übertragen zu können... und nun mußte sie wieder in den Kindergarten zurück, am Nullpunkt anfangen und sich mit einer anderen Spezies verständigen. Der Himmel mochte wissen, welche Fehler sie jetzt machen würde.

McCoy ging ebenfalls hinüber. Er hatte die Hoffnung, an ein paar erste physiologische Aufzeichnungen zu gelangen, die so verläßlich waren, daß er sich später nicht zu fragen brauchte, welches Besatzungsmitglied den Scanner bei der Arbeit am falschen Ende gehalten hatte. Als er seinen persönlichen kleinen Scanner einschaltete, warf McCoy ihr einen Blick zu und sagte: »Nur Mut. Nach dieser Spezies haben wir nur noch eine.«

»Hoffen wir's«, sagte sie. »Guten Morgen«, begrüßte sie den Lahit.

Der Lahit raschelte. McCoys Translator übertrug das Geräusch als weißes Rauschen.

»Bevor wir zur Sache kommen«, sagte Kerasus, »wie viele von Ihnen sind hier?«

Die Bäume schienen sich einander kurz zuzuneigen, dann richteten sie sich wieder auf. »Wir sind eins«, sagte der Lahit.

Wirklich, eine große Hilfe, dachte McCoy zynisch. Noch eine Spezies, die Schwierigkeiten mit dem Plural hatte. *Weiß der Himmel, wie viele von uns er hier zu sehen glaubt. Oh, Mann... Man darf aber auch nichts auslassen, wenn man sich ein Universum ausdenkt...*

»Danke«, sagte Kerasus. »Hätten Sie etwas dagegen, wenn einer unserer medizinischen Spezialisten Sie untersucht, während wir uns unterhalten? Wenn Sie nicht wollen, faßt er Sie nicht an.«

Wieder ein Rascheln. »Er?« fragte der Lahit.

Mit Geschlechtern kommen sie auch nicht klar, dachte McCoy. *An dieser Mission wird nichts leicht sein, da gehe ich jede Wette ein.*

»Ähm, das erkläre ich später«, sagte Kerasus.

Der Lahit raschelte wieder zusammen. »Ja«, sagte er schließlich. »Untersuchen.«

»Danke«, sagte McCoy. Er schaltete den Scanner ein und umrundete den Lahit langsam. Er warf einen geistesabwesenden Blick über den aufgewühlten Boden hinter dem Wesen. In ihm bewegten sich verschiedene sich windende Lebensformen. *Ob es gar unabhängige Lebensformen sind? Besteht die Möglichkeit, daß es sich bei ihnen um weitere Wurzeln handelt, die sich durch den Akt des ›Gehens‹ neu abgesondert haben? Verbreitet sich das Geschöpf etwa so?* »Lieutenant Siegler«, sagte er, schaute auf und winkte einem Sanitäter auf der Lichtung. »Das hier kann ich mir jetzt nicht ansehen. Machen Sie bitte ein paar Aufzeichnungen. Ich möchte wissen, ob sie von unserem anwesenden Freund unabhängig sind.«

Lieutenant Joe Siegler eilte heran und nahm ein paar Einstellungen an seinem Tricorder vor. McCoy kümmerte sich wieder um seine eigentliche Arbeit. Der Medoscanner saugte die Rohdaten so schnell auf wie möglich, doch McCoy konnte nur ein wenig davon aufnehmen, wenn das Ding im Schnellmodus lief. *Sehr niedriger Kreislaufdruck,* dachte er. *Könnten so auch wirklich Bäume sein. Vielleicht ist das exovegetative Standardverfahren nützlicher als ursprünglich angenommen. Hmm, eine interessante Echoanzeige ... Herzähnliche Struktur, erstreckt sich aber im Inneren jedes Einzelstammes gerade auf und nieder ... Zylindrisch, hauptsächlich von der Schwerkraft angetrieben, fast so wie das Adernetz eines Men-*

schen... Taschen und Auffangvorrichtungen in den ›Venen‹; die eigentliche Bewegung des Geschöpfs schiebt die Flüssigkeit wieder in den Kreislauf zurück, wie bei einem gehenden Menschen. Komisch, ich hätte mit Kapillaren gerechnet... Parallelen mit dem holzigen und Nahrungsgewebe der Bäume auf der Erde sind vorhanden... Da sind die beiden ›Muskelschichtgruppen‹ im Inneren des Stammes, die Fasern laufen in entgegengesetzte Richtungen...

Sein Kommunikator piepste. McCoy stieß einen Fluch aus. Der Lahit und Kerasus schauten ihn an. Der Lahit mit beträchtlich mehr Augen, doch mit weniger Ausdruck.

»Verzeihung«, sagte er. »Ich hab mich vergessen.« Er zog den Kommunikator heraus. »McCoy.«

»Doktor«, sagte die Stimme Spocks, »der Captain hat mich gebeten, in Erfahrung zu bringen, ob der physiologische Zwischenbericht über die Ornae fertig ist. Starfleet wird offenbar ungeduldig.«

McCoy überlegte sich mehrere Antworten, doch dann verging ihm der Spaß, da Spock ihn nicht sehen konnte und er auf die Freude verzichten mußte, ihn zu beobachten, wie er den Gesichtsausdruck veränderte. »Ich bin kurz vor dem letzten Aufpolieren«, sagte er. »Kann die Sache noch eine halbe Stunde warten?«

»Meiner Einschätzung nach nicht.«

»Verdammt!« sagte McCoy. »Starfleet ist fünf Stunden per Subraumfunk entfernt; im Kommandozentrum ist es jetzt mitten in der Nacht. Schlafen diese Typen eigentlich nie? Das ist aber ungesund. In Ordnung, Spock, ich bin in ein paar Minuten oben. Ich wollte nur nicht ohne ein paar Lahit-Daten von hier fortgehen.«

»Sind die Lahit eingetroffen?«

»In Lebensgröße und doppelt so natürlich«, sagte McCoy. »Sie sollten selbst mal runterkommen. – Aber wenn ich's mir recht überlege, tun Sie es jetzt lieber noch nicht. Ich weiß nicht, ob ich möchte, daß diese Geschöpfe erfahren, daß ich früher Vegetarier war.«

»Bedauerlicherweise«, sagte Spock, »hänge auch ich in den Fängen der Berichtzusammenstellung, deshalb muß ich noch für einige Zeit hierbleiben. Ich werde dem Captain melden, daß Sie gleich hier sind.«

»Machen Sie das. Sorgen Sie bitte dafür, daß der Transporterraum mich in vierzig Sekunden raufholt, ja?«

»Bestätigt.«

»Ende.«

McCoy steckte den Kommunikator ein und beendete seinen Spaziergang rund um den Lahit. Kerasus sprach noch immer mit ihm, stellte eine einfache Frage nach der anderen, hörte sich die Antworten an und feuerte dann mit deutlicher und geduldiger Stimme die nächste ab. Sie zählte zu den Menschen mit sehr mobilem Gesicht. Es verriet jeden Gedanken, der ihr kam, und an der Art, wie ihre Augenbrauen tanzten und ihr Mund zuckte, konnte man ersehen, daß sie mit den erzielten Resultaten ganz und gar nicht zufrieden war. Zum Glück war der Lahit nicht in der Lage, ihren Gesichtsausdruck zu deuten... McCoy hoffte es wenigstens.

»Was machen die Verben?« fragte er, als er den Medoscanner wegpackte.

Sie warf ihm einen äußerst verzweifelten Blick zu. »Ich habe noch keins«, sagte sie.

»Bleiben Sie dran.«

Wenige Augenblicke später verschwamm die ihn umgebende Welt, und McCoy fand sich im Transporterraum wieder.

Er eilte zur Krankenstation, in der mildes Chaos herrschte. Mehrere Besatzungsmitglieder wurden gerade Routineuntersuchungen unterzogen, und ein Angehöriger der Landeeinheit vom vergangenen Tag wurde wegen einiger Kratzer an den Armen behandelt. McCoy blieb neben Morrison stehen und schaute sich die Kratzer an. Sie waren geschwollen und gerötet;

eine Stelle von Morrisons Unterarm war sogar leicht ödematös und zeigte mehrere kleine, mit klarer Flüssigkeit gefüllte Blasen. »Seit wann haben Sie das?« fragte McCoy.

»Seit gestern abend. Es war schon spät. Ich weiß nicht mal, woher ich sie habe. Ich bin gegen nichts gestoßen, an das ich mich erinnern könnte.«

»Hmm. Vertragen Sie Cortison? Aber ja. Lia, geben Sie ihm etwas CorTop-Creme und besprühen Sie die Kratzer mit Euthystol. Das müßte die Sache erledigen. Wenn es bis heute abend nicht besser ist, schauen Sie noch mal rein, dann versuchen wir es mit etwas Aggressiverem.«

»Das Euthystol hat er schon bekommen«, sagte Lia, die hinter McCoy hervortrat und Morrison eine Tube Hautcreme reichte. »Glauben Sie etwa, wir sitzen hier nur rum und warten darauf, daß Sie Diagnosen stellen? Der Bericht ist in Ihrem Büro, auf dem Terminal. Sie sollten sich lieber beeilen.«

»Niemand braucht mich«, murmelte McCoy. »Alle tanzen mir auf der Nase rum. Ich glaube, ich gehe in Rente.« Er eilte in sein Büro, setzte sich an den Schreibtisch und warf einen Blick auf das Terminal. »Abrollen«, sagte er seufzend.

Der Bildschirm zeigte ihm den Bericht, der im Kern die geschriebene Version des Einsatzgesprächs vom vergangenen Abend über die Ornae war. Er hielt die Maschine mehrmals an und fügte ein paar Daten ein oder klärte eine Aussage, die von weniger flexiblen Geistern bei Starfleet mißverstanden werden konnte. Laut seiner Ansicht gab es von diesen Kerlen viel zu viele – Schreibtischoffiziere, die vergessen hatten, was Naturwissenschaft war –, aber dagegen konnte er im Augenblick nichts unternehmen.

Er brauchte etwa zwanzig Minuten, um den Bericht lesbar zu machen, dann wies er die Maschine an, sie an Spocks Platz auf die Brücke zu überspielen. Er langte gerade nach dem Knopf, als der Kommunikator sich meldete.

»Hier ist McCoy.«

»Doktor, ich muß Sie nun wirklich bitten...«

»Nein, müssen Sie nicht, weil er gerade an Ihr Gerät gegangen ist.«

Es gab eine kurze Pause. »Tatsächlich. Entschuldigen Sie, Doktor.«

»Kein Problem, Spock. Falls Sie noch irgend etwas auf dem Herzen haben – ich bin unten auf dem Planeten. Es wurde gerade interessant.«

»Das kann ich mir vorstellen. – Spock, Ende.«

Nanu, ist er etwa sauer auf mich? dachte McCoy, als er das Büro verließ, die Krankenstation durchquerte und hinausging. An der Tür drehte er sich um und schob den Kopf noch einmal durch den Rahmen. »Lia, haben Sie die letzten Messungen über die Lahit gekriegt?«

»Nein.«

»Verdammt! Ist die Überspielung im Nichts gelandet? Warten Sie mal.« Er nahm den Medoscanner, verband ihn mit einem Einleseport und schaltete ein. Der Scanner übertrug die Daten in den Einlesespeicher. Lia schaute von Morrisons Akte auf und musterte interessiert das Bild, das der über dem Einleser befindliche Schirm vom inneren Aufbau des Lahit zeichnete.

»Nur Echoton, diese Anzeige?« sagte sie.

»Ja. Interessant, was?«

»Wie gut, daß ich die geborene Gärtnerin bin«, sagte Lia und löschte ihren Block. »Übrigens, eben war der Captain hier. Er möchte Sie sehen, sobald Sie mit dem Bericht fertig sind.«

»War es dringend?«

»Nicht besonders.«

»Gut. Dann kann er auch noch 'ne Stunde warten. Ich muß wieder runter und mich mit den Bäumen unterhalten.«

Als er wieder auf der Lichtung war, sah es aus, als sei Birnam Wood *tatsächlich* nach Dunsinane gekommen. Nun hielt sich eine ganze Lahitgruppe dort auf – vielleicht war Hain oder Gehölz ein besserer Ausdruck. Sämtliche Wissenschaftler unterhielten sich so schnell mit ihnen, wie sie konnten, tasteten sie mit Scannern ab oder schwenkten Tricorder. McCoy lächelte bei diesem Anblick verhalten.

Irgend etwas stieß in Kniehöhe gegen ihn. Er schaute nach unten und sah, daß es ein Ornaet war. »Guten Morgen«, sagte McCoy.

»Ebenfalls guten Morgen«, sagte der Ornaet ziemlich deutlich; zumindest ließ der Translator ihn so klingen. McCoy runzelte die Stirn. Kerasus und Uhura waren bestimmt die ganze Nacht aufgewesen, um am Algorithmus zu arbeiten.

»Kann ich irgend etwas für Sie tun?« fragte McCoy und kniete sich hin. Er konnte es nicht ausstehen, von oben herab mit Lebewesen zu reden, aber bei den Ornaet war es kaum zu vermeiden.

»Wollen Sie untersuchen?« kam die Gegenfrage.

»Ah«, sagte McCoy. Dann war dies also der Herr, mit dem er am Tag zuvor gearbeitet hatte. *Oder die Dame,* fügte er hinzu, *falls es bei diesem Volk Geschlechter gibt. Das sollten wir lieber sehr bald in Erfahrung bringen.* »Aber gern«, sagte er. Er zückte seinen Medoscanner und drückte die Kontrollen, um sicherzustellen, daß sich die Messungen zu den bereits an Bord gespeicherten hinzufügten. Irgendwann in der nächsten Stunde würde der Scanner die Bibliothekscomputer des Schiffes anrufen, die neu erworbenen Daten dort ablegen und seinen temporären Arbeitsspeicher leeren, um Platz für neue Informationen zu machen. »Wie geht's denn so seit gestern?«

Der Ornaet blieb einen Augenblick stumm. McCoy ließ den Medoscanner über ihn gleiten und fing leicht an zu schwitzen. Ganz gleich, wie gut der Translator auch wurde, er würde nie jemanden daran hindern, Fragen zu stellen, für die es keine kulturellen Entsprechungen gab oder die sonstwie beleidigend waren. Doch der Ornaet schüttelte sich leicht und sagte: »Sie fragen nach Fortbewegung? Oder nach Zustand?«

Dem Himmel sei Dank, dachte McCoy. *Sie haben den Redensartensortierer fürs Erststadium installiert. Da brauchen diese Wesen wenigstens nicht unbarmherzig wörtlich zu reden ... und wir auch nicht.* »Zustand«, sagte er.

»Keine Beschwerden«, sagte der Ornaet.

McCoy mußte darüber lachen. »Sie sind wohl so ziemlich der einzige, der mir heute begegnet und bereit ist, das zu sagen«, erwiderte er. »Ausgenommen die vielleicht.« Er deutete mit dem Kopf auf die Lahit und winkte in ihre Richtung, für den Fall, daß der Ornaet die Kopfbewegung nicht interpretieren konnte.

Der Ornaet produzierte kurz zwei Stielaugen und warf einen Blick auf die Lahit. »Sie haben auch keine Beschwerden«, sagte er kurz darauf.

Also *das* war wirklich interessant. »Woran erkennen Sie das?« fragte McCoy. »Ach, können Sie die Stielaugen noch ein bißchen draußen lassen? Ich möchte sie mir ansehen.«

Der Ornaet ließ sie draußen. »Weiß es eben«, sagte er. »Gefühl.«

»Hmm«, machte McCoy. Es gab keine direkte Möglichkeit, an neuen Spezies eine ASW-Bewertung vorzunehmen, solange man kein psi-talentiertes Besatzungsmitglied hatte, das eine solche vornehmen konnte. Der einzige, dem er so etwas tatsächlich zutraute, war Spock. Doch auch Spock hatte alle Hände voll zu tun, und darüber hinaus liebte McCoy den Gedanken nicht, ihn zu bitten, an anderen Entitäten eine Psi-Bewertung vorzunehmen. Nach allem, was er über den Kodex des Vulkaniers über geistige Intimsphäre wußte, war eine Bitte dieser Art in etwa mit der vergleichbar, als fordere man einen Arzt auf, auf althergebrachte Weise einen

Diabetes mellitus-Test vorzunehmen. Es war nicht sehr erfreulich, weder sinnlich noch ästhetisch. Da wartete er lieber ab, bis sich das Vokabular entwickelte, und machte dann einen Rhine-Test.

»Ich nehme an, Sie und die Lahit sehen sich ziemlich regelmäßig«, sagte McCoy. »Ich meine, Sie verkehren miteinander.« *Erstaunlich*, dachte er. *Das optische Gewebe ist tatsächlich mehrzellig. Das da ist doch eindeutig Netzhautgewebe mit Stäbchen und Kegeln. Und eine hochentwickelte Netzlinse. Aber es läßt sich mit reiner Willenskraft einziehen ...* »Könnten Sie vielleicht ein Auge einziehen? Aber bitte, wirklich nur eins. Und bitte, nicht zu schnell.«

»Natürlich«, sagte der Ornaet. Sein linkes Stielauge sank langsam in seine Körpermasse zurück. »Ja, wir verkehren.«

»Wie denn?« fragte McCoy. »Falls ich fragen darf. Was macht ihr denn so zusammen?« *Verdammt, sieh dir das an! Die Zellen sind einfach weggeschmolzen. Nicht alle auf einmal, eine nach der anderen. Ich frage mich: Wenn wir die richtigen Worte fänden, könnten wir diese Geschöpfe lehren, neue Organe für sich herzustellen? Ob sie es überhaupt wollen? Oder brauchen?* Er schüttelte den Kopf und legte den Medoscanner weg.

»Wir unterhalten uns«, sagte der Ornaet.

»Können Sie mir sagen, worüber?« fragte McCoy und nahm neben dem Ornaet Platz. Dann fügte er hinzu: »Verzeihung. Gestern habe ich Sie Hhch genannt. Heißen Sie wirklich so? Oder habe ich es falsch ausgesprochen?«

Das Geschöpf erzeugte wieder den kratzenden Ton, den der Translator in ein eindeutiges Lachen umwandelte. »Sie falsch ausgesprochen«, sagte er. »Aber nicht schlimm. Sie haben Worte langsam, ja?«

»Kann man wohl sagen«, sagte McCoy und mußte selbst lachen. »Aber es werden immer mehr.«

»Mein Name ist Hhhcccchhhh«, sagte der Ornaet,

dann lachten McCoy und er zusammen, weil sie nun wußten, daß ihnen jede Menge Worte fehlten.

»Vielleicht morgen«, sagte McCoy. »Aber worüber unterhalten Sie sich nun mit der anderen Spezies?«

Pause. Dann sagte der Ornaet: »Leben.«

McCoy nickte. »Das bedeutet ja«, erklärte er rasch und fuhr dann fort: »Tja, mein Freund, das tun wir auch. Man kommt so nach und nach dahinter.«

»Worüber unterhalten *Sie* sich?« fragte der Ornaet.

McCoy reckte sich und dachte nach. »Arbeit«, sagte er. »Spiele… Beziehungen… Dinge, die in der Welt passieren… Dinge, die wir beeinflussen und nicht beeinflussen können.«

Der Ornaet blieb einen Augenblick still. »Ja«, sagte er. »Was ist *Arbeit*?«

Mein lieber Mann, dachte McCoy. »Arbeit«, sagte er, »ist, wenn man Dinge tun muß, zu denen man nicht immer Lust hat, weil sie aus irgendeinem Grund getan werden müssen. Wenn man Glück hat, macht Arbeit meist Spaß. Aber das Glück hat nicht jeder.«

Wieder ein langes Schweigen. »Ja«, sagte der Ornaet. »Ich weiß. Einige von uns arbeiten.«

»Wirklich?« sagte McCoy überrascht. »Was tun sie denn?«

Der Translator übermittelte mehrere kurze statische Ausbrüche.

»Na ja«, sagte McCoy. »Macht ja nichts. Bald werden wir uns besser verstehen.«

»Nein«, sagte der Ornaet. »Ich kann Ihnen zeigen.«

»Wirklich?« McCoy sprang sofort auf. »Wo?«

»Kommen«, sagte der Ornaet.

Sie gingen über die kleine Lichtung. Der Ornaet führte, McCoy folgte ihm und bemühte sich, nicht auf andere Ornae zu treten, denn sie schienen heute morgen überall zu sein. Er umrundete im Zickzack weitere Lahit-Gehölze. Auch sie wurden immer zahlreicher. Sie raschelten, rauschten und schauten die Menschen von der *Enterprise* mit all ihren Augen an.

Der Ornaet führte ihn von der Lichtung und über einen der vielen Pfade wieder in den Wald hinein. Es war ein breiter Weg, der offenbar kürzlich viel Verkehr gesehen hatte, wenn man ihn anhand der abgebrochenen Zweige auf beiden Seiten beurteilte. »Erzählen Sie mir etwas«, sagte McCoy während des Gehens. »Leben Tiere in der Umgebung?«

»Tiere?«

»Andere Lebewesen, die sich bewegen können. Aber keine Sprecher; nicht intelligent.«

»O ja«, sagte der Ornaet. »Aber wir halten sie fern.«

»Und wie?«

Wieder eine statische Attacke. »Macht nichts«, sagte McCoy erneut. »Im Moment bin ich ohnehin mehr an *Arbeit* interessiert.«

»Hier«, sagte der Ornaet.

Sie betraten eine andere Lichtung, die größer war als die, auf der sich die meisten Leute der *Enterprise* befanden. Hier gab es keine der wunderbaren, sich selbst bauenden Häuser wie anderswo. Aber auf ihr stand, genau in der Mitte, ein großer Stein: ein hoher, rechteckiger Felsen von bräunlicher Farbe. Er hatte grob zylindrische Form und ragte fest in den Boden hinein.

McCoy näherte sich ihm mit Interesse, dann schaute er sich auf der Lichtung um und blickte schließlich den Ornaet an. »Und wo ist hier die *Arbeit*?« fragte er.

»Hier«, sagte der Ornaet.

»Sie meinen, jemand hat daran gearbeitet, den Felsen hier aufzustellen? Hmm.« Er drehte sich um und musterte ihn. Der Felsen wies deutliche Zeichen auf, die besagen konnten, daß man ihn mit Werkzeugen bearbeitet hatte. *Eventuell mit Faustkeilen?* dachte er. *Oder Eisen? Oder vielleicht ... Wozu braucht eine Spezies Werkzeuge, wenn sie aus sich selbst Werkzeuge machen kann?*

»Nein, nein«, sagte der Ornaet. Er lachte McCoy aus,

82

so daß dieser ihn verblüfft und verwirrt ansah. »Dies *Arbeit*.« Der Ornaet hielt einen Moment inne und sagte dann: »Dies *arbeitet*.«

»Wirklich?« sagte McCoy. *Steckt irgendeine Maschine im Inneren des Felsens? Wäre nicht das erste Mal, daß wir auf so was stoßen ...*

Und dann bewegte sich der Felsen.

Nicht viel. In der Zeit, in der er etwa dreißig Zentimeter zurücklegte und sich McCoy entgegenbeugte, wich dieser zurück. Irgendwie hatte er sich aber auch *nicht* bewegt. Die Erde zu seinen Füßen wies keine Veränderung auf; kein Bröckeln, keine Spuren der dort wachsenden Graspflanzen. Der Felsen war einfach ein Stück näher auf ihn zugerückt.

»Warten, warten«, sagte der Ornaet deutlich gutgelaunt. »Nicht *es*-Gegenstand ... arbeitet. *Es*-Wesen arbeitet.«

McCoy schnappte nach Luft.

»Ihren Namen kann ich auch nicht aussprechen«, sagte er zu dem ;At. »Nicht mal den Namen Ihrer Spezies.«

Ein langes Schweigen folgte. Der ;At schaute ihn an. Wie er ihn ansah, wußte McCoy nicht. Aber daß er ihn ansah, war ihm klar. Er war zu überrascht und – zu seiner eigenen Verblüffung – zu sehr vom Donner gerührt, um etwas anderes zu tun, als nur dazustehen.

Das Geschöpf war körperlich nicht ganz da. Wenigstens in dieser Hinsicht war der Forschungsbericht korrekt. Es lag nicht daran, daß es irgendwie vage oder nebelhaft aussah. So war es gar nicht. Es war so solide wie jeder Berg in der Schweiz, den man vor klarem Himmel von einem niedrigeren Ausläufer aus betrachtete ... Dementsprechend spürte man auch sein Gewicht, seine Festigkeit, sein *Dasein*. Gleichzeitig hatte man jedoch ein Gefühl, das man nicht bei jedem beliebigen Berg empfand. Eins wußte McCoy: Der Jungfrau konnte man zu jeder Tageszeit ›Hebe dich hinfort‹ zu-

83

rufen, ohne daß sie darauf reagierte. Doch wenn man sich den ;At ansah, wurde man den Eindruck nicht los, daß er sich ohne Vorwarnung entfernen und etliches mitnehmen konnte, wenn er Lust dazu hatte.

»Nun ja«, brachte McCoy schließlich heraus, »jedenfalls guten Morgen.«

»Guten Morgen, Doktor«, sagte der ;At. Ohne zu zögern, ohne Schwierigkeiten mit der Syntax, auch wenn seine Stimme in übersetzter Form dazu angetan war, einen alle Gedanken an die Syntax vergessen zu lassen. Diese Stimme hatte den Tonfall eines Erdbebens, einer Lawine – sie war von großer Kraft. Beherrscht, aber von einer Kraft, die plötzlich mit irgendeinem gewaltigen Effekt losgelassen werden konnte.

Um sich zusammenzureißen, holte McCoy tief Luft. Dann sagte er: »Sir ... Madam ... oder was auch immer: Verstehen Sie, was *Doktor* bedeutet?«

»Es ist zwar nichts, was es bei uns gibt«, sagte der ;At, »aber ich glaube, daß wir die allgemeine Bedeutung verstehen.«

Überhaupt keine Syntaxprobleme. Meine Güte! Kerasus wird einen Starrkrampf kriegen. Eigentlich müßte ich selbst einen kriegen, und zwar auf der Stelle – wenn ich Zeit dazu hätte. »Darf ich Sie dann ebenso untersuchen wie meinen Freund hier?«

»Sie dürfen.«

Das war alles. Nur das Geräusch des Windes in den Bäumen. McCoy räusperte sich, zückte den Medoscanner und justierte ihn schnell. Er wollte die gesamte Bandbreite für *diesen* Scan nutzen. Er umrundete den ;At. »Hätten Sie etwas dagegen, wenn ich Sie anfasse?« fragte er.

»Fühlen Sie sich ganz wie zu Hause.«

Redensarten hat er auch drauf. Heiliges Kanonenrohr. Nachdem McCoy den ;At halb umrundet hatte, blieb er stehen und legte eine Hand auf den Felsen. Er war warm. Der Medoscanner verdaute die Daten zu schnell für ihn, um sie anhand ihrer Töne zu beurteilen; er mußte sich ganz auf seine körperlichen Sinne verlassen, die ihm nur sagten, daß die Oberfläche des Felsgeschöpfs Magmagestein ähnlich sah. Granit oder etwas in dieser Art. McCoy fragte sich müßig, ob es hier irgendwelche Radioaktivität gab, die auf echte Magmaformationen hinwies, und beschloß, es später zu prüfen. »Darf ich Ihnen bitte eine Frage stellen?« sagte er.

»Fragen Sie.« Das Rumpeln klang gutmütig.

»Wie viele von Ihnen leben auf diesem Planeten?«

»Wir alle.« War die Antwort witzig gemeint? Wurde er auf den Arm genommen? McCoy räusperte sich.

»Ach so. Haben Sie Probleme mit unserem Zahlensystem?«

»Ich glaube, wir verstehen es recht gut. Die Anzahl unseres Vorkommens variiert zwischen neunhunderttausend und einer Million.«

Variiert … Warum – und wie? Aber das mußte warten. »Mein Freund, dessen Namen ich nicht aussprechen kann«, sagte McCoy, »hat mir, als wir unterwegs waren, erzählt, daß Sie arbeiten.« Er beendete die Umrundung. »Darf ich fragen, was Sie getan haben?«

Sein Kommunikator meldete sich.

Diesmal fluchte er nicht; es erschien ihm irgendwie so unangebracht wie ein Fluch angesichts der Jungfrau. »Entschuldigen Sie bitte«, sagte er und zog ihn heraus. »Hier ist McCoy …«

»Pille«, sagte Kirks Stimme, »was muß ich neuerdings eigentlich noch alles unternehmen, um mal ein Wort mit dir zu wechseln?«

»Jim«, sagte McCoy so freundlich wie möglich, »ich schwöre einen heiligen Eid, daß ich in einer Minute oben bin. Ich brauche nur noch …«

»Sechzig Sekunden«, sagte Kirk. »Der Countdown läuft.«

»Aber …«

»Du hast es auf deinen Eid genommen.«

»McCoy, Ende«, sagte er. Er musterte sehnsüchtig seinen Medoscanner und schaltete ihn ab. »Sir ... Madam, oder was auch immer ...«

»So wie ich den Begriff verstehe«, erwiderte das lange und langsame Rumpeln aus dem Translator, »ist Sir, glaube ich, der richtige Ausdruck.«

»Danke. Ich muß gehen. Ich bin so schnell wie möglich wieder zurück. Sind Sie dann noch hier?«

Etwa eine Sekunde lang blieb die Antwort aus. Schließlich sagte der ;At: »Das ist eine philosophische Frage von ziemlicher Kompliziertheit ...«

Der goldene Schimmer nahm McCoy mit. Diesmal fluchte er doch, sobald er den ;At nicht mehr sah.

»Andererseits«, sagte der ;At, »wäre ›Madam‹ aber auch nicht falsch gewesen.«

Als McCoy auf die Brücke stürmte, war er dermaßen zwischen Entzücken und heiligem Zorn hin und her gerissen, daß er nicht wußte, welchem Gefühl er zuerst nachgeben sollte. Doch schon Sekunden später wurde er der Qual der Wahl enthoben. Kirk saß im Kommandosessel und schaute in Richtung Lifttür.

»Du hast es geschafft«, sagte er. »So eben.«

»Jim«, sagte McCoy. »Wir haben einen ungeheuren Durchbruch erzielt! – Es sind die ;At.«

»Hast du dich erkältet?« sagte Kirk und setzte plötzlich eine besorgte Miene auf.

»Nein, ich bin *nicht* erkältet! Jim, ich glaube, wir konzentrieren uns auf die falschen Spezies. Ich habe gerade mit einem ;At gesprochen, und ...« Er hielt kurz inne und sah sich auf der Brücke um. Sie war für diese Tageszeit überraschend leer; außer Kirk waren nur ein Kommunikationsoffizier und jemand von der Navigation anwesend, der an Sulus Stelle saß. »Wo sind die denn alle?«

»Die meisten sind unten auf dem Planeten oder koordinieren Daten. Oder haben schichtfrei. Sulu hat zwei Schichten nacheinander abgerissen. Dabei fällt mir ein, was mir jemand über zu viele Überstunden erzählt hat.«

»Oh... Na schön. Jim, der Translatoralgorithmus für die ;At scheint okay zu sein. Sie kennen Redensarten und alles mögliche, und der eine da hat mir erzählt...«

»*Doktor*«, sagte Kirk, »Sie sind leicht überarbeitet. Ich glaube, es ist Zeit, daß Sie ein bißchen Ruhe kriegen. Aber offenbar sind nicht mal Ihre Mitarbeiter in der Lage, Sie zu bremsen. Schwester Burke hat sich bei mir beschwert.«

Dafür mach ich sie kalt, dachte McCoy.

»Wenn Sie ihr einen Rüffel verpassen«, sagte Kirk mit drohend erhobenem Zeigefinger, »lasse ich Ihren Sold einfrieren. – Jetzt setz dich hin und schreib mir einen anständigen Bericht, aber nicht so eine Schönschwätzerei wie die, die du heute morgen für Starfleet abgeliefert hast. Diese Typen kannst du vielleicht mit vielen Fremdworten in Ehrfurcht erstarren lassen, aber *mir* legst du so ein Zeug nicht straflos vor. Ich brauche eine Analyse dessen, was da unten vor sich geht.«

»Aber wie soll ich das ohne weitere Daten machen?«

»Gib mir das, was du schon hast, und bastle es so zusammen, daß es einen Sinn ergibt. Würdest du nur mal für 'ne Weile stillsitzen, würde dir auch was einfallen, woraus wir etwas machen könnten. Und geh nicht in dein Revier, um es abzufassen. Wenn du dich da unten blicken läßt, fängst du doch gleich wieder an, jemanden wegen irgend etwas zu behandeln. Bis auf weiteres hast du keinen Zutritt zur Krankenstation, es sei denn, ein echter Notfall liegt vor. Das ist ein Befehl. Verstanden?«

McCoy blickte finster drein. Wenn Jim eine solche Stinklaune hatte, war es am besten, ihn aufzuheitern. Zum Glück hielten seine Launen nie lange an. »Verstanden«, sagte er.

»Gut. Und damit du nicht in Versuchung kommst...«

Kirk erhob sich aus dem Kommandosessel und reckte sich. »Nimm Platz.«

McCoy glotzte ihn an.

»Nun mach schon«, sagte Kirk. »Setz dich hin. Der Sessel ist wirklich bequem. Du kannst hier sitzen und deinen Bericht diktieren. Und außerdem übertrage ich dir das Kommando.«

McCoy kriegte einen Anfall. »Das kannst du doch nicht machen!« sagte er. »Das *schaffe* ich doch nicht!«

»Natürlich kann ich es«, sagte Kirk. »Und *natürlich* schaffst du es. Du hast doch 'ne richtige Offiziersausbildung hinter dir. Natürlich hast du keinen vollen Kommandolehrgang gemacht, aber du hast genug erfahren, um zu wissen, was man zum richtigen Zeitpunkt sagt. Aber du wirst es gar nicht brauchen. Ich kann jedem das Kommando übertragen, dem ich es erteilen will; ganz besonders jedem Abteilungschef und Offizierskollegen. Es ist überhaupt nicht nötig, in der direkten Kommandokette zu sein – das ist nur ein allgemeiner Irrglaube. Ich kann einem Fahnenjunker das Kommando geben, wenn es mir gefällt und wenn die Situation danach verlangt. Tja, im Augenblick sieht es so aus, daß sie danach verlangt, daß der Captain sich dünnmacht.«

»Ähm ...«

»Also setz dich hin«, sagte Kirk.

»Ähm, Jim ...«

»Ich *verlasse* die Brücke, Pille. Dann hole ich mir etwas zu essen. Und dann gehe ich auf den Planeten runter und werde mich mit Spock unterhalten, der auch überarbeitet ist und den ich ebenfalls anschreien muß. Dann werde ich ein paar der Wesen treffen, mit denen wir uns unterhalten sollen. Ich habe es jetzt so lange hier ausgehalten, wie ich konnte. – Sie, *Doktor*, werden nun in diesem schnuckeligen Sessel sitzen. Sie werden sich wohltuend entspannen und Daten koordinieren, wozu Sie im Moment besser ausgerüstet sind als ich. Dann werden Sie mich auf der planetaren Ober-fläche anrufen und mich mit weisen Ratschlägen ver-sorgen. Haben Sie das kapiert?«

McCoy nickte.

»Dann laß dich also nieder.«

McCoy trat vorsichtig an den Kommandosessel heran und nahm äußerst langsam und behutsam dar-auf Platz. Er war wirklich sehr bequem.

»Du hast das Kommando«, sagte Kirk. »Am Ende der Schicht bin ich wieder hier. Viel Spaß.«

»Umpf«, sagte McCoy, als Kirk hinausging und die Tür der Brücke sich hinter ihm schloß.

Leonard McCoy saß im Kommandosessel des Raum-schiffes *Enterprise* und dachte: *Dafür mach ich ihn kalt.*

Kirk hätte sich gern mehr als ein Sandwich und eine Tasse Kaffee genehmigt, aber er hatte keine Zeit für komplizierte Dinge. Anschließend begab er sich sofort in den Transporterraum und auf die Lichtung auf ›Flie-gendreck‹. Wie üblich führte der süße Duft der frischen Luft dazu, daß sich seine Nackenhaare aufrichteten. Dies war eine der kleinen geheimen Freuden, die er nie übers Herz gebracht hatte, anderen zu erzählen: die er-sten Wohlgerüche der Luft neuer Welten mit ihrem Kompendium an seltsamen neuen Aromen. Die hiesige roch, als hätte es kürzlich geregnet, und die Luft wies eine eigenartige Würze auf, als wären die meisten hier wachsenden Dinge in der Regel auch wohl-schmeckend.

Kirk schaute sich das Gewimmel auf der Lichtung an. Die Ornae und die Lahit, die über den Boden roll-ten, trudelten oder watschelten. Seine Mannschaft ging der Arbeit nach, die Leute unterhielten sich, untersuch-ten und sammelten Daten. *Spock muß irgendwo in der Nähe sein*, dachte er und hielt nach ihm Ausschau. Er sah ihn jedoch nirgendwo.

»Morgen, Captain«, sagte jemand hinter ihm. Kirk

drehte sich um und sah, daß es Don Hetsko war, einer von McCoys Leuten. »Suchen Sie jemanden?«

»Ja, Spock. Haben Sie ihn gesehen?«

»Ist schon 'ne Weile her«, sagte Don. »Der Doktor ist allerdings vor ein paar Minuten in diese Richtung gegangen.« Er deutete auf einen Pfad, der von der Lichtung wegführte. »Vielleicht erwischen Sie ihn noch.«

»Danke, Mr. Hetsko«, sagte Kirk. Er nahm den Weg, den Hetsko ihm gezeigt hatte, und lächelte dabei.

Sein geschäftsmäßiges Schreiten verlangsamte sich zu einem Schlendern, als er tiefer in den Wald hineinging. Die Qualität des hiesigen Lichts war irgendwie ungewöhnlich: intensiver als er erwartet hatte. Als hätte irgendein Fotograf die Gegend bewußt erhellt, damit er gleichzeitig warm und kühl verlockend aussah. Eine seltsame Wirkung ging von dem Licht aus; die Ursache war wahrscheinlich das messingfarbene Gold der planetaren Sonne und das extreme Grün – fast Blaugrün – der äußerst chlorophyllhaltigen Pflanzen. Wenn man die wissenschaftliche Lage vergaß, war die Wirkung sehr erfreulich, irgendwie friedlich; er hatte keine Lust, die Gegend allzu schnell zu verlassen.

Der Pfad mündete auf eine andere Lichtung, die größer war als die erste. Kirk hielt an ihrem Rand an und musterte den in ihrer Mitte befindlichen großen Stein. Ihm fielen die Bilder der ;At von der Einsatzbesprechung her ein; er erinnerte sich an McCoys Beharrlichkeit, daß die ;At ein Volk waren, mit dem er sich gern unterhalten wollte. Doch gleichzeitig spürte er, daß ihn ein eigentümliches Zögern überkam. Beinahe Schüchternheit. Das Geschöpf strahlte etwas irgendwie weit Entferntes aus; es erzeugte ein Gefühl, als wisse es von Dingen, die es klüger erscheinen ließen, es nicht zu stören...

Eigenartige Gefühle, ohne Hand und Fuß, klar. Kirk schüttelte die leichte Nervosität ab und trat in den hellen Sonnenschein der Lichtung hinaus.

Kirk wußte, daß der ;At ihn kommen sah, auch wenn er über keine sichtbaren Augen und dem Anschein nach auch über keine anderen Sinnesorgane verfügte. *Ich frage mich, ob Pille es geschafft hat, ihn zu scannen,* dachte er. *Ich muß ihn später danach fragen.* Kirk verlangsamte zwei Meter von dem Geschöpf und blieb stehen.

»Verzeihung«, sagte er.

Es dauerte eine geraume Weile, bevor der ;At ihm antwortete. »Mir ist nicht bewußt, daß Sie etwas getan haben könnten, das ein Verzeihen erfordert.«

Die Stimme war verblüffend; sie polterte wie ein Erdrutsch. Aber sie hatte nichts Bedrohliches. Ihr Tonfall war – selbst durch den Translator – so ernst und gleichzeitig so humorvoll, daß Kirk lächelte. »Das ist gut«, sagte er. »Diese Phrase ist eine Redensart unserer Zivilisation und wird oft verwendet, wenn ein Wesen ein anderes stört. Mir war nicht daran gelegen, Sie mitten in etwas Wichtigem zu unterbrechen.«

»Sie haben mich nicht unterbrochen, Captain«, sagte der ;At.

»Das freut mich.« Nach einer Weile sagte Kirk: »Sie müssen derjenige gewesen sein, mit dem sich der Doktor unterhalten hat.«

»Wir haben gesprochen«, sagte der ;At.

Kirk zögerte. »Ich hoffe, Sie entschuldigen meine Unwissenheit«, sagte er, »aber ich weiß keinen Namen, mit dem ich Sie ansprechen kann. Nicht einmal ein Geschlechtsmerkmal, falls es solche Dinge bei Ihnen überhaupt gibt.«

»Der Doktor wollte mich ›Sir‹ nennen«, sagte der ;At.

Kirk nickte. »Dann werde ich es auch tun, wenn ich darf. Hat er mit Ihnen darüber gesprochen, warum wir hier sind?«

»Er wollte es«, sagte der ;At, »und ich sagte gerade, es sei eine Angelegenheit von einiger philosophischer Kompliziertheit, als er verschwand.«

»Er ist zu unserem Schiff zurückgekehrt«, sagte Kirk. »Das ist der Behälter, in dem wir reisen und in dem wir hierhergekommen sind.«

»Die *Enterprise*«, sagte der ;At.

»Richtig.«

»Ich sehe sie«, sagte der ;At. »Sie ist ganz silbern, aber wenn die Sonne sie berührt, leuchtet sie golden. Und sie hat eigene Lichter, für die Finsternis.«

»Ja«, sagte Kirk und dachte mit einiger Erregung: *Diese Geschöpfe müssen über Sinne verfügen, von denen wir nichts wissen. Ich erkenne das Geräusch direkter Wahrnehmmung, wenn ich es höre. Alles, was ein Raumschiff von der Oberfläche eines Planeten aus sehen kann... Was sieht er sonst noch?* »Sir«, sagte er, »hat er Ihnen überhaupt erzählt, warum wir hier sind?«

»Nein«, sagte der ;At. »Ebensowenig wie die erste Gruppe, die hier ankam, auch wenn sie uns viele Fragen gestellt hat. Die Gruppe war vorsichtig. Aber wir wußten anhand ihres Aussehens sehr gut, daß sie nicht von dieser Welt kamen, daß sie von einer anderen angereist sind.«

Kirk schüttelte den Kopf und dachte: *Es muß doch eine bessere Methode geben, um diese Erstkontakt-Expeditionen zu absolvieren. Wir haben es hier, verdammt noch mal, mit einer intelligenten Spezies zu tun, nicht mit Idioten. Sie begreifen sehr schnell, was hier vor sich geht. Wie stehen wir denn jetzt da?*

Er schaute auf. Der ;At hatte sich zwar nicht bewegt, doch das Gefühl, daß er ihn aus nächster Nähe betrachtete, wurde immer stärker. Kirk hatte tatsächlich Schwierigkeiten, normal zu atmen. Die Nähe des Geschöpfs erschien ihm fast wie ein körperlicher Druck. Doch war daran nichts Aggressives oder Bedrohendes. Es war nur eine so intensive Ebene des Interesses, daß sie Auswirkungen auf seinen Körper hatte.

»Sir«, sagte er, »das Schiff da oben, und die Leute, die bei Ihrem Volk und den Ornae und Lahit sind, stehen unter meinem Befehl. Wir sind gekommen, um zu erfahren, wieviel wir über Ihr Volk lernen und wieviel wir Ihnen über uns berichten können. Wenn dies geschehen ist, möchten wir allen Spezies zusammen einige Fragen stellen – sofern dies möglich ist. Dies ist eins der Dinge, die wir in Erfahrung bringen müssen.«

»Viele Fragen«, sagte der ;At. »Und welche Fragen können *wir* stellen?«

»Jede, die Sie möchten«, sagte Kirk leicht nervös.

»Dann werden wir es tun«, sagte der ;At und verfiel in Schweigen.

Kirk stand in der Stille da und spürte, daß sich seine Nackenhaare erneut aufrichteten. Doch diesmal aus einem Grund, der nicht das geringste mit der Süße der Morgenluft zu tun hatte. Das ernsthafte Interesse machte ihn, sein Schiff und all seine Leute gefügig. Er spürte es wie Sonnenschein auf seiner Haut, aber es war nicht im geringsten ein wärmendes oder beruhigendes Gefühl.

»Wann fangen wir an?« sagte er schließlich, als die Stille für ihn unerträglich wurde.

»Wir haben schon angefangen«, sagte der ;At.

McCoy saß im Kommandosessel und gähnte.

Er war müde und verärgert, aber gleichzeitig empfand er auch eine gewisse selbstgefällige Zufriedenheit. Kirk bildete sich wohl ein, die neue Erfahrung würde ihn zu Kreuze kriechen lassen. Leider hatte er nicht mit McCoys großem Talent gerechnet, sich mit Höchstgeschwindigkeit an alles Neue anzupassen. Anpassung war möglicherweise das erste, was Ärzte und Pflegerinnen lernten – wie man plötzliche überraschende oder ärgerliche Situationen in alltägliche umwandelte.

Er hatte mit den Lehnenknöpfen des Kommandosessels gespielt. Es gab eine ganze Reihe Verbindungen zum Bibliothekscomputer, so daß man sich auch ohne wissenschaftlichen Offizier auf dem betreffenden

Posten jede Art von Information auf den Hauptbild-
schirm der Brücke legen lassen konnte. Und ebenso
konnte man Berichte diktieren. Der Bericht, um den
Kirk gebeten hatte, war fertig. Inzwischen war McCoy
zum Spiel mit der Maschinerie zurückgekehrt. Er hatte
sich die unterschiedlichsten Informationen aus dem
Bibliothekscomputer geholt, um den Bericht damit zu
kommentieren.

Das Brücken-Interkom pfiff, und McCoy warf einen
Blick auf den diensthabenden Kommunikationsoffizier,
Lieutenant DeLeon, um ihm zu sagen, daß er selbst
antworten wollte. Er drückte den bestimmten Knopf in
der Sitzkonsole und sagte: »Brücke. McCoy.«

»Der Himmel steh uns bei!« sagte Scottys entsetzte
Stimme. »Doktor, was machen Sie denn da oben?«

»Der Captain ist daran schuld, Scotty«, sagte McCoy.
»Er hat mir vor zweieinhalb Stunden das Kommando
übertragen.«

Scotty lachte leise. »Nun ja, ich nehme an, es wird
schon nicht weh tun. Dann ist er wohl unten, was?«

»Sie vermuten richtig. Kann ich Ihnen irgendwie helfen?«

»Nicht im geringsten. Er hat mich gebeten, die Warp-
Generatoren neu zu justieren, und ich habe die Zahlen
für ihn, wie lange es dauert und wieviel Antimaterie
wir dafür brauchen. Es kann aber warten, bis er wieder
oben ist.«

»Warum wollte er eine Neujustierung?«

»Ach, ich habe ihn dazu überredet. Es hat mit dem
Treibstoffverbrauch zu tun. Er wollte etwas Energie
einsparen, indem wir den Fusionszeitraum neu setzen.
Ich habe eine bessere Methode ausgetüftelt, aber die
Einzelheiten erspare ich Ihnen lieber.«

»Danke«, sagte McCoy. »Ich lasse ihn wissen, daß die
Zahlen fertig sind.«

»Ja, sagen Sie's ihm«, sagte Scotty. »Maschinenraum,
Ende.«

McCoy drückte zufrieden den Knopf und lehnte sich in den Kommandosessel zurück. »DeLeon«, sagte er, »verbinden Sie mich mal mit der Landegruppe. Ich möchte mal sehen, was die da unten so treiben.«

»Jawohl, Sir«, sagte DeLeon. Kurz darauf zeigte der Bildschirm die Hauptlichtung von ›Fliegendreck‹ und die überall herumwimmelnde Mannschaft, die geschäftig ihrer Arbeit nachging.

McCoy sah Spock, Lia und mehrere andere, die er kannte; aber von Kirk gab es keine Spur.

»Er amüsiert sich wohl mal wieder«, sagte er. »Orten Sie mal den Captain, Lieutenant.«

»Klar, Doktor.« DeLeon betätigte einige Kontrollen, dann blickte er auf sein Schaltbrett. Er setzte eine komische Miene auf.

»Stimmt was nicht?« brummelte McCoy. »Hat er seinen Kommunikator abgeschaltet? Typisch!«

»Nein, Doktor«, sagte DeLeon. »Ich kann ihn nicht finden.«

McCoy stand auf und trat an die Funkstation. Er warf einen Blick auf den Scannerschirm und runzelte die Stirn. Es gab nicht die geringste Spur von Captain Kirk. Selbst wenn er seinen Kommunikator weggeworfen hätte, mußten die Scanner eindeutig wissen, wo er gerade lag.

Aber es gab keine Spur von ihm.

McCoy schluckte schwer und rief Spock an.

4

Als Spock auf der Brücke erschien, freute McCoy sich so sehr, ihn zu sehen, daß er versucht war, aufzuspringen und ihm um den Hals zu fallen. Doch er bremste sich und sagte nur: »Spock, der verdammte Scanner ist schon wieder ausgerastet.«

Spock bedachte ihn mit einem Ausdruck, der im besten Falle skeptisch war. »Doktor«, sagte er so sanft, als rede er zu einem Schwachsinnigen, »das ist höchst unwahrscheinlich. Trotzdem werde ich ihn prüfen.«

Der Vulkanier trat an seine Konsole und betätigte die Kontrollen mit der flinken Gewißheit eines Experten, der sie kaum anzusehen brauchte. »Ich kann wohl davon ausgehen«, sagte er, »daß die Lage in der Krankenstation völlig unter Kontrolle und Ihre Anwesenheit dort nicht erforderlich ist.«

McCoy räusperte sich. »Sie glauben nicht, wie gern ich dort wäre, Spock. Aber Kirk hat mir das Kommando übertragen und mir verboten, mich dort sehen zu lassen – es sei denn im Notfall.«

Spock riß tatsächlich die Augen auf. Er schaute von der Konsole auf, ohne seine Eingaben zu unterbrechen, und sagte: »Verzeihen Sie, aber ich möchte Sie nicht mißverstehen. Sie sagen, der Captain hat Ihnen das Kommando übertragen?«

»Er hielt es wohl für witzig. Fragen Sie DeLeon, er war dabei.«

»Das automatische Brücken-Logbuch wird es wohl auch aufgezeichnet haben«, sagte Spock und konzentrierte sich wieder auf seine Arbeit. McCoy drehte sich um und schaute einstweilen auf den Frontbildschirm. Auf der Lichtung hielt sich gerade ein kleines Lahit-Gehölz auf, und etwa zweihundert Ornae schienen sich zusammengetan zu haben, um ein noch größeres Bauwerk zu errichten als am Tag zuvor – es war überladener und wies viel mehr Innenraum auf. Sie waren aufmerksame Gastgeber, wenn man auch sonst noch nicht viel über sie wußte.

McCoy wandte sich wieder Spock zu und sah, daß der Wissenschaftsoffizier seine Konsole mit einem besorgten Gesichtsausdruck musterte. »Doktor«, sagte er, »wir haben ein Problem.«

Das hatte McCoy zwar auch gewußt, aber wenn Spock es aussprach, klang es gleich viel schlimmer. McCoy nahm auf dem Kommandosessel Platz – es war mehr ein Reflex als Bequemlichkeit – und sagte: »Er ist *wirklich* weg!«

»Die Instrumente funktionieren korrekt«, sagte Spock. »Der Kommunikator des Captain befindet sich nicht auf dem Planeten. Das sagen die Instrumente.«

»Lassen wir jetzt mal den Kommunikator beiseite, Spock«, sagte McCoy. »Wo ist der *Captain*?«

Spock trat an den Kommandosessel heran und sagte: »Beruhigen Sie sich, Doktor. Es gibt durchaus Erklärungen dafür, daß wir unfähig sind, den Captain aufzuspüren.«

»Zum Beispiel?«

Spock hob eine Braue. »Der Captain könnte sich in einem Gebiet aufhalten, in dem irgendein seltenes Element in hoher Konzentration vorkommt, so daß das Kommunikatorsignal von der Hintergrundstrahlung überlagert wird...«

»Und haben Sie dergleichen lokalisiert?«

»Nun«, sagte Spock, »ich muß gestehen...«

»Ach! Und sonst?«

Der Ausdruck auf Spocks Gesicht wirkte derart hilflos, daß McCoy sich nicht erinnern konnte, so etwas bei dem Vulkanier je gesehen zu haben. »Nichts«, sagte er.

»Tja, dann zum *Teufel* damit«, sagte McCoy. »Ich gehe jetzt dorthin, wo ich von Nutzen sein kann... Nach unten, um bei der Suche nach Kirk zu helfen. *Sie* hüten den Laden.«

Er hatte die Hälfte des Weges zur Brückentür gerade hinter sich gebracht, als Spock sagte: »Doktor... ich fürchte, Sie verstehen die Lage nicht ganz.«

McCoy blieb stehen und schaute Spock überrascht an. »Und zwar welchen Teil?«

»Zumindest den Ihren«, sagte Spock. »Sie haben das Kommando, Doktor. Sie können das Schiff unter diesen Umständen nicht verlassen.«

»Und ob ich es kann, verdammt noch mal! Ich übertrage Ihnen das Kommando! Sie müßten es ohnehin haben. Sie waren doch derjenige, der die Kommandantenschule von A bis Z durchgemacht hat, und außerdem sind Sie der zweithöchste Stabsoffizier an Bord. Setzen *Sie* sich in den verdammten Sessel!«

»Doktor«, sagte Spock leise, »der Captain würde es so ausdrücken: Es spielt nicht einmal dann eine Rolle, wenn ich der kommandierende Admiral von Starfleet wäre und einen Brief von Gott bekäme. Ich kann Ihnen unter diesen Umständen das Kommando nicht abnehmen. Und auch kein anderer. Die Dienstvorschriften der Flotte sind in dieser Hinsicht völlig klar: Ein Offizier, der nominell das Kommando über ein Schiff übernimmt, *muß es behalten,* bis er vom offiziellen Kommandanten einen gegenteiligen Befehl erhält. Der Captain ist aber nicht hier, um diesen Befehl zu erteilen. Jeder, der an Ihrer Stelle das Kommando übernimmt, muß damit rechnen, vors Kriegsgericht zu kommen – und dort wird man ihn, wie man so schön sagt, zur Schnecke machen. Jeder Ihrer Versuche, Ihren Posten zu verlassen – also die *Enterprise* –, wäre ebenfalls ein Fall fürs Kriegsgericht, besonders unter diesen Umständen, da der Captain vermißt wird. Wir haben, um es vorsichtig auszudrücken, einen Notfall.«

McCoy sank auf den Sitz der wissenschaftlichen Station und bedachte Spock mit einem bestürzten Blick.

»Sie sitzen in der Klemme, Doktor«, sagte Spock. »Es tut mir sehr leid.« Er klang, als meine er es ernst.

McCoy schaute zu Spock hinüber. Dann holte er zweimal tief Luft und dachte: *Reiß dich zusammen, alter Knabe. Um da wieder rauszukommen, brauchst du deinen ganzen Grips.* »Na schön«, sagte er. »Dann gehen Sie lieber wieder runter und organisieren die Suche. Stellen Sie fest, wer ihn wo zuletzt gesehen hat ... und dort nehmen Sie seine Spur auf.«

Spock nickte, er eilte nun selbst zur Brückentür.

»Ach, übrigens«, fügte McCoy hinzu, »kann ich wenigstens mal für junge Königstiger?«

Spock nickte. »Übergeben Sie das Kommando Lieutenant DeLeon«, sagte er, als er schon im Turbolift stand. »Aber bleiben Sie nicht zu lange fort. Ich glaube, der Captain hätte gesagt: ›Sie hätten gehen sollen, *bevor* wir das Lokal verlassen haben‹.«

»Sie verfl ...«

Die Lifttür ging zu.

McCoy schaute DeLeon an und sagte: »Übernehmen Sie, mein Sohn. Ich bin in ein paar Minuten wieder da.«

»Jawohl, Sir.«

»Und versuchen Sie mal, ob Sie Uhura da unten von ihrer Arbeit weglocken können. Ich brauche ein paar Ratschläge.«

»Gemacht, Doktor.«

Als er wieder auf die Brücke kam, war sie da und erwartete ihn. »Lieutenant«, sagte McCoy zu dem jungen Kommunikationsoffizier, »legen Sie mal eine Pause ein oder so was. Wann endet Ihre Schicht?«

»In etwa einer Stunde, Doktor«, sagte DeLeon.

Gott, wo ist bloß der Tag geblieben? Wie schnell doch die

Zeit vergeht, wenn man seine Gaudi hat... Er schaute Uhura an, sie nickte, und er sagte: »Sie brauchen nicht zurückzukommen, mein Sohn. Machen Sie Feierabend.«

»Danke, Doktor«, sagte DeLeon und ging hinaus.

Als die Lifttür sich schloß, sagte Uhura leise: »Wie ich höre, haben wir ein kleines Problem.«

»Darauf können Sie Ihren süßen... Na, lassen wir das. Ja, haben wir. Wissen viele Leute unten schon davon?«

»Inzwischen alle. Die ganze Gegend wird abgesucht.« Sie sah besorgt aus. »Aber die Spur könnte inzwischen schon erkaltet sein. Seit heute morgen hat niemand mehr den Captain gesehen, und auch dann nur sehr kurz.«

»Wo ist er hingegangen?«

»In den Wald, über einen Pfad. Den breiten, der wohl oft benutzt wird.«

Plötzlicher Argwohn flammte in McCoy auf. *Das ist doch der, der zu der Lichtung führt, auf der ich dem ;At begegnet bin...* »Hat irgend jemand da einen ;At gesehen?« fragte er.

»Nein«, sagte Uhura. Sie klang leicht überrascht. »Doktor, ich glaube, der Laut ist eher ein Knacklaut.«

»Die Aussprache ist mir gleichgültig. Ich möchte übrigens gern mal hören, wie *sie* es aussprechen. Uhura – ich bin heute morgen einem begegnet. Ich habe gerade mit ihm geredet, als Jim mich wieder raufholte. Ich glaube, er könnte ihm ebenfalls begegnet sein.«

»Sie haben mit ihm gesprochen?« sagte sie überrascht. »Aber wir haben doch bisher so gut wie keinen Algorithmus für ihre Sprache. Das Forschungsteam hat sie kaum verstanden. War er denn leicht zu verstehen?«

»So leicht wie Sie. Ich war überrascht.«

Uhura schaute nun äußerst besorgt drein. »Das ist

aber komisch, Doktor«, sagte sie. »Das kann doch nicht sein ... Es sei denn, diese Spezies weiß viel mehr über uns, als wir annehmen.«

McCoy dachte an den langsamen, schweigenden Blick, der ihm gegolten hatte, an das Gefühl der heimlichen, gezügelten Kraft, und er fröstelte leicht. »Ich würde es nicht ausschließen. Uhura, wir müssen wenigstens einen von ihnen finden und in Erfahrung bringen, was er weiß.«

»Es wäre hilfreich, wenn wir Scannerinformationen hätten«, sagte sie leicht unsicher. »Äußerlich wirken sie fast wie große Felsen. Und es gibt einen Haufen Felsen auf diesem Planeten.«

»Aber nicht viele, die sich *bewegen*«, sagte McCoy. »Und laut dem ;At, mit dem ich heute morgen gesprochen habe, sind es nur eine Million. Aber lassen wir das. Ich habe ihn gescannt. Hier.« Er griff in seine Instrumententasche, die zusammen mit ihm auf der Brücke gelandet war, und reichte Uhura seinen Medoscanner.

»Gut«, sagte sie. Sie ging zu ihrem Arbeitsplatz und stöpselte das Gerät ein. Sie drückte einen Knopf des Schaltbrettes und lugte kurz auf den Bildschirm. »Hm«, sagte sie. »Der Arbeitsspeicher ist leer.«

»Ach ja«, murmelte McCoy. »Schauen Sie im Bibliothekscomputer nach. Die Datei müßte dort sein.«

Uhura nickte, drückte noch mehr Tasten und wartete ab. »Da ist sie ja«, sagte sie und schaute auf den Schirm. Doch dann schüttelte sie den Kopf.

McCoy spürte, daß sich sein Magen leicht verknotete. »Was ist denn los?«

»Ihre Überspielung ist zwar da«, sagte sie, »aber es gibt Schwierigkeiten mit der visuellen Komponente. Was ist das denn?«

Sie drückte einen anderen Knopf und holte das, was sie sah, auf den Hauptschirm. Im Hintergrund der Aufnahme sah McCoy die andere Seite der großen Lichtung. Die Aussicht wechselte, als er den Medoscanner um etwas herumbewegte, das im Zentrum der Aufnahme lag. Doch was es war, konnte man nicht erkennen. Der Bildschirm zeigte nur eine silbrige, neblige Verschwommenheit, einen rechteckigen Umriß ohne Einzelheiten.

»*Verdammt*«, sagte McCoy.

»Ich fürchte, diese Aufzeichnung ist auch weg«, sagte Uhura. »Zwar nicht ausradiert; aber die Scan-Bänder sind leer, als hätte der Taster nichts aufgezeichnet.«

»Ist wohl heute nicht mein Tag in Sachen Maschinerie«, sagte McCoy.

»Es liegt nicht an der Maschinerie«, sagte Uhura sofort. Sie hatte irgendwelche Schaltungen an ihrer Konsole vorgenommen. »Ich kriege schwache Impulse auf einigen Bändern von den Lebensformen im Hintergrund – aber natürlich sind sie zu schwach, um für irgendeine Datenbank von Nutzen zu sein. Ihr Scanner hat zum Beispiel einige der fließenden Bewegungen des Pflanzenlebens im Hintergrund aufgenommen.«

»Yeah, das macht er... aber in der Regel überlagert die Lebensform, auf die ich ihn richte, die Lebensformen im Hintergrund schon aufgrund der Nähe. Was hat *das* zu bedeuten?«

Uhura schüttelte den Kopf, zog den Scanner aus dem Interface und gab ihn McCoy zurück. »Ihre Einschätzung ist so gut wie meine«, sagte sie. »Und wahrscheinlich besser, da Sie den ;At im Gegensatz zu mir gesehen haben.« Sie schaute sehr neugierig drein. »Wie hat er geklungen?«

»Nach Ärger«, sagte McCoy, der ihr nur mit halbem Ohr zuhörte. »Wie jemand, den man nicht gern gegen sich aufbringt.« Bei der Vorstellung bildete sich ein Eisklumpen in seinem Magen; er mußte die Furcht bewußt beiseite schieben. »Macht nichts«, sagte er sinnierend. »Vielleicht *wollte* er gar nicht gescannt werden?«

Er schaute Uhura an. Sie neigte den Kopf zur Seite,

ihre Augen verengten sich. »Möglich«, sagte sie. »Spezies, die gut Energieströme verarbeiten können, sind manchmal dazu fähig. Nehmen Sie zum Beispiel die Aufzeichnungen von den Organianern, bevor sie sich uns zeigten. Wir glaubten, wir hätten es mit Hominiden zu tun... Sie haben unsere Instrumentanzeigen so manipuliert, damit es so aussah. Wir haben das, was passierte, nie hinterfragt. Dieses Volk...« Sie schaute auf den Bildschirm. »Wenn Ihre Theorie stimmt«, sagte sie, »handelt es sich hier um Energieverwaltung von höchster Virtuosität. Ein Geschöpf, das dazu fähig ist, könnte auch alle möglichen anderen Dinge tun.«

»Aber soweit wir wissen, hat es uns nicht reingelegt«, sagte McCoy, der sich außerordentlich bemühte, bei den Tatsachen zu bleiben. »Es hat nur seine privaten Meßdaten verheimlicht. Ich frage mich, aus welchem Grund.«

»Ein Tabu der Intimsphäre?« sagte Uhura.

McCoy seufzte. »Solange wir nicht mit mehreren ;At gesprochen haben, werden wir es nicht erfahren. Und sie scheinen nicht so verfügbar zu sein wie die anderen Spezies.«

Darüber mußte Uhura kurz und leicht sarkastisch lachen. »Verlassen Sie sich nicht darauf, daß die anderen ›verfügbarer‹ sind, Doktor. Ich habe den ganzen Morgen damit zugebracht, mit den Ornae über die Natur der Wirklichkeit zu sprechen. Sie glauben nicht wirklich an uns.«

McCoy blinzelte. »Das habe ich doch schon mal gehört«, sagte er. »Wie glauben sie nicht an uns? Widersprechen wir ihrer Religion? Oder heißen sie irgend etwas nicht gut?«

»Das ist es nicht«, sagte Uhura und lehnte sich seufzend zurück. »Sie halten uns nur nicht für real. Oder nein, so ist es auch nicht. Sie wissen, daß wir hier sind. Aber sie halten uns nicht für menschlich.«

»Was?! Wir haben zwei Arme, zwei Beine, einen

Kopf. Was sollten wir denn anderes sein? Wir sind doch Menschen. Mehr oder weniger.«

»Das ist es auch nicht«, sagte Uhura. »Sie halten uns nicht für *Wesen*. Es ist kein Vorurteil ihrerseits. Sie mögen uns schon; sie unterhalten sich auch gern mit uns. Aber sie glauben nicht, daß wir eine besondere *Rolle* spielen. Das, was uns wichtig erscheint, ist für sie lächerlich. Und warum auch nicht? In ihrer Weltsicht – in ihrer und der der Lahit, darin scheinen sie gleich zu sein – existieren die Grundlagen des Überlebens – Luft, Wasser, Nahrung – nicht. Man braucht sie sich nur zu nehmen – oder im Fall der Ornae braucht man sie nicht mal zu nehmen. Man *lebt* einfach. Sie beginnen einfach auf einer höheren Sprosse der Selbstverwirklichungs-leiter als wir. Sie haben alle grundlegenden körper-lichen Bedürfnisse längst hinter sich und brauchen sich nicht bewußt mit ihnen auseinanderzusetzen. Alles, was für sie von Belang ist, ist gesellschaftlicher Natur. Möglicherweise sind sie sogar die geselligste Spezies, der die Föderation je begegnet ist.«

»Eine nette Abwechslung, wenn ich an manche Völ-ker denke, die uns im Lauf der Jahre so begegnet sind«, murmelte McCoy.

»Nun ja. Sie verstehen auch mehr oder weniger, was die Föderation ist. Sie verstehen nur nicht den Grund für ihre Existenz. Könnte sein, daß sie beitreten, nur um sich zu unterhalten. Aber es fiele ihnen nie ein bei-zutreten, weil wir vielleicht etwas haben, was auch sie gern hätten. Wenn ich mich nicht irre, haben wir *nichts*, was sie haben möchten oder brauchen – es sei denn uns selbst, um sich mit uns zu unterhalten. Die Sprache jeder Anschlußvereinbarung müßte so geändert wer-den, um dies zu reflektieren, und das werde ich dem Captain auch sagen...«

»Wenn wir ihn finden.«

»Ja«, sagte Uhura. Sie machte ein sorgenvolles Ge-sicht. »Ich muß gestehen, daß ich besorgt bin.«

»Sie *glauben,* daß Sie besorgt sind«, sagte McCoy. »Nun, lassen wir das für den Augenblick. Ich nehme an, Starfleet wird früher oder später etwas von uns hören und in Erfahrung bringen wollen, wie wir vorankommen.« Er ächzte. »Das ist genau das Gespräch, auf das ich mein Leben lang gewartet habe.«

»Es wird kein Gespräch sein«, sagte Uhura. »Nicht bei einer Entfernung von fünf Subraum-Funkstunden. Das geht gar nicht. Stellen Sie einen Bericht zusammen und machen Sie ihn für mich fertig – unsere nächste planmäßige Sendung müßte in etwa eineinhalb Stunden abgehen. Sie wollen doch nicht, daß man irgendwie auf die Idee kommt, wir hätten Schwierigkeiten, indem wir die Neuigkeiten zu spät abschicken.«

»Aber ich *habe* Schwierigkeiten, verdammt!« sagte McCoy. »Ich wäre entzückt, wenn man mich meines Kommandos entheben würde. Hier, schnell«, sagte er. »Geben Sie mir einen Block. Ich schreibe mich selbst kommandounfähig. Streß, eine gute Entschuldigung. Dann können sie Spock an meiner Stelle in diesen elenden Sessel setzen ...«

»Doktor«, sagte Uhura mit mitleidsvoller Stimme, »malen Sie nicht den Teufel an die Wand. Das lassen sie niemals zu. Es kommt nur selten vor, daß jemand ›per Fernsteuerung‹ seines Amtes enthoben wird, besonders deswegen, weil es nur selten funktioniert. Speziell auf diesem Schiff. Die Flotte hat es ein- oder zweimal getan und es anschließend schwer bereut. Und stellen Sie sich mal vor, wie es sich in Ihrer *Personalakte* machen würde.«

»Hm«, sagte McCoy unglücklich. »Daran hab ich nicht gedacht.«

»Vergessen Sie es nicht«, sagte Uhura. »Sie armer Arzt. Diesmal haben Sie wirklich den Schwarzen Peter gezogen.«

Er nickte. »Und niemand ist da, der ihn mir wieder abnimmt, vermute ich.«

»Halten Sie durch. Wir alle werden Ihnen helfen.«

»Stöbern Sie den Captain auf«, sagte er. »Das wäre eine wirkliche Hilfe.«

Uhura nickte und wandte sich wieder ihrem Posten zu.

McCoy trommelte mit den Fingern auf die Lehnen des Kommandosessels. Er rutschte unbehaglich hin und her. Die Polsterung fühlte sich längst nicht mehr so bequem an wie am Anfang.

Etwa drei Stunden später kehrte Spock von der Oberfläche des Planeten zurück. Auf McCoy wirkte er rechtschaffen erschöpft – zwar nicht körperlich ermüdet, aber die Tatsache, daß er bisher zu keinem Ergebnis gekommen war, hatte deutliche Spuren hinterlassen.

»Ich schätze, wir beraumen in Kürze eine Konferenz der Abteilungschefs an«, sagte McCoy zu Spock. »Wir zeichnen sie auf und schicken sie an Starfleet.«

»Das würde ich nicht tun«, sagte Spock. Er setzte sich an seinen Platz und schob mehrere Tricorderbänder in einen Einleseport. »Aber die Konferenz muß stattfinden. Wir müssen die Suche nach dem Captain intensivieren. Starfleet braucht die Einzelheiten unseres Entscheidungsfindungsprozesses nicht zu kennen. – Außerdem«, und plötzlich war ein Anflug von Humor in seinen Augen, als er McCoy über die Schulter hinweg ansah, »hat es keinen Sinn, den ... äh ... bürokratischen Elementen bei Starfleet mehr Einblick als nötig zu gewähren, wie wir unsere Beschlüsse fassen.«

»Sie meinen, wie *ich* meine Kommandoentscheidungen treffe«, sagte McCoy.

Spock nickte. »Solange eine Möglichkeit besteht«, sagte er, »wird der bürokratische Geist immer einen Weg finden, um sich einzumischen. Angesichts eines Entscheidungsfindungsprozesses, den ein Bürokrat zu ... äh ... originell findet ...«

»Zu intelligent, meinen Sie. Oder zu konsultativ.«

»Genau. Unter Umständen wie diesen könnte es passieren, daß Sie in die Lage kämen, Befehle ausführen zu müssen, die... äh... nicht sehr wünschenswert wären.«

»Idiotisch, meinen Sie.«

»Eben das habe ich, glaube ich, gesagt«, erwiderte Spock. »Wenngleich nicht mit so vielen Worten.«

»Spock«, sagte McCoy in einem Augenblick größter Dankbarkeit, »wenn das alles hinter uns liegt, sage ich Ihre nächste ärztliche Untersuchung ab.«

Der Blick, den Spock ihm zuwarf, zeigte mehr als nur einen Anflug von Unheil. »Pflichtvergessenheit, Doktor?« sagte er. »Ich könnte niemals zulassen, daß sie so etwas tun. Natürlich werde ich mich der ärztlichen Untersuchung stellen.«

»Und einen anderen Weg finden, um mir dies bis ans Ende meines Lebens aufs Butterbrot zu schmieren«, sagte McCoy.

Als Spock sich wegdrehte, war sein Lächeln eigentlich kaum wahrnehmbar.

»Na schön«, sagte McCoy. Er warf einen Blick über seine Schulter. »Uhura, rufen Sie die Abteilungschefs zusammen. Geben Sie bekannt, daß wir uns in einer Stunde im Konferenzraum treffen. Die Linguisten und Biologen sollen sich besonders vorbereiten. Ich möchte alles wissen, was wir bisher über die Spezies in Erfahrung gebracht haben. Außerdem brauche ich einen Bericht, der bis zu der *Minute* reicht, in der der Captain verschwand. Starfleet wird mindestens ein *paar* konkrete Fakten erfahren wollen.«

»Jawohl, Sir«, sagte Uhura und nahm den Rundruf an alle Abteilungen des Schiffes in Angriff.

McCoy schaute zu Spock hinüber. »Ich gehe jede Wette ein«, sagte er, »daß heute niemand eine Spur der ;At gesehen hat.«

Spock schüttelte den Kopf. »Uhura war so freundlich, mir Ihre Medoscannermessung für eine Zeichen-

107

analyse zu überlassen«, sagte er. »Ich muß zugeben, daß ich zuerst dachte, Sie hätten das Gerät irgendwie falsch eingestellt. Aber zwei Gedanken, die mir kamen, deuten auf etwas anderes hin: Erstens sind Sie nach jahrelanger Bedienung und den persönlich vorgenommenen Verbesserungen sehr vertraut mit dem Instrument; und zweitens besteht die Gewißheit, daß nicht einmal Sie ein Gerät so selektiv und geschickt verstellen können.«

McCoy saß einen Moment still, addierte im Geist Zahlen und gab sich alle Mühe herauszufinden, ob Spocks letzter Satz, insgesamt gesehen, etwa ein Kompliment sein sollte. Zwar zog er den Schluß, daß er kein Kompliment gewesen war, aber er nahm sich vor, darüber hinwegzusehen. »Danke«, sagte er. »Konnten Sie der Aufzeichnung irgend etwas von Belang abgewinnen?«

»Es war zwar nicht von Belang«, sagte Spock, »aber es war bestimmt merkwürdig. Ihr Scanner hat, ohne speziell darauf justiert zu sein, in der Umgebung eine auffallende Strahlung aufgezeichnet.«

»Strahlung? Irgend etwas Gefährliches?« fragte McCoy aufgeregt.

Spock schüttelte den Kopf. »Nein, bloß eigenartig. Er hat ein Übermaß an Hochenergie-Partikelzerfall aufgezeichnet: etwas Cerenkov-Strahlung und Rückstände von Z-Partikeln. Höchst eigenartig.«

»Aber Cerenkov-Strahlung hat doch mit Schwarzen Löchern zu tun«, sagte McCoy. »Und die gibt es hier nicht.«

»Richtig, Doktor. Aber Cerenkov-Strahlung kommt auch im Zusammenhang mit dem plötzlichen Abbremsen eines sich mit Überlichtgeschwindigkeit bewegenden Körpers in der Atmosphäre vor.«

»Jemand, der schneller fliegt als das Licht und dann verlangsamt...«

»Jemand oder *etwas*. Dafür könnten auch bloße subatomare Partikel verantwortlich sein. Die von Ihrem Scanner gemessene Anzahl war sehr gering. Zu gering, um auf ein Raumschiff oder irgend etwas in dieser Art hinzudeuten.«

»Aber es war trotzdem ein Übermaß«, sagte McCoy. »Ja.«

Er schüttelte den Kopf. »Was ist mit den Z-Partikeln?«

»Auch was sie angeht«, sagte Spock, »bin ich weit davon entfernt, ihre Präsenz zu verstehen. Natürliche Z-Kollisionen und Zerfall kommen so selten vor, daß es immer großer Mengen empfindlicher Instrumente bedarf, um sie zu entdecken. Aber hier sind sie wohl nicht so selten. Oder sie waren es zumindest dann nicht, als Sie die Messungen machten. Die Messungen, die ich in den letzten Stunden mit weit empfindlicheren Instrumenten vorgenommen habe, haben keine solchen Kollisionen angezeigt.«

»Dann haben wir es mit etwas zu tun, das speziell mit den ;At in Zusammenhang steht«, sagte McCoy.

Spock nickte. »Meiner Meinung können wir davon ausgehen. Aber ich habe keine Ahnung, was es bedeuten könnte. Es ist schade, daß der Rest Ihrer Messung uns nicht mehr enthüllt hat, aber sie ist äußerst geschickt manipuliert worden.«

»Sie glauben, der ;At hat es absichtlich getan?« fragte McCoy.

Spock runzelte leicht die Stirn. »Dafür existiert zwar kein direkter Beweis«, sagte er, »aber wenn der betreffende ;At nicht gewollt hat, daß man etwas über seine inneren Funktionen erfährt oder über sie Theorien aufstellt, hätte er es kaum besser machen können. Statistisch gesehen würde ich meinen, man sollte diese Daten allerwenigstens mit Vorsicht genießen.«

McCoy seufzte. »Na schön«, sagte er. »Ich lege jetzt ein Päuschen ein. Sorgen Sie dafür, daß alle ihre Aufzeichnungen mitbringen, dann sehen wir uns in einer Stunde.«

McCoy ging in sein Quartier. Das Geräusch der sich hinter ihm schließenden Tür erfüllte ihn mit einem ausgelassenen Gefühl der Erleichterung, von dem er wußte, daß es von Grund auf unecht war. In einer Stunde würde er hinausgehen, sich ans Kopfende des Konferenztisches setzen und so tun müssen, als sei er Herr der Lage.

Er nahm auf seinem Lieblingssitz Platz, dem möglicherweise komischsten Gegenstand, der sich in seiner Unterkunft befand. Ganz gewiß war er der teuerste – eine Antiquität, der zuliebe er auf den größten Teil des Platzes für seinen persönlichen Besitz verzichtet hatte: ein echter Shaker-Schaukelstuhl aus dem Jahr 1980. Er war zwar nicht der älteste seiner Art – die wirklich alten standen ausnahmslos in Museen –, aber für ihn reichte er. Er war gut, wenn man Rückenprobleme hatte, und Schaukeln beruhigte.

Und Beruhigung kann ich wahrlich gebrauchen, dachte McCoy, als er sich hinsetzte. Die Bewegung tat seinem Körper gut. Seine Gedanken liefen jedoch in engen Kreisen. Sie kreischten und bissen sich selbst in den Hintern, was aber verständlich war. Die eher klinischen Teile seines Geistes machten sich darüber keine Sorgen. Wenn er lange genug schaukelte, mußte dies irgendwann auch eine Wirkung auf seinen Geist ausüben. Er hatte keine andere Wahl.

»Bei diesem Tempo dauert es allerdings ein Jahr«, murmelte McCoy. Er diagnostizierte sich im Schnellgang. Verschwitzte Handflächen. Erhöhter Pulsschlag. Irgendein leichtes Muskelzucken. Allgemeines Unbehagen. Magenkrämpfe. *Geh was futtern, Doktor, sonst fällst du vom Fleisch*, würde Kirk sagen. *Wann habe ich zum letzten Mal etwas gegessen? War es wirklich heute morgen? Ist gar nicht meine Art, Mahlzeiten zu übersprin-*

gen. *Mein Blutzuckerpegel muß irgendwo in meinen Socken sein.* Er streckte die Hand aus, drückte den Interkomknopf und sagte: »Kantine.«

»Hier ist David.«

»McCoy. Können Sie jemanden raufschicken, der mir ein Sandwich und Kaffee bringt? Ich bin in meiner Unterkunft.«

Er lehnte sich wieder zurück, seufzte und schaute sich um. Der Raum erschien ihm kleiner als sonst. Hatte Kirk auch immer dieses Gefühl, wenn er während einer Krise eine Pause einlegte? Als drücke der gesamte Ärger der Welt gegen seine Tür und als träte er ein, sobald er sie öffnete? Er verstand nun, warum er Kirk hin und wieder eine Schlaftablette hatte verordnen müssen. An Schlaf war erst wieder zu denken, wenn diese Sache erledigt war.

Aber nicht doch, sagte der klinische Teil seines Hirns. *Ein nicht ausgeruhter Verstand ist zu nichts nütze. Wenn du dich selbst auslaugst, kommt Kirk deswegen noch lange nicht zurück. Wenn du schlafen mußt, nimm die verfluchte Tablette oder laß dir von Lia eins mit einem Hammer auf den Kopf geben. Komm bloß nicht auf die Idee, wachzubleiben und dich mies zu fühlen … Nicht dieses Mal.*

Er seufzte. Er hatte Kirk alle naselang Ratschläge erteilt, von deren Richtigkeit er überzeugt gewesen war. Kirk hatte im Kommandosessel gesessen und mit ihm gescherzt. Manchmal hatte er seinen Rat angenommen, und manchmal hatte er ihn ignoriert … McCoy war sich oft sicher gewesen, die Dinge hätten besser, eleganter und einfacher funktioniert, wenn Kirk seinem Rat gefolgt wäre. Sie hatten in der Regel trotzdem funktioniert. Dann hatte McCoy die Achseln gezuckt, sich in der Krankenstation um seine eigenen Sachen gekümmert und diesen Teil der Dinge zum Laufen gebracht.

Doch nun hatte er mehr am Hals als die Krankenstation, nun war er für alles verantwortlich. Und ganz

111

gleich, wer *ihn* mit Ratschlägen versorgte, ganz gleich, wie gut sie waren, die Verantwortung für die getroffene Wahl lag fortan bei *ihm*.

Wenn ihm eine gute Idee kam, wenn er sie ausführte und sie ging schief, mußte er auch dafür die Verantwortung tragen.

Er ertappte sich bei der Frage, wie es Kirk gelungen war, seine Ratschläge – wenn er sie akzeptiert hatte – mit so gesundem Humor anzunehmen.

Er ertappte sich bei der Frage, ob in all den Zeiten, in denen er sich über den Kommandosessel gebeugt und aus dem Stegreif Vorschläge gemacht hatte, auch nur einer seiner Ratschläge je gut gewesen war.

Tja, dachte er, *wenigstens geht hier nicht alles schief. Ich kann mal wieder Nabelschau betreiben. Zum ersten Mal seit Stunden habe ich wieder Zeit dazu.* Schließlich war es auch für Ärzte nicht ungesund, wenn sie gelegentlich in sich hineinschauten – besonders dann nicht, wenn sie psychiatrische Pflichten hatten wie er und das Schicksal eines ganzen Raumschiffes mehr oder weniger in ihren fachmännischen Händen lag. Übertrieb man es jedoch, konnte es ein Fehler sein. Manchmal neigte McCoy dazu, doch er hatte gelernt, diese Neigung im Auge zu behalten.

Jemand löste sein Türsignal aus. McCoy stand auf und öffnete. Es war niemand da, nur ein Tablett, das auf einem automatischen Transportkissen stand. McCoy lachte leise. Meg hatte Scotty offenbar dazu bewogen, ihren Transportkissen ein paar Tricks beizubringen.

Er nahm das Tablett; das Kissen zischte lautlos durch den Gang, um die Ecke und außer Sichtweite. »Na, dann eben nicht«, sagte er, »ich bin sowieso knapp mit Kleingeld.«

Das Sandwich verschwand ziemlich schnell, und der Kaffee auch. McCoy fühlte sich fast sofort besser. *Mein Blutzucker*, dachte er. *Ich muß mehr frühstücken, wenn ich diesen Job noch länger ausüben will. Tee und Toast bringen es nicht.*

Dann pfiff sein Interkom. »McCoy«, sagte er und leerte den Kaffeebehälter.

»Doktor«, sagte Spock, »die Konferenz findet in fünf Minuten statt.«

»Was?« murmelte McCoy. »Nie im Leben! Ich bin doch erst fünf Minuten hier. – Teufel noch mal, es stimmt wirklich: Wenn man sich amüsiert, vergeht die Zeit wie im Flug! Ich bin gleich unten, Spock.«

»Verstanden.«

McCoy nahm sich gerade die Zeit, um eine frische Uniform anzuziehen – keine Zeit für eine sonische Dusche, sie mußte warten –, und eilte hinaus.

»In Ordnung«, sagte er und musterte die besorgt aussehenden Mienen im Konferenzraum. »Eins nach dem anderen. Zuerst die guten Sachen, dann die schlimmen. Maschinenraum zuerst.«

»Keine Probleme«, sagte Scotty. »Nichts zu melden.«

»Ich auch nicht«, sagte Uhura. »Mit der Ausnahme, daß es unmöglich war, den Captain mit den üblichen Mitteln ausfindig zu machen.«

»Dazu kommen wir später. – Freizeitdeck.«

Harb Tanzer, der silberhaarige Chef des Freizeitdecks, sagte: »Keine Betriebsprobleme. Die Schichtfreien kommen zwar aufgrund des Verschwindens des Captain etwas nervös zu uns, aber noch ist die Situation nicht ernst.«

»Hm. Welche Position nehmen sie zum gegenwärtigen ... äh ... Kommandanten ein?«

Harb lächelte verhalten. »Eine leicht erheiterte«, erwiderte er, »aber positive. Sie haben zu viele von ihnen bandagiert, als daß sie an Ihrer allgemeinen Erfahrung zweifeln könnten, und man weiß, daß Sie gute Helfer haben.«

McCoy gestattete sich ein kurzes Lachen. »Na schön. Wissenschaft.«

»Wir müssen den gestern gesammelten Daten noch eine große Menge hinzufügen«, sagte Spock. »Besonders hinsichtlich des pflanzlichen Lebens und der Unterboden-Flora und -Fauna. Es interessiert Sie vielleicht – Starfleet wird es ganz bestimmt interessieren –, daß dieser Planet zu den vielversprechendsten Quellen medizinischer Substanzen gehört, die wir je gefunden haben.«

»Wie wunderbar«, sagte McCoy und meinte es ernst, »aber das bedeutet auch, daß Starfleet hinsichtlich des Drei-Spezies-Abkommens noch mehr Druck auf uns ausüben wird. Mein Entzücken kennt keine Grenzen. – Sonst noch was?«

»Wir haben auch viel mehr Informationen über die Physiologie der Ornae und Lahit bekommen. Wir ziehen einige Schlußfolgerungen, die sich in Kürze eventuell zu Theorien auswachsen und erklären, wie sich derart verschiedene Spezies hier entwickelt haben. Wenigstens in dieser Hinsicht deckt sich unser gegenwärtiges Wissen mit dem des ersten Forschungsteams.«

»Soll das heißen, diese Burschen hatten tatsächlich bei *irgend etwas* recht?« Rund um den Tisch wurde gelacht. McCoy lächelte sardonisch. »Registriert. Was haben Sie gefunden? Irgendwelche fossilen Aufzeichnungen?«

»Ja, überraschenderweise. Eine Landungsgruppe aus der Geologie hat sich auf überschwemmte Erdschichten vor der nördlichen Küste jenes Kontinents konzentriert, auf dem der größte Teil unserer Forschungen stattfindet. So bizarr es auch klingt, es besteht eine Möglichkeit, daß die Lahit und Ornae eine gemeinsame Vorfahren-Spezies hatten.«

McCoy schüttelte den Kopf. »Das wäre wirklich eine faszinierende Entdeckung. Kann ich davon ausgehen, daß all diese Informationen in dem Paket enthalten sind, das demnächst an Starfleet gefunkt wird?«

»Gewiß.«

»Gut. – Sicherheit.«

Ingrit Tomson, die hochgewachsene, blonde Chefin der Bordwache, sagte: »Schiffsmäßig nichts zu melden, Sir. Wir haben Forschungsgruppen auf dem Planeten, die das gesamte Gebiet durchkämmen, in dem sich unsere Kontakte mit den Ornae und Lahit konzentrieren. Sie arbeiten sich immer weiter nach außen vor. Bis jetzt haben wir noch nichts gefunden, obwohl wir etwa fünfzig Quadratkilometer abgesucht haben. Es gibt zwar nicht die geringste Spur vom Captain, aber auch keine eindeutigen Anzeichen für ein doppeltes Spiel.«

»Da ist außerdem noch etwas ziemlich Eigenartiges, Doktor«, meldete sich Spock. »Nachdem Sie mich mit den Transporterkoordinaten Ihres Ziels auf dem Planeten versehen haben, konnte ich in dem Gebiet eine Temperaturmessung vornehmen. Obwohl inzwischen mehrere Stunden vergangen waren, konnte ich Infrarot-Wärmespuren der Passage eines menschlichen Körpers wahrnehmen.« Spock streckte einen Arm aus und schaltete das vor ihm befindlichen Datenterminal ein. Eine Sekunde später zeigten die Bildschirme der anderen ein von oben gesehenes Bild der Lichtung. Die Farben der Lichtung waren vom Computer erstellt worden, um die Stellen sichtbar zu machen, an denen latente Wärme herrschte. Eine wellenförmige Linie kam von einer Seite der Lichtung, umkreiste eine bestimmte Stelle und löste sich dann auf.

»Ist das Jims Spur?« fragte McCoy.

»Nein, Doktor. Es ist die *Ihre*. Die Spur des Captains ist *hier*.« Er deutete auf eine andere dicke, verschmierte Linie an der Seite der Lichtung. Sie führte an der gleichen Stelle auf sie zu ... und verblaßte.

Am Tisch wurden Blicke getauscht. »Irgendein fremder Transporterstrahl?« fragte McCoy.

115

»Unwahrscheinlich, Doktor. Auch er müßte eine leichte thermische Spur und charakteristische Hintergrundstrahlung hinterlassen. Das Verblassen ist untypisch und weist keine Ähnlichkeit mit einem Transportereffekt auf.«

»Großartig«, sagte McCoy. »*Irgend etwas* hat sich also den Captain gegrapscht und ihn weggehext. Irgend etwas, das so subtil ist, daß wir uns solcher Methoden bedienen müssen, um davon zu erfahren.« Er seufzte. »Hat jemand eine Theorie?«

»Bis jetzt noch nicht«, sagte Spock.

»Na schön. – Verteidigung?«

»Nichts zu melden«, sagte Chekov. »Alle Verteidigungssysteme des Schiffes normal und einsatzbereit.«

»Gut. – Medizin?«

Lia, die am Ende des Tisches saß, sagte: »Keine besonderen Vorkommnisse, Doktor. Kleine Routineeingriffe. Übrigens sieht es so aus, als sei Morrisons Problem irgendeine Allergie. Niemand hat ein ähnliches Problem gemeldet, und seine Hautreizung ist fast weg.«

»Das ist gut. – Kommunikation …«

»Die Linguistik und ich haben eng zusammengearbeitet«, sagte Uhura, »und versucht, das Niveau des Translators ein wenig schneller als normal zu heben. Leider haben wir einige Schwierigkeiten – mit dem Vokabular im Moment weniger, aber mit dem Vorstellungsvermögen und der sehr unterschiedlichen Denkweise. Ich habe eine Aufzeichnung da, die ich allen gern vorspielen möchte.«

Sie drückte eine Taste ihres Terminal. Die Bildschirme erwachten zum Leben und zeigten Uhura auf dem Boden sitzend. Sie unterhielt sich mit einem Ornaet, während Kerasus neben ihr saß und sich Notizen machte.

»Ich muß Ihnen eine Frage stellen«, sagte die Uhura in der Aufzeichnung.

»In Ordnung«, sagte der Ornaet.

»Einer von unseren Leuten wird hier unten vermißt«, sagte sie. »Verstehen Sie *vermißt*?«

»Nicht aufzufinden«, sagte der Ornaet. »Warum hat er es getan?«

»Er hat es nicht selbst getan«, sagte Uhura. »Jemand anders hat es getan.«

»Das ist doch lächerlich«, sagte der Ornaet.

»Wieso?«

»Außer einem selbst tut niemand Dinge. Wenn er irgendwo hingegangen ist, wollte er fortgehen.«

Die Uhura in der Aufzeichnung dachte kurz nach, dann sagte sie: »Wohin glauben Sie, könnte er gegangen sein?«

»Ich weiß nicht. Warum wollte er überhaupt fortgehen?«

»Gerade das wollen wir erfahren. Sind schon mal Angehörige Ihres Volkes auf diese Art verschwunden?«

»Oh, massenhaft. Aber sie waren alle hier.«

»Hier, in der Nähe? Oder hier, auf dem Planeten?«

»Ja.«

Wieder eine lange Pause. Der neben ihr sitzende Ornaet drehte sich leicht in den Sonnenschein. Seine irisierende Farbe blitzte hell auf. »Warum stellen Sie diese Fragen?« fragte der Ornaet.

»Wir machen uns Sorgen um unseren Freund.«

»Warum? Ihm geht es doch gut.«

»Woher wissen Sie das?«

»Hier passiert niemandem etwas. Dafür sorgen die ;At.«

Die Uhura in der Aufzeichnung runzelte die Stirn. »Ja«, sagte sie. »Reden wir darüber. Wo *sind* die ;At heute?«

»Sie sind hier«, sagte der Ornaet.

»Was? Hier bei uns? Jetzt?«

»Ja.«

117

»Ich kann sie nicht sehen«, sagte Uhura.

»Ich auch nicht«, sagte der Ornaet, »aber sie sind hier.«

»Glauben Sie, sie wissen, wo unser Freund ist?«

»Wahrscheinlich«, sagte der Ornaet. »Sie wissen fast alles.«

»Könnten Sie sie fragen?«

»Wenn sie hier sind«, sagte der Ornaet. »Ja.«

»Aber Sie haben doch gesagt, sie wären hier.«

»Sind sie auch«, sagte der Ornaet. Er klang nun leicht mürrisch.

»Gibt es einen Grund, daß Sie sie jetzt nicht fragen können?«

»Ja«, sagte der Ornaet.

Eine lange Pause. »Welchen?« fragte Uhura.

»Wegen [Rauschen]«, sagte die Aufzeichnung.

Ein, zwei Leute am Tisch stöhnten auf. McCoy widerstand der Versuchung. Sie hatten ein echtes Problem; eine typische Sichtweisen-Differenz, und es würde vielleicht Monate erfordern, um sie zu verstehen und zu lösen. Irgendwie bezweifelte er, daß Starfleet ihnen diese Monate gewähren würde.

»In Ordnung«, sagte die Uhura in der Aufzeichnung. »Wir sprechen später noch mal darüber. Werden Sie sie fragen, wenn Sie sie fragen *können*?«

»In Ordnung.« Wieder eine Pause. »Es macht aber nichts«, sagte der Ornaet. »Ihrem Freund geht es gut.«

»Aber woher wissen Sie das?« warf Kerasus von der Seite her ein.

Der Ornaet richtete seine Stielaugen auf sie. »Hier passiert nichts«, sagte er. »Und Ihr Freund hatte gehen wollen.«

Die Uhura am Tisch streckte eine Hand aus und fror das Bild ein. »So ging es fast eine Stunde«, sagte sie. »Ich habe Ihnen nur die Höhepunkte vorgeführt. Wir haben mit mehreren anderen Ornae und einigen Lahit gesprochen – unsere Arbeit an ihrer Sprache kommt ganz zufriedenstellend voran, obwohl wir noch immer nicht wissen, wie zwei Spezies völlig verschiedene Sprachen sprechen und sich trotzdem ohne Übersetzung verstehen. Es existiert aber keine telepathische Komponente – glauben wir. Jedenfalls waren alle, die wir angesprochen haben, sicher, daß der Captain verschwinden *wollte;* daß es ihm gutgeht, daß die ;At wahrscheinlich alles darüber wissen und uns erzählen werden, was wir wissen möchten, wenn sie gekommen sind. Trotz der Tatsache, daß sie schon hier sind.« Sie seufzte. »Mehrere Befragte haben fest behauptet, der Captain sei *jetzt* ebenfalls *hier.* Und wir würden über ungelegte Eier reden.«

»Wie sind die Chancen?« fragte McCoy. »Spock?«

»Wir haben es hier mit zahlreichen Unbekannten zu tun, Doktor.« Spock legte die Fingerspitzen aneinander und blickte McCoy über seine Hände hinweg an. »Ich sehe keine Möglichkeit, bei einer solchen Unwahrscheinlichkeit Chancen auszurechnen. Wir müssen wohl oder übel auf orthodoxe Weise weitersuchen. Aber ebenso müssen wir mit großer Sorgfalt weiter Daten sammeln, damit uns nicht die kleinste Informationseinheit entgeht, die es eventuell ermöglicht, all diese scheinbaren Widersprüche zu durchschauen. Am dringendsten muß die linguistische Arbeit fortgeführt werden, und zwar mit höchstem Tempo.«

»Wir stimmen zu«, sagte Uhura, »und lassen unsere Leute weitermachen.«

»Ich möchte Sie alle nur an den Ausspruch erinnern, den die erste Landegruppe gestern vernommen hat«, sagte McCoy. »Es ging darum, daß die einzigen auf ›Fliegendreck‹, die gegen bestimmte Dinge Einwände erheben, die ;At sind. Wir müssen noch in Erfahrung bringen, was es bedeutet. Uhura, ich möchte, daß Sie und Kerasus in der Sache nachhaken. Und wir müssen noch einige andere Rätsel lösen. Zum Beispiel behauptet der ;At, mit dem ich mich heute morgen unterhalten

119

habe, es gäbe fast eine Million seiner Art. Wo stecken sie? Wieso hatte das erste Forschungsteam keine Schwierigkeiten, sie zu finden – und zwar in Massen? Warum verhalten sie sich uns gegenüber so scheu? Wir benötigen *Antworten* auf diese Fragen.«

Rund um den Tisch wurde genickt, und die Anwesenden machten sich Notizen. »Es gibt auch noch andere Probleme«, sagte McCoy. »Sobald Starfleet von der Sache erfährt, werden die Bürokraten nervös. Dann werden sie wissen wollen, was wir *unternehmen*, um den Captain zurückzukriegen. Ich kenn die doch.«

»Diplomatische Handhabe haben wir nicht«, sagte Spock, »da es bisher nicht zu diplomatischen Vereinbarungen gekommen ist. Starfleet wird zweifellos vorschlagen, daß wir unsere Stärke demonstrieren.«

»Das kann Starfleet gleich vergessen«, fauchte McCoy. »Soweit ich weiß, wissen die hiesigen Völker doch nicht mal, was Tod oder Verwundungen sind. Und *ich* möchte nicht derjenige sein, der es sie lehrt. Jim würde es ebensowenig wollen, wenn er an meiner Stelle wäre. Wenn Starfleet einen solchen Befehl gibt, weigere ich mich, ihn auszuführen. Oder ich finde einen Weg, ihn zu umgehen.«

Spocks Gesichtsausdruck war zwar gelassen, enthielt jedoch eine heimliche Warnung. »Wenn wir beim Auffinden des Captains Erfolg haben«, sagte er, »wird Starfleet Ihnen dies ... unter Umständen ... vielleicht vergeben. Aber wenn nicht ... fällt Ihre Karriere ziemlich kurz aus.«

»Das ist mir doch egal«, sagte McCoy. »Ich bin ebenso wie die Bürokraten an Eide gebunden. Die Disziplin kann der Teufel holen.« Er machte eine Pause, dann sagte er: »Wir zeichnen doch nicht *alles* auf, was hier geredet wird, oder?«

»Niemand bekommt das zu hören«, sagte Spock, »was eine private Äußerung nach Beendigung der Konferenz war.« Er schaute Uhura an.

»Natürlich nicht«, sagte sie zu Spock. »Ich schau mich mal um, ob ich irgendwo meine Nähschere finde.«

McCoy kicherte. »In Ordnung. Hat noch jemand irgend etwas hinzuzufügen?«

Niemand meldete sich. »Na prima«, sagte McCoy. »Dann gehen wir alle wieder an die Arbeit. Bleiben Sie ruhig, beruhigen Sie Ihre Leute und gehen Sie langsam, methodisch und gelassen vor ...«

In diesem Augenblick heulten die Rotalarm-Sirenen. McCoy sprang von seinem Sitz. Mit plötzlichem Lärm hatte er schon immer Schwierigkeiten gehabt. »Gott im Himmel! Was ist das?!«

»Alarmstufe Rot! Alarmstufe Rot! Dies ist keine Übung! Dies ist keine Übung!« sagte die Automatenstimme. Und gleich danach ertönte das Organ von Mr. Brandt, dem Kommunikationsoffizier. »Kontaktalarm aktiviert«, sagte er ruhig. »Schiff hat Warp verlassen und nähert sich Kreisbahn. Frühwarnerkennung zeigt klingonischen Kampfkreuzer an ...«

Alle eilten aus dem Raum. McCoy stand mit offenem Mund eine Sekunde lang da, dann sagte er: »Teufel!« Er rannte in den Gang hinaus und eilte in Richtung Krankenstation.

Und blieb stehen. Und fluchte. Und drehte sich um. Und lief hinter Spock her, auf den Turbolift und die Brücke zu.

5

Er hörte das Tohuwabohu auf der Brücke, noch ehe sich die Tür des Turbolifts vor ihm öffnete. Die Alarmsirenen schrillten, die Leute rannten in alle Richtungen, doch das, was McCoy am meisten erstaunte, war der schiere *Lärm* der ganzen Angelegenheit. In der Krankenstation empfand man einen Alarm als eine viel ruhigere Angelegenheit. Und so mußte es auch sein, wenn er die Patienten nicht wecken sollte. *Der Krach würde Tote aufwecken*, dachte er in mildem Erstaunen.

Die Tür ging auf, und McCoy trat aus dem Lift. Auf der ganzen Brücke wandten sich ihm Köpfe zu; er fühlte sich von fragenden Blicken gemustert. *Wie geht es ihm? Ist er in der Lage, die Situation zu meistern? Was ist, wenn er es nicht schafft ...?*

Wenigstens war ihm diese Situation nicht neu. Einst war er auf einem Planeten gewesen, in einem Operationssaal, in dem die Kollegen ihn ähnlich gemustert und sich Fragen gestellt hatten. *Kann er den hier retten, oder müssen wir in ein paar Minuten wieder eine Leiche einpacken?* Meist war es ihm gelungen, sie zu überraschen. Es würde ihm auch diesmal gelingen.

Hoffte er.

McCoy trat ohne Zögern ein, und zwar so, wie er Jim unzählige Male hatte eintreten sehen. Er nahm im Kommandosessel Platz und sagte: »Lagebericht.«

»Schutzschilde aktiviert«, meldete Spock. Er kam zu McCoy herunter und bezog neben ihm Position. »Waffensysteme klar.«

»Na schön. Können wir diese Pappnase identifizieren?«

»Jawohl, Doktor... ähm, Sir. Positive Identifikation als KL 818. Es handelt sich um das imperiale klingonische Schiff *Ekkava*«, meldete Sulu.

»Da kennen wir wohl niemanden persönlich, was?« sagte McCoy.

»Nein«, sagte Spock. »Das Schiff ist in eine Standardkreisbahn um den Planeten eingeschwenkt, ein Stück über der unserigen. Es befindet sich etwa zweitausend Kilometer hinter uns.« Dann fügte er hinzu: »Knapp außerhalb der Reichweite unserer Waffen.«

»Hm. Hmm. Dann ist es also eine offenkundig unverbindliche Geste«, sagte McCoy. »Bis jetzt.« Er blickte auf den Bildschirm, der ein beträchtliches Stück hinter ihnen einen mattweißen Blip zeigte. »Noch keine Kontaktaufnahme?«

»Noch keine, Doktor«, meldete Uhura. »Sie sind wahrscheinlich noch mit dem Abtasten beschäftigt.«

»Bestätigt«, sagte Spock und warf einen Blick auf seinen Posten.

»Na schön. Warum sollen wir auf ihre Freundlichkeiten warten? Uhura, begrüßen Sie sie. Schmieren Sie Ihnen den üblichen Honig ums Maul.«

Uhura nickte und führte den Befehl aus. McCoy schaute zu Spock hoch und sagte: »Da fällt mir ein Gerücht ein, das Jim gehört hat. Innerhalb von Starfleet tauchen angeblich zunehmend klingonische ›Maulwürfe‹ auf. Glauben Sie, da ist was dran?«

Spock schaute einen Augenblick zerstreut drein. »Schwer zu sagen. Das dahintersteckende Denken ist zweifellos verständlich. Aber ich gehe davon aus, es müßte beiden Seiten lieber sein, dieses Wissen geheimzuhalten. Zumindest die zutreffenden Fassungen dieses Wissens.«

»Hm. Hmm. Spock, wir sind hier draußen fern von allem. Ist es nicht komisch, daß sie sich ein paar Tage nach uns ausgerechnet in einem System wie diesem zeigen?«

»Komisch ist zwar nicht das Wort, das ich verwendet hätte«, sagte Spock. »Aber ihr Hiersein überstrapaziert eindeutig die Grenzen der Wahrscheinlichkeit.«

Auf der Brücke herrschte nun Schweigen. Man wartete ab. McCoy wischte die Hände an seiner Hose ab. *Gleich geht's los*, dachte er. *Wenn ich doch nur wüßte, was ich tun soll. Ich nehme an, jetzt können wir wohl nur Däumchen drehen...* Dann sagte Uhura: »Bildschirmmeldung, Doktor. Sind Sie bereit?«

Die Frage brachte ihn beinahe zum Lachen. Er hatte sich bisher noch nie Gedanken darüber machen müssen, wie er während der Arbeit aussah. »Fertig«, sagte er.

Der Bildschirm flimmerte, und das Sternbild, das er bislang gezeigt hatte, wurde durch die Brücke eines klingonischen Raumschiffes ersetzt. Sie lag in mattrotem Licht und wimmelte von Gerätschaften. Aus der Mitte des Schirms blickte ein Klingone sie an. Ein Mann mit ziemlich edlen Zügen, fiel McCoy auf, und mit einem ausgezeichneten Knochenbau. *Wie schade, daß er die Wirkung kaputtmacht, indem er so grimmig guckt. Andererseits kann man ohne einen solchen Blick bei den Klingonen wahrscheinlich kein Schiff kommandieren. Wer die Zähne nicht fletschen kann, wird umgelegt...*

»Ich bin Commander Kaiev«, sagte der Klingone. »Stimmt die Identifikation Ihres Schiffes?«

McCoy lehnte sich in den Kommandosessel zurück. Er war sichtlich amüsiert. Wie auf der Erde gab es auch bei den Klingonen keine sicherere Methode, einem äußerst ernsthaften Menschen lästig zu fallen, als sich zu weigern, seine individuelle Identität anzuerkennen.

»Tja«, sagte er. »Warum sollte sie es nicht tun? Wir kutschieren doch nicht hier herum, um den Leuten Rätsel aufgeben.«

»Dann sind Sie wirklich die *Enterprise*?«

»Ja«, sagte McCoy und nickte dem Klingonen zu. »Wir sind es. Und wer erkundigt sich danach?«

Commander Kaiev glotzte in die Kamera und musterte McCoy. Sein Gesichtsausdruck sollte wohl großen Eifer dokumentieren. »Ich habe lange auf eine Gelegenheit gewartet, den berühmten Kirk kennenzulernen«, sagte er.

Schon wieder einer von denen, dachte McCoy. *Wie, zum Teufel, hält Jim das nur aus?* »Tut mir leid«, sagte er, legte die Hände hinter seinen Kopf und lehnte sich zurück. »Sie haben ihn verpaßt.«

»Verpaßt?« sagte der Klingone und wirkte einen Moment leicht verwirrt. »Wir haben doch gar nicht geschossen.«

Irgendwo auf der Brücke erklang ein gedämpftes Kichern. McCoy schoß einen warnenden Blick in die Runde und sagte: »Ähm, Verzeihung, Commander, das Wort gibt es *bei uns* auch als umgangssprachliche Wendung. – Ich meine, er ist nicht hier.«

Der Klingone wirkte zutiefst enttäuscht.

»Commander Leonard McCoy, zu Ihren Diensten«, sagte McCoy, bevor Kaiev nachhaken konnte. »Würde es Ihnen etwas ausmachen, Commander, mir ein bißchen zu erzählen, was Sie in diesem Teil des Weltraums machen? Hier gibt man sich doch normalerweise nicht gerade die Klinke in die Hand.«

»Och«, sagte Commander Kaiev. »Wir … erforschen diesen Teil des Weltraums schon seit ein paar Wochen…«

Lügenbold, dachte McCoy. Er kannte die klingonische Körpersprache gut genug, auch wenn der Mann sich nicht rührte und sich bemühte, seine Gesichtszüge nicht entgleisen zu lassen.

»…und als wir zufällig Ihr Schiff hier entdeckten, so weit von dem Gebiet entfernt, das die Föderation frequentiert…«

Lügenbold, dachte McCoy. Und *Aasgeier! Ihr wollt doch*

nur wissen, was wir hier machen, und rauskriegen, ob es sich lohnt, uns das abzujagen, was wir eventuell finden. Er behielt sein Lächeln bei.

»... dachten wir, halten wir doch mal an und schauen uns um.«

Und jetzt, dachte McCoy, *wartet er darauf, daß ich sage, er soll sich dünnmachen.* »Tja, Sie sind hier mehr als willkommen, Commander«, erwiderte er. »Vier Planeten, keine Wartezeit. Fühlen Sie sich ganz wie zu Hause.«

Commander Kaiev blinzelte verwirrt. Es fiel McCoy zwar äußerst schwer, seine nichtssagende Miene aufrechtzuerhalten, aber irgendwie gelang es ihm. *Und jetzt läßt er uns wissen, daß er sowieso hierbleiben wollte,* dachte er.

»Genau das haben wir vor«, sagte Kaiev mit einer Nonchalance, die McCoy nur bewundern konnte. »Wir schicken Landegruppen runter, um den Planeten zu erforschen.«

»Tja, machen Sie das mal«, sagte McCoy. »Aber vielleicht sollte ich Sie warnen. Da unten geht es ganz schön bizarr zu. Wir haben auf eigenartige Weise mehrere Leute verloren. Sie wurden hauptsächlich von Bäumen gefressen.«

Die Brückenmannschaft musterte McCoy fasziniert, doch er ignorierte die Blicke. »Aber machen Sie sich nichts draus«, fuhr er jovial fort. »Gehen Sie einfach runter und lassen Sie's sich gutgehen. Wenn Sie möchten, können unsere Leute Ihnen auch die Gegend zeigen.«

Auf Kaievs Gesicht machte sich ein argwöhnischer Ausdruck breit. Er zeigte sich nicht langsam, sondern war schlagartig da; er schwenkte geradezu Spruchbänder, auf denen stand: *Ich glaube Ihnen nicht! Sie haben doch irgend etwas vor!* McCoy war entzückt, ließ sich jedoch nichts anmerken. »Nein, vielen Dank, MakKhoi«, sagte Kaiev. »Wir kommen mit unseren Ermittlungen auf diesem Planeten schon allein klar. Müssen wir noch irgend etwas absprechen?«

Mit anderen Worten: ›Oder willst du kämpfen?‹ »Aber nein, aber nein, warum sollten wir?« sagte McCoy mit einer lässigen Handbewegung. »Machen Sie nur.« Dann fügte er hinzu: »Aber wie schon gesagt: Nehmen Sie sich vor den Bäumen in acht. Und vor den *Felsen.*« Beim Aussprechen des letzten Wortes beugte er sich ein Stück vor und runzelte leicht die Stirn.

»MakKhoi«, sagte der aufgrund von McCoys eigenartiger Mimik leicht verunsichert wirkende Kaiev, »ich muß Ihnen eine Frage stellen: Was ist mit Kirk passiert?«

McCoy legte eine kurze Pause ein, dann holte er tief Luft, lehnte sich wieder in den Kommandosessel zurück und senkte den Blick. »Ich habe ihn umgebracht«, erwiderte er. »Bei einem Duell. Eine traurige Angelegenheit.«

Er schaute wieder auf und schenkte Kaiev einen langen, kühlen Blick. »Ich bringe meine Freunde nämlich nicht *gern* um.«

Kaiev gaffte ihn ziemlich lange an. Er öffnete den Mund, doch bevor er etwas sagen konnte, seufzte McCoy erneut und sagte ziemlich fröhlich: »Aber wenn wir Ihnen irgendwie aushelfen können, Commander, zögern Sie nicht, sich bei uns zu melden. – *Enterprise,* Ende.« Er warf Uhura einen Blick zu, und sie unterbrach die Verbindung. Der Schirm zeigte wieder das Sternbild.

Zunächst herrschte beklemmende Stille auf der Brücke. Dann wurde Gelächter laut. McCoy ließ die Truppe eine Weile gewähren, dann sagte er: »In Ordnung, Leute – jetzt reicht's!«

Sie schwiegen. »Damit dürften wir ein paar Minuten Zeit zum Luftholen gewonnen haben«, sagte McCoy, »denn nun glauben sie, die *Enterprise* wird von einem durchgedrehten Irren befehligt. Vielleicht sogar von einem mörderischen durchgedrehten Irren, was noch besser wäre.«

»Es war klug«, meldete sich Spock, »ihnen nicht zu erzählen, daß der Captain verschollen ist. Sie hätten es wahrscheinlich als Schwäche – vielleicht sogar als tödliche Schwäche – interpretiert.«

»Spock«, sagte McCoy mit einem verhaltenen Lächeln, »ich bin zwar vielleicht nur ein alter Landarzt, aber soviel verstehe ich auch von der Materie, daß ich es meinen Patienten nicht sage, wenn ich keine Ahnung habe, wie ich sie kurieren soll. Tja, die Hälfte meiner Patienten kuriert sich sogar selbst, weil sie glauben, daß ich es tue. Es erspart mir eine Menge Ärger und ist billiger als ein Placebo.«

»Jedenfalls können wir gegen die Anwesenheit der Klingonen nichts unternehmen«, sagte Spock. »Laut dem Friedensvertrag von Organia sind sie berechtigt, jeden Planeten zu erforschen, den wir erforschen, auch die bewohnten. Natürlich ist der ›Abba‹-Teil des Vertrages hier nicht anwendbar.«

»Und zwar aus gutem Grund. Es würde mir nicht gefallen, diesen Planeten von den Klingonen beherrscht zu sehen. Die Ornae sind zu gutmütig, und die Lahit einfach zu fremdartig. Ich habe das Gefühl, keine dieser beiden Spezies würde eine Kolonisation durch Klingonen lange überdauern.«

Spock nickte. »Wie dem auch sei«, sagte er, »wir stehen jetzt vor einem interessanteren Problem: Wie betreiben wir die Suche nach dem Captain, ohne daß die Klingonen davon erfahren?«

McCoy nickte. »Wir können unsere Bemühungen als Landerforschung und dergleichen tarnen«, sagte er. »Aber ich befürchte, die Ornae könnten es ihnen erzählen. Oder die Lahit. Ich glaube, sie würden nicht verstehen, daß dies unseren Plänen zuwiderläuft.«

»Ich bin ganz Ihrer Meinung, Doktor«, sagte Uhura. »Sie wissen nicht, was Fiktion und Falschheit ist.«

»Schade, daß sie Fiktionen nicht verstehen«, sagte McCoy, »aber vielleicht ist es auch ganz nützlich für sie. Nun ja. Daß die Klingonen nur wenig von Translatoralgorithmen verstehen, dürfte ein gewisser Schutz für uns sein.«

»Wenn Ihre Vermutung über die Maulwürfe bei Starfleet stimmt, Doktor«, sagte Sulu plötzlich, »könnte der Grund für das Auftauchen der Klingonen aber auch der sein, daß ihnen der Gesamtbericht des Forschungsteams zugänglich gemacht wurde.«

Welch schrecklicher Gedanke! McCoy sinnierte eine Weile darüber nach und sagte dann: »Es könnte sein. Wir haben das gesamte Linguistenteam des Schiffes nun zwei Tage an dieser Sprache arbeiten lassen und fangen gerade erst an, Fortschritte zu machen. Sie werden eine Weile brauchen, um das aufzuholen. Bis dahin haben wir den Captain vielleicht gefunden.«

»Und wenn nicht?« sagte Spock. »Was dann? Oder was ist, wenn sie zu uns kommen und ganz freundschaftlich um unsere Algorithmen bitten? Sie haben den Tonfall dieser Begegnung bestimmt, Doktor. Sie haben sie praktisch eingeladen, so zu verfahren.«

Auch darüber hatte McCoy schon nachgedacht. Er setzte ein boshaftes Lächeln auf. »Ganz einfach«, sagte er. »Wir lügen ihnen etwas über Inkompatibilität vor: Unsere Programme laufen einfach nicht auf ihren Geräten.«

»Tun sie aber doch«, sagte Spock.

»Nein, tun sie *nicht*«, sagte McCoy. »Denken Sie doch mal nach! Wann hatten die Klingonen letztmals Zugang zu unseren Datenübertragungsmethoden? Also wirklich, Spock – in der Zwischenzeit könnten wir *sonstwas* erfunden haben!«

Spocks Blick zeigte ein Flackern, das McCoy nicht neu war. Doch es entzückte ihn immer wieder. »Ich verstehe, was Sie meinen, Doktor«, sagte er. »Aber davon abgesehen müssen wir uns wieder an die Arbeit

129

machen. Uns steht eine Menge Arbeit bevor – nicht zuletzt die, den Captain zu finden.«

»Richtig. Spock – Sie koordinieren die Landegruppen. Uhura – sorgen Sie dafür, daß alle erfahren, was sich hier tut. Wir werden zu unseren Gästen so freundlich wie möglich sein und ihnen – natürlich im Rahmen der Vernunft – alles leihen, was sie wollen. Außer Daten. Wir spielen das alte Spiel von der Galaktischen Einheit.«

»Jawohl, Doktor«, sagte Uhura.

»Ich habe mir schon gedacht«, sagte Spock, »daß Sie die Galaktische Einheit gutheißen, Doktor.«

»Tu ich auch«, sagte McCoy. »Genauso wie die, die sie so sehen wie ich. Ich bin freilich der Meinung, daß die Klingonen dazu noch etwas Überzeugungsarbeit leisten müssen.« Er lehnte sich lächelnd zurück.

Spock nickte und kehrte an seine Arbeit zurück. McCoy stand auf. »Behalten Sie unsere Freunde im Auge«, sagte er zu Sulu. »Wenn sie plötzlich den Kurs wechseln, melden Sie es mir. Ich muß jetzt ein Nickerchen machen.« Er wandte sich an Uhura. »Wenn die Landeteams, die über Nacht unten bleiben, etwas finden, holen Sie mich sofort. Aber auch dann, wenn irgend etwas passiert, das Sie oder Ihre Ablösung als etwas einstuft, das meiner Aufmerksamkeit bedarf.«

»Jawohl, Sir.«

McCoy ging zum Turbolift und wartete darauf, daß die Tür sich schloß. Dann ließ er sich gegen die hintere Wand fallen, schloß die Augen und gab sich alle Mühe, nicht laut aufzustöhnen.

»Deck fünf«, sagte er schließlich, als er sich traute, etwas zu sagen, das die empfindlichen Lift-Audiosensoren nicht fehlinterpretieren konnten. Der Lift setzte sich in Bewegung.

McCoy zitterte am ganzen Körper. *Wie eine Maus auf der Katzenzüchtermesse*, dachte er. *Ich hoffe, ich gewöhne mich schnell daran, denn – Gott! – wenn ich mich nicht daran gewöhne und aufgrund meiner Nerven einen Fehltritt mache, können eine Menge Leute sterben.*

Er machte Atemübungen, die ihm meist halfen, wenn seine Nerven ein Tollhaus waren. *Heute nacht muß ich eine ganze Menge Antistreßübungen machen,* dachte er. *Und dann sollte ich Lia vielleicht bitten, daß sie zu mir kommt und mir mit dem Hammer auf den Kopf haut. Gott im Himmel, Klingonen! Wer hat sich das nun wieder ausgedacht? Das ist aber gar nicht witzig, Mr. Gott!*

Allerdings weigerte Mr. Gott sich, seine Gedanken zu kommentieren; vermutlich machte er gerade Kaffeepause. McCoys tiefes Einatmen zeigte allmählich Wirkung; sein Schlottern flaute ab. *Vielleicht sollte ich noch etwas essen,* dachte McCoy, als der Lift zum Halten kam. *Schließlich habe ich nur ein Sandwich gegessen. Ich frage mich, ob Jim manchmal auch etwas ißt, um sich von der Anspannung abzulenken.*

Es war ein interessanter Gedanke, der ihm schon des öfteren gekommen war. Aber in der Regel hatte er ihn nicht beachtet. Nun sah es freilich anders aus. *Vielleicht braucht Jim ein besseres Streß-Management. Wenn ja, hätte es mir früher auffallen müssen. Wirst allmählich schlampig, Leonard, alter Knabe ...*

Die Tür seines Quartiers öffnete sich vor ihm, und als er eingetreten war, schloß sie sich. Er nahm mit dem Gefühl weitgehender Erleichterung auf dem Schaukelstuhl Platz. Leider hielt sich hinter der Erleichterung ein formloses Entsetzen, das darauf beharrte, ihn daran zu erinnern, das es unmöglich war zu sagen, wie lange die Erleichterung anhielt. McCoy fuhr mit den Atemübungen fort, dann fiel ihm ein, daß er sich noch etwas zu essen bestellen sollte. *Nein,* dachte er dann, *zuerst mal den Streß reduzieren. Wenn ich den Versuch mache, etwas zu essen, solange mein Magen in diesem Zustand ist, wird er es aufgrund starker Vorurteile wieder zurückschikken.*

Er riß sich zusammen, sorgte dafür, daß sein Atem

regelmäßig kam, schloß die Augen und malte sich allmählich den privaten Ort aus, an dem seine geistige
Arbeit stattfand.

Etwa fünf Sekunden später war er eingeschlafen.

»Ich hab deinen Drink verschüttet«, sagte er gerade zu
Dieter. »Ich hol dir einen neuen.« Im gleichen Moment
wurde das Sopranpfeifen der Jungfrau-Zahnradbahn
schlagartig zum Pfeifen des Interkoms. McCoy riß die
Augen auf. Er richtete sich starr aus seiner schlaffen ursprünglichen Stellung im Schaukelstuhl auf und zog
eine Grimasse. Er spürte seinen Rücken. Ganz gleich,
wie orthopädisch gesund die geraden Rückenlehnen
von Schaukelstühlen auch waren, zum Schlafen waren
sie nicht geeignet. McCoy streckte den Arm aus und
drückte den Interkomknopf.

»McCoy.«

»Brücke. Hier ist Fähnrich Vehau von der Kommunikation, Doktor. Es ist etwas von Starfleet für Sie angekommen.«

McCoy stöhnte. »Um diese Zeit? Sagen Sie den Brü-
dern, sie sollen zwei Aspirin nehmen und morgen noch
mal anrufen.«

Vehau lachte leise. »Ich würde es nur allzu gern tun.
Aber leider müssen Sie zu uns raufkommen und das
elende Ding quittieren. Und zwar sofort.«

McCoy seufzte. »Bin schon unterwegs.«

Er arbeitete sich durch das gedämpfte Licht der
Nachtschicht zur Brücke hinauf. Das Schiff funktionierte besser, wenn es ›echten‹ Tagen und Nächten un-
terworfen war, und zugunsten der tagaktiven Besatzungsmitglieder war die Nachtschicht hauptsächlich
mit Personal bestückt, das nur minimale Schwierigkeiten hatte, wach zu bleiben – in der Regel mit Angehörigen natürlicher Nachtspezies, zu denen überraschenderweise fast dreißig Prozent der Hominiden gehörten.

Auch Vehau gehörte zu den Nachtspezies. Die Delasi

waren ziemlich menschenähnlich und zeigten ihre Eigenart nur durch eine Besonderheit: Sie hatten besonders große, empfindsame und (wie McCoy glaubte) wunderschöne dunkle Augen. Als er die Brücke betrat, warf Vehau mit milder Überraschung einen Blick auf ihr Pult. »Hier, Doktor«, sagte sie. »Sie werden schon ungeduldig.«

»Wo soll ich hinschauen?« fragte McCoy.

»In diesen Scanner, Sir.«

McCoy beugte sich vor, machte weit die Augen auf und wartete auf den rubinroten Blitz des Netzhautabtasters. Er kam, und unmittelbar darauf fing die Konsole leise an vor sich hinzuschnattern. »Auf geht's«, sagte Vehau und drückte einen Knopf. »Wollen Sie es in Ihrer Kabine oder lieber hier mit Bild und Ton ansehen?«

McCoy seufzte und nahm im Kommandosessel Platz. »Ich seh's mir lieber hier an«, sagte er. »Ist ja keiner da außer uns Hasenfüßen. Wer ist übrigens für die Waffen und die Navigation verantwortlich?«

»Die Navigation hat im Moment geschlossen«, sagte Vehau. »Unsere Kreisbahn läuft mit Autopilot... Und warum auch nicht: Es ist unnötig, daß jemand hier ist, um den Standardorbit einzuhalten. Sulu hat sich freiwillig für eine Sonderschicht an den Waffen gemeldet. Er macht gerade Pause und wird bald zurück sein. Wie schon gesagt: Nur wir Hasenfüße sind hier.« Sie rümpfte leicht die Nase. »Was *sind* eigentlich Hasenfüße?«

»Leute, die besonders gut Haken schlagen können«, sagte McCoy. »Also los, Vehau. Lassen Sie's fließen.«

Der Bildschirm zeigte den üblichen Zeit- und Datumsvorspann Starfleets. Dann sah sich McCoy einem hinter einem Schreibtisch sitzenden Mann gegenüber. »Verflucht noch mal«, entfuhr es ihm, denn der Mann war Admiral Delacroix. Er hatte Jim seinen Namen mehr als einmal murmeln hören. »Müßte schon seit

Generationen in Pension sein«, hatte Jim gesagt. Und seine Worte entsprachen der Wahrheit. Delacroix sah aus, als sei er schon seit der ersten Eiszeit dabei. Er hatte weißes Haar und war sehr groß. Seine Gesichtszüge waren wie gemeißelt, und er strahlte eine Haltung aus, die einem klarmachte, daß er sich für etwas Besseres – zumindest aber für etwas Älteres – hielt.

»Delacroix«, meldete er sich. Seine Hände waren auf dem Tisch gefaltet, und Delacroix sah aus wie ein Mensch, der im Begriff ist, einem Schüler einen ernsten Tadel zu versetzen. »An Leonard McCoy, momentan Kommandant der USS *Enterprise*. Commander McCoy, wir haben Ihren Bericht erhalten und schätzen ihn als eine ziemlich verwirrende Dokumentensammlung ein.

Er befaßt sich nicht primär auf die von uns erwartete Weise mit der abweichenden Evolution der drei Spezies des Planeten. Und was die dritte Spezies – die ;At – betrifft, erfahren wir gar nichts über sie.« McCoy fiel auf, daß er das ›;At‹ nicht besser aussprach als jeder andere; es war immerhin ein kleiner Trost. »Von einem Raumschiff wie der *Enterprise* erwarten wir beim Datensammeln bessere Arbeit. Wir gehen davon aus, daß der Niveauabfall auf den Vermißtenstatus des Captains zurückzuführen ist, mit dem wir uns gleich befassen werden. Jedenfalls erwarten wir, daß die Crew sich sofort mit dem Informationsdefizit beschäftigt. Bitte, leiten Sie alle nötigen Schritte ein.«

»Aber klar«, sagte McCoy verbittert. »Und *was* soll ich machen? Eine Spezies, die sich ums Verrecken nicht finden lassen will, stöbert man nun mal nicht so einfach auf, verdammt noch mal ...«

Aber die Aufzeichnung lief weiter. »Zweitens geht die Forschungsarbeit bezüglich der ausbeutbaren Ressourcen des Planeten nicht im erwünschten Tempo voran. Ohne vollständige Daten über die planetaren Ressourcen kann die Diplomatie keine kenntnisreichen Entscheidungen treffen. Versetzen Sie bitte Personal aus der Linguistik in die planetare Forschung und melden Sie so bald wie möglich Mineral- und andere Rohstoffe.«

McCoy preßte die Lippen zusammen. *Jetzt sagt er uns plötzlich, daß man erst dann mit den Völkern reden will, wenn man weiß, ob sie irgend etwas von Wert besitzen! Verflucht, das hat doch nichts mehr mit unserem ursprünglichen Starfleet-Auftrag zu tun! Wer hat denn diesen Schwachkopf so plötzlich auf diesen Posten gesetzt? Wo, zum Teufel, sind Llewellyn und Tai Hao, die unsere Mission erst ermöglicht haben – und zwar aus wissenschaftlichen Gründen!*

»Drittens. Wir betrachten mit ernster Sorge das Verschwinden von Captain Kirk. Ihrer Meldung zufolge müssen wir davon ausgehen, daß der Captain keine Befehle mißachtet hat, als er sich zu dem Planeten hat transportieren lassen, denn die Situation erschien in diesem Moment stabil.« McCoy setzte eine finstere Miene auf; der Mann klang so, als sei er über eben diese Tatsache enttäuscht. »Es ist offenbar so, daß die Beziehungen Ihrer Forschungsgruppe zu einer oder zu mehreren einheimischen Spezies zu einigen Verschleißerscheinungen geführt haben; möglicherweise liegt es an den ;At. Diese Panne ist mit an Sicherheit grenzender Wahrscheinlichkeit auf das inadäquate Datensammeln bezüglich dieser Spezies zurückzuführen, so daß es erforderlich ist, daß Sie die Situation auf der Stelle berichtigen. Wir nehmen Ihre Versuche, den Captain zu lokalisieren, zur Kenntnis. Wir bestätigen Ihre Meldung, alle geeigneten Schritte zu unternehmen, um den Captain ausfindig zu machen, einschließlich der militärischen Option, falls Sie sie für vernünftig oder notwendig erachten. Wir erwarten mit Ihrer nächsten Sendung einen Bericht über die zu unternehmenden Schritte und die zu erwartenden Resultate. Sollten sich innerhalb eines Standardtages keine Resultate ergeben, werden Befehle bezüglich einer möglichen Aktion gegen den Planeten ausgegeben. Bis dahin bleibt die Angelegenheit innerhalb unserer Richtlinien Ihrer Diskretion überlassen.«

Delacroix hielt inne und räusperte sich leicht, als wolle er noch etwas Abscheuliches sagen. »Und letztlich Ihre gegenwärtige Position als Kommandant. Trotz der Tatsache, daß Ihre Personalakte keinen Hinweis auf frühere Erfahrungen als Raumschiffkommandant aufweist, deuten andere Aspekte Ihrer Akte an, daß dies eine Aufgabe ist, für die Sie entsprechend ausgerüstet sind. Captain Kirk ist ein Offizier mit ausreichendem Geschick und dürfte einen guten Grund gehabt haben, Ihnen das Kommando zu übertragen. Wir zögern, Captain Kirks Befehl in seiner Abwesenheit zu widerrufen und Sie des Kommandos zu entheben. Wir erwarten aber, daß Ihr Verhalten seiner Beurteilung gerecht wird. Freilich ist es angesichts der Vorkommnisse des gestrigen Tages nötig, eine Art Anhörung über die Handhabung der Mission durchzuführen, wenn Sie zur Erde zurückkehren. Sie wären gut beraten, dies nicht zu vergessen.

Wir erwarten innerhalb einer Stunde nach Empfang dieser Nachricht eine bestätigende Antwort. – Starfleet, Ende.«

»Und was ist mit den gottverdammten Klingonen?« schrie McCoy den Bildschirm an. Der Bildschirm ignorierte ihn, wurde leer und zeigte ihm das heitere Antlitz des Planeten ›Fliegendreck‹, der sich unter dem ihn umkreisenden Schiff drehte.

»Soll ich eine Kopie der Nachricht abspeichern, Doktor?« fragte Vehau.

McCoy war versucht, einige kreative Vorschläge zu der Frage zu machen, was sie mit dem Bericht tun sollte; in einem der Vorschläge kamen die Nachricht, Delacroix, ein Kanister Gleitcreme und ein Protoplaser vor. Er erschien McCoy besonders attraktiv, aber er behielt ihn für sich, weil er eines humanistisch gebildeten

136

Menschen unwürdig war. »Ja, bitte. Ich möchte Spock morgen früh sehen. Können Sie bis dahin eine Antwort für mich aufzeichnen?«

»Soll ich sie jetzt gleich machen?«

»Aber ja – ohne Bild. Ich möchte nicht, daß der alte Knacker mich unrasiert und ohne geputzte Stiefel sieht. Sonst befiehlt er mir noch, die Latrine mit der Zahnbürste zu schrubben. Ich kenne diese Typen.«

Er blieb einen Augenblick nachdenklich sitzen. *Vielleicht sollte ich Spock anrufen und ihn um Rat bitten,* dachte er. *Wahrscheinlich schläft er ohnehin nicht.* Dann gab er die Idee auf. *Teufel noch mal, nein ... Ich muß mein Bestes tun, um es selbst hinzukriegen. Auch wenn es mich in den Wahnsinn treibt und in Todesangst versetzt. Zuerst muß ich aber nachdenken. Wer bei Starfleet kriegt diese Meldung sonst noch zu Gesicht, wenn ich sie abschicke?*

Und wer hat die erste durchsickern lassen?

Er dachte kurz darüber nach, wem wohl was zu Ohren kommen würde und was man aus dem Wissen machte. »Fertig?« sagte er dann zu Vehau.

»Legen Sie los, Doktor.«

»Von Leonard McCoy, Kommandant der USS *Enterprise*«, sagte er. »Ihre Nachricht wurde empfangen und verstanden. Werden in jeder Hinsicht die Anordnungen befolgen.« *Aber nicht so, wie du denkst, du alter Depp, du.* »Suche nach Captain Kirk wird fortgesetzt. Sonstige Lage: Keine besonderen Vorkommnisse.« Er legte eine Pause ein und fügte dann hinzu: »Klingonische Situation stabil. – McCoy, Ende.«

Vehau lachte leise, als sie die Antwort fertig machte. »Sonst noch etwas, Doktor?«

»Nee«, sagte McCoy. »Schicken Sie's ab. Dann haben sie was zum Nachdenken.« *Hoffe ich jedenfalls.* »Ich lege mich jetzt wieder aufs Ohr. Auf daß Sie eine gute Schicht haben, meine Liebe, und mich nur wecken, wenn mindestens eine Invasion ansteht.«

»Mach ich, Doktor.«

»Bürokraten...«, murmelte McCoy beim Hinausgehen und wankte seinem Bett entgegen.

Am Morgen saß er in aller Frühe im Kommandosessel. Es war ihm gelungen, vor dem Frühstück etwas Streß abzubauen; er fühlte sich wacher und war auf alles vorbereitet. Außerdem hatte er etwas Zeit zum Nachdenken gehabt. »Spock«, sagte er, nachdem er es sich bequem gemacht und Spock ihm die Tagesmeldungen gereicht hatte, »haben Sie die wunderbare Nachricht schon gesehen, die wir von Starfleet bekommen haben?«

»Sie setzen wieder mal Ihr übliches Talent ein«, sagte Spock, »um für eine Situationsbeschreibung einmalige und vielleicht auch unerwartete Worte zu verwenden.«

»Ah, klar, Sie haben sie also auch gesehen. Spock, ich glaube, wir sollten alles tun, was man uns vorgeschlagen hat.«

Spock schaute ihn mit mildem Erstaunen an.

»Ja, wirklich«, sagte McCoy. »Ich möchte, daß Sie ein paar Umsetzungen vornehmen – von der Linguistik zur allgemeinen Forschung. Nehmen Sie, äh, Nuara und Meier – Wes, nicht Wilma – und geben Sie ihnen für die nächsten Tage ein Shuttle. Sie sollen Mineralien suchen. Mit besonderer Konzentration auf Eisenerzvorkommen; das übliche.«

»Doktor«, sagte Spock, »das haben wir doch alles schon vom Schiff aus geprüft. Das Ergebnis war, wie Sie wissen, in jeder Hinsicht negativ. Der Planet ist sehr metallarm, und seltene Erden findet man hier noch weniger als sonstwo. Es gibt auch keine Dilithiumvorkommen oder andere nützliche energieleitende Elemente.«

»Ja, Sie haben völlig recht. Nun, Starfleet will aber allem Anschein nach mehr Informationen. Und außerdem möchte man, daß sich mehr Leute dieser Aufgabe widmen. Also geben wir ihnen, was sie wollen. Volle Shuttle-Suche, und die Sensoren auf höchste Dichte.«

»Das Ergebnis wird eine gewaltige Datenmenge sein«, sagte Spock. »Laut Anweisung von ...«

»Starfleet ist aber ganz versessen darauf«, sagte McCoy. »Sollen die sich also Sorgen darum machen. Glauben Sie nicht, daß man sich freuen wird, wenn so viele Daten eingehen? Man wird *Stunden* brauchen, um sie zu begutachten. Wenn wir Glück haben, sogar Tage.«

»Eine Analyse wird natürlich erweisen, daß es hier keinerlei Mineralien gibt, die den ganzen Aufwand lohnen.«

»Eben. Es geschieht ihnen recht. Obwohl ich das Gefühl habe, daß es bei Starfleet ein paar Leute gibt, die es auch dann noch nicht glauben. Damit meine ich jene Leute, die *nicht nur* für Starfleet arbeiten.«

Spock setzte eine Miene auf, die von heimlicher Billigung kündete. »Ihre Befehle werden ausgeführt«, sagte er. »Was aber die Personalumsetzungen angeht – ich glaube, der Admiral würde gern noch *viel mehr* Leute bei der Suche sehen.«

»Hat er nicht gesagt«, sagte McCoy bedauernd. »Soll ich mir etwa seinen Kopf zerbrechen, wenn er sich nicht deutlich ausdrücken kann?«

Spocks heimliche Billigung wurde noch offenkundiger. »Obwohl ich Ihre Intentionen verstehe, Doktor«, sagte er, »gibt es bei Starfleet Leute, die dies für Insubordination halten könnten. Und *dann* hätten sie endlich ein Alibi, um Sie des Kommandos zu entheben. Ungeachtet der Frage, ob wir den Captain finden oder nicht, könnte der Schaden für Ihre Karriere ziemlich extrem ausfallen.«

»Im Moment«, sagte McCoy, »bin ich ziemlich risikofreudig. Aber danke, daß Sie sich Sorgen um mich machen, Spock.«

Spock nickte, trat an seine Station und nahm die Vorarbeiten für eine Rückkehr auf den Planeten in Angriff. McCoy saß in seinem Sessel und blickte auf den Bildschirm. Er musterte das winzige Pünktchen des Klingonenschiffes, das über ihnen schwebte. Es war weit zurück und blieb in respektvoller Entfernung.

»Von denen gibt's wohl auch nichts Neues, wie?«

»Nein. Sie waren die ganze Nacht über auf dem Planeten beschäftigt. Sie suchen nach Mineralien und so weiter, wenn ich die Aufzeichnungen ihrer Aktivitäten richtig lese. Im Moment scheinen sie jedoch nichts zu tun.«

»Haben sie vielleicht jetzt Nacht?«

»Schwer zu sagen. Das Energieniveau hat sich auf dem Schiff seit ihrer Ankunft nicht allzusehr verändert.«

»Hmm. Es wäre wohl unhöflich, jetzt Krach zu machen und die Nachbarn zu wecken. Ich werde später Hallo sagen. Bis dahin... Sind Ihnen irgendwelche Ideen in Sachen Jim gekommen?«

Spock verließ seinen Posten, blieb neben McCoy stehen und blickte auf den Bildschirm. »Doktor«, sagte er langsam, »ich habe an den uns bisher bekannten Daten jede Art von Analyse ausprobiert, die ich mir vorstellen kann. Der Captain scheint im Augenblick nicht auf dem Planeten zu weilen.« Dann sagte er: »Er war mit Sicherheit *da*. Es steht aber nicht so fest, daß er ihn auch *verlassen* hat.«

»Häh? Sie haben die Spur seines Verschwindens doch gesehen.«

»Ja. Denken Sie einen Moment nach, Doktor. Selbst wenn ein Transporter uns unbekannter Art Einfluß auf den Captain genommen und ihn von der Planetenoberfläche entführt hätte – es hätte nicht unentdeckt geschehen können. So funktioniert das Universum nicht. Es hätte wenigstens einen von mehreren hundert vorstellbaren Energierückständen geben müssen – irgendeinen Hinweis auf die Quelle des Instruments, das den Captain von dem Planeten fortgeholt hat. Ich habe die Nacht mit der sorgfältigen Analyse sämtlicher Sensordaten verbracht, die das Schiff in den letzten zwei Tagen empfangen hat. Es gibt keinen Hinweis auf eine Einmischung von außen. Sämtliche Hintergrundstrahlungen sind so, wie sie sein müssen. Angesichts dieser Daten – beziehungsweise des Nichtvorhandenseins von Daten, die dagegen sprächen – bin ich zu der Schlußfolgerung gezwungen, daß Captain Kirk sich noch immer auf dem Planeten aufhält.«

McCoy runzelte die Stirn. »Die Ornae und Lahit haben *auch* behauptet, der Captain sei hier und es ginge ihm gut.«

»Ja, das haben sie. Anfangs habe ich es wegen der alles andere als perfekten Translatoralgorithmen nicht eben für beweiskräftig gehalten oder ernst genommen. Aber so, wie Uhura und Kerasus ihrer Arbeit nachgehen, steigt ihre Sicherheit mit jeder Stunde, und die Übersetzung dieser Information ändert sich nicht.«

»Und außerdem«, sagte McCoy, »haben wir da noch die komische Strahlung, die Sie aufgefangen haben. Die Cerenkov-Strahlung und den Zerfall der Z-Partikel.«

»Ja. Ich verstehe zwar noch nicht, was sie bedeuten, aber ich arbeite noch an unseren Scannerdaten. Die Strahlung ist gestern mehrfach vorgekommen – aber nicht im Zusammenhang mit irgendeinem übereinstimmenden Ereignis oder einer Abfolge von Ereignissen, die ich mit ihr in Beziehung bringen kann.«

McCoy schaute nachdenklich drein. *Wie drücke ich es am besten aus, ohne ihn zu verärgern?* »Spock«, sagte er und wurde leiser, »hin und wieder haben Sie doch so einen… äh… Kniff auf Lager, der Sie aus der Ferne erkennen läßt, was mit Jim los ist. Sie haben doch bisher keine ›schlechten Gefühle‹ gehabt, oder?«

Spock blieb eine Weile stumm. *Au weia*, dachte McCoy. Dann sagte Spock äußerst ruhig: »Nein, Doktor. Ich kann von Menschen häufig etwas ›hören‹, das man bestenfalls eine Art geistiges weißes Rauschen nennen kann. Das Rauschen des Captains kann ich nicht entdecken. Aber es gibt keinen Hinweis darauf, daß seine geistige Existenz nicht mehr vorhanden ist; es fühlt sich nur so an, als sei sie *anderswo.*« Er blickte McCoy leicht spöttisch an. »Es ist zwar bestimmt kein vor Gericht zulässiger Beweis, aber irgendwie doch beruhigend.«

»Nun, wenn Sie irgend etwas Interessantes in Erfahrung bringen oder etwas benötigen, bei dem ich helfen kann, sagen Sie es nur. Hochenergiephysik übersteigt zwar meinen Horizont, aber in einigen anderen Fächern bin ich ganz gut.«

Spock hob eine Braue. »Es ist mir gelegentlich schon aufgefallen«, sagte er und kehrte an seinen Posten zurück.

McCoy lehnte sich zurück und blickte auf den Schirm. »Ach, könnte ich doch nur da unten sein«, sagte er leise. »Aber was soll's.«

Sie verließen nun die Nachtseite von ›Fliegendreck‹. Der Terminator glitt bei dem plötzlichen Sonnenaufgang unter ihnen hindurch; oder war es ein Sonnenuntergang – McCoy wußte nicht genau, ob sie sich in die gleiche Richtung drehten wie der Planet. *Ich müßte allmählich anfangen, auf so was zu achten,* dachte er. *Auch wenn's mir absolut gleichgültig ist ...*

»Hmm«, meldete sich Chekov vom Ruder her. »Da unten tut sich etwas, Doktor.«

»Wer ist es? Die Klingonen?«

»Positiv. Transporterbetrieb.« Chekov beobachtete einen Augenblick seine Scanner, dann sagte er: »Sie schicken eine Gruppe in die Nähe der Gegend, wo drei unserer Einheiten arbeiten. Zur ersten Lichtung.«

»Uhura, melden Sie es unseren Leute und warnen Sie sie, daß sie mit Gesellschaft rechnen müssen«, sagte McCoy. »Da, wo sich unsere Leute aufhalten, ist gerade Morgen, nicht?«

142

»Ja, Doktor«, sagte Spock. »Etwa drei Stunden nach dem örtlichen Sonnenaufgang.«

McCoy nickte. »Chekov«, sagte er, »tasten Sie die neue Landeeinheit mal ab und schauen Sie nach, ob sie irgendwelche asozial wirkende Dinge bei sich haben.«

Chekov musterte einen Augenblick seine Schirme. »Nichts, Doktor«, sagte er. »Standardhandwaffen und leichte Grabausrüstung – für Stichproben und dergleichen.«

»Etwa das, was man mitnimmt, wenn man Mineralien sucht?« sagte McCoy beiläufig.

»Genau«, sagte Chekov. »Und ein kleines Bodenfahrzeug. Unbewaffnet.«

»Hmm«, machte McCoy. »Nun, dann wünsche ich ihnen Glück. Sie kriegen wenigstens etwas frische Luft und Bewegung.«

Chekov lachte. »Sie sind zu einem Ort unterwegs, der von unseren Leuten wegführt, Doktor. Und sie bewegen sich ziemlich schnell.«

»Nachricht von der Landegruppe, Doktor«, sagte Uhura. »Die Klingonen sind offenbar wie ein Rudel ...« Sie hüstelte. »... durch ihr Lager getrampelt. Sie hatten es ziemlich eilig und sind zu den Hügeln im Norden unterwegs.«

McCoy setzte sich nickend zurück. »Unsere Leute sollen darauf achten, wo die Klingonen hingehen«, sagte er.

Uhura nickte. »Mach ich, Doktor.«

Es wurde still. Das Personal bewegte sich auf der Brücke und ging seiner Arbeit nach – außer McCoy, der inmitten der Szenerie saß und allmählich spürte, daß die Langeweile an seinem Hirn fraß. *Ich hab hier überhaupt nichts zu tun,* dachte er. *Ich kann nur warten. Ich kann Warten aber nicht ausstehen. Vielleicht sollte ich mal eben in die Krankenstation runtergehen und ein paar Routineuntersuchungen vornehmen ... Nein, Jim hat befohlen, daß ich mich von da fernhalte. Ich habe den Befehl be-*

stätigt. *Verdammt. Ich hätte mich sofort widersetzen und ihm zu verstehen geben sollen, daß er mich in Eisen legen soll. Unten in der Arrestzelle ist es ruhig. Wenn man in der Arrestzelle sitzt, beleidigen einen auch keine Starfleet-Bürokraten, und sie schicken einem mitten in der Nacht auch keine bösen Meldungen...*

Uhuras Pult erzeugte ein leicht nörgelndes Piepsen. McCoy schaute zu ihr hinüber, als sie den Translator an ihrem Ohr befestigte. Uhuras Augen wurden größer. Es gefiel ihm *überhaupt nicht.*

»Das Klingonenschiff ist dran, Doktor«, sagte sie. »Commander Kaiev.«

Au weia. »Stellen Sie ihn durch«, sagte er.

Der Bildschirm zeigte nun Kaievs Gesicht. Er sah nicht fröhlich aus, *im Gegenteil.* Der Klingone wirkte, als könne er sich nicht zwischen Rage und Angstschweiß entscheiden, und McCoy war über beides nicht sehr glücklich. *Hmm. Atypische Petechien auf Gesicht und Stirn. Was ist das noch mal für ein Syndrom...*

»Guten Morgen, Commander«, sagte er, um als erster seinen Senf dazuzugeben. »Oder guten Abend, je nachdem. Was kann ich für Sie...«

»MakKhoi, dafür sind Sie verantwortlich!« schrie Kaiev. »Meine Leute wollten den Planeten friedlich erforschen, aber Sie haben sie desintegriert! Dieser feindselige Akt wird eine Strafe nach sich ziehen!«

McCoy schaute Kaiev an. »Wie bitte?« sagte er. »Wir waren doch die ganze Zeit hier. Na schön, wir haben Ihre Gruppe nach unten gehen sehen, aber...«

»Es hat keinen Sinn, mich täuschen zu wollen! Sie sind spurlos von unseren Scannern verschwunden – von einer Sekunde zur anderen! Welche andere Erklärung kann es da noch geben?!«

Weia, dachte McCoy und schaute zu Spock hinüber. Spock hob eine Augenbraue und schüttelte den Kopf.

McCoy wandte sich wieder dem Bildschirm zu und musterte den Mann eingehend. »Commander«, sagte

144

er, »Sie sollten sich etwas abregen. Der klingonische Blutdruck ist schon hoch genug. Wenn Sie so weitermachen, explodieren Sie. Und dabei haben Sie doch gerade erst einen Arthasomiasisanfall hinter sich. Sie stehen kurz vor einem Leberkrampf.«

Kaievs Kinnlade sank für den Bruchteil einer Sekunde nach unten. »Sie ... Woher wissen Sie, daß ich Arthasomiasis hatte?« Sein Gesichtsausdruck wurde plötzlich tückisch. »Ihr Spionagenetz ist also wirklich so ausgedehnt, wie ich gehört habe! Wer von meiner Mannschaft ist Ihr Spitzel? Ich bringe sie alle um, bis ich den Verräter habe!« Er erhob sich halb aus seinem Sessel, dann setzte er sich plötzlich wieder hin. Auf seinem Gesicht zeigten sich Überraschung und Schmerzen.

Was machen die denn nur? dachte McCoy mißbilligend. *Wie können sie nur solche Leute in den Weltraum schicken? Ihr Streßerkennungsprogramm ist keinen Schuß Pulver wert.* »Hab ich's nicht gesagt?« erwiderte er. »Sie sollten schnellstens zu Ihrem Arzt gehen. Sagen Sie ihm, er soll Ihre Tacrin-Regulierungsdosis heraufsetzen. Sie kriegen zu wenig von dem Zeug.« Er wartete, bis sich die Gesichtsfarbe des Klingonen leicht normalisiert hatte und seine auf den Krampf zurückzuführenden sekundären Muskelzuckungen allmählich abklangen.

Dann jedoch brauste sein eigenes Temperament auf. »Was Ihre Landeeinheit angeht, mein Sohn«, sagte er mit lauter Stimme und erhob sich ebenfalls aus seinem Kommandosessel, »will ich Ihnen mal was sagen: Wenn ich Lust hätte, Ihre Leute umzubringen, würde ich einfach losziehen und es *tun!* Aber ich würde mir hinterher nicht die Mühe machen, Sie zu belügen. Also schmeicheln Sie nicht Ihrem Spürsinn!« McCoy nahm wieder Platz und ignorierte die erschreckten Blicke der Brückenbesatzung. Im Schreien war er schon immer gut gewesen, und seit zwei Tagen stand ihm der Sinn

145

danach, es endlich mal wieder zu tun. Angemessen schreien zu können, war ein Genuß.

Der Klingone musterte McCoy mit einer Mischung aus erkaltender Wut und leicht verhohlener Bewunderung und setzte zum Sprechen an. »Jetzt reißen Sie sich mal am Riemen, mein Junge«, sagte McCoy spontan, »damit wir uns wie vernünftige Lebewesen unterhalten können. Wenn Sie noch mal diesen Ton anschlagen, schlitze ich Ihren Kahn auf wie eine Sardinenbüchse. Dann angle ich mir Ihre Leiche aus dem Weltraum, taue sie auf und nähe sie wie unsere Ahnen mit Nadel und Faden wieder zusammen. Könnte sein, daß ich mir Sockenhalter aus Ihren Eingeweiden mache. Gehen Sie jetzt zu Ihrem Bordarzt. Melden Sie sich später wieder, dann können wir uns unterhalten. – Ende.«

Sein Daumen wies in Uhuras Richtung, wie er es unzählige Male bei Kirk gesehen hatte. Uhura unterbrach die Verbindung. McCoy setzte sich in den Kommandosessel zurück und fing an zu schwitzen.

»Ich glaube«, sagte Spock in die Stille hinein, »ich weiß, was mit der klingonischen Landegruppe passiert ist, Doktor.«

»Ich auch, Spock«, sagte McCoy. Er stand auf, um ein paar Minuten im Turbolift zu verbringen, bevor Kaiev sich wieder meldete. »Ich auch.«

6

Also schön«, sagte Kirk. »Was kann ich Ihnen über uns erzählen?«

Der ;At stand eine Weile schweigend da und dachte über seine Frage nach. Kirk hatte keine Eile. Er setzte sich in den warmen Sonnenschein und sagte: »Wenn Sie nichts dagegen haben, warte ich im Sitzen.«

»Natürlich habe ich nichts dagegen«, sagte der ;At.

Kirk saß im Schneidersitz auf dem kurzen, zarten Rasen, beäugte und betastete ihn. Das Zeug war mehr Klee als Gras; die kleinen, runden Halme, dick von Feuchtigkeit und Erdsäften, federten und waren kräftig. Die Halme waren vom gleichen hellen Blaugrün wie das sonstige Pflanzenleben auf ›Fliegendreck‹. Der leicht würzige Geruch, der ihm schon zuvor aufgefallen war, entstieg ihnen, wenn er sie mit den Händen zusammenpreßte. Kirk atmete den Duft dankbar ein. So sehr er die *Enterprise* auch liebte – trotz der Leistungsfähigkeit ihrer Luftschrubber und Ionisatoren hatte die Schiffsluft nie diesen Atmosphärengeruch, der nur von Sonnenschein und Wind gereinigt wurde.

»Können Sie mir zeigen, wo Sie herkommen?« fragte der ;At.

Kirk schob die scheinbare Eigentümlichkeit der Frage beiseite. Obwohl es den Linguisten wahrscheinlich gelungen war, die Sprachprobleme seines Translators auszubügeln, war er sich bewußt, daß es noch immer gedankliche Probleme gab, an denen man noch wochenlang arbeiten mußte. Viele Fragen zu Dingen, die für einen ;At selbstverständlich wären, mußten den

Menschen eigenartig vorkommen. Ganz besonders phänomenal war der Sinnesapparat der ;At, der die *Enterprise* am hellen Tag von der Oberfläche des Planeten aus identifizieren und ihre Einzelheiten wahrnehmen konnte. Dazu hätte Kirk gern selbst einige Fragen gestellt. McCoy war sicher gewesen, daß die Spezies der ;At den Schlüssel zu diesem Planeten bildete. Pilles Ahnungen waren nie unfruchtbar. Sie zahlten sich stets aus, wenn auch nicht immer so wie erwartet. Kirk war fest entschlossen, soviel Zeit wie möglich mit diesem Geschöpf zu verbringen. Es sollte sich lohnen. Früher oder später würde ihn jemand aus dem Schiff anrufen, dann mußte er wieder an die Arbeit. Aber im Moment wollte er sich entspannen und es genießen.

Er kniff die Augen zusammen und schaute zum Himmel hinauf. Er suchte nach dem Mond des Planeten, um sich einigermaßen an ihm zu orientieren. Aber er war untergegangen. Er hatte dem von seinen Leuten ausgearbeiteten Koordinatensystem zu wenig Beachtung geschenkt. Zwar wußte er, daß sich der planetare Nordpol mehr oder weniger zur galaktischen Ekliptik neigte, aber es war ihm, was seine Fragen betraf, keine große Hilfe. »Ich muß bis zum Einbruch der Dunkelheit warten«, erwiderte er. »An Bord könnte ich es sehr schnell identifizieren. Hier im Freien muß ich einen mir bekannten Stern sehen, aber das funktioniert nicht bei Tag.«

Der ;At rührte sich nicht. Er sagte auch nichts, aber Kirk hatte das Gefühl, als nicke er in Bestätigung dessen, was er erwartet hatte. »Wie ist Ihr Heimatsystem?«

Kirk lachte leise. »Sehr klein«, sagte er. »Sehr, sehr klein.« Sein geistiges Auge sah das Strahlen der Erde bei Nacht, das goldene Glitzern der Städte und der Milliarden Menschen, das Funkeln des Mond- oder Sonnenscheins auf den Raumstationen in der Kreisbahn und den vorbeischwingenden Satelliten; den klaren, kalten Glanz der Mondstädte. Viele Passagiere der

Enterprise hatten die großen, strahlenden Raumstationen Starfleets gesehen, die dem Schiff zu Diensten waren, wenn es nach Hause zurückkehrte. Alles war glatt, groß, modern, beeindruckend. Manche seiner Passagiere waren angesichts der Errungenschaften der Menschenwesen und ihrer außerirdischen Gefährten in Schweigen verfallen. Manche waren auch zunehmend redselig geworden. Für viele Menschen war die Erde im Solarsystem die einzige Kleinigkeit, die zählte; die anderen Planeten waren nur Kolonien. Doch für Kirk bestand das Heimatsystem aus mehr als nur seinem Heimatplaneten. Obwohl er schon oft aus den Tiefen des galaktischen Raumes zurückgekehrt war, beeindruckte und rührte ihn das ›Betreten‹ dessen, was er insgeheim ›Fußmatte‹ nannte – die Stelle weit hinter der Plutokreisbahn, wo man erstmals die Gravitation und den Sonnenwind auf der *Enterprise*-Hülle spürte –, immer mehr. Dort draußen in der Finsternis war der Ort, an dem das Sonnensystem für *ihn* begann. Mit dem Impulstriebwerk war es eine lange Fahrt nach innen, aber sie gab einem Zeit zum Umschauen und Nachdenken. Ihn fesselte die lange, kalte Stille des äußeren Randes, die unglaubliche Leere. Der kleine gelbe Stern vom G-Typ, eigentlich ein gelber Zwerg, war nichts Besonderes – meist nur ein Nadelstich aus Licht; doch am Ende der Fahrt wartete die schöne, kleine, im Vergleich mit der robusten Unbarmherzigkeit der äußeren Gasriesen unbedeutende Welt. Sie war so winzig: Kein Wunder, das man sie beinahe ein-, zweimal weggeworfen hätte.

Kirk machte einen Versuch, dem ;At davon zu erzählen. Er wußte nicht genau, wie es bei ihm ankam, doch dies lag weniger an den Translatorproblemen als an seinen privaten Schwierigkeiten, sich auszudrücken. Aber der ;At lauschte ihm geduldig und sagte dann: »Sie scheinen diesen Ort sehr zu mögen.«

»Tja, er ist meine *Heimat*«, sagte Kirk. »Oder, um ehrlich zu sein, er war es. Heutzutage ist die *Enterprise* meine Heimat. Auch wenn ich die Erde für längere und kürzere Zeiträume besuche, ich möchte immer wieder an Bord zurück.«

Er lächelte vor sich hin, erheitert, daß er mit einem Fremdling das besprach, worüber er vor ein paar Tagen auf der Brücke nachgedacht hatte. *Ich habe mich nicht mit ihr zusammengetan,* dachte er. *Ich habe mich in ihr niedergelassen. Das ist etwas ganz anderes. Aber diese Antwort muß im Moment reichen.*

»Sie sind einen langen Weg gekommen, um uns kennenzulernen«, sagte der ;At.

»Man hat uns geschickt«, sagte Kirk. »Ja.«

»Und Sie sind bereitwillig gekommen?«

»Wie immer«, sagte Kirk, nochmals überlegend. »Das heißt, fast immer. Manchmal gibt es Missionen, um die wir uns zwar nicht reißen, die wir aber dennoch ausführen, um den Frieden zu erhalten. Andere Spezies gehen weniger... ähm... gelassen an das Leben im Universum heran als wir. Was aber nicht heißt, daß wir perfekt wären.«

Für jemanden, der versucht, die Spezies dieser Welt in die Föderation zu holen, dachte Kirk, *war das ein gefährlicher Satz.* Aber er hatte das Gefühl, daß die beruhigende Unverbindlichkeit des Diplomatenjargons nicht zur Situation paßte. Auch wenn der ;At irgendwie weise und gefährlich wirkte, er strahlte eine Aura der Unschuld aus, die er nicht mißbrauchen wollte. Dies gehörte zu den Dingen, die er an fremden Rassen stets am meisten geschätzt hatte – ihre typische Art. Der Teufel sollte ihn holen, bevor er den aggressiven Kolonisatormodus einsetzte und den Versuch machte, ein anderes Lebewesen ins Klischee seiner eigenen Erwartungen zu pressen. Deswegen waren das Schiff und er nicht gekommen.

»Ich möchte Sie etwas fragen, Sir, wenn ich darf«, sagte Kirk. »Sie sind bisher der einzige Ihres Volkes, dem wir begegnet sind. Wir sind zahlreichen Ornae und Lahit begegnet, aber nur einem ;At. Sprechen Sie als Vertreter Ihres Volkes mit mir?«

Schweigen. Kirk spürte körperlich, daß der ;At die Frage von allen Seiten betrachtete. »Ich glaube«, erwiderte er schließlich, »man könnte sagen, daß ich der einzige von uns bin, den Sie zu sehen brauchen. Einer ist angemessen, für alle zu sprechen. Wir denken alle sehr ähnlich.«

Kirk schwieg einen Augenblick. Er war auf Planeten gewesen, auf denen er ähnliche Antworten erhalten hatte, doch hatte sich die Wirklichkeit dann als völlig anders erwiesen. Hier erkannte er die Wahrheit freilich sofort. Dann stand er also vor dem Ober;at oder vor dem, was einem solchen entsprach.

»Sehr gut«, sagte er. »Was ist mit den anderen Spezies? Haben auch sie jemanden, der für sie spricht?«

»Niemanden von ihrer Art«, sagte der ;At. »Dafür haben sie keinen Bedarf. Bei Dingen, die sich um ihr Wohlergehen drehen, sprechen wir für sie.«

Das Poltern der Stimme des ;At nahm zum ersten Mal einen leicht bedrohlichen Tonfall an. Nein, es war keine konkrete Bedrohung, aber seine Stimme enthielt etwas, das besagte, daß *er* alles beantworten würde, was sich ungünstig auf die beiden anderen Spezies auswirkte. Und daß seine Antwort dann nicht erfreulich ausfiel.

»Ausgezeichnet«, sagte Kirk. »Das wollte ich erfahren.«

»Warum?«

Kirk streckte die Beine aus. »Ihnen ist doch gewiß auch schon der Gedanke gekommen, daß wir nicht nur aus einer Laune heraus hier sind.«

»Richtig«, sagte der ;At.

»Nun denn: Wir sind Vertreter einer großen Anzahl von Spezies, die sich in Handel und Forschung zu gegenseitigem Nutzen zusammengetan haben. – Und um die Wahrheit zu sagen, um nicht allein zu sein. Das

151

Leben in einem Universum mit anderen Spezies ist viel interessanter als das in einem Universum, in dem *keine* anderen existieren.«

»So kann man es gewiß ausdrücken«, sagte der ;At. Kirk empfand erneut ein Gefühl des Drucks, als schätze ihn das Geschöpf aus solcher Nähe ab, daß das gesamte Gewicht seiner Gedanken ihn niederdrückte. Das Gewicht war so greifbar wie der Felsen selbst. Kirk blieb still sitzen und ertrug es, so gut er konnte.

Kurz darauf flaute der Druck wieder ab. »Gibt es viele von Ihnen?« fragte der ;At.

»Viele Milliarden«, sagte Kirk, »und über Tausende von Welten verstreut. Manche unserer Welten sind reich an Dingen, die andere Spezies brauchen oder gern haben möchten – Waren oder Wissen. Wir finden Möglichkeiten, die Bedürfnisse anderer zu erfüllen, damit alle bekommen, was sie brauchen, damit ihr Leben lebenswert ist.« *Wenigstens*, dachte er, *bemühen wir uns darum.*

»Und diese Spezies tun einander niemals weh?«

Kirk schwitzte, dann sagte er: »Doch, ich fürchte, hin und wieder kommt es dazu. Wir haben noch einen weiten Weg vor uns, bevor wir durch das Universum reisen und nur die Blumen riechen können. Manche von uns treten auf die Blumen. Manchmal aus Versehen, manchmal aber auch bewußt.«

Schweigen. »Zeigen Sie mir eine Blume«, sagte der ;At.

Kirk schaute verdutzt auf, dann sagte er: »Aber sicher.« Er stand auf und schaute sich auf der Lichtung um. Sie war nicht nur von dem Gras bewachsen, das er zuvor untersucht hatte; hier und da gab es auch ein paar niedrige büschelige Gewächse, und zwischen den Ästen zeigten sich helle Farbtupfer. »Soll ich Ihnen eine bringen?« sagte Kirk.

»Nicht nötig«, sagte das Geschöpf. »Zeigen Sie mir eine.«

152

Kirk stand auf und ging zu den Gebüschen hinüber. Und dann erlebte er die nächste Überraschung, denn der ;At kam mit. Er rührte sich zwar nicht, aber er machte jeden von Kirks Schritten mit, ohne auch nur einen einzigen Halm des federnden blaugrünen Bodenbewuchses oder einen Krumen Erde durcheinanderzubringen. Es war ein sehr beeindruckender Trick, und Kirk fragte sich, wie, um alles in der Welt, er das machte.

Immerhin hatte man die Körperlichkeit der ;At als ›gelegentlich‹ bezeichnet. Hat er Einfluß darauf? Kann er es rein willensmäßig steuern? Und welche Auswirkungen hat es auf seinen Metabolismus? Er lächelte erneut vor sich hin. Jetzt verstehe ich, warum Pille so ein Nervenbündel war, als ich ihn aufs Schiff zurückrief. Ich muß eine Möglichkeit finden, es wiedergutzumachen.

»Hier«, sagte er, blieb stehen und kniete sich hin. Die hellroten Tupfer in den Büschen erwiesen sich als Beeren; doch auf der Wiese wuchs mehr als eine Pflanzenart, und Kirk griff zu und berührte eine kleine, breitblättrige Pflanze, eine Miniaturprimel mit feinen, weißen, orchideenähnlichen Blüten. »So etwas würden wir normalerweise als Blume bezeichnen. Ich weiß nicht genau, ob sie irdischen Blumen wirklich entsprechen. Das müßten schon unsere Biologen nachprüfen.«

Der ;At beugte sich über ihn – das heißt, er bewegte sich nicht, aber sein Schatten fiel über Kirk und die Blume. »Ja«, sagte er, »ich glaube, ich verstehe die Redensart vom Zertreten der Blumen. – Einmischung in stattfindende Prozesse der Natur.«

»Ja«, sagte Kirk.

Der ;At richtete sich auf – das heißt, sein Schatten wurde kürzer, und er stand plötzlich wieder gerade auf dem Boden. »Ich danke Ihnen«, sagte er. »Jetzt möchte ich Ihnen etwas zeigen.«

Und es wurde schlagartig Nacht.

Es war eine Nacht voller Feuer und Geschrei. Die

153

Schreie waren anders als alle, die Kirk je zuvor gehört hatte, aber er brauchte nur einen Moment, um die kratzigen Stimmen der Ornae zu erkennen, die plötzlich entsetzlich schrill klangen. Dann das Geraschel der Lahit, das in einem schrecklichen Tempo erfolgte. Phaser- und Disruptorstrahlen zischten von oben aus der absoluten Dunkelheit herunter und entfachten überall dort Feuer, wo sie trafen. In mittlerer Entfernung ertönte das gelegentliche Krachen von Explosionen. Kirk blieb still stehen, denn er sah ein, daß Weglaufen keinen Sinn hatte. Irgendwie wußte er, daß der ;At noch bei ihm war. Schreckliche Emotionen wühlten ihn auf, aber im Moment schienen sie noch gezügelt zu sein.

In der Nähe schlug ein Phaserstrahl ein. Lahit schrien; ein ganzes Gehölz taumelte durch die Dunkelheit. Äste schlugen in Agonie um sich, sie standen in Flammen. Ein zweiter Strahl erhellte ein Ornaet-Gebäude, bevor er es vernichtete. Irisierendes Fleisch explodierte, Protoplasma schmolz und verdampfte mit einem Zischen. Die Luft roch nach brennenden Rosinen und außerirdischem Fleisch. Ein paar Sekunden später stoppte der Angriff, doch es wurde nicht still. Die Schreie der Lahit dauerten eine lange Zeit. Von den Ornae war kein Laut mehr zu hören.

Irgend etwas schwebte über Kirk dahin, eine Silhouette, vom silbernen Licht des kleinen Mondes gestreift – eine stumpfe, schlanke Form, die mit Ionentriebwerkgebrüll über ihn hinwegraste und sich vor dem Monddunst am Horizont verlor.

Kirk fluchte. Dann stellte er fest, daß es wieder Tag war. Er stand neben dem ;At und schaute auf die Blume hinab.

Er sah sich schwer atmend im hellen Sonnenschein um. Er war entsetzt. Der ;At stand schweigend und gleichmütig neben ihm, als sei er seit Anbeginn der Zeiten an dieser Stelle angewachsen. Er warf keinen Schatten.

»Kennen Sie das Schiff?« fragte der ;At.

»Nach dem, was ich gesehen habe«, sagte Kirk, »sah es wie ein Landungsboot der Orion-Piraten aus. Das Mutterschiff müßte irgendwo da oben in einer Kreisbahn sein.«

»Ja«, sagte der ;At.

Kirk schüttelte den Kopf. »Wie haben Sie das gemacht?« fragte er.

Er hatte zum ersten Mal den Eindruck, daß der ;At sich nicht ganz sicher war. Bei einem Wesen, das bis jetzt solider gewirkt hatte als alle Berge, die Kirk je bestiegen hatte, war dies sehr seltsam. »Ich habe Schwierigkeiten, es zu erklären«, sagte der ;At. »Sagen Sie: Wo werden Sie morgen sein?«

Kirk zuckte die Achseln. »Ich nehme an, wieder an Bord meines Schiffes. Es ist aber möglich, daß ich wieder herunterkomme, wenn ich meine andere Arbeit zuvor erledigen kann.« Er warf einen Blick auf den sonnigen Wald und sagte: »Wenn es geht, würde ich gern zurückkommen. Die Gegend hier ist schön.«

»Ja«, sagte der ;At. Doch an seiner Stimme war irgend etwas, das besorgt klang. »Können Sie mir ein Bild von dem machen, wo Sie morgen sind? So, wie Sie es gemacht haben, als Sie anderswo waren?«

»Ein Bild?« *Gott im Himmel*, dachte Kirk, *er ist ein Gedankentelepath. Er war die ganze Zeit in meinem Kopf und hat jedes Bild gesehen, das ich mir vorgestellt habe. Der Himmel weiß, was ich ihm alles gezeigt habe! Dieses Ding könnte uns, wenn es wollte, mit einem Gedanken vernichten...*

Dann schüttelte er den Kopf und hörte McCoy äußerst verstimmt sagen: *Wieso eigentlich* Ding? *Das Geschöpf deutet doch nicht im geringsten an, daß es etwas vernichten will... Und es hat genug Zerstörung gesehen.* »Ich bin nicht fähig, Ihre Bitte zu erfüllen, Sir«, sagte er. »Sie bitten mich, die Zukunft vorherzusagen. Ich kann sie mir zwar vorstellen und zukünftige Ereignisse mit mei-

155

nem Verstand abschätzen. Aber keines unserer Völker kann wirklich und verläßlich sagen, was morgen passieren wird. Oder in fünf Minuten.«

Der ;At blieb eine Weile still. »Das wird unser Problem sein«, sagte er. Er sagte es eher vor sich hin, als Kirk anzusprechen. »Captain, ich muß einen Versuch machen, daß Sie uns ein wenig verstehen.«

»Ich bitte darum.«

»Nun gut. Ich gehe davon aus, daß Sie die Vergangenheit und das Jetzt wahrnehmen können – nicht aber die Zukunft. Richtig?«

Kirk setzte sich wieder ins Gras. Er war dankbar, denn nach der plötzlichen Episode in der Dunkelheit zitterten seine Knie noch immer ein wenig. »Das heißt also, daß *Sie* die Zukunft wahrnehmen können.«

»In ihr existieren. Zu einem gewissen Grad.«

»Heiliges Kanonenrohr«, sagte Kirk leise.

»Wie bitte?«

Kirk lachte. »Verzeihung. Das Bild muß eigenartig auf Sie gewirkt haben. – Und was ist mit der Vergangenheit?«

»Sie haben sie selbst gesehen«, sagte der ;At.

»Und wie.« Kirk schüttelte erneut den Kopf. »Es müßte eigentlich unmöglich sein«, sagte er verwirrt. »Spock würde alles tun, um Sie kennenzulernen. Laut den Gesetzen, die wir kennen, dürfte uns die Zukunft nicht zugänglich sein. Nicht einmal der Wächter der Ewigkeit hat Zugang zu ihr.«

Der ;At hielt einen Moment inne; möglicherweise betrachtete er das Bild in Kirks Geist. »Diese Instrumentalität arbeitet nach anderen Prinzipien«, sagte er. »Sie kann nur Zeitabläufe verarbeiten, die einander folgen. Wenn ich korrekt lese, was sie Ihnen beschrieben hat, verbietet Ihre Programmierung alles andere. Wir leben auf eine andere Weise als der Wächter. Uns sind alle Zeitarme zugänglich, die vergangenen allerdings leichter.«

156

»O Gott, die Zeit«, sagte Kirk, denn inmitten aller Aufregung hatte er völlig vergessen, sich beim Schiff zu melden. »Können Sie mich für einen Moment entschuldigen, Sir? Ich gehe nicht fort. Ich muß nur kurz mit meinen Leuten sprechen.«

»Natürlich, Captain.«

Kirk zückte seinen Kommunikator und klappte ihn auf. »Kirk an *Enterprise*.«

»Enterprise«, sagte Uhuras fröhliche Stimme. »Wie kommen Sie da unten voran, Captain?«

»Keine Probleme. Und wie ist's bei Ihnen?«

»Auch hier ist alles im Lot, Sir.«

»Schön. Kirk, Ende.«

Kirk steckte den Kommunikator weg, lehnte sich leicht zurück und schaute zu dem ;At auf. »Nun denn... Wo waren wir stehengeblieben?« Er kratzte sich am Kopf. »Sie haben mir erzählt, daß Ihr Volk die Zukunft aufsuchen kann.«

»Wir leben in ihr«, sagte der ;At. »Wie schon gesagt, in gewissen Grenzen. Ebenso in der Vergangenheit und der Gegenwart, wie Sie sie wahrnehmen.«

»Wir waren also tatsächlich dabei, nicht wahr? Beim letzten Mal, als die Orion-Piraten den Planeten angegriffen haben.«

»Ja.«

»Wie oft ist es passiert?«

»In unregelmäßigen Abständen. Seit etwa sechs Umrundungen unserer Sonne.«

»Das sind mehr als acht unserer Jahre ...« Kirk hielt kurz inne. »Es wäre mir wirklich lieb, Sie hätten einen Namen, Sir«, sagte er. »Auch wenn ich ihn nicht oft verwende – er würde mir helfen, wenn ich an Sie denke.«

Der ;At schaute ihn an und hatte plötzlich wieder einen Schatten, der über Kirk fiel. »Wir haben kaum Verwendung dafür«, sagte er. »Die anderen – die Ornae und Lahit – bezeichnen mich manchmal mit Worten,

157

die ›der, der leitet, weil er es verstanden hat‹ bedeuten.«

»Häuptling«, sagte Kirk. Nein, zu ungenau. »Boss.« Nein, zu zwanglos. »Hmmm… Meister.« Wie bei einem Lehrer, einem Fachmann irgendwelcher Art. Dieser Ausdruck kam der Sache schon näher.

»Meister«, sagte der ;At, »drückt es gut aus.«

»Schön. Also werden Sie schon seit acht Jahren von den Piraten überfallen…« Kirk bemühte sich, die Information in einen Bezug zu anderen Meldungen zu bringen, die er über die Raubzüge der Orion-Piraten in anderen Teilen des Weltraums gehört hatte. »Sie müssen von ihren üblichen Jagdgründen einen weiten Weg zurücklegen, um hierherzukommen«, sagte er. »Es könnte aber auch damit zu tun haben, daß die ausgedehnte Präsenz der Föderation und der Klingonen dafür verantwortlich ist, daß sie sich aus den stärker bevölkerten Teilen der Galaxis zurückziehen.« Er dachte kurz nach. »Hinter was sind sie her? Wissen Sie es?«

»Jedesmal, wenn sie kommen, graben sie«, sagte der Meister. Die Vorstellung schien ihn zu verwirren. »Wonach, weiß ich nicht.«

»Abbaubare Mineralien können es nicht sein«, sagte Kirk. »Davon hat Ihre Welt nicht viel. Andererseits war McCoy ziemlich aufgeregt über die Zusammensetzung des Bodens. Und Spock hat erwähnt, daß das hiesige Pflanzenleben offenbar reich an medizinischen Alkaloiden ist.« Irgendwo in seinem Inneren läutete eine Alarmglocke. »Es könnte sich um Drogen handeln«, sagte er. »Auf manchen Welten existieren Substanzen, die in ihrer Umgebung nichts bewirken. Aber wenn sie von anderen Spezies eingenommen werden, erweisen sie sich als Psychoaktive äußerst unterschiedlicher Kraft. Solche Dinge erzielen hohe Preise… und jene, die erwerben und verkaufen, töten schnell.« Er schüttelte den Kopf. »Aber es ist nur eine Vermutung.«

158

»Ich verstehe nicht«, sagte der Meister, »warum die Orioner es für nötig halten, uns zu töten. Sie könnten das, was sie haben wollen, doch einfach nehmen und wieder gehen, ohne jemanden umzubringen. Auf dieser Welt gibt es viele Orte, an denen die gleichen Pflanzen wachsen und an denen der gleiche Boden ist, wo aber keiner von uns lebt.«

»Manche Lebewesen haben einfach Spaß am Töten, Sir. Für sie ist es ein Spiel. Oder sie sehen es als Desinfektion... Sie rotten eine lästige Seuche auf einer Welt aus, um sie leichter ausbeuten zu können.« Kirk preßte die Lippen fest aufeinander. »Die Orion-Piraten haben dies schon mehr als einmal getan. In der Frühzeit ihrer Geschichte haben sie manchmal ganze bewohnte Planeten einfach vernichtet, da sie wirtschaftlich nicht lebensfähig waren... ihre Trümmer zum Bau von Dyson-Sphären verwendet und die wachsenden Areale mit Sklavenarbeitern bevölkert. Auf gewisse Weise haben sie uns damit einen Gefallen getan... Ihr Verhalten hat so viele Welten entrüstet, daß das Profitmotiv heute nicht mehr viel zählt. Es gibt zwar hier und da noch ein paar Profiteure, die sich halten, aber die Piraten... Ich glaube, das Töten macht ihnen einfach Spaß.«

Der Meister grollte. Das tiefe, langsame Geräusch hätte Kirk sehr nervös gemacht, wenn er davon ausgegangen wäre, daß es ihm galt. »Ich neige dazu, Ihnen zuzustimmen«, sagte der ;At.

Kirk stand auf und ging zwischen den Blumen langsam auf und ab. »Aber Sie haben mir erzählt, daß Sie auch in anderen Zeiten existieren können. Es ist ein bemerkenswerter Vorteil – oder sollte es zumindest sein. Wenn Sie in der Zukunft existieren können, wieso können Sie dann nicht wahrnehmen, wann die Piraten kommen, und entsprechend handeln, damit Ihre Völker ihnen nicht begegnen? Oder einen Weg finden, um sie aufzuhalten?«

Kirk spürte, daß ihm eine Welle grundlegenden Bedauerns von dem ;At entgegenschwappte. »Glauben Sie nicht, daß wir es täten, wenn wir es könnten?« kam die Antwort. »Wir können zwar in der Zukunft existieren, aber wir können nicht in ihr *handeln* oder sie beeinflussen, ohne unsere Präsenz der Gegenwart und Vergangenheit zu entziehen. Wir müßten ständig in der Zukunft leben, in unserer eigenen Zukunft, um uns in der Gegenwart vor einer Gefahr warnen zu können. Doch wenn wir dies tun, müßten wir unsere Existenz in der Gegenwart für immer aufgeben.«

Kirk dachte einen Moment darüber nach. »Das Leben in der Zukunft fiele wohl auch nicht gesünder aus als das in der Vergangenheit«, sagte er. »Sie haben recht. Es muß eine andere Möglichkeit geben.«

»Es fällt uns schwer«, sagte der Meister. »Wenn wir es müssen, sind wir bereit, es zu tun. Wir sind auf unsere Art die Wächter der Ornae und Lahit. Sie teilen unsere zeitliche Wahrnehmung, aber nicht den breiteren Ausblick; sie können in der Vergangenheit, der Gegenwart und der Zukunft leben, aber nur in einer nach der anderen... nicht in allem zugleich. Sie sind arglos mit ihren eigenen Dingen beschäftigt – hauptsächlich mit sich selbst, indem sie ihre Unterschiede und Ähnlichkeiten entdecken. Es sind viele.«

»Das kann man wohl sagen«, sagte Kirk. »Auch das ist ein Grund, der uns hierhergeführt hat – wir kennen keine andere Welt, auf der sich drei so unterschiedliche Spezies zusammen entwickelt haben.«

Der Meister schien darüber milde erheitert zu sein. »Ja«, sagte er, »wir genießen es – die Entdeckung, wie anders andere sein können, obwohl wir an den Wurzeln ähnlich sind. Gerade deswegen ist das Leben ein Genuß.«

»Ich glaube, ich verstehe Sie«, sagte Kirk. »Es kann aber auch sein, daß ich mir etwas vormache.« Er schüttelte den Kopf. »Allein Ihre Fähigkeit, zwischen den Zeiten zu leben, wird eine Menge Fragen aufwerfen.

Und besonders, da Sie offenbar in der Lage sind, die dazugehörigen Auswirkungen auf andere auszudehnen. Möglicherweise werden Sie eine Menge Besuch erhalten... nicht nur von den Orion-Piraten.« Kirk verschränkte die Arme auf seinem Rücken und ging auf und ab. »Aber was *das* angeht, muß es eine Möglichkeit geben, sie zu stoppen.«

»Wir würden uns freuen, davon zu hören«, sagte der Meister.

McCoy saß im Kommandosessel und gab sich alle Mühe, nicht die Nerven zu verlieren. »Kaiev«, sagte er, »ich erkläre es Ihnen noch einmal. Ich kann Besseres mit meiner Zeit anfangen, als Ihre Mannschaft umzubringen. Es ist mir *gleichgültig*, daß Ihre Leute mit ihren Spielzeuggrabgeräten über den Planeten rennen und dergleichen. Wenn sie verschwunden sind, überrascht es mich nicht. Ich habe Ihnen doch *erzählt*, daß dort unten eigenartige Dinge passieren, aber Sie wollten ja nicht auf mich hören. Oh, nein! Wir haben selbst Leute verloren, und wissen auch nicht, wo sie geblieben sind.«

»Wie viele?« wollte Kaiev wissen. »Und wann?«

»Das sind vertrauliche Informationen«, sagte McCoy. »Danach fragt man doch nicht. Und es ist mir auch egal, wenn es bedeutet, daß Sie eben auf unsere Aussage vertrauen müssen. Sie müssen einfach damit fertig werden. Wenn Sie mir nicht glauben und etwas dagegen unternehmen wollen, machen Sie nur.«

McCoy schaute Sulu und Chekov bedeutungsvoll an und warf dann Scotty einen kurzen Blick zu. Er sah, daß die Schutzschilde aktiviert waren und Sulu das kleine Feuergefecht auf seine Konsole holte. Kaiev sah all dies ebenfalls; es fiel ihm sichtlich schwer, sein Gesicht zu wahren.

»Also, mein Sohn«, sagte McCoy. »Ich bin zwar ein gelassener Mensch, aber Sie haben Ansichtsprobleme. Falls Sie mich dazu zwingen, bin ich gern bereit, Ihr

Vorurteil dauerhaft zu bestätigen. Überlegen Sie es also gut.«

Er war froh, daß Kaiev nicht sehen konnte, wie naß seine Hände waren.

Auf der Brücke des Klingonenschiffes war es sehr still.

»Was?« fragte Kaiev schließlich.

McCoy lächelte. »Ob Sie mit uns zusammenarbeiten wollen. Wir schicken noch ein paar Suchgruppen auf den Planeten und helfen Ihnen, Ihre Leuten zu suchen. Wir haben die Gegend weitaus gründlicher kartographiert als Sie; es könnte von Vorteil sein. Außerdem können wir die Sensorspuren Ihrer Leute analysieren und in Erfahrung zu bringen versuchen, welche Richtung sie genommen haben. Wir hatten zwar auch nicht viel Glück bei der Suche nach unseren eigenen Vermißten, aber das, was wir wissen, wollen wir Ihnen gern zugänglich machen.« Er warf einen Blick über seine Schulter. »Spock, stellen Sie ein Datenpaket über die eigenartige Strahlung zusammen und sorgen Sie dafür, daß der klingonische Wissenschaftsoffizier sie bekommt, ja? Danke.«

Er wandte sich wieder dem Bildschirm zu und lächelte. »Brauchen Sie sonst noch etwas, Kaiev?«

Der klingonische Kommandant musterte McCoy mit einem Gesichtsausdruck, der zwar nur schwer zu dechiffrieren war, aber eine Menge Verwirrung enthielt. »Bevor Sie erwähnten«, sagte er, »daß einige Ihrer Leute … von Bäumen gefressen worden seien …«

McCoy runzelte die Stirn. »Sagen Sie Ihren Leuten, sie sollen die Kettensägen zu Hause lassen«, sagte er. »McCoy, Ende.«

Uhura kappte die Verbindung. Spock kam herunter, baute sich neben McCoy auf und schenkte ihm einen leicht verärgerten Blick. »Haben Sie eigentlich irgendeine Vorstellung von der Bewaffnung klingonischer Kampfkreuzer, Doktor?« sagte er.

»Genug, um zu wissen, daß sie uns nicht mit einem Haps verschlingen können«, sagte McCoy. »Immerhin sind unsere Schilde aktiviert, und Chekov hat den Finger am Abzug. Deshalb bleiben wir auch hier, bis die Situation sich etwas entspannt hat. Es könnte eine Weile dauern. – Bis auf weiteres gilt Alarmstufe Gelb.«

»Registriert, Doktor.« Aber Spock war offenbar noch nicht fertig mit seinen Ermahnungen. »Ich muß allerdings fragen, warum Sie so provokativ sind.«

»Bin ich doch gar nicht«, sagte McCoy. »Spock, ich wende nur die reine klingonische Psychologie an. Zumindest kommt sie ihr so nahe, wie ein Erdenmensch ihr im Moment nahekommen kann. Zuerst wird gefaucht, dann wird man lauter – und man weicht keinen Fußbreit zurück. Gibt man sich aggressiver als der Aggressor, macht er einen Fehltritt und hält einem die Kehle hin. Bei Wölfen ist es auch so. Das klingonische Verhalten läßt außerdem genügend Schlüsse zu, daß Rudelpsychologie am wirkungsvollsten bei ihnen ist.«

Spock schaute noch immer zweifelnd drein. »Sie haben gefährliche Anzeichen von Freude gezeigt, Doktor«, sagte er. »Macht es Ihnen etwas aus, die Möglichkeit zu kommentieren, daß es Ihnen Spaß macht, Ihre Wut an den Klingonen auszulassen?«

McCoy lachte. »Aber nein, Spock! Für solche Dinge taugen Gefühle am besten: Man kann sie bewußt als Werkzeug zur Erreichung eines Ziels einsetzen. Natürlich nur dann, wenn man Gefühle hat. In Ihrem Fall spreche ich rein theoretisch.« Er lächelte; Spock schaute zur Decke hoch. McCoy war mit dem Ergebnis zufrieden. Selbst unter den grauenhaftesten Umständen wäre es ein jämmerlicher Tag für ihn gewesen, keine Chance zu haben, Spock ein wenig aufzuziehen.

»Bis dahin«, sagte er, »kann ich anfangen, ein paar Informationen für Starfleet zusammenzustellen. Man wird meine Logbuchauszüge haben wollen; der Teufel

163

soll die Kerle holen. Haben Sie schon irgend etwas Neues über die Strahlung herausgekriegt?«

»Es kommt auf der Planetenoberfläche auch weiterhin zu kleineren Vorkommnissen«, sagte Spock, »aber auch diesmal ist keines eindeutig auf irgendein besonderes Ereignis zurückzuführen, das ich identifizieren kann. Ich werde aber weiter an diesem Problem arbeiten.« Dann sagte er: »Sie sollten allerdings wissen, daß ich mir die Wärme- und Strahlungsaufzeichnungen jenes Gebiets angesehen habe, in dem die Klingonen verschwunden sind. Die Spuren sind von ihrer Natur her mit den Rückständen identisch, die der Captain hinterlassen hat. Welche Einwirkung hier auch am Werk ist, es war in beiden Fällen die gleiche.«

»Wunderbar«, sagte McCoy. »Also hat irgend etwas Kirk und die Klingonenbande in den gleichen Laufstall gesetzt. Genau das hat mir noch gefehlt, um meinen Geist in Alarmbereitschaft zu versetzen.«

»Es gibt natürlich keinen Beweis, daß es wirklich so ist ...«

»Spock«, sagte McCoy, »darauf setze ich fünf Cent.«

Spock hob seine Augenbrauen. »Meinen Sie etwa eine echte Münze?«

»Rein zufällig befindet sich in meiner Unterkunft – gut vor neugierigen Blicken verborgen – eine echte Büffelkopf-Münze von 1938 alter Zeitrechnung«, sagte McCoy. »Ich setze sie und behaupte, daß der Captain und die Klingonen einander sich irgendwann an einer Stelle begegnen werden. Und ich wette, daß Jim sie ganz locker einseift.«

»Wenn ich die Wette verliere«, sagte Spock, »bin ich niemals in der Lage, die betreffende Summe aufzubringen. Ich fürchte, ich habe keine fünf Cent.«

»Macht nichts«, sagte McCoy. »Geben Sie mir mal den Datenblock. Ich muß mir etwas ausdenken, das so gut klingt, daß ich Starfleet für die nächsten Stunden vom Hals habe.«

»Rechnen Sie damit, daß in diesem Zeitraum etwas passiert?« fragte Spock.

»Bei meinem Glück, Spock, wird etwas passieren. Warten Sie nur ab.«

Katur war zwar eine junge Offizierin, aber sie hatte während ihrer Dienstzeit viele Landungen erlebt. Sie brüstete sich mit der Fähigkeit, mit Unerwartetem fertig zu werden. Sie hatte viele Dinge gesehen, die weniger Vorbereiteten den Tod gebracht hatten – Leute eben, die für eine Reaktion mehr als eine Sekunde brauchten; die langsamer töteten und zuviel an die Konsequenzen dachten. Laut Katurs Meinung war zuviel Denken schlecht für den Pulsschlag. Das Geheimnis des Überlebens war Reaktion, Reflex, und zwar rasch und gnadenlos... dann wurde man auch befördert.

Aber auf *diese* Sache war sie nicht vorbereitet gewesen.

Die Einsatzbesprechung bei Commander Kaiev war kurz und knapp ausgefallen. »Der Planet wimmelt von Fremden«, hatte er gesagt. »Es gibt Hinweise, daß einige von ihnen gefährlich sind. Gehen Sie mit gebührender Sorgfalt vor, aber zögern Sie nicht, es ihnen zu zeigen, wenn Sie es für nötig halten. Unsere Aufklärung nimmt an, daß dieser Planet höchstwahrscheinlich eine reiche *Tabekh*-Quelle ist. Suchen Sie den notwendigen Rohstoff, und wenn Sie ihn identifiziert haben, bringen Sie soviel zum Schiff zurück wie möglich. Halten Sie sich vom Föderationspersonal um jeden Preis fern. Wir möchten nicht, daß man sich fragt, wohinter wir in dieser Gegend her sind. Und noch weniger möchten wir, daß sie einen Versuch machen, die Bestände zu plündern. Verstanden?«

Katur hatte nur allzugut verstanden. Sie würden sich bei dieser Landung nicht eben mit Ruhm bekleckern. *Meine Mutter hat mich doch nicht aufgezogen, damit ich wie*

165

ein Knecht im Dreck wühle, hatte sie gedacht, als sie mit den anderen zum Transporterraum gegangen war. *Aber wenn man höhere Ziele erreichen will, muß man wohl hin und wieder auch mal leiden.*

Katur dachte häufig so, in Axiomen und weisen Sprüchen. Es war eine schlechte Angewohnheit, von ihrem Bruder auf sie abgefärbt. Er war plötzlich mitten in einem Axiom auf einer Welt südlich vom galaktischen Riß gestorben. Ein Lebewesen mit zu vielen Zähnen und zu wenig Verständnis für weise Sprüche hatte ihn von einem Baum aus angefallen und ihm den Kopf abgebissen. Katur hatte nie besondere Sympathien für ihren Bruder gehegt, deswegen hatte sein Tod sie auch kaum berührt. Sie hatte das Ereignis nur als Omen genommen, daß man die Weisheiten am besten anderen überließ, und daß allzuviel Nachdenken dazu führte, einen von dem abzulenken, was in unmittelbarer Umgebung passierte. Die weisen Sprüche ratterten fortwährend in ihrem Kopf herum, aber sie behielt sie für sich und tat ihr Bestes, sie zu ignorieren.

Nun saß sie auf dem Rücksitz eines Geländefahrzeugs und nörgelte über Kesaios Fahrkünste vor sich hin. Sie waren vielleicht für einen Mistkarren ausreichend, aber für mehr auch nicht. Der Transporter hatte sie praktisch mitten im Föderationslager abgesetzt, und sie hatten eine Menge Blicke und Interesse erdulden müssen, bevor sie die Lichtung hinter sich gelassen hatten. Dann kam das nächste Problem – ein Mangel an ordentlichen Straßen. Commander Kaiev hatte ihnen einen Flieger verboten; er glaubte offenbar, er könnte den Föderationscommander – nicht der berühmte und glattzüngige Kirk, sondern irgendein anderer Offizier – leicht gegen sich aufbringen, wenn dieser den Flieger irrtümlich für zu nützlich hielt, falls sie beschlossen, die Landeeinheiten der Föderation anzugreifen.

Schon diese Aussage hatte Katur den Magen umgedreht. Sie verabscheute Kaiev selbst dann, wenn er mehr Vernunft als üblich zeigte. Bei anderen Gelegenheiten zeigte er nicht immer ein solches Urteilsvermögen. Wenn der Feind klein und hilflos war, kannte er in der Regel keine Skrupel. Auch das ärgerte Katur. Wenn man so tat als ob, gewann man keine Ehre. Versklave sie, und fertig. Die plötzliche vorsichtige Höflichkeit, die Kaiev angesichts der winzigen Kanonen der *Enterprise* an den Tag legte, ärgerte Katur beträchtlich. Es war ein Jammer, daß das Schiff auf sie vorbereitet gewesen war. Sie hätten nur das Überraschungsmoment zu nutzen brauchen, um ihrer aller Namen Ruhm hinzuzufügen. Ruhm, und ein frühes Ende dieser Pflichtübung mitten im Nirgendwo.

Doch statt dessen waren sie gezwungen, bescheiden zu tun und mitten durch das Lager der Föderation zu fahren. Und was noch schlimmer war: durch die Einheimischen. »Ich würde sie alle erschießen«, murmelte Katur vor sich hin. »Schaut euch diese abscheulichen Dinger doch nur an.«

»Ich bemühe mich gerade, es nicht zu tun«, sagte Helef, der mit finsterer Miene neben ihr saß. Was verständlich war, denn die Einheimischen waren *wirklich* ekelhaft. Die eine Hälfte bestand aus dicken Beuteln übelkeiterregender Gallerte; die andere Hälfte waren dämliche Pflanzen. Nur machten ihre kalten kleinen Augen deutlich, daß sie einen beobachteten und wer weiß was dachten.

»Irgendwann fälle ich einen davon mit der Axt«, sagte Katur mit unterdrückter Wut. »Wie kommt es eigentlich, daß wir überall, wo wir hingehen, immer auf solche *Dinger* stoßen? Hat dieses idiotische Universum eigentlich nichts anderes zu tun, als immer mehr Leben hervorzubringen? Das meiste ist es doch nicht mal wert, daß man es unterwirft.« Sie schüttelte sich. »Simples Leben ohne die geringste Bedeutung, ohne

Eleganz, ohne großartige Leidenschaften. Das Universum ist hoffnungslos provinziell, Helef.«

Helef zuckte die Achseln und schaute anderswohin. Er war kein sonderlich guter Philosoph.

Kesaio fuhr über einen schmalen, holperigen Pfad von der Lichtung. Baumäste peitschten ihre Gesichter. Sie duckten sich. Kesaio und Tak, die vorn saßen, fluchten. Katur sehnte das Ende des Tages herbei. *Tabekh ausgraben, wie ein Lakai,* dachte sie. *Jemand sollte Kaiev dafür zum Duell fordern und ihm die Leber herausschneiden. Das heißt, wenn wir das Zeug nicht brauchen würden.* Es war tatsächlich drei Wochen her, seit sie den letzten *Tabekh* bekommen hatten. An Bord des Schiffes waren bereits mehrere Morde passiert, denn ein Besatzungsmitglied nach dem anderen war auf jemanden wegen dessen Vorrat losgegangen. Auf eine Welt zu stoßen, auf der es das Zeug gab, war unglaubliches Glück, und das mußte man natürlich ausnutzen. Aber Katur war stark verärgert darüber, daß man sie zum Graben hinausgeschickt hatte.

Sie kamen auf eine andere Lichtung und fuhren brüllend über sie hinweg. Und dann passierte etwas. Katur war sich der Einzelheiten später, als sie Zeit hatte, über die Sache nachzudenken, nicht mehr ganz sicher, aber es schien, als sei urplötzlich in der Mitte der Lichtung, wo zuvor keiner gewesen war, ein Felsen aufgetaucht. Sie hatte kaum Zeit, sich dem Problem zu widmen, denn schon wurde sie über die Windschutzscheibe des Fahrzeug geschleudert.

Sie war gut genug ausgebildet, um rollend auf dem Boden zu landen. Einen Augenblick später war sie wieder auf den Beinen, die Schußwaffe in der Hand, und sah nach den anderen. Sie lagen in unterschiedlichen Stadien des Verfalls herum. Kesaio setzte sich stöhnend hin; Blut strömte aus einer langen Schramme an seinem Kopf. Katur ging zu ihm hin und zog ihn rauh am Arm auf die Beine. »Schade, daß du nicht umgekommen bist«, sagte sie, »aber es geht schon in Ordnung; das erledigt der Commander, wenn er sieht, wie du mit dem Fahrzeug umgegangen bist.«

Kesaio konnte im Moment nicht viel mehr als Gestöhn äußern. Katur ging zu Helef hinüber und blieb unterwegs stehen, um gegen einen Impulsgraber zu treten, der sauber in zwei Teile zerbrochen war. »Wie schön«, sagte sie. »Jetzt müssen wir alles per Hand machen.« Sie half Helef auf. Er war wie betäubt. »Tak?« sagte sie.

»Ich bin in Ordnung«, sagte er. »Katur, hast du das gesehen? Der Felsen ist einfach vor uns aufgetaucht.«

Sie schaute ihn an. »Du hast sie nicht alle. Hier, nimm deine Waffe.«

Tak nahm die Handwaffe an sich und schaute gleichzeitig argwöhnisch auf den Felsen. »Katur, ich meine es ernst. Er war zuerst woanders. Er hat sich bewegt.«

»Nichts hat sich bewegt«, sagte sie wütend. »Sei kein Narr. Wie kann ein Felsen sich bewegen? Siehst du irgendwelche Abdrücke im Gras oder etwas in der Art?«

»Nein, aber ...«

»Schwachkopf«, sagte sie und ging weiter. Noch eine Enttäuschung. Normalerweise mochte sie Tak, aber wenn er jetzt anfing, ihr mit Halluzinationen zu kommen, hatte es keinen Zweck mehr mit ihm.

Katur schaute sich das Fahrzeug an. Ein Wrack. Wie schnell doch in der Welt alles kaputtgehen konnte. Sie war in der Hoffnung hierhergekommen, ein Lob für einen bestens ausgeführten Auftrag einzuheimsen; nun stand ihnen allen eine Disziplinarstrafe bevor. Und sie hatten noch immer keinen *Tabekh*.

Die Windschutzscheibe des Fahrzeugs war ziemlich lädiert. Katur schaute sie sich an, rieb ihren leicht wunden Hals und fragte sich, wie es ihr gelungen war, über das Ding hinwegzufliegen, ohne gegen den Felsen zu knallen.

Es sei denn, er hatte sich *doch* bewegt ...

Nein, lächerlich. Sie ging zu dem zweiten Graber hinüber und hob ihn auf. Er war noch ganz, aber ob er noch funktionierte, war eine andere Frage. »Kommt mit«, sagte sie. »Wir haben wenigstens noch einen. Wir kriegen den verdammten *Tabekh* auf jeden Fall, und zwar mehr als genug für alle.«

»Was ist mit dem Fahrzeug?«

»Wir melden dem Commander, daß uns eins der elenden Baumdinger in den Weg gelaufen ist«, sagte Katur. »Wenn wir von dem Felsen erzählen, hängt man uns nur Ungeschicklichkeit an.« Sie musterte Kesaio mit einem finsteren Blick. »Wir können uns einen Baum schnappen und ihn so aussehen lassen, als wären die Einheimischen ungeschickt. Nichts leichter als das. Hier, nimm«, sagte sie und reichte Helef den noch intakten Impulsgraber.

Er nahm ihn ungern, aber er hatte keine Wahl; sie stand dienstgradmäßig *über* ihm. »Und jetzt«, sagte sie, »gib mir deinen Scanner.« Er gab ihn nur widerwillig ab. Er hatte viel Zeit damit verbracht, ihn zu frisieren, und mochte es nicht, wenn andere damit herumpfuschten. Sie wußte es, und es entzückte sie, ihn aus der Fassung zu bringen. Katur wechselte die Leseanzeigen, bis sie ihr paßten, dann tastete sie die Umgebung ab.

»Da«, sagte sie. »Dort ist eine positive Spur. Nordnordwest; nicht mehr als viertausend Schritte von hier. Ich schätze, wir können es in etwa einer Stunde schaffen. Kommt mit, bringen wir es hinter uns.«

Sie brachen nach Nordnordwesten auf, gingen den blaugrünen Hügeln entgegen. Ein langer, milder Nachmittag, blau vom feinen Nebel und dem typischen Chlorophyll des Planeten, legte sich über alles. Katur war es gleich, sie nahm es nicht wahr.

Es gab noch etwas anderes, was sie nicht sah, um das sie sich mehr hätte kümmern müssen: der Felsen, der ihnen folgte.

170

7

Kirk saß im Schatten des Meisters der ;At und dachte angestrengt nach. Es wurde allmählich Nachmittag; das Licht wechselte von der eigenartig kühl-warmen Mischung des Morgens zu einer wohligen Wärme, doch das Blau und Grün herrschten noch immer vor. Das messingfarbene Licht der Sonne von ›Fliegendreck‹ wurde in der ruhigen Luft zu Altgold. In den zu den nördlichen Hügeln führenden Bäumen fingen Vögel an zu singen – beziehungsweise das, was man für Vögel halten konnte. Ihr Lied war gedämpft, abstrakt und leicht melancholisch und erinnerte Kirk an Nachtigallen oder Meisen im Winter. Es paßte haargenau zu seiner Stimmung und zu dem Gefühl, das dieser Ort vermittelte.

Der Meister hatte einige Zeit nichts gesagt. Kirk lehnte sich an ihn – er hatte erfahren, daß der ;At nichts dagegen hatte – und wartete ab. Sein Gefühl hatte ihm im Augenblick des Herunterbeamens gesagt, daß es keinen Sinn hatte, den Prozeß eilig voranzutreiben. Und aus eben diesem Grund war die *Enterprise* hierhergekommen – die Diplomatie fand zwar auf eine völlig andere Weise statt als ursprünglich angenommen, aber sie fand statt und bedurfte der gleichen Sorgfalt und Aufmerksamkeit, als gelte es, sich nach den üblichen Formen zu richten. *Schade, daß nicht mehr Diplomatie stattfinden kann,* dachte Kirk. *Draußen in der Sonne und an der frischen Luft zu sitzen, ist viel schöner, als in muffigen Konferenzräumen und auf bürokratischen Cocktailparties herumzustehen.*

Er ertappte sich jedoch dabei, daß er sich umsah, als wolle er sichergehen, daß der Tag nicht plötzlich wieder zu einer Nacht voller Bomben und Phaserbeschuß wurde. Sein Verstand bezweifelte nicht, daß er körperlich *dabei*gewesen war. Dies beschwor eine interessante Frage herauf: Konnten die ;At die Körperlichkeit anderer ebenso beeinflussen wie ihre eigene? Wahrscheinlich. Spock würde ihm später helfen müssen, die Antwort auf diese und viele andere Fragen zu formulieren. Es gab keinen Zweifel: die Föderation würde ziemlich erpicht darauf sein, ›Fliegendreck‹ als Mitglied zu gewinnen.

Er durfte jedoch nicht zulassen, daß ihn dies beunruhigte. Seine Aufgabe bestand darin, in Erfahrung zu bringen, ob eine Mitgliedschaft in der Föderation gut für die ;At, Ornae und Lahit war. Vom Standpunkt der Föderation aus gesehen, war sie es. Doch wenn sie es nicht war, mußte er der Föderation sagen, man solle die Sache auf sich beruhen lassen. Wenn seine Entscheidung so ausfiel, mußte man ihn theoretisch unterstützen.

Theoretisch.

Er seufzte und dachte wieder an die schreckliche Nacht des Gemetzels. »Ich glaube, ich verstehe«, sagte er nach einer Weile, »warum Sie geneigt sind, Fremden mit leichter Vorsicht zu begegnen.«

Schweigen. Dann sagte der Meister: »Das können Sie? Wirklich?«

Sein Tonfall war so neugierig, daß Kirk sich fragte, ob er etwas übersehen hatte. »Sie implizieren, daß Ihre Vorsicht Gründe haben könnte, die ich *noch nicht* verstehe«, sagte er. »Es muß so sein. Aber ich weiß noch nicht, welche Fragen ich stellen soll, Sir, um die richtigen Antworten zu bekommen.«

»Ich auch nicht«, sagte der Meister. »Ich nehme an, wir müssen wohl das Spiel der Zwanzig Galaktischen Fragen spielen, bevor wir beide erkennen, was wir wissen müssen.«

Kirk lachte leise. Während ihrer Unterhaltung war die Sprache des ;At immer flüssiger geworden – und sogar witzig. Kirk nahm an, daß er seine Kenntnisse irgendwie aus seinem Verstand holte, daß er Gesprächsfetzen von Unterhaltungen mit anderen aufnahm, die seiner Erinnerung nicht entfallen waren. »So könnte man es ausdrücken«, sagte er.

Er reckte sich und fuhr fort: »Es ist eine Freude, die Zeit zu haben, diese Fragen heute zu stellen. Ich fühle mich viel weniger unter Druck gesetzt als sonst.« Er schaute zu dem ;At auf. »Ist es auf etwas zurückzuführen, was Sie tun?«

Der ;At zögerte – Kirk konnte sein Zögern nun immer deutlicher spüren – und sagte schließlich: »Ich könnte diese Frage erst beantworten, wenn ich sicher wäre, was Sie mit *tun* meinen. Dazu müßte ich Ihnen wohl alles erzählen, *was* ich mache.«

Kirk empfand Erheiterung. »Und was *tun* Sie so?«

»Ich beobachte hauptsächlich die Welt.«

»Das tun die meisten von uns auch. Nur müssen wir etwas gegen das tun, was wir sehen. Aber ich fürchte, wir tun nicht immer das Richtige.«

Der ;At ließ ein langes, tiefes Grollen erklingen, in dem Kirk inzwischen Zustimmung erkannte. »Sie *tun* eine Menge«, sagte er.

»Ja.«

»Es muß eigenartig sein«, sagte der Meister, »so viel Zeit in der Gegenwart zu verbringen.«

Kirk mußte offen darüber lachen. »Wir sind irgendwie an sie gekettet. Die Zukunft ist ein verschlossenes Buch... die Vergangenheit ist erstarrt. Die Gegenwart ist das einzige, womit wir etwas anfangen können.«

»Sehr eigenartig«, sagte der Meister. »Sie sehen die *Zeit* wohl als kleinen, begrenzten Ort. Wie eine Kiste. Man sitzt in der Gegenwart fest, und alles, was sich außerhalb der Kiste befindet, ist für einen unerreichbar.«

»Wir gehen aber auch hinaus«, sagte Kirk langsam. »Wenn auch nur gelegentlich. In Träumen... existiert keine Zeit. In Träumen passieren hundert Dinge in einer Sekunde.«

»Ja«, sagte der Meister, »so ist es.«

»Auf der Erde gab es unter manchen alten Philosophen die Redensart, die Zeit sei der Ausweg der Natur, der verhindert, daß alles gleichzeitig geschieht.«

Der Meister grollte erneut vor Erheiterung. »In welch bewegungslosem Kontext Sie existieren müssen«, sagte er. »Welch einfacher Ort.«

»Einfach!?«

»Aber erkennen Sie auch«, sagte der Meister, »worauf sich unsere Vorsicht gründet? Hier nimmt unser Volk die Zeit als bruchloses Ganzes wahr; Himmel, Sonne, Bäume, Wind. Nun taucht eine Spezies auf und berichtet, daß fast alle anderen Spezies in Kisten leben, die Sonnenstrahlen nur einzeln hereinlassen und sich nur hin und wieder einen Stern anschauen. Muß es nicht äußerst eigenartig auf uns wirken? Beängstigend? Und müssen wir nicht fürchten, daß die mit uns zusammenlebenden Spezies – die Ornae und Lahit –, um die wir uns kümmern, diese Sichtweise irgendwie durch den Kontakt mit anderen Lebewesen übernehmen und von ihr vergiftet werden? Müssen wir nicht fürchten, daß unsere Freunde, die die Welt meist so sehen wie wir, eventuell auch in diese Kisten kriechen und ihre Wahrnehmung auf das gelegentliche Einatmen von Luft und einen kurzen Blick durch die Ritzen auf den Sonnenschein reduzieren?« Der ;At klang würdevoll. »Ich glaube, es wäre ein Mißgriff in unseren Aufgaben als Verwalter.«

»Da hätten Sie recht«, sagte Kirk. »Aber es besteht keine Garantie, daß es so kommen muß. Sie könnten ebenso gewinnen wie verlieren. Bedenken Sie auch die andere Seite der Frage. Die Völker vieler hundert Planeten würden zu Ihnen kommen – und ebenso viele neue, eigenartige, noch nie dagewesene Denkweisen. Und mehr als das. Andersartigkeit muß nicht immer schrecklich sein. Wir haben diese Angst überwunden, auch wenn wir lange Zeit dazu gebraucht haben. Manche unserer besten Freunde haben nicht die geringste Ähnlichkeit mit uns. Dort, wo ich herkomme, sagt man, daß Gegensätze sich anziehen; daß Völker, die sich extrem unähnlich sind, nichts haben, worüber sie sich streiten können; daß sie viel besser miteinander auskommen als Völker, die sich ähneln.«

»Wie eure Freunde, die Klingonen.«

Kirk lachte. »Vielleicht sind wir einander *zu* ähnlich. Wir stammen beide von Raubtieren ab.« Als er die momentane Verwirrung des Meisters spürte, fragte er: »Gibt es eigentlich Raubtiere auf diesem Planeten? – Geschöpfe, die von anderen Geschöpfen leben, indem sie ihr Gewebe verzehren oder sie berauben?«

Der ;At schüttelte sich. Kirk schüttelte sich ebenfalls, aus Mitgefühl; vielleicht strahlte der Meister auch Emotionen aus, denn die Druckwelle seines Abscheus durchfuhr Kirk ganz und gar. *Welches Bild habe ich mir jetzt vorgestellt?* fragte sich Kirk, denn es war ihm nicht einmal bewußt geworden. *Löwen in der Steppe? Oder etwas noch Schlimmeres?*

»Hier gibt es nichts dieser Art«, sagte der Meister. In seiner Stimme war ein von Trauer kündender Unterton. »Aber ich habe davon gehört. Es erklärt wohl auch im weitesten Sinn das Verhalten eurer Orion-Piraten, wenn sie ebenfalls von Raubtieren abstammen.«

»Wir sind alle Hominiden«, sagte Kirk. »Ich fürchte, daß es so ist. Die meisten Hominiden stammen von Ahnen-Geschöpfen ab, die um des Überlebens willen gejagt und getötet haben. Die Gewohnheit steckt in unseren Genen. Sie läßt sich nur schwer überwinden. Manche von uns haben sich entschlossen, sie zu besiegen. Manche haben aber auch Freude am Töten und sehen darin kein Problem. Wir bemühen uns, sie nicht nach unseren Maßstäben zu beurteilen.« Kirk seufzte. »Unser Leben ist schon schwierig genug.«

»Sie sehen also«, sagte der Meister, »welche Schwierigkeiten ich hätte, den Kontakt mit solchen Geschöpfarten zu rechtfertigen.«

»Wem gegenüber zu rechtfertigen?« fragte Kirk.

Wieder eine lange Pause. »Es fiele mir schwer, es zu erklären«, sagte der Meister, obwohl in seinem Grollen ein fast vergnügt klingender Unterton mitschwang.

Kirk schüttelte den Kopf. »Macht nichts. Ich kann warten. Die Piraten machen mir mehr Sorgen. Sie werden zwangsläufig zurückkommen. Sie werden zurückkommen, bis sie diesen Planeten ausgeplündert haben, wonach sie auch suchen. Und sie werden dabei weitere Angehörige Ihres Volkes und der Völker der Ornae und Lahit töten.«

»Oh, sie haben keine Angehörigen meines Volkes getötet«, sagte der Meister. »Wir sind nicht leicht umzubringen.«

»Darauf gehe ich *jede* Wette ein!« sagte Kirk. Wesen, die ihre Körperlichkeit in der Schwebe halten konnten, war auch mit Planetenknacker-Bomben nicht beizukommen. Wenn sie wieder stofflich wurden, zeigten ihre Gesteinsadern keinen Kratzer. »Aber die anderen… ja. Wenn man es verhindern könnte, würde ich es verhindern.«

Kirk wägte seine nächsten Worte ein paar Sekunden ab. »Dies könnte einer der Vorteile sein, den die Mitgliedschaft in der Föderation Ihnen bieten könnte«, sagte er. »Wir arbeiten auch beim Schutz zusammen. Wenn bekannt ist, daß Ihre Welt zur Föderation gehört, sind die Chancen sehr hoch, daß die Piraten Sie meiden. Wir sind schon mehr als einmal mit ihnen zusammengestoßen.« Kirk lächelte, doch sein Lächeln war grimmig. »Im allgemeinen nicht zu ihrem Vorteil.«

»Sie haben erzählt«, sagte der Meister, »daß Sie annehmen, der Grund für das Hiersein der Piraten könne der sein, daß Sie und die Klingonen sie aus anderen Räumen vertrieben haben. Wäre die Föderation hier, triebe es sie womöglich noch weiter hinaus – auf eine andere Welt, die sich noch weniger verteidigen kann. Auf irgendeine Welt, in deren Verteidigung Ihr Volk keinen Vorteil sieht. In uns hingegen sehen Sie einen eindeutigen Vorteil.«

»Ich kann es nicht bestreiten«, sagte Kirk.

»Es fiele mir schwer«, sagte der Meister, »den Tod einer anderen Welt auf mein Gewissen zu laden. Die unserige ist schon Problem genug.«

Kirk mußte die Logik seines Arguments anerkennen. *Damit ist die diplomatische Initiative also abgehakt,* dachte er unglücklich. *Ich werde das Gefühl nicht los, daß man am Ende dieses Tages nein sagen wird. Trotzdem muß etwas getan werden, um ihnen zu helfen.*

»Diese Räuberei«, sagte der Meister nachdenklich, »scheint ungewöhnlich weit verbreitet zu sein. Man fragt sich, ob man etwas dagegen unternehmen könnte.«

Kirk lächelte langsam. »Ich sitze hier und denke über Methoden nach, die Ihren Völkern helfen könnten«, sagte er, »und Sie denken über Methoden nach, dem meinen zu helfen.«

»Nun, wer würde es nicht tun?«

»Die Klingonen, zum Beispiel.«

»Ja«, sagte der Meister, noch immer nachdenklich. »Aber das ist das Problem der Klingonen. Sie können nicht mehr für ihre Gene als Sie. Man muß solche Dinge überwinden. Doch man wird nicht mit ihnen fertig, indem man ihnen einfach eine Abfuhr erteilt. Dergleichen ist nie permanent oder wirkungsvoll.«

»Das haben auch wir im Verlauf unserer Geschichte erkannt«, sagte Kirk. »Überwindung ist in der Regel besser als ein Verbot. Und meist auch befriedigender.«

»Ja«, sagte der ;At, und die ihn umgebende Erde erbebte, wie zum Einverständnis.

177

Kirk hielt sich fest, bis das Beben abflaute. *Ich habe das Gefühl, daß mir gerade etwas von Bedeutung entgangen ist*, dachte er. *Wüßte ich doch nur, was es ist.* »Jedenfalls scheinen die Klingonen nicht besonders daran interessiert zu sein, ihre Erbmasse zu besiegen«, sagte er. »Sie scheinen sehr stolz auf sie zu sein.« Er zuckte die Achseln. »Sie haben ihre Wahl getroffen.«

»Ja.«

»Auf alle Fälle danke ich Ihnen für den Versuch, sich etwas auszudenken, das uns helfen kann. Aber ich glaube, wir würden wahrscheinlich nicht davon profitieren, es sei denn, wir helfen uns selbst.«

»Ich wollte gerade etwas Ähnliches sagen«, sagte der Meister. Kirk spürte, daß der ;At lächelte, obwohl in den Konturen des großen, hohen Felsens nicht die geringste Veränderung wahrnehmbar war. »Müßten wir uns zu unserem Schutz auf andere verlassen, wäre unsere… Angemessenheit… nämlich beeinträchtigt. Dann wären wir oder die anderen Spezies nie wieder ein Ganzes. Vielleicht ist es besser zu sterben, statt diese Ganzheit zu verlieren. Sie ist im Grunde alles, was wir haben.«

»Frei leben oder sterben«, murmelte Kirk.

»Ja«, sagte der Meister der ;At. »Ich glaube, das ist die Wahl, die man treffen muß.«

»Und Sie werden sie treffen«, sagte Kirk.

»Oh, ich *habe* sie eventuell schon getroffen«, sagte der Meister. »Ich weiß nur noch nicht, welche.«

Kirk seufzte. Hin und wieder wurden die Zeitformen des Meisters verwirrend, aber dies hatte mehr mit seiner eigentümlichen Zeitwahrnehmung statt mit Übersetzungsfehlern zu tun. »Tja, wenn Sie es wissen, informieren Sie mich«, sagte er.

»Sie werden es als erster erfahren«, sagte der ;At. »Und wahrscheinlich auch als letzter. Erzählen Sie mir doch bitte etwas.«

»Aber gewiß«, sagte Kirk gründlich verwirrt.

»Das andere Schiff – erzählen Sie mir davon.«

»Ach, unser erstes Forschungsteam«, sagte Kirk. »Es hatte den Befehl, nicht zu enthüllen, woher es kam und was es hier tat. Im nachhinein bedaure ich es. Es erscheint mir kindisch, eine andere intelligente Spezies so zu behandeln. Leider bin ich für die Politik nicht verantwortlich; es ist nur mein Beruf, sie durchzusetzen.«

»Nicht das Schiff«, sagte der ;At. »Das *andere* Schiff in der Kreisbahn, auf dessen Rumpf *Ekkava* steht. In ihm sind weniger Leute als in Ihrem Schiff, aber es scheint viel mehr energiesteuernde Apparate mit sich zu führen.«

Kirk brach auf der Stelle der kalte Schweiß aus. *Pille! Mein Schiff, von einem unerfahrenen Offizier befehligt, den aufgrund meiner Order niemand seines Kommandos entheben kann!*

»*Ekkava* klingt verdächtig nach einem klingonischen Schiff«, sagte er. »Sir, ich muß mein Schiff kontaktieren.« Er zog seinen Kommunikator heraus und öffnete ihn. »Kirk an *Enterprise.*«

Die Antwort bestand aus einem grauenhaften elektronischen Kreischen, das er schon einmal gehört hatte und das dazu führte, daß sich seine Nackenhaare aufrichteten – aber nicht gerade vor Entzücken. »Blockiert«, sagte er. »Was, zum Teufel, haben die vor?«

»Im Moment scheinen sie den Planeten einfach nur zu umkreisen«, sagte der Meister. »Eins weiß ich genau: Von den Klingonen droht Ihrem Schiff keine Gefahr.«

»Wenn Sie nichts dagegen haben«, sagte Kirk, »möchte ich es lieber selbst prüfen.«

»Moment noch«, sagte der Meister. »Wir haben bisher nur abstrakt über die Klingonen gesprochen. Halten Sie sie für so schlimm wie die Orion-Piraten?«

Kirk mußte erst darüber nachdenken. »Sie sind zahlreicher«, sagte er. »Sie sind weniger vorsichtig, gewalttätiger und gehen offener vor. Meist sind sie besser bewaffnet. Aber sie sind in der Regel leichter einschätzbar. Wir kennen einander recht gut.«

»Scheint so. Nun, sie sind hier, und ich nehme an, sie müssen auch einbezogen werden.« Für Kirk klang der Meister nun eher wie ein Gastgeber, der sich mehr darüber Gedanken machte, ob die Hors d'œuvres ausreichten, statt wie ein Wesen, an dessen Türschwelle man gerade eine Invasion vorbereitete. »Was sollten wir Ihrer Ansicht nach tun?«

Kirk warf dem kaputten Kommunikator einen finsteren Blick zu und steckte ihn weg. »Möglicherweise«, sagte er, »sollten Sie sich auf ein Gefecht vorbereiten.«

CAPTAINS LOGBUCH, Ergänzung. Aufgezeichnet von Commander Leonard McCoy in Abwesenheit von Captain James T. Kirk:
(Gott im Himmel, Jim, wo, zum Teufel, steckst du?)

Lage seit dem letzten Logbucheintrag im großen und ganzen unverändert. Wir halten eine Frequenz für das Schiff der Klingonen frei, um ihnen klarzumachen, daß wir keine bösen Absichten haben, und tauschen regelmäßig Nachrichten über den Fortgang der Suche nach den verschollenen Besatzungsmitgliedern aus. Obwohl unsere Suche sich nun auch auf drei andere Kontinente und die Gewässer vor den Küsten ausdehnt, haben wir bis jetzt weder von den verschwundenen Klingonen noch von Captain Kirk eine Spur gefunden. Mr. Spock untersucht pausenlos die eigenartigen Strahlungen und andere leicht unnatürliche Phänomene, von denen er annimmt, sie könnten Licht auf das Verfahren werfen, mit dem der Captain beseitigt wurde. Die auf dem Planeten lebenden Ornae und Lahit weisen weiterhin stur darauf hin, daß der Captain anwesend und unverletzt ist. Andererseits

sind sie nicht fähig, dies zu beweisen oder uns zu erklären, wieso sie es wissen.

Inzwischen werden auf dem Planeten weiterhin Daten gesammelt, auch wenn ein Großteil des Personals abgezogen und für die Suche nach dem Captain eingeteilt wurde. Wir sind achtzehnmal auf Penicillin und je dreimal auf Streptomycin und Hemomycetin gestoßen und haben einige äußerst vielversprechende antifungale und antibakterielle Wirkstoffe isoliert. Zudem scheint der Planet manches Pflanzenleben zu beherbergen, das sonst nur auf ziemlich abgelegenen Welten vorkommt – z. B. Schnaubkraut, das, soweit wir wissen, nur auf Delta Orionis VIII wächst. Auch hat man Gewächse gefunden und identifiziert, die einige Botaniker zu der Annahme geführt haben, daß die Bewahrer tatsächlich hier gewesen sind. Möglicherweise haben sie statt der üblichen intelligenten, von Tieren abstammenden Spezies jedoch wachstumsfördernde Pflanzen angebaut und den Planeten als Treibhaus benutzt. Das Interesse an dieser Welt nimmt ständig zu. Mein einziger Wunsch ist, daß der Captain dies von hier oben aus erleben könnte, statt von dort, wo er sich gerade aufhält.

McCoy reichte Uhura den Recorder. »Klang es einigermaßen in Ordnung?« fragte er.

»Sie kriegen den Dreh schon raus«, sagte sie. »Danke, Doktor. Wir schicken es gleich mit der nächsten Sendung ab.«

»Gut.« McCoy runzelte leicht die Stirn. »Müßte nicht bald der nächste Liebesbrief von Starfleet bei uns eintreffen?«

»Ja.«

»Oh, wie schön.« Er spürte die Angst in der Magengrube; das Gefühl hatte er zuletzt in der Grundschule gehabt, als er dagesessen und auf die Rückgabe seiner mit einer Sechs verzierten Arbeit gewartet hatte.

»Keine Panik«, sagte Uhura. »Starfleet hat Ihre letzte Meldung eben erst erhalten. Es dauert aber fünf Stunden, bis diese hier ankommt. Vielleicht passiert bis doch dahin irgend etwas.«

»Vielleicht«, sagte McCoy, um Uhura nicht die Laune zu vermiesen. Aber er hatte so ein Gefühl... Wenn wirklich etwas passierte, dann auf dem kleinen Lichtfunken, der in einer Entfernung von zweihundert Klicks hinter ihnen seine Kreisbahn zog. Bei dem Gedanken juckte sein Rücken. Er hatte mehrmals in Erwägung gezogen, Sulu anzuweisen, das Tempo so weit zurückzunehmen, bis die Klingonen vor ihnen waren. Aber er hatte sich gezügelt. Die *Enterprise* konnte ebensogut nach vorn wie nach hinten feuern, und plötzliche Bewegungen machten die Klingonen vielleicht nervös. Es hatte keinen Sinn, irgend etwas zu tun, was das gegenwärtig herrschende, fein abgestimmte Gleichgewicht verändern konnte.

»Spock«, sagte McCoy und warf einen Blick über seine Schulter. »Gibt's irgendwas Neues?«

Spock beugte sich konzentriert über den Betrachter seiner Anlage, dann richtete er sich langsam auf. »Ich bin... unsicher, Doktor.«

»*Wie* unsicher?«

Spock kam herunter und stellte sich neben den Kommandosessel. »Sie haben gesagt, Hochenergiephysik ginge etwas über Ihren Horizont, Doktor«, sagte er. »*Wie* weit?«

McCoy zuckte die Achseln. »Ich kenne die Grundlagen. Es geht nicht anders, wenn man die meisten diagnostischen Bildsysteme verstehen will, die in der Krankenstation verwendet werden. Ich kann das kleine Zyklotron reparieren, wenn es einen Schaden hat, aber das ist ungefähr schon alles.«

Spock nickte sinnierend. »Ich habe die Oberfläche

des Planeten eine Weile nach Zeitverfall abgetastet«, sagte er, »und mich auf die Gegend konzentriert, in der der Captain verschwunden ist. Ich orte ständig Z-Partikelzerfall jener Art, wie sie bei Tachyoneneinfall in eine Atmosphäre vorkommen.«

McCoy war leicht überrascht. Tachyonen waren Herolde von mit Überlichtgeschwindigkeit reisenden Teilchen, die verlangsamten und so im ›realen‹ Zeit-Rahmen wahrnehmbar wurden. Ihre hohe Rotverschiebung verriet sie immer. »Das ist aber eigenartig«, sagte er. »Was schließen Sie daraus?«

»Ich habe noch keine Theorie«, sagte Spock. »Aber speziell diese Zerfallsart ist uns schon einmal begegnet.«

»Wo?«

»Auf dem Planeten des Wächters der Ewigkeit.«

McCoy zog die Augenbrauen hoch. »Sie zeigen alle typischen Zerfallsmuster«, sagte Spock. »Und sie wurden bezeichnenderweise immer dann gefunden, wenn der Wächter gerade eine Zeitverlagerung vornahm.«

»Glauben Sie, da unten ist noch ein Wächter?« McCoy schluckte. Dann war es keine Frage, wieso die Klingonen Interesse an dem Planeten entwickelt hatten. »Ob er irgendwo vergraben ist? Sind unsere Freunde etwa deswegen mit einer Grabausrüstung runtergegangen? Vielleicht haben wir uns geirrt, als wir annahmen, sie seien hinter Mineralien her.«

»Unzureichende Daten«, sagte Spock. »Ich konnte nur feststellen, daß der Strahlungszerfall identisch ist. Ich muß sagen, ich bezweifle, daß die Klingonen die Zeit hatten, die gleichen Schlüsse zu ziehen wie ich.«

Für McCoy war es im Moment ein schwacher Trost. »Ob irgend etwas Kirk gepackt und in eine andere Zeitebene geschleudert hat?« fragte er. »Behaupten die Ornae etwa deswegen, er sei noch da ... aber sie können ihn nicht zurückholen?«

183

»Das kann ich nicht sagen. Aber ich werde mit meinen Ermittlungen fortfahren.«

McCoy dachte einen Moment nach. »Haben unsere Leute auf dem Planeten die Ornae eigentlich gefragt, ob sie wissen, wo die Klingonen sind?« fragte er dann.

»Ja, aber ihre Antwort läßt keine Schlußfolgerung zu. Sie versuchen noch immer, Antworten zu erhalten, die Sinn ergeben.«

Spock drehte sich um. »Immer noch kein Lebenszeichen von den ;At?« fragte McCoy.

»Keine, Doktor.« Spock begab sich wieder an seinen Posten.

McCoy setzte sich zurück und beobachtete den Bildschirm, der im Moment die Hauptlichtung des Planeten zeigte. Im Hintergrund des Bildes saß Lieutenant Kerasus; ein Ornaet saß halb auf ihrem Schoß, und sie redete wie ein Wasserfall in ihren Tricorder, wobei sie nun selbst die kratzigen Töne verwendete, die die Einheimischen sprachen. Lia war neben ihr, lugte durch die Zweige eines Lahit-Gehölzes und richtete ein Ophthalmoskop auf die Stechpalmenbeerenaugen. Die Blicke des Lahit folgten ihr, wenn sie sich bewegte. McCoy brachte trotz seines Ärgers und seiner Sorgen ein Lächeln zustande.

Irgendwie sind die ;At das Herz der ganzen Angelegenheit, dachte er. *Hätte Jim mich damals nicht fortgerufen, hätte ich bestimmt längst etwas über das erfahren, was hier vorgeht... Vielleicht wäre ich dann verschwunden. Aber wen kümmert das schon? Ich hätte es herausgekriegt.*

Hoffe ich.

Uhura warf ihm einen Blick zu. »Ein Funkspruch geht ein, Doktor«, sagte sie. »Ich fürchte, es ist Starfleet.«

McCoy stöhnte. »Ich nehme an, es hat keinen Sinn, mich verleugnen zu lassen. Bringen Sie's live.«

Uhura lächelte ernst. »Jawohl, Sir.« Sie drückte einen Knopf.

Die angenehme Szene auf dem Bildschirm verschwand und wurde – Herr im Himmel – durch Delacroix ersetzt. Er sah nicht freundlich aus und saß genau in der gleichen Stellung da wie bei der letzten Botschaft.

Verläßt dieser Mensch seinen Stuhl eigentlich nie? fragte sich McCoy. Diesmal sah Delacroix aus, als hätte er eine Zitrone ausgelutscht. McCoy bemühte sich, unauffällig nach den Armlehnen des Kommandosessels zu greifen.

»Starfleet Command, Delacroix«, sagte der Admiral. »An Leonard McCoy, Kommandant der *Enterprise. Commander, wir bestätigen den Empfang Ihrer letzten Logbuchauszüge und Daten. Ich enthebe ...*«

Das Bild brach mit lärmendem Gewinsel in einem Blizzard aus statischem Rauschen zusammen. McCoy drehte sich sehr langsam um und lächelte Uhura an.

»Gut gemacht«, sagte er. »Wirklich, Uhura, sehr gut.«

»Ich war es nicht, Doktor«, sagte sie. »Obwohl ich den Inhalt der Nachricht möglicherweise ebenso verabscheue wie jeder andere an Bord, kann ich mich nicht in den Empfang einmischen. Aus ethischen Gründen.«

McCoy seufzte. »Tja, nun ... Was hat es dann getan?« Dann kam ihm ein schrecklicher Verdacht.

»Oder wer?«

»Ich überprüfe«, sagte Uhura. Sie richtete ihre Aufmerksamkeit einen Moment auf die Schalttafel und berührte mehrere Kontrollen. »Hab ich's mir doch gedacht. Es war ein Blockiersignal, Doktor.«

»Die Klingonen?« fragte McCoy.

Sie nickte.

»Ich wäre nie darauf gekommen, ich könnte denen eines Tages für etwas dankbar sein«, sagte McCoy, »aber bei allen Göttern, wenn ich Kaiev begegne, gebe ich ihm eine Tüte Gummibärchen aus!«

Spock musterte ihn mit einem erheiterten Gesichtsausdruck. »Ich bin mir nicht ganz sicher, was Sie feiern,

Doktor«, sagte er. »Aus der syntaktischen Rekonstruktion dessen, was wir gehört haben, ist die Wahrscheinlichkeit sehr hoch, daß der Admiral im Begriff war, Sie Ihres Kommandos zu entheben.«

McCoy hielt auf der Stelle inne. Er hatte sich so sehr darüber gefreut, von Delacroix keinen Tadel einstecken zu müssen, daß ihm der Gedanke gar nicht gekommen war. Seine Kinnlade fiel herunter. »Verdammt. Verdammt. *Verdammt!*«

Dann unterbrach er sich. »Moment mal«, sagte er zu Spock und trat ihm fröhlich entgegen. »Wenn Sie sich so sicher sind, was er sagen wollte, müssen Sie mich des Kommandos entheben!«

»Ich habe nur gesagt, daß eine hohe Wahrscheinlichkeit besteht, Doktor. Der Befehl muß hörbar sein. Er hat den Satz aber nicht beendet.«

McCoys Gesicht verfinsterte sich wieder. »Ich bringe ihn um«, sagte er und wandte sich an Uhura. »Uhura, stellen Sie eine Verbindung zu Kaiev her! Ich werde ihm solche Kopfschmerzen bereiten, daß sein feister Schädel …!«

»Dann wird's also nichts mit den Gummibärchen«, sagte Uhura leise und griff nach ihrer Konsole. Bevor sie etwas berühren konnte, ertönte ein Piepsen.

»Legen Sie es auf den Bildschirm«, sagte McCoy aufgebracht und schwang herum, um ihn anzusehen. Kurz darauf erhellte er sich und zeigte Kaievs Gesicht.

»Commander«, sagte McCoy, »wissen Sie eigentlich, daß es unfreundlich ist, sich in Gespräche einzumischen, die man mit der Heimat führt?«

Kaiev sah verärgert und durcheinander aus, und McCoy fragte sich, ob er schon vor dem nächsten Leberkrampf stand. Kaiev sagte bleich: »Commander, ich habe gerade eine Reihe von Befehlen unseres Oberkommandos empfangen …«

Au weia, dachte McCoy. *Wieso habe ich nicht daran gedacht, daß auch* ihm *die Bürokraten im Nacken sitzen? Ich hätte längst daran denken sollen. Ich bin wirklich nicht für diesen Job geschaffen ...*

»Wir sind zu dem Ergebnis gelangt, daß Sie und die einheimischen Völker dieses Planeten sich zur Entführung unseres Personals verschworen haben«, fuhr Kaiev fort. »Und außerdem sind wir überzeugt, daß Ihre Geschichte über das verschollene Personal der *Enterprise* nur eine Schutzbehauptung ist, um Ihnen aus Gründen, die nur Sie kennen, ein Alibi zu liefern, in dieser Gegend zu verbleiben. Ihre Gründe sind wahrscheinlich tückischer Natur. Deswegen wurde mir befohlen, Ihr Schiff zu vernichten, sollten unsere Besatzungsmitglieder nicht innerhalb eines Ihrer Standardtage freigelassen werden. Verstärkung ist bereits hierher unterwegs. Sollten Sie einen Fluchtversuch machen, ohne unsere Leute freizulassen, werden wir Sie jagen, wohin Sie auch fliehen – und Sie aus dem Weltraum blasen. Wir haben Ihre Kommunikation blockiert, damit Sie keine Hilfe anfordern können. Da wir eine friedliebende Spezies sind und Ihnen eine Chance geben möchten, die Konsequenzen Ihrer gegen uns gerichteten Aggression noch einmal zu überdenken, werden wir gegenwärtig nichts gegen Ihre Landeeinheiten auf dem Planeten unternehmen und erlauben Ihnen, sie wieder an Bord zu holen. Doch alle Föderationsangehörigen, die sich nach dem genannten Termin auf dem Planeten aufhalten, werden der Sicherheitsaktion zum Opfer fallen, die wir beginnen werden, um unsere Leute zurückzubekommen. Vielleicht möchten Sie auch den Bewohnern des Planeten mitteilen, daß wir sie verschonen werden, wenn sie ihr betrügerisches Einverständnis mit Ihnen bereuen und uns bei der Rückgabe unserer Leute helfen. Tun sie es nicht, werden wir je tausend von ihnen für einen unserer Vermißten töten, und zwar zu jeder Standardstunde – bis unsere Leute freigelassen sind. Lang lebe das Imperium.« Der Bildschirm wurde schwarz, bevor McCoy nur ein Wort herausbringen konnte.

Er setzte sich hin und schwang herum, um Uhura anzusehen. »Sind wir wirklich blockiert?«

»Ja, Doktor, sind wir. Der Subraum ist voll künstlich erzeugtem schwarzem Lärm. Wir können nicht das geringste dagegen tun, ohne diese Gegend zu verlassen. Bei der Energie, die sie einsetzen, würde uns in der verbleibenden Zeit nicht einmal eine Nachrichtenkapsel etwas nützen.«

»Wunderbar.« Kurz darauf sagte McCoy: »Moment mal! Das können sie doch nicht machen! Die Organianer ...«

Spock schüttelte den Kopf. »Doktor, Präzedenzfälle, ob die Organianer eingreifen oder nicht – wir sind hier sehr weit von ihrem Heimatraum entfernt –, sind sehr dünn gesät. Ich würde nicht auf ihre Intervention hoffen. Sie etwa?«

»Umpf«, sagte McCoy. »Ja. Nun, ich nehme an, das Universum hilft denen, die sich selbst helfen, was, Spock?«

»Die zur Verfügung stehenden Daten deuten irgend etwas in dieser Hinsicht an.«

McCoy faltete die Hände und dachte nach. »Hören Sie mal, Spock«, sagte er nach einer Weile, »wäre es Ihnen dienlich, wenn wir einige der Leute, die der allgemeinen Forschungsarbeit nachgehen, abziehen und sie nach weiteren Tachyonen-Z-Partikeln suchen lassen?«

»Ich bezweifle es«, sagte Spock, »aber hier treffen Sie die Entscheidungen.«

McCoy konnte Spocks private Gedanken förmlich hören: Wenn der Doktor sich danach besser fühlte, hatte er nichts dagegen. »Nein«, sagte er, »sollen sie mit dem weitermachen, was sie gerade tun. Uhura, basteln Sie trotzdem eine Kapsel zusammen. Stellen Sie sie so ein, daß sie auch das letzte Informationsfitzelchen aufnimmt, das die Landeeinheiten morgen um diese Zeit mitbringen. Bis dahin werden die DNS-Analog-Analysen fertig sein. Wenn die Mission nicht völlig umsonst gewesen sein soll, dürfen speziell diese Kenntnisse nicht verlorengehen.«

»Ja, Doktor«, sagte Uhura.

McCoy seufzte. »Spock«, sagte er. »Ihre Ansicht?«

»Ich würde sagen, wir befinden uns in einer schwierigen Lage«, sagte Spock.

»Tausend Dank, Spock. – Ihre Analyse?«

Spock schaute nachdenklich drein. »Kaievs Schiff allein kann die *Enterprise* nicht zerstören«, sagte er. »Aber drei oder mehr Schiffe könnten es ohne weiteres. Drei Schiffe sind die übliche Anzahl, die man bei Interventionen dieser Art schickt. Wenn vier Gegner gegen uns stehen, wird unsere Fähigkeit, die Begegnung ohne ernsthaften Schaden zu überstehen, ernsthaft beeinträchtigt.«

»Spock«, sagte McCoy sanft, »Ihr Wortschatz ist ohne Fehl. Mit anderen Worten: Sie blasen uns in den Orkus.«

Spock zögerte. Dann nickte er.

»Stimmt also. Und wenn wir fliehen, verfolgen sie uns ... mit dem gleichen Ergebnis.«

»Sie würden uns wirklich verfolgen. Taktisch gesehen müßten unsere Chancen leicht steigen, wenn wir in der Kreisbahn blieben. Eine Raumschlacht in nächster Nähe eines Planeten ist zwar ein schwieriges Unternehmen, aber dafür nehmen die Möglichkeiten zu, Fehler zu machen, wenn planetarische Gravitation eine Rolle spielt, und das wäre unser Vorteil.«

»Wenn ein erfahrener Offizier das Gefecht leitet«, sagte McCoy leise.

Spock schaute ihn nur an.

»Stimmt also«, sagte McCoy. »Tja, im Augenblick können wir nichts anderes tun, also bleiben wir hier sitzen und bereiten uns so gut wie nur möglich vor. Falls Sie irgendwelche Vorschläge haben sollten – her damit. Uhura, sorgen Sie dafür, daß die Kapsel eine vollständige Aufzeichnung des letzten Liebesbriefchens enthält. Spock, heute abend treffen sich die Abteilungschefs. Wir wollen dafür sorgen, daß sich jeder so gut wie möglich auf dieses Gekröse vorbereitet.«

»Registriert.«

McCoy stand auf. »Ich verlasse jetzt die Brücke und esse zu Mittag«, sagte er. »Rufen Sie mich, wenn sich irgend etwas Interessantes tut.«

»Jawohl, Sir«, sagte Uhura.

McCoy trat in den Turbolift. Die Tür schloß sich, und er wartete darauf, daß sein Schüttelanfall losging. Doch er kam nicht. »Zum Henker«, sagte er vor sich hin, »jetzt sag bloß nicht, ich *gewöhne* mich allmählich daran!«

Seiner Meinung nach war dies ein äußerst übles Zeichen.

Katur warf den Graber zu Boden und sprach Worte, die ihre Mutter möglicherweise erstaunt hätten. »Da legen wir einen halben Kalikam zurück«, sagte sie, »und dann ist nichts zu finden. Was soll es eigentlich, uns auf eine so verrückte Jagd zu schicken?«

Ihre Ansichten waren beinahe Hochverrat, aber kein Angehöriger der Gruppe schien geneigt, ihr zu widersprechen. Katur setzte sich auf einen dicken Felsen und schaute sich um. Welch elender Planet. Häßliche Farben, heiße, trockene Luft, eine matte, kleine Sonne – die reinste Zeitverschwendung. Nun saßen sie hier unten fest. Das Schiff hatte ihren letzten Funkspruch nicht erwidert. Katur nahm an, daß es wieder einmal am Schiffstransmitter lag. Es war nicht das erste Mal und würde nicht das letzte Mal sein.

»Na, macht nichts«, sagte sie zu Tak, der sich, als habe er noch immer die Absicht, Befehlen zu gehorchen, den Hügel hinaufplagte. »Komm runter, Tak. Es hat doch keinen Sinn.«

»Ich glaube, ich sehe da oben etwas«, sagte Tak. »Es sieht so aus, als hätten die Blätter die richtige Farbe.«

»Ach, dann geh doch weiter«, sagte Katur. »Und sag uns, wenn es *Tabekh* ist.« *Ich hoffe, es ist keiner, du elender kleiner Speichellecker ...*

»Ich frage mich, warum die Felsen sich hier alle so gleichen«, sagte Helef. Er lehnte sich an einen Stein und wischte sich das Gesicht ab. Helef war schweißnaß; typisch für ihn, dachte Katur. Er war schon nicht in Form gewesen, als er auf das Schiff versetzt worden war, aber er wußte, daß sich so lange niemand für seinen körperlichen Zustand interessierte, wie er seinen Pflichten nachkam und dem Schiffsarzt nicht mit Krankheiten auf die Nerven ging. Helef war ein Weichling. Aber es hatte auch seine Vorteile. Für den, der wußte, wie man Weichlichkeit für sich nutzte, wenn es nötig war.

»Was soll mit den Felsen sein?« sagte Katur und warf einen Blick in das Tal zurück, durch das sie gekommen waren.

»Sie sehen alle gleich aus. Schau dir den da mal an ...« Helef kniff die Augen zusammen und musterte den Felsen, an dem er lehnte. »Er sieht genauso aus wie der, gegen den Kesaio gefahren ist.«

Katur warf ihm einen Blick zu und schaute wieder weg ... dann musterte sie ihn noch einmal. Komisch, aber er sah dem anderen aufrecht stehenden Felsen wirklich ähnlich. Und oben auf dem Hügel war noch einer, er sah auch so aus ... Es waren sogar mehrere.

»Irgend jemand muß mal hier gelebt haben«, sagte sie. »Kein Schleimbeutel oder Baum wäre in der Lage, so etwas zu bearbeiten. Sie haben doch nicht mal die Technik, um Nüsse zu knacken.«

»Scheißviecher«, murmelte Helef.

Katur nickte und fragte sich, warum die Leute aus der Föderation überhaupt so wild darauf waren, sich mit Fremden abzugeben. Sie hatte eine Theorie gehört, laut der speziell die Kerle von der Erde an einem solchen Minderwertigkeitskomplex litten, daß sie sich sogar mit Tieren verbrüderten, damit sie sich für echte Menschen halten konnten. Verständlich. Aber eins wußte sie ganz sicher: Sie würde eher sterben, als sich so zu erniedrigen.

Tak kam den Abhang heruntergelaufen, er schwenkte die Arme und rief etwas. Katur schaute überrascht auf.

»Es ist *Tabekh!* Es ist *Tabekh!* Aber nicht da, wo ich es vermutet habe – weiter hinauf. Es ist auch nicht viel, nur ein kleines Stück ...«

Na, das ist doch immerhin etwas. Dann werden wir wenigstens nicht wegen völligen Versagens ausgepeitscht. Aber ich sorge trotzdem dafür, daß Kesaio für das Fahrzeug sein Fett abkriegt. Katur seufzte, hob den Graber auf und machte sich auf den Weg zu Tak hinauf.

Dann drehte sie sich um und blinzelte. Einen Moment lang war sie sicher gewesen, daß sich hinter ihr etwas bewegt hatte. Aber da war nichts.

Sie drehte sich wieder um. Diesmal stand ein Felsen vor ihr.

... und war wieder weg.

Katur blinzelte mehrmals angestrengt. Mit ihren Augen war alles in Ordnung. Sicher, es war eine Weile her, daß sie gegessen hatten, aber ein Schwächeanfall konnte es doch nicht gewesen sein ...

Nachwirkungen, dachte sie. Sie hatte Helefs elenden Felsen angeschaut. Beim Umdrehen hatte sie das Nachbild wahrgenommen. Schließlich hatte er doch genauso ausgesehen.

Tak kam ihr entgegen. »Es ist eindeutig *Tabekh*«, sagte er. »Da oben sind zwar auch ein paar von den Baumdingern, aber die können wir uns vom Hals schaffen. Kommt mit!«

»Helef, Kesaio!« rief Katur. Sie ging als erste den Abhang hinauf. Tak kletterte hinter ihr her und beeilte sich keuchend, Schritt mit ihr zu halten. Er war eindeutig nicht in Form.

Katur war allerdings nicht schlecht darüber erstaunt,

wie steil einige dieser Hügel waren. Viel steiler als sie aussahen. Es war ihr natürlich egal. Und jedesmal, wenn sie in der Wasserrinne, der sie folgten, eine Krümmung nahmen, sah sie noch mehr von den hohen Felsen. Irgendwann mußte es hier eine fremde Zivilisation gegeben haben. *Wahrscheinlich sind die Schleimbeutel und die Bäume ihre degenerierten Haustiere,* dachte sie. *Ist wahrscheinlich eine Gnade, diese Dinger aus ihrem Elend zu pusten.*

»Hier«, sagte Tak schließlich und führte sie über den Rand eines kleinen, bewachsenen Steilhangs. Auf der anderen Seite befand sich eine Art Miniaturtal, das von den allgegenwärtigen blaugrünen Bäumen umgeben war. Und in der Mitte des Tals, zwischen den Büschen und dem ihn bedeckenden Rasen, sah sie die unverkennbaren *Tabekh*-Blätter. Sie waren natürlich scharf auf die Wurzeln. Katur löste den Graber müde von ihrem Gurt und stellte ihn auf die Beine. »Na schön«, sagte sie zu den anderen. »Legen wir los. Achtet auf die Pfahlwurzel. Sie muß irgendwo in der Mitte sein. Wenn wir sie am Leben erhalten können, kann die Hydroponikmannschaft genug Jungpflanzen klonen, daß wir für den Rest der Reise genug haben. Fangt an. Wir wollen nicht den ganzen Tag hier verbringen.«

Und dann hörten sie ein eigenartiges Rascheln und etwas noch Seltsameres – ein reißendes Geräusch, das Katur nicht identifizieren konnte. Sie wirbelte herum und sah, daß ein ganzer Schwarm der Baumdinger auf sie zukam; ihre garstigen kleinen Augen funkelten, und ihre Äste wirbelten umher. Die Bäume zischten in dem Klang, den Bäume erzeugen, die vom Wind gepeitscht werden, kurz bevor der Sturm losbricht. Und sie wateten tatsächlich durch den Boden, den ihre Wurzeln aufrissen. Gleich würden sie mitten in dem *Tabekh*-Feld sein und es aufreißen… dann konnten sie die Hoffnung aufgeben, sie zu klonen.

Katur riß ihre Handwaffe heraus, schrie »Halt!« und

schoß vor den Bäumen in den Boden. Sie störten sich nicht daran, sie drangen weiter vor.

»Na schön«, sagte sie und feuerte auf die Zweige.

Das heißt, sie hatte feuern wollen. Etwas traf ihre Hand von der Seite und lenkte den Schuß ab. Sie mußte das Gleichgewicht verloren haben, denn gleich danach stolperte sie gegen einen hohen Felsen. Sie klatschte mit dem ganzen Körper gegen ihn, prallte benommen zurück und rieb sich die Augen, um einen klaren Blick zu kriegen.

Aber er war doch eben noch nicht hier, dachte sie.

»Fallen lassen«, sagte eine Stimme in der Sprache der Föderation. Katur rieb sich erneut die Augen und öffnete sie. Es gelang ihr, durch die Schmerzenstränen etwas zu sehen – die Gestalt eines Hominiden, eines Erdenmenschen. Er trug eine Starfleet-Uniform und hielt einen Phaser in der Hand. Hinter ihm ragte ein sehr großer Felsen auf. Es war der, gegen den Katur gefallen war. Er stand an der Stelle, die noch vor kurzer Zeit völlig leer gewesen war.

»Zurück«, sagte der Mann. Katur schaute auf und sah zu ihrer Entrüstung, daß Tak, Kesiao und Helef ihre Waffen bereits fallengelassen hatten. Helef schüttelte den Kopf, als könne er sich damit von den schmerzenden Nadelstichen eines Stunner-Treffers befreien.

Der Mann musterte sie mit einem Ausdruck, der Katur wie eine Mischung aus Heiterkeit und Verachtung erschien. Sie errötete vor Zorn, aber mehr konnte sie nicht tun. Ihre Handwaffe war irgendwie halb unter dem hohen Felsen gelandet.

»Sie mischen sich in ein Unternehmen des klingonischen Imperiums ein, Erdling«, sagte sie aufgebracht. »Die Strafe für eine solche Störung ist der Tod.«

»Ja«, sagte der Mann und grinste sie liebenswürdig an, »darauf gehe ich jede Wette ein. Wen habe ich die Ehre zu stören?«

»Die Erste Spezialistin Katur vom imperialen Schiff *Ekkava*«, sagte sie, wütend über seinen Hohn.

»Wie lieb. Ich bin Captain James T. Kirk von der *Enterprise*. Sie waren im Begriff, harmlose und intelligente Bewohner dieses Planeten anzugreifen, ohne provoziert worden zu sein. Dies ist ein Bruch des Organia-Vertrages.« Er machte eine verächtliche Grimasse und fügte hinzu: »Sie sollten sich was schämen.«

In Katurs Kopf wirbelte alles durcheinander. *James Kirk!* »Sie lügen!« schrie sie. »Jeder weiß, daß Kirk bei einem Duell ums Leben gekommen ist und ein anderer das Kommando über sein Schiff übernommen hat!«

Das Gesicht des Mannes zeigte Verblüffung… dann breitete sich nach und nach ein eigenartiges Lächeln auf seinen Zügen aus. »Ah«, sagte er. »Könnte es zufällig sein, daß der Name des neuen Kommandanten… McCoy lautet?«

Katurs Gesicht verriet alles, wenn auch nicht mit Absicht.

Der Mann nickte langsam, dann drehte er sich um und schaute den Felsen an. Als könne dieser den Aberwitz der Situation verstehen. »Tja«, sagte er, »die Gerüchte über mein Ableben sind – wie immer – stark übertrieben.«

Die Verwirrung in Katurs Geist reduzierte sich auf einen Gedanken. Wenn dieser Mann *wirklich* Kirk war, mußte man es Kaiev mitteilen… und zwar schnell. Die Dinge an Bord der *Enterprise* waren nicht so, wie sie zu sein schienen.

Plötzlich erhärtete sich der Blick des Mannes. »Ja, wirklich«, sagte er. »Im Moment, meine Liebe, nehmen Sie bitte dort Platz, wo Sie sind – und Ihre Gefährten auch. Ich brauche einen Augenblick zum Nachdenken.«

Katur setzte sich hin. Auch sie dachte nach.

8

CAPTAINS LOGBUCH, Ergänzung. Aufgezeichnet von Commander Leonard McCoy in Abwesenheit von Captain James T. Kirk:

Es ist nun zwanzig Stunden her, seit Commander Kaiev uns sein Ultimatum übermittelt hat. Uns verbleiben noch vier Stunden. Wir haben wenig Hoffnung, den Captain in dieser Zeit zu finden. Mr. Spock führt seine Ermittlungen weiter, aber auch er hat bisher nichts gefunden, das ihn befähigen würde, den Captain aufzuspüren, geschweige denn, ihn wieder an Bord zu holen.

Man kann allerdings sagen, daß es noch keinerlei Anzeichen der anderen Klingonenschiffe gibt, die wir erwarten. Mr. Sulus Schätzung ihrer Ankunftszeit betrug achtzehn Stunden nach der Stellung des Ultimatums. Solche Ultimaten werden nur selten gestellt, ohne daß man sich sehr sicher ist, daß die Verstärkung pünktlich auftaucht. So übt man weiteren Druck auf jene aus, denen das Ultimatum gilt, um sie möglicherweise völlig unvorbereitet in ein Gefecht zu verwickeln, was normalerweise damit endet, daß jene, denen das Ultimatum gestellt wurde, kurz darauf als Plasma enden. Da wir eifrig darauf bedacht sind, diese Schlußfolgerung nicht wahr werden zu lassen, habe ich das Schiff einige Zeit vor der Achtzehn-Stunden-Marke in Alarmstufe Rot versetzt. Dies macht zwar Veränderungen

im Schichtwechsel der *Enterprise* unvermeidlich und wirkt sich ungünstig auf die Anzahl der Leute aus, die Daten sammeln, aber es ist auch meine Pflicht, dafür zu sorgen, daß Crew und Daten sicher nach Hause gelangen.

Wir haben eine Kapsel programmiert, die sämtliche bisher gesammelten Daten aufnehmen und aus dem System fortbringen kann. Wenn wir verlieren, wird sie den Weg in den Machtbereich der Föderation finden. Eine Kopie aller Logbucheinträge seit der klingonischen Blockierung wird ebenfalls abgeschickt. Falls wir genügend Zeit erübrigen können, schicken wir eine zweite Kapsel mit den gleichen Informationen ab. Ein Duplikat kann nie schaden.

Es war spät. McCoy saß im Kommandosessel und musterte den sich ruhig unter ihnen dahindrehenden Himmelskörper. Während er damit beschäftigt war, bewegte sich der Planet aus der Tagseite in die Nacht, und das Licht seines kleinen Mondes glitzerte silberblau auf den weiten, leeren Räumen seines größten Ozeans.

Da unten am Wasser war ich noch nie, dachte McCoy. *Normalerweise gehe ich immer zuerst dorthin. Joanna hat mich verrückt aufs Wasser gemacht. Wie lange es doch schon her ist, seit wir nach Montauk Point hinausgefahren sind und versucht haben, nach England hinüberzusehen.* Als sein Blick auf die Nachtschicht der Brückenmannschaft fiel, lächelte er verhalten. *Ist wirklich lange her,* dachte er.

»Fähnrich Devlin«, sagte er, »Sie haben doch mal an der Ostküste gelebt. Waren Sie je am Montauk Point?«

»Aber ja, Sir«, sagte sie und schaute von ihrem Pult auf. »Meine Schwester und ich waren oft da und haben uns die Haie angeschaut. Haie waren ihr Hobby.«

»Haben Sie je welche gesehen?«

»Und ob! Einmal sogar ein Riesenvieh. Es war ein

197

großer Weißer, hat der Point-Biologe gesagt. Er war mindestens fünfundzwanzig Meter lang, aber mir kam er vor wie dreißig.«

McCoy stellte es sich vor. »Der hätte ja ein Shuttle fressen können«, sagte er. »Oder zumindest ein ordentliches Stück aus ihm herausbeißen.«

Devlin nickte und streckte die Beine aus. Nach einer Weile sagte sie: »Nervös, Sir?«

McCoy war sich der auf ihm ruhenden Blicke der anderen bewußt, auch wenn sie nicht aufdringlich, sondern nur interessiert ausfielen. Lawson und Tee Thov saßen am Ruder. Sie kümmerten sich um die Waffen und die Navigation, und obwohl sie sich nicht einmal umdrehten, konnte er an der Spannung ihrer Rükkenmuskeln erkennen, daß sie zuhörten. Parker und North, an der wissenschaftlichen Station und der Kommunikation, tauschten einen Blick. McCoy lachte, wenn auch nur verhalten. »Tja«, sagte er, »ich bin mehr oder weniger in Stimmung, mir die Fingernägel bis zum Ellbogen hinauf abzubeißen. Aber es hat nun mal keinen Sinn, und vielleicht kann ich meine Unterarme später noch mal brauchen.«

»Noch immer kein Zeichen von ihnen«, sagte Tee Thov und warf McCoy über die Schulter hinweg einen Blick zu.

»Nun ja«, sagte McCoy, »aber sie sind ohnehin nicht für eine feste Uhrzeit angekündigt. Macht nichts. Wir sind vorbereitet.«

Er lehnte sich zurück und versuchte, so zuversichtlich zu wirken, wie er es gern gewesen wäre. Normalerweise fiel es ihm nicht schwer – in der Krankenstation. Seine Kommilitonen waren immer neidisch auf sein Talent gewesen, mit Kranken umzugehen. Im Grunde war es eine ganz einfache Sache, wenn man sie beherrschte: Lüge deine Patienten *nie* an, aber finde die beste Wahrheit, um ihnen zu sagen, daß du es könntest. Erinnere sie pausenlos daran, daß das Universum eigenartige Dinge vollbringt und daß die Heilkraft die schlimmsten Krankheiten besiegen kann, wenn man ihr eine kleine Chance gibt und ein wenig Glauben schenkt.

Die Sache mit dem Glauben war immer das Problem. Die Menschen waren meist dermaßen an Gewißheiten gewöhnt – den Tod, die Steuern, den Schmerz –, daß die gelegentliche Notwendigkeit, auch ohne Beweise an etwas zu glauben, oft ihren Horizont überstieg. Die Glaubensstarken und jene, die darauf pfiffen, ob man sie für blöd hielt, wurden immer am schnellsten wieder gesund und überlebten in der Regel auch die schlimmsten Krankheiten. Auch Körper bestanden schließlich nur aus gebildetem und weniger gebildetem Fleisch. Vor der im Herzen des Glaubens lebenden Gewißheit konnten sich nur wenige verteidigen.

Frage: War sein Glaube, daß die *Enterprise* überlebte, stark genug? Oder befand er sich in dem Stadium, in dem man beharrlich »Ich glaube! Ich glaube!« sagte, ohne zu glauben, obwohl das Universum sich nicht reinlegen ließ?

McCoy schnaubte leise vor sich hin. Hier ging es schließlich auch noch um den Willen und den Glauben anderer. Es war absolut möglich, daß der Glaube der anderen den seinen diesmal mittrug – daß die Besatzung der *Enterprise*, die dermaßen daran gewöhnt war, in schrecklichen Situationen nicht zu sterben, wie immer weitermachte, und daß er mit ihnen zusammen überlebte.

Andererseits gab es immer ein erstes Mal …

»Sind Sie in Ordnung, Doktor?« fragte Devlin.

McCoy lachte leise. »Aber ja. Es wäre mir nur lieb, der Captain käme jetzt herein. Wissen Sie, was mit seinem Sessel los ist?«

»Ich würd's so gern erfahren«, sagte Devlin mit unverhülltem Neid.

»Das Ding hat keine erwähnenswerte Rückenstütze.«

McCoy stand auf und deutete auf die mangelhafte Rückenpolsterung. »Schauen Sie sich das an. Jeder von Ihnen hat eine bessere Sitzgelegenheit. Wenn man länger als eine Stunde auf diesem Ding sitzen muß, möchte man einfach aufstehen und herumgehen. *Jetzt* weiß ich, warum Jim immer die halbe Zeit auf der Brücke herumgelaufen ist. Der verdammte Stuhl hat ihn verrückt gemacht.«

Hier und da wurde von der Brückenmannschaft Gelächter laut. »Wenn einer von Ihnen möchte, daß ich es wirklich bequem habe«, sagte McCoy, »würde er mir ein weiches Kissen besorgen.«

»Muß es bestickt sein?« sagte Parker mit seinem trockenen britischen Akzent.

McCoy wieherte. »Nein, ein Kissen aus der Krankenstation würde schon reichen.« Er griff zur Armlehne des Kommandosessels und drückte den Knopf. »Krankenstation.«

»Krankenstation, Aiello«, sagte eine vergnügte Stimme. Pat Aiello war die Nachtschwester, eine große, vergnügte, dunkelhaarige Frau mit einem runden, fröhlichen Gesicht. »Was wollen Sie denn um diese Zeit? Wieso sind Sie nicht im Bett?«

»Pat«, sagte McCoy, »haben Sie da unten zufällig ein Gesundheitskissen übrig?«

»Mehrere.«

»Wenn's geht, lassen Sie mir eins raufbringen. Der Kommandosessel wurde von einem Folterknecht entworfen.«

»Mach ich«, sagte Pat und fügte in einem beleidigten Tonfall hinzu: »Muß sehr schön für manche Leute sein, die den ganzen Tag auf ihrem Hintern sitzen, während ehrliche Besatzungsmitglieder sich denselben abarbeiten...«

McCoy mußte lachen. »Ersparen Sie mir die Philosophie – schicken Sie mir ein Kissen.«

Einige Minuten später öffnete sich zischend die Tür

des Turbolifts. Spock stand in der Aufzugkabine. Er hatte die Ausstrahlung eines Menschen, der in äußerster Eile gewesen war, bevor man seinen eiligen Lauf unterbrochen und ihm etwas in die Hand gedrückt hatte, das er nicht verstand. Er hatte ein kleines, flaches Kissen bei sich und sagte: »Doktor, ich glaube, das ist für Sie.«

»Danke.« McCoy stand auf, um es in Empfang zu nehmen.

»Die Nachtschwester«, sagte Spock und ging schnell an seinen Arbeitsplatz, »macht zwar nicht viel Worte, aber sie weiß mit ihnen umzugehen.«

»Haben Sie irgend etwas?« fragte McCoy.

»Das ist die Frage«, sagte Spock. »Aber jedenfalls habe ich etwas, das ich Ihnen zeigen werde.«

Als er sich hinsetzte, machte Parker ihm eilig den Weg frei. »Doktor«, sagte Spock, berührte da und dort die Konsole und holte sich weitere Daten aus dem Computer in seiner Unterkunft, »wissen Sie noch, daß wir darüber gesprochen haben, daß der Strahlungszerfall hauptsächlich ein typisches Tachyonen-Kunstprodukt ist?«

»Klar.« McCoy schaute Spock über die Schulter.

»Bei der Suche in diesem Bereich bin ich auf eine Menge weiterer Kunstprodukte dieser Art gestoßen«, sagte Spock. »Aber dennoch haben sie allem Anschein nach nichts mit irgendeinem speziellen Vorkommnis auf dem Planeten zu tun. Wenn man jedoch sämtliche Vorkommnisse dieser Zerfallsart gegen die Zeit und die Örtlichkeit aufrechnet ...«

Er hielt einen Moment inne und wartete, bis die Berechnungen des Computers beendet waren. Auf dem Bildschirm über dem Pult entstand das von oben gesehene Schema der kleinen Lichtung, auf der McCoy den ;At getroffen hatte. »Passen Sie nun auf, Doktor«, sagte Spock. »Wir haben zufällig frühere Scanneraufnahmen dieser Gegend, die aus der Zeit stammen, bevor

201

Sie und der Captain sie betreten haben. Zum Glück waren wir auf der richtigen Seite des Planeten und hatten genügend Untersuchungszeit. – Schauen Sie.«

Auf der Lichtung zeigte sich ein schwacher Lichtdunst. Er verstärkte sich zu Flecken, die zu dichten, vagen Linien wurden. »Sieht nach Hirschfährten aus«, sagte McCoy.

»Es sind Wahrscheinlichkeitsareale«, sagte Spock, »an denen ein Partikelzerfall, wie ich ihn untersucht habe, am wahrscheinlichsten auftritt. Schauen Sie sich nun das gleiche Gebiet nach dem Verschwinden des Captains an.«

Plötzlich waren noch mehr Spuren zu sehen – kleinere, die über die größeren hinwegliefen. McCoy fing langsam an zu lächeln. »Jim«, sagte er.

»Die Daten lassen zwar absolut keinen Schluß zu«, sagte Spock, »aber schauen Sie mal, dort. Wir sehen nun Zeitverfallmessungen. Die klingonische Landeeinheit ...«

Ihre Spuren wurden den bereits existierenden Spuren der Tachyonen-Kunstprodukte hinzugefügt. Die Spuren begannen an der Stelle, wo sie verschwunden waren, und führten dann nach Norden, in Richtung auf die Hügel. Kurz darauf sah es so aus, als würden die vorherigen Spuren ihnen aus dem abgetasteten Gebiet folgen.

»In Ordnung«, sagte McCoy, noch immer lächelnd. »Dann sind sie also da. Was jetzt?«

Spock richtete sich auf; er wirkte unzufrieden. »So einfach ist es nun auch wieder nicht, Doktor. Ihre Spuren sind in der ›Realzeit‹ eindeutig da – *sie selbst* aber nicht. Die Partikel zerfallen so, daß sie einen recht beachtlichen Zeitrutsch andeuten, aber ich kann nicht unterscheiden, ob er in die Vergangenheit oder die Zukunft geht. Und wenn ich es unterscheiden könnte, wüßte ich noch immer nicht, wie man den Captain *erreichen* kann. Man empfindet gewiß so etwas wie Er-

202

leichterung, wenn man entdeckt, daß er allem Anschein nach lebt – oder gelebt hat. Aber ...«

»*So etwas* wie Erleichterung? Hören Sie mal, Sie grünblütiger ...«

»Bitte, Doktor – Ihr Blutdruck.«

»... ist mir jetzt egal. Warten Sie mal, Spock. Sie haben gesagt, Vergangenheit *oder* Zukunft. Niemand kann in die Zukunft reisen! – Habe ich geglaubt.«

Spock schaute unzufriedener drein als je zuvor. »Sie haben recht – zumindest nach der gegenwärtig verbreiteten Ansicht. Leider weist der Partikelzerfall ein Charakteristikum auf, das einigen Zweifel auf die Frage wirft. Ein beträchtlicher Prozentsatz der zerfallenden Teilchen zeigt eine Qualität, die irgendeinen Bezug zu der Rotverschiebung hat, zu der es im Licht kommt, wenn es im interstellaren Raum verlangsamt; doch steht diese Qualität tatsächlich in Beziehung zum typischen ›Rauf‹ und ›Runter‹ sogenannter ›einfacher Vanille‹-Quarks. Sie erklärt den Übertritt von einem ›schnelleren‹ in den gegenwärtigen Zeitstrom – das heißt, in die Zeit, die sich noch nicht ereignet hat. Der Kompressionsfaktor ...«

McCoy schmerzte allmählich der Kopf. »Spock, ganz gleich, was die Zeit sonst noch so alles treibt, hier ist sie verschwendet. Konzentrieren wir uns auf die Suche. Wir wissen – mehr oder weniger – wo Jim ist. Wir wissen – mehr oder weniger – *wann* er ist ...«

»Wenn er mehr als eine Woche in der Vergangenheit oder in der Zukunft wäre«, sagte Spock, »würde es mich sehr überraschen.«

»Großartig.« McCoy lächelte, aber es war kein Ausdruck der Freude. »Wenn wir also eine Woche früher hier angekommen wären – oder noch eine Woche hier herumhängen –, würde Jim wieder auftauchen.«

»Das glaube ich auch.«

»Tja, dann brauchen wir eben nur die nächste Woche zu überleben. Und wenn sich der Staub gelegt hat und er in der Zukunft ... der *gegenwärtigen* Zukunft; ach, Sie wissen schon, was ich meine ... nicht auftaucht, wenden wir das Katapult-Verfahren an, reisen etwa eine Woche zurück und sammeln ihn auf.«

»Zeitreisen sind nicht so einfach, Doktor«, sagte Spock. »Sie dürfen nicht davon ausgehen, daß ...«

»Spock«, sagte McCoy, »Sie machen sich einfach zu viele Gedanken. Schauen Sie, ich wette fünf Cent, daß der ;At bei ihm ist ... und daß ich ihm ein paar Fragen stellen werde.«

»Ich glaube allerdings, daß die Klingonen das auch wollen«, sagte Spock, »falls sie dann noch hier sein sollten.«

McCoy ging seufzend wieder zum Kommandosessel hinunter. »Uns bleiben noch knapp zwei Stunden«, sagte er. »Arbeiten Sie weiter daran, Spock. Es sei denn, Sie sind der Meinung, Sie werden anderswo gebraucht.«

»Mache ich, Doktor.«

Die ersten eineinhalb Stunden vergingen zu schnell. Nichts geschah. McCoy hatte angenommen, er müsse im Verlauf der Zeit immer nervöser werden, aber irrsinnigerweise stellte er fest, daß er immer gelassener wurde. Natürlich war ihm klar, daß es damit zu tun hatte, daß die drei oder vier erwarteten Klingonenschiffe noch nicht aufgetaucht waren.

Als sie noch etwa eine halbe Stunde hatten, übernahmen Sulu und Chekov das Ruder. Uhura nahm an der Funkstation Platz. Spock hatte lange Zeit lautlos am wissenschaftlichen Pult gearbeitet und kein Wort gesprochen. McCoy beschäftigte sich, indem er mit den zurückkehrenden Offizieren schwatzte – um selbst Ruhe zu bewahren und die anderen zu beruhigen. Davon verstand er etwas. Daß er in einer halben Stunde tot sein konnte, war kein Grund, damit aufzuhören.

»Minus fünfzehn Minuten«, sagte Sulu.

»Ortung?« sagte McCoy.

»Nichts in Reichweite«, sagte Chekov. »Auch außerhalb der Reichweite nichts, soweit ich es überschauen kann.«

»Es könnte ein Trick sein«, sagte McCoy. »Bleiben Sie wachsam.« Doch sein Hirn kochte vor Vermutungen.

»Ortung negativ«, bestätigte Sulu. »Momentan keinerlei Anzeichen im Subraum, zumindest nicht in unmittelbarer Umgebung. Unsere Reichweite ist auf Subraumortung begrenzt.«

»In Ordnung«, sagte McCoy. Er seufzte. »Meine Damen, meine Herren, meine anderen, ich hätte es gern, wenn in den nächsten fünfzehn Minuten nichts Widriges passiert. Doch wenn es dazu kommt, habe ich die Absicht, das Schiff dort draußen mit allem zu bekämpfen, was unsere Ressourcen hergeben.« *Mit einem Anfänger im Kommandosessel und einem verschollenen Captain!* »Wenn es allerdings nach mir ginge, würde ich sagen: Es wäre mir lieber, wenn *unser* Schatten nicht auf ihren Rumpf fällt.«

»Wir sind ganz Ihrer Meinung, Doktor«, sagte Sulu. Auf der Brücke erklang zustimmendes Gemurmel.

»Na, prima«, sagte McCoy. »Dann wollen wir das Abenteuer mal auf uns zukommen lassen. Uhura? Alles gesichert?«

Uhura nickte. »Die letzten Landegruppen sind an Bord.«

»In Ordnung. Bewegt sich die *Ekkava*, Mr. Chekov?«

»Keinen Millimeter, Sir«, sagte Chekov. »Behält Standardorbit bei.«

McCoys Lächeln wurde grimmig. »Sie spielen uns den Schüchti vor, was? Faszinierend.«

Spock hob eine Braue, sagte aber nichts.

Sie warteten. Fünf Minuten vergingen. Die Anwesenden pfiffen leise vor sich hin, kratzten sich, fummelten an den Kontrollen. McCoy saß mittendrin und rührte sich nicht.

»Zwei Minuten«, sagte Sulu fast vergnügt.

»Registriert«, sagte McCoy.

Wieder verging eine Minute. Sie dauerte ein Jahr.

»Eine Minute.«

McCoy nickte und konzentrierte sich auf seine Atmung – langsam. Ein und aus. Ein und aus.

»Nullzeit«, sagte Sulu dann.

Nichts.

Immer noch nichts.

»Status der Klingonen?« sagte McCoy.

Sulu schaute auf seinen Taster und schüttelte den Kopf. »Keine Veränderung, Doktor. Ihre Waffen sind zwar scharf, aber nicht aktiviert.«

»Schutzschild?«

»Ihr Schild ist aktiviert«, sagte Chekov. »Was ihnen aber nicht helfen würde, wenn wir feuern. Ich schätze, daß sie uns nur fünf Sekunden widerstehen, wenn wir vollen Zunder geben.«

McCoy blieb still sitzen. »Abwarten«, sagte er.

Sie warteten zwei, drei, fünf, zehn weitere Minuten. Auf der Brücke wurde es sehr still, aber der Tenor der Stille hatte sich verändert. Als die zehn Minuten um waren, fing McCoy an zu lächeln. »Na schön«, sagte er. »Entweder ist ihre Kavallerie aufgehalten worden, oder unser Freund hat von der ersten Sekunde an geblufft. Wie dem auch sei, ich habe jetzt die Schnauze voll. Mr. Sulu, kippen Sie das Schiff ganz langsam vornüber. Schalten Sie sämtliche Bugbatterien ein und reduzieren Sie die Orbitalgeschwindigkeit. Wir treiben mal ein bißchen dahin. Ich nehme an, Sie wissen, was ich vorhabe.«

»Aye, aye, Sir«, sagte Sulu mit großem Vergnügen.

McCoy brauchte keinen Bildschirm, der ihm zeigte, was passierte. Er sah es vom Standpunkt des Klingonen aus. Man hat einen Gegner herausgefordert, der nun auf das Gefecht wartet. Er wartet, bis die Zeit abgelaufen ist, dann wartet er darauf, daß der Herausfor-

206

derer seine Prahlerei wahr macht. Der Herausforderer, fassungslos, schaut seinen Gegner an. Er sieht das silberweiße Schiff vor ihm, das nun langsam in seiner Kreisbahn nach vorn kippt. Die große Bugscheibe schiebt sich nach unten, die Gondeln wandern nach oben. Er schaut zu, wie die Neigung zunimmt. Eine gemächliche, massive, anmutige Drehung auf der mittleren Querachse. Er sieht, wie die Scheibe, nun auf dem Kopf stehend, schwingend hochkommt und die offenen Höhlen der großen Hauptphaserbatterien und die gähnenden Torpedoluken enthüllt. Und dann, ebenso langsam, setzt das Schiff zur Wendung auf seiner Längsachse an, richtet sich aus und wirft gleichzeitig Orbitalgeschwindigkeit ab. Da sich seine Geschwindigkeit noch nicht verändert hat, schwillt das silberne Ungeheuer auf dem Frontbildschirm an, wächst, wird größer, wirft einen Schatten über ihn – kommt leicht rollend zum Halten, bleibt relativ zu seiner Geschwindigkeit und hängt dort – bedrohlich, schaut auf seine Kehle hinab, bewegt sich rückwärts, nicht im geringsten bekümmert über die Virtuosität des Steuermannes. Welche weitere Virtuosität wird ihm der Geschützoffizier in Kürze aus dem offenen Schlund des Todes zeigen?

»Soll ich eine Frequenz öffnen, Doktor?« sagte Uhura leise.

McCoy öffnete die Augen. »Noch nicht«, sagte er. »Sie sollen Zeit zum Nachdenken haben. Sulu, Chekov, volle Energie auf die Photonentorpedos, maximaler Schadenausgleich auf alle Phaserbänke. Nehmen Sie sich Zeit, gehen Sie sorgfältig vor. Ich möchte, daß Kaievs Ortung alles mitbekommt. Machen Sie alles scharf, was wir haben, einschließlich der Silvesterknaller.«

»Jawohl, Sir.«

McCoy spürte, daß Spock ihn von hinten ansah. »Psychologische Kriegführung, Doktor?« sagte der Vulkanier leise.

207

»Ich weiß, Spock. Gewalt ist Gewalt. Aber das hier ist ungleich weniger gewalttätig als das, was sie mit *uns* vorhatten.«

Er wartete ungefähr eine Minute ab, um sicherzugehen. »Uhura«, sagte er schließlich, »würden Sie jetzt bitte eine Frequenz freimachen? Rufen Sie sie an.«

»Jawohl, Sir.«

Einen Moment Schweigen. Alle beobachteten den Bildschirm. »Eingehende Nachricht, Doktor«, sagte Uhura.

»Legen Sie sie auf den Schirm.«

Der Schirm flimmerte. Er zeigte ihnen die Brücke der *Ekkava* und Commander Kaiev. Er saß da, schwitzte und war sichtlich bleich. »Nun, Commander?« sagte McCoy.

»Commander MakKhoi«, sagte Kaiev und hielt inne. Er bemühte sich, eine ungerührte Miene aufzusetzen, aber es klappte nicht.

McCoy ging im Moment bewußt nicht darauf ein. »Commander«, sagte er schleppend und langsam, »ich dachte, ich hätte Ihnen gesagt, Sie sollten Ihre Tacrin-Dosierung regulieren lassen. Was ist nur mit Ihnen los? Wissen Sie eigentlich, was Ihnen bevorsteht, wenn Ihre Leber regeneriert werden muß? Sie werden Wochen im Bett verbringen.«

»Eher sterbe ich«, sagte Kaiev mit leicht überraschtem Blick. »Ich habe Angst vor dieser Prozedur.«

»Angst?!« McCoy war außer sich, aber auch dies schob er nach einem kurzen Ringen mit seinen Gefühlen beiseite. »Wir sprechen später darüber. Natürlich nur dann, wenn wir beide davon ausgehen, daß es ein *Später* gibt.«

Kaiev rührte sich nicht.

»Sie haben gewisse Drohungen gegen uns ausgestoßen«, sagte McCoy, »die wir, das versichere ich Ihnen, durchaus ernst genommen haben. Besonders da wir in jedem Punkt Ihrer Anklage unschuldig sind.

Doch ein Teil der Gleichung fehlt. Hat Ihr Oberkommando es sich etwa anders überlegt?«

Kaiev sagte nichts. McCoy lehnte sich im Kommandosessel zurück. »Ich weiß sehr gut, was ein Angehöriger Ihres Volkes mit uns machen würde, wäre er in unserer Position«, sagte er. »Und ich muß zugeben, daß ich mich sehr verlockt fühle, Sie ein wenig herumzuschubsen, damit Sie Ihren Irrtum einsehen.«

»Wir kämpfen bis zum letzten...«

»Ja, natürlich«, sagte McCoy. »Welche Zeitverschwendung!« Er schwenkte abfällig die Hand. »Tut mir leid, Kaiev. Ich will Ihre Weltanschauung nicht angreifen. Aber Sie wissen sehr wohl, daß wir Ihr Schiff platt machen können.«

Kaiev schaute eine Sekunde lang verwirrt drein. »Platt machen? Haben Sie irgendeine neue Waffe?«

McCoys Lippen zuckten. »Vergessen Sie's. Wir können Sie in zehn... Wie bitte?... In fünf Minuten... Danke, Mr. Sulu... vernichten. In etwa fünf Minuten, Commander. Falls wir überhaupt so lange brauchen. Meine Leute sind über Ihr Verhalten leicht verärgert.«

Möglicherweise bestätigte das, was Kaiev auf seinem Bildschirm sah, McCoys Worte. McCoy machte sich nicht die Mühe nachzuschauen. Jedenfalls sah der Mann rechtschaffen nervös aus... Und warum auch nicht? »Commander«, sagte Kaiev, »Sie wissen, daß ich nicht um Ihre Bedingungen bitten kann. Das wissen Sie doch.«

»Natürlich weiß ich es«, sagte McCoy. »Und ob Sie's nun glauben oder nicht, ich billige es. Fragen Sie bloß nicht nach den Gründen. – Commander, wir müssen uns im Moment um andere Dinge kümmern. Aber zuerst möchte ich hören, daß Ihr geplanter Angriff abgeblasen ist.«

Kaiev schaute nun noch unbehaglicher drein. »Commander, meine Befehle...«

»Sie haben einigen Spielraum«, sagte McCoy. »Sie

haben genug Spielraum, um keinen Selbstmord begehen zu müssen... wenn auch nicht *mehr*. Glauben Sie mir, Commander, Sie sollten ihn lieber nutzen. Ich bin im Moment nicht dazu in Stimmung. Wenn Sie auch nur eine Bewegung machen, die mir nicht gefällt, hacke ich Ihr Schiff in Stücke und verscherble es als Andenken... denn es wird nicht genug von ihm übrig bleiben, um es an einen Schrotthändler zu verkaufen.« Er lächelte verhalten. »Und außerdem, wenn Sie jetzt versprechen, uns nicht anzugreifen, brauchen Sie später keine Versprechungen mehr zu machen. Ich kenne die Klingonen zu gut, um *damit* zu rechnen. Waffenstillstand, bis die Lage sich verändert.«

Kaiev dachte darüber nach. McCoy lächelte. Die Klingonen waren im Grunde nicht hinterhältig – dies war nur ein Vorurteil, das der menschliche Geist ausgebrütet hatte. Sie waren freilich geborene Opportunisten. Sie versprachen alles und hielten ihr Versprechen, bis sich die Lage zu ihren Gunsten veränderte. Dann galt kein Versprechen mehr. McCoy hatte nichts dagegen; so wußte man wenigstens, was passieren würde, und bis es soweit war, hatte man genügend Zeit, um sich keine Sorgen machen zu brauchen. Konnte sein, daß die Zeit eine Änderung erbrachte.

»Nun?« sagte er. »Also los, Kaiev, sitzen Sie nicht nur rum und halten Maulaffen feil. Wir müssen gewisse Dinge besprechen. Haben wir nun einen Waffenstillstand? Oder muß ich Sie in den Orkus blasen, die Souvenirstückchen einsammeln und wieder runtergehen, um unsere Vermißten zu suchen?«

»Na schön«, sagte Kaiev. »Ich verspreche es. Ich habe keine große Wahl, weil Sie uns gegenüber im Vorteil sind.« Er runzelte die Stirn. »Ich kann noch immer nicht verstehen, warum Ihr Volk sich so benimmt. Ich hätte Sie wirklich vernichtet.«

McCoy zuckte die Achseln. »Sagen wir mal, daß unsere Weltanschauung uns behindert«, sagte er. »Und damit müssen wir halt leben. Ich glaube, daß wir eventuell wissen, wo Ihre Leute sind, Kaiev.«

Bei diesen Worten zeigte sich eine große Erleichterung in Kaievs Blick. *Interessant,* dachte McCoy. *Gehört ein Verwandter von ihm zur Landeeinheit? Ein enger Freund?*

»Wo?« fragte Kaiev.

»Sie werden es kaum glauben…«

»Commander«, sagte Sulu. *Wie eigenartig, daß er mich nicht ›Doktor‹ nennt,* dachte McCoy und schaute ihn an. »Sir, im Subraum bewegt sich etwas. Wird stärker. Ich glaube, wir kriegen Gesellschaft.«

»Registriert. Bereitmachen. – Kaiev, ich glaube, Ihre Leute sind zeitversetzt worden – etwa sieben bis zehn Standardtage in die eine oder andere Richtung.« Als er sah, daß das eifrig gespannte Gesicht des Klingonen über Verwirrung zum Zorn wechselte, fügte er hinzu: »Ich habe doch *gesagt,* Sie würden es kaum glauben. Sie müssen sich einfach damit abfinden. Machen Sie mit den Daten, was Sie können, denn die Dinge sind im Begriff, sich zu verändern. Aber sie sind auf dem Planeten *gewesen* – oder werden es in Kürze sein. Wir müssen jetzt…«

»Anflug«, sagte Sulu. »Bildschirm teilen. Drei Schiffe nähern sich. Haben Warp abgeschaltet. Entfernung: zwei Lichtminuten. Sie bremsen ab. ETA zu Kreisbahn zweikommaneun Minuten.«

»Kaiev«, sagte McCoy, »wir müssen diese Situation überleben. Lassen Sie sich nicht verrückt machen. Wenn wir diese Begegnung nicht überleben, besteht keine Hoffnung, daß Sie Ihre Leute zurückbekommen. Glauben Sie mir.«

Kaiev sah ergriffen aus. »Glauben Sie mir«, sagte McCoy. »Die Chancen, daß Sie die Daten und Ergebnisse, die wir haben, duplizieren können, sind sehr, sehr gering. Ich habe nicht das geringste gegen Sie. Ich möchte meine Leute ebenso gern zurückhaben wie Sie die Ihren. Berauben Sie uns nicht unserer Chancen.«

211

»Positive Identifikation«, sagte Chekov. »Klingonische Schiffe *Sakkhur, Irik* und *Kalash.* Alle voll bewaffnet, alle Waffensysteme bereit.«

McCoy nickte und ließ seinen Blick über die einzelnen Posten wandern. »Registriert. Meine Damen und Herren, machen Sie sich fertig.« *Gütiger Gott, wäre ich doch in der Krankenstation, wo ich hingehöre!* Aber er mußte lächeln. *Und möge es nicht das letzte Mal sein, daß ich so etwas denke …*

Der Bildschirm zeigte drei Klingonenschiffe, die mit Unterlichtgeschwindigkeit in Richtung ›Fliegendreck‹ einschwenkten. Es waren ausnahmslos Schwesterschiffe der *Ekkava* – nicht größer, doch vier Schiffe dieses Typs mußten zusammen in der Lage sein, das zu tun, zu dem eines allein nicht fähig war. McCoy rutschte auf seinem Sitz hin und her.

»Uhura«, sagte er, »darf ich um einen Moment Ruhe bitten?« Sie nickte, unterbrach die Verbindung zur *Ekkava* und ließ nur das Bild stehen. »Spock, wie lange können wir Ihrer Meinung nach einem konzertierten Angriff der vier Schiffe standhalten?«

Spock dachte darüber nach. »Ein paar Minuten. Weniger, wenn wir Pech haben oder in eine ungünstige Position manövriert werden.«

Ich möchte die Kreisbahn nicht verlassen. Aber es gibt offenbar keinen Grund, es nicht zu tun. Es ist ja nicht so, als wäre Jim körperlich da unten … Er seufzte. Er durfte nicht nur an Jim denken. Sie durften auch die Ornae und die Lahit nicht vergessen. Sie waren – zumindest relativ – arglos und konnten sich gegen keinen Versuch der Klingonen wehren, ihre Leute ›aus Angst‹ freizugeben. »Dann lassen wir es«, sagte er. »Wir müssen in der Nähe des Planeten bleiben und ihn so gut wie möglich verteidigen. – Ton ein, Uhura. – Kaiev, es geht also los.« Er schaute seinem Gegenüber kurz in die Augen. »Passen Sie auf Ihre Leber auf.«

Kaiev senkte schweigend den Blick.

»Commander«, sagte Uhura, »die drei anderen Schiffe melden sich. Sie fordern uns zur Aufgabe auf.«

»Später, Commander«, sagte McCoy. »Uhura, Verbindung trennen.« Kaievs Gesicht verblaßte auf dem Schirm und wurde durch das Bild der sich nähernden Schiffe ersetzt. »Was die da angeht, sagen Sie: ›Kommt nicht in die Tüte.‹« Als ihn die Brückenmannschaft in einer Mischung aus Erstaunen und Beifall ansah, sagte er: »Das sagt man doch so, oder?«

»Doktor«, sagte Spock, »ich habe gar nicht gewußt, daß Sie Militärexperte sind.«

McCoy schaute den Vulkanier über seine Schulter hinweg an. Er hatte seinen Posten verlassen und stand nun neben ihm. »Sie wissen doch, wie es ist, Spock«, sagte er. »Wer die Fehler der Vergangenheit nicht kennt, wird auch nicht in der Lage sein, sie zu genießen, wenn sie in der Zukunft neu gemacht werden.«

Spock hob beide Brauen, dann schaute er zum Bildschirm hinauf.

Die klingonischen Schiffe hatten in einer Standard-Umzingelungsformation in Diamantenform um die *Enterprise* angehalten. Die *Ekkava* stand vorn und bildete die vierte Ecke.

»Uhura, haben Sie noch was gesagt?«

»Noch nicht, Doktor. Sie lassen sicher gerade eine semantische Analyse ablaufen.«

»Was?« sagte McCoy überrascht. »Hat etwa noch *nie* jemand zu denen ›Kommt nicht in die Tüte‹ gesagt?«

»Vielleicht«, sagte Spock, »glauben sie, der Satz könne auch eine andere Bedeutung haben.«

»Tausend Dank, Spock. Schärfen Sie Ihre spitze Zunge an etwas anderem.«

»Zwischen der *Ekkava* und den anderen Schiffen werden Nachrichten ausgetauscht, Commander«, sagte Uhura. »Ich kann den Inhalt aber noch nicht entschlüsseln. Sie verwenden einen neuen Zerhacker.«

»Auch das noch.«

»Nein, ist schon in Ordnung«, sagte Uhura. »Geben Sie mir etwa eine Viertelstunde.«

»Sie glauben, Sie können den Kode knacken?«

Uhura lächelte. »Mal sehen«, sagte sie.

Ein paar Minuten herrschte Stille. Dann sagte Uhura »Eine Nachricht von der *Irik*, Doktor.«

»Rein damit.«

Der Schirm zeigte das Abbild der Brücke eines anderen klingonischen Kampfkreuzers, doch diesmal saß eine junge Frau auf dem Kommandantensitz. Sie wirkte sehr ernsthaft, hatte einen wilden Ausdruck im Gesicht und sehr auffallendes rotgoldenes Haar, das McCoy noch nie bei einer Klingonin gesehen hatte. *Sie hat es doch bestimmt nicht gefärbt,* dachte er. *Vielleicht ein genetischer Schluckauf?*

»Sind Sie Commander McCoy?« fragte sie mit einer Stimme, die nicht im geringsten nach der einer schneidigen Offizierin klang. Sie hatte ein dünnes, weiches Stimmchen jener Art, die jeden dreißig Jahre jünger klingen läßt, als er wirklich ist.

»Ma'am«, sagte McCoy und deutete im Sitzen den Anflug einer Verbeugung an, »ich stehe ganz zu Ihren Diensten.«

»Ach, wirklich? Aber dazu kommen wir in Kürze noch. Ich bin Commander Aklein, die Leiterin dieses Einsatzkommandos.«

»Freut mich.«

»Das bezweifle ich.« Sie beäugte ihn mißtrauisch. »Ich muß schon sagen, es ist schwer zu glauben, daß Sie den mächtigen Kirk in einem Duell besiegt haben. Sie sehen gar nicht wie der typische Duellant aus.«

McCoy lächelte nur. »Die Kunst des Tötens erfordert nicht nur bloße Kraft«, sagte er. »Gerissenheit bringt einen auch ans Ziel... oder ein Messer im Rücken, wenn es dunkel ist.«

Er wagte nicht, sich zu bewegen, um in die Gesichter seiner Leute zu sehen. Aklein runzelte leicht die Stirn.

»Sie klingen wie eine Seite aus unserem Heiligen Buch, Commander«, sagte sie. »Vielleicht sind wir uns doch ähnlicher, als wir angenommen haben.«

McCoy zuckte die Achseln. »Verzeihen Sie, Commander, aber Sie haben die weite Reise doch bestimmt nicht um einer soziologischen Studie willen gemacht. Was haben Sie nun vor?«

Aklein setzte sich auf ihrem Platz zurecht. »Die Entführung unseres Personals auf dem Planeten«, sagte sie, »ist ein feindseliger Akt, Sir, der nicht hingenommen werden kann, wer ihn auch verübt hat ...«

McCoy schlug den Blick zur Decke. »Es existiert kein Beweis für eine Entführung, Commander. Weder für die unserer noch die *Ihrer* Leute. Unsere Scans des Planeten zeigen mit äußerster Deutlichkeit, daß keiner von uns auch nur in der Nähe war, als Ihre Leute verschwanden. Wie unsere und Ihre Aufzeichnungen bestätigen werden, gab es zu dieser Zeit auch keinerlei Transporteraktivitäten ...«

»All das wissen wir. Aber wir können daraus nur den Schluß ziehen, daß eine der einheimischen Spezies dafür verantwortlich ist. Und wir hegen den Verdacht, daß Sie sie dazu aufgestachelt haben ...«

McCoy fing an zu lachen. »Commander«, sagte er, »es ist mir eine Freude, Ihnen alles Material zugänglich zu machen, das wir bei unserem Kontakt mit den planetaren Völkern in den letzten Tagen aufgezeichnet haben. Sie zu irgend etwas *aufzustacheln*, ist dem Unmöglichen ebenso nahe, wie ihre Fähigkeit, deutliche Antworten auf deutliche Fragen zu geben.«

Aklein wirkte nun leicht beleidigt. »Ist mir egal. Wir sehen uns selbst auf dem Planeten um, um die Erkenntnisse der *Ekkava* zu bestätigen. Dann beginnen wir mit Strafaktionen gegen die Einheimischen, bis sie ...«

»Das werde ich nicht zulassen«, sagte McCoy.

»Es dürfte Ihnen schwerfallen, uns daran zu hindern«, sagte Aklein mit einem verhaltenen Lächeln.

215

McCoy lächelte nicht. »Überlegen Sie es sich noch einmal, Commander. Dies hier ist die *Enterprise*. Sie besteht nicht nur aus einem Menschen, auch wenn er sie berühmt – oder in Ihren Kreisen: berüchtigt – gemacht hat. Sie besteht aus vierhundertachtunddreißig Lebewesen – für die Sie ein interessantes Problem sind ... aber ein solches, das wir längst zu lösen gewöhnt sind.«

»Sie jagen mir keine Angst ein, Commander.«

»Gut«, sagte McCoy. »Angst als Mittel der Abschreckung wird sowieso gewaltig überschätzt. Der Tod dient dazu viel besser.«

Aklein blinzelte. »Commander«, sagte Sulu leise, »weitere Bewegungen im Subraum. Es kommen noch zwei Schiffe.«

»Wirklich?« sagte McCoy. Er schaute auf den Bildschirm. »Ich dachte, Sie befehligen dieses Einsatzkommando, Commander. Kann es sein, daß Ihnen daheim irgendwer nicht ganz traut?« Dann kam ihm ein erfreulicher Gedanke, so unglaublich er auch war, und er fuhr fort: »Oder könnte es etwa sein, daß *unsere* Verstärkung eingetroffen ist?«

Aklein riß die Augen auf. Sie warf einen Blick auf ihre Kommandokonsole und schaute wieder auf. »Aber Kaiev ...«

»Ich komme aus dem Süden, Ma'am«, sagte McCoy, »und selbst dort, wo nur freundliche Menschen leben, erzählen wir unseren Freunden nicht *alles*. Und denen, die uns nicht ganz so freundschaftlich verbunden sind, erzählen wir noch weniger.«

»Keine zwei Schiffe, Commander«, sagte Sulu plötzlich.

»Noch mehr?«

»Nein. Eins.«

»*Eins?*« McCoy stand auf und lugte über Sulus Schulter auf den Scanner. »Gütiger Gott, was ist *das*?! Lese ich richtig? Das ist ja riesig!«

»Es ist riesig, Commander«, sagte Spock, der nun von der wissenschaftlichen Station kam, um Chekov ebenfalls über die Schulter zu blicken. »Ich habe zuerst auch angenommen, daß es zwei Schiffe sind. Aber es ist eine Einzelspur. Es nähert sich mit Warp sechs, bremst ab und geht gleich auf Unterlichtgeschwindigkeit.«

»Wie wär's damit, Commander?« sagte McCoy zu Aklein. »Ist das eine Überraschung? Ich glaube nicht, daß *Sie* so etwas haben. Ich frage mich, wer so was *überhaupt* hat.«

»Zurück zum Alarmstatus«, sagte Aklein eilig zu einem hinter ihr stehenden Offizier.

»Sie haben meine Gefühle verletzt, Aklein«, sagte McCoy. »Soll das etwa heißen, daß Sie den Alarmstatus bei unserem Anblick *aufgehoben* haben? Darüber müssen wir später noch mal reden.« Zu Spock sagte er: »Sind alle fertig?«

»Wir sind bereit«, sagte Spock.

»Schiff nähert sich nun mit Unterlicht«, sagte Sulu mit alarmierter Stimme. »Ein großes Schiff, Commander. Bremst scharf aus Nullkommaneunneun. Nullkommaachtneun, siebenneun, sieben, fünfneun ...«

Spock eilte an seinen Platz zurück. »Unbekannter Typ«, sagte er kurz darauf. »Für seine Größe außerordentlich übermotorisiert.«

»Äußerst schwer bewaffnet«, sagte Chekov und schaute auf die Waffenkonsole. »Zwanzig Phaserbänke, alle geladen, alle scharf gemacht. Photonentorpedos, Traktoren, Blitzplasmageneratoren. Was ersiehst du daraus?« fragte er Sulu.

Sulu schaute es sich ebenfalls an. »Phasenpaket-Partikelstrahlbeschleuniger«, sagte er. »Bei allen Kometen!« Er schüttelte den Kopf und schaute McCoy an. »Das sieht aber übel aus«, meinte er dann. »Sie haben einen Schildfetzer. Zum Glück können sie nicht schießen, wenn er eingeschaltet ist.«

217

»Und was hat das Ding für eine ID?« fragte McCoy.

»Keine ID, Commander«, sagte Spock. »Aber die Konfiguration paßt zu einem Bericht, den ich kürzlich gelesen habe.«

»Wer, zum Teufel, ist das?!«

»Es handelt sich mit hoher Wahrscheinlichkeit um einen orionischen Piraten«, sagte Spock.

Die Waffenkonsole stieß nervenzerfetzende Piepsgeräusche aus, die McCoy noch nie gehört hatte. »Sulu«, sagte er, »würden Sie bitte …«

»Aye, Sir«, sagte Sulu. Er schaltete den Audioalarm ab. »Was es auch für ein Schiff ist, es hat einen Sperrfeuerrahmen auf uns gerichtet.«

»Machen Sie das sofort auch«, sagte McCoy. »Falls sie schießen, erwidern Sie das Feuer. Und besorgen Sie uns um Himmels willen ein Bild! Der Teufel soll mich holen, wenn ich auf etwas schieße, das ich nicht sehen kann. Scotty, wie sieht's mit den Schutzschilden aus?«

Scotty wirkte nervös. »Der Partikelstrahlbeschleuniger … ist eine üble kleine Waffe, Doc … Commander. Die Ingenieurabteilung von Starfleet arbeitet noch immer an Abwehrmaßnahmen.«

»Hören Sie, Scotty, Sie wollen mir doch nicht erzählen, daß Sie nicht schon was dagegen erfunden haben?«

»Nun, um die Wahrheit zu sagen, ich habe mich *schon* ein wenig mit dem Problem befaßt …«

»Befassen Sie sich weiter damit. Was können wir in der Zwischenzeit machen?«

»Schießen«, sagte Sulu.

»Noch nicht«, sagte McCoy. Er dachte an seinen Eid, Leben zu erhalten, auch dann, wenn es um das Leben von Piraten ging. Aber es widersprach seinem Eid als Starfleet-Offizier, das Schiff zu beschützen und zu erhalten. Die geistige Auseinandersetzung war ziemlich laut. »Warten Sie noch. Spock, haben wir schon ein Bild?«

»Jetzt«, sagte Spock. Der Schirm teilte sich und zeigte das Bild des auf sie zukommenden Dings. Das Schiff war *wirklich* gewaltig. Es war etwa viermal so groß wie die *Enterprise.* »Das ist ja eine ganze Stadt, was, Spock?« sagte McCoy, als die große, schlanke, rechteckige Masse, bucklig und von Schleusen, Bombenschächten und Waffenöffnungen umsäumt, längsseits ging. »Sie leben zu mehreren Tausend in diesen Dingern und ziehen von einer Welt zur anderen, um sie auszuplündern.«

»Davon geht man zwar im allgemeinen aus«, sagte Spock. »aber wir haben nur wenige Daten. Außerdem neigen sie dazu, jedes Schiff zu vernichten, das ihnen begegnet, sofern es nicht zu ihnen gehört.«

»Wirklich nette Burschen«, sagte McCoy. Er schaute auf das Bild von Commander Aklein. »Nun, Ma'am?« sagte er. »Was jetzt?«

»Ich muß Rücksprache nehmen«, sagte sie eilig und trennte von sich aus die Verbindung.

»Dann beeilen Sie sich mal«, sagte McCoy, als die *Enterprise* leicht erbebte. »Was war das? Ein Testschuß?«

»Ja. Phaserstrahl.«

»Sie sind zu weit entfernt, um uns zu treffen«, sagte McCoy mit Hoffnung im Herzen.

»Nein, sind sie nicht«, sagte Sulu. »Der Strahl ist dilithiumverstärkt.«

»Ist das nicht etwas teuer?« sagte McCoy. Er nahm ziemlich eilig wieder Platz. Die *Enterprise* erbebte zum zweitenmal.

»Nicht für Orion-Piraten«, sagte Uhura. »Eins der wenigen Worte ihrer Sprache, das wir kennen – ›jemanden bezahlen‹ –, heißt bei uns ›stehlen‹.«

»Die Schilde halten«, sagte Scotty. »Aber nicht mehr lange, wenn sie mit dem Fetzer loslegen.«

»Uhura, stellen Sie einen Kom-Kontakt her.«

»Habe ich schon versucht. Keine Antwort.«

»Verdammt«, sagte McCoy. Er hatte den Eindruck, daß sich seine Möglichkeiten allmählich dem Nullpunkt näherten. »Was wollen die denn nur?«

»Wahrscheinlich wollen sie Wilderer verjagen«, sagte Sulu. »Jemanden aus dem Gebiet vertreiben, das sie für ihr Territorium halten. Sie feuern nur, weil sie schon mal hier gewesen sind und nicht wollen, daß sich jemand hier breitmacht.«

»Ich muß Mr. Sulu zustimmen«, sagte Spock. »Seine Hypothese ist sehr wahrscheinlich.«

»Na, wunderbar«, sagte McCoy. Er packte die Lehnen des Kommandosessels. »Feuerbereit machen.«

»Fertig«, sagten Sulu und Chekov.

McCoy wartete. Einatmen.

Und noch mal.

Und noch mal. Das Schiff auf den Bildschirmen wurde immer größer.

Und noch mal einatmen.

Dann wurde alles weiß.

9

Nun«, sagte Kirk, »ist es nicht gemütlich hier?« Er warf einen Blick auf die ziemlich entrüsteten Klingonen. Da er ihnen ihre gesamten Waffen und Kommunikatoren abgenommen hatte, vermieden sie es, ihn anzusehen. Sie saßen auf dem Boden der Schneise herum und zogen ziemlich mürrische Gesichter. Es war ihm gleich; es war besser, als wenn sie einen Versuch machten, ihm an die Gurgel zu springen.

Er wandte sich an den Meister der ;At. »Ich muß Verbindung zu meinem Schiff aufnehmen, Sir. Die Anwesenheit dieser Leute bedeutet, daß die meinen sehr wahrscheinlich in irgendwelchen Schwierigkeiten sind.«

»Sie hören doch, wie sich Ihr Apparat aufführt«, sagte der Meister. »Ich fürchte, ich kann nichts daran ändern...«

»Ja, aber mir ist eine Idee gekommen...«

Die junge Klingonin musterte Kirk mit unverhülltem Ekel. »Warum tun Sie so, als könnten Sie dieses Kauderwelsch verstehen?« sagte sie. »Entweder sind Sie irre oder abartig.«

»Verzeihung, Erste Spezialistin«, sagte Kirk, »aber Sie kennen mich nicht gut genug, um auch nur eine Ihrer Behauptungen aufrechtzuerhalten.« *Andererseits,* dachte er, *ist der Vorteil der Lage auf meiner Seite, wenn sie wirklich nicht verstehen, was wir reden. Natürlich könnte es ein Trick sein, der mir einreden soll, ich könne offen mit dem ;At über alles sprechen...*

»Was für eine Idee?« fragte der Meister.

»Vor einer Weile haben wir über Ihre Fähigkeit gesprochen, in anderen Teilen des Raum-Zeit-Kontinuums zu … existieren.«

»Das haben wir.«

»Mein Kommunikator ist im Moment blockiert. Gibt es etwas, das Sie daran hindern könnte, sich an einen … ähm … anderen Ort der Raum-Zeit zu begeben und meinen Leute zu sagen, was hier vor sich geht? – Oder vorgehen *wird*?«

»Leider ja«, sagte der Meister. »Wir haben schon vor langer Zeit gelernt, uns nicht auf diese Weise an der Struktur der Dinge zu schaffen zu machen. Es bereitet unausweichlich mehr Probleme als es löst.«

Kirk seufzte. »Nun, fragen mußte ich. Verzeihen Sie, Sir, aber in Zeiten wie diesen muß ich bei meinen Leuten sein. Ich muß einen Weg finden, zu ihnen zu gelangen.«

»Ihre Verdruß tut mir leid«, sagte der Meister. »Korrigieren Sie mich, falls ich Ihre Technik falsch verstehe, aber wenn Ihre Kommunikation nicht funktioniert, wird Ihr Transporter aller Wahrscheinlichkeit nach ebenfalls nicht funktionieren, da die Trägersignale aufeinander abgestimmt sind.«

»Stimmt«, sagte Kirk. Er war nicht im geringsten überrascht, daß der ;At davon wußte. Er hatte schon längst daran gedacht. »Nun, jedenfalls sollte ich so schnell wie möglich zu meinen Leuten auf die Lichtung zurückkehren. Ich nehme diese Bande mit, damit Sie den Rücken frei haben.«

»Was wird mit ihnen geschehen?« fragte der Meister.

»Ach, wir schicken Sie auf ihr Schiff zurück, da gibt's keine Probleme. Ihr Commander wird sich möglicherweise über sie ärgern, aber nicht so, wie ich mich über ihn ärgern werde, weil er sich ohne Begrüßung einfach an uns rangepirscht hat. Ich möchte gern wissen, wie er es gemacht hat.« Kirk empfand leichten Grimm; es sah der *Enterprise* gar nicht ähnlich, ein Schiff in ein System eindringen zu lassen, ohne ihn davon in Kenntnis zu setzen. Wenn McCoy daran schuld war, sah die Sache allerdings etwas anders aus. Wenn auch nicht viel anders. Er hörte Pille schon sagen: »Ich hab' keinen Grund gesehen, dich zu beunruhigen. Du hättest ohnehin nichts daran ändern können, und sie haben eben ganz harmlos gewirkt...«

Nein, dachte er, es hat keinen Sinn, einen Versuch zu machen, die Lage zu beurteilen, ohne zu wissen, was vor sich geht. Es kann ebenso sein, daß unsere lieben Freunde eine neue Methode entwickelt haben, sich anzuschleichen. Vielleicht haben sie einen neuen Tarnschirm? Aber trotzdem: Was wollen die Klingonen hier?

»Sie«, sagte Kirk und warf der jungen Frau einen bedeutungsvollen Blick zu. »Erste Spezialistin Katur.« Sie legte den Kopf auf die Seite, als wolle sie »Ja?« sagen. »Was, zum Teufel, wollen Sie hier?« Kirk begutachtete die Grabgeräte und den Pfad, den die Lahit in Richtung auf die Gewächse in der Mitte der Schneise angelegt hatten. Die Lahit standen noch immer rund um den Platz und erzeugten leise, aufgeregte Zischlaute.

Katur schaute ihn finster an. »Das sage ich nicht.«

»Oh, doch«, sagte Kirk und ging langsam auf sie zu. »Sonst werden Sie gleich erfahren, ob all die grauenhaften Geschichten, die über mich erzählt werden, wirklich stimmen.« Er bückte sich und hob eine der klingonischen Handwaffen auf, die mehr oder weniger unter dem Meister lagen. »Darf ich mir die mal ausleihen?« sagte er. »Danke. Eine üble Waffe. – Man kann sie ja nicht mal auf Betäubung einstellen. Aber Sie hatten ja immer schon eine besondere Beziehung zum Tod.«

Katur stierte ihn an. »Also raus damit«, sagte Kirk und ließ seinen Zorn deutlich in seinem Tonfall mitschwingen. »Was ist das für ein Zeug?«

»*Tabekh*«, sagte Katur eilig.

»Was ist es?«

Sie zögerte.

»Ich meine, was macht ihr damit?«

»Sag's ihm nicht«, sagte ein anderer Klingone. »Dann nehmen sie es selbst mit.«

»Wozu dient es?« fragte Kirk und tat einen weiteren Schritt nach vorn.

Katur schluckte. »Es ist Rohstoff, aus dem man *Tabekhte* macht.«

»Und was bewirkt das?« Kirk kam ein schrecklicher Gedanke. »Ist es eine Droge?«

Katur erdolchte ihn mit Blicken. »Schwachkopf«, sagte sie. »Wir tun es ins Essen.«

Kirk schaute sie an. »Nur die Pflanze?«

»Nein. Wir machen ein Gewürz daraus.«

Kirk empfand widerwillig Interesse. *Der Himmel möge uns beistehen,* dachte er, *es ist eine Rohzutat für klingonische Worcestersauce.* Ihm fiel Spocks gelegentliche Beschwerde über die mangelnde Frische des Gemüses aus der Hydroponik ein. McCoys Gequengel über das geschmacklose, dehydrierte aufbereitete Fleisch. Scottys Gemurmel über zu wenig weiße Rüben und Erpeln. *Ich muß mich wirklich mal erkundigen, was ›Erpeln‹ sind.* Kirk lächelte verhalten. »Erste Spezialistin, das Gemaule über die Verpflegung auf Schiffen gehört zu den Grundrechten aller Raumfahrer. Würde man es illoyal nennen, ist fast jeder, den ich kenne, ein Verräter. Aber schaffen Sie es wirklich nicht ohne dieses Zeug?«

Die Klingonen schauten ihn finster und schweigend an.

»Dann müssen Sie mit den Bewohnern dieser Welt zu einer Übereinkunft kommen, ob Sie es mitnehmen dürfen oder nicht«, sagte Kirk. »Aber ich frage mich, aus welchem Grund Sie sonst noch hier sind.« Niemand sagte etwas. »Nun, ich nehme an, diese Frage darf ich nicht Ihnen, sondern nur Ihrem Commander stellen.« Kirk warf die klingonische Waffe wieder auf den Boden und nahm sich einen Moment Zeit, um die Art und Weise zu bewundern, wie es dem Meister gelang, sich auf sie zu stellen, ohne sich von der Stelle zu rühren. Wenigstens sah es so aus. »Sir, ich möchte diese Leute gern mit zu den meinen auf die Lichtung nehmen. Dort wird man sie festhalten, bis unsere Verständigung wieder funktioniert und wir herausbekommen haben, was da oben vor sich geht.«

»Wie Sie wollen«, sagte der Meister der ;At. »Aber wenn sie etwas von der Pflanze mitnehmen möchten, dürfen sie es tun. Die Lahit garantieren ihnen freien Abzug.«

Kirk warf einen Blick auf die nervös wippenden Lahit. »Haben sie Verwendung dafür?« fragte er.

»Sie reden mit ihr«, sagte der Meister.

Kirk nickte. »Dann nehmt sie euch«, sagte er zu den Klingonen. Sie fingen sofort an, Blätter von der Pflanze abzupflücken.

»Und was Sie betrifft, Sir«, sagte Kirk, »so würde ich gern morgen mit Ihnen weiterreden, wenn ich darf. Ich glaube, wir müssen noch ein paar Dinge besprechen.«

»Wahrscheinlich nicht«, sagte der Meister der ;At, doch seine Stimme klang erfreut. Kirk runzelte die Stirn. »Aber treffen werden wir uns in jedem Fall. Zu Ihren Diensten, Captain. Ich glaube, Sie sind wahrscheinlich viel beschäftigter als ich.«

»Also dann bis morgen früh«, sagte Kirk.

»Abgemacht«, sagte der Meister.

»In Ordnung, ich glaube, mehr könnt ihr nicht tragen«, sagte Kirk zu den Klingonen und zückte seinen Phaser. »Gehen Sie bitte voraus. Ein Stückchen weiter voraus, wenn ich bitten darf.« Die Klingonen marschierten in einer Reihe vor ihm her und verließen die Schneise. »Einen schönen Tag noch, Sir«, sagte Kirk zum Meister. »Es war ja ziemlich ruhig heute. Hier wirkt alles so friedlich... und entspannend.«

»Freut mich, daß Sie es so sehen. Ich wünsche Ihnen ebenfalls einen schönen Tag, Captain.«

Kirk nickte der Felsensäule vertraulich zu – wenn sie denn eine war; er war sehr daran interessiert, was Pilles Tricordermessungen dazu sagten – und folgte der kleinen Gruppe von der Schneise über den Kamm und dann den Hügel hinunter.

»*Verdammt!*« schrie McCoy. »*Sind wir tot?*«

»Nein«, sagte Spock, »aber es ist ungewiß, wie lange der momentane Zustand noch anhält.«

McCoy schluckte. Das Schiff erbebte noch unter dem letzten Treffer; was immer sie getroffen hatte. »Scotty – Meldung!«

»Schilde halten«, sagte er. »Gerade *so*. Doktor, ich rate Ihnen, daß wir uns verziehen.«

»Wie recht Sie haben! Mr. Sulu, leiten Sie Ihr bestes Ausweichmanöver ein. Bringen Sie uns hier raus. Uhura, geben Sie mir die Klingonenschiffe, aber alle! Senden Sie!«

»Schon verbunden, Doktor!«

»Meine Damen und Herren vom klingonischen Imperium«, sagte McCoy, »hier spricht Commander Leonard McCoy von der *Enterprise*. Verzeihen Sie mir, daß ich die Formen mißachte, aber das sich nähernde Schiff scheint sich nicht für Formalitäten zu interessieren. Nachdem wir mit unserem Gast auf scheinbar bestmögliche Weise verkehrt haben, kehren wir in die Kreisbahn zurück und kümmern uns dann um die anderen Dinge. Bis dahin rate ich Ihnen, auf Ihr Hinterteil zu achten. – McCoy, Ende.«

»Angekommen, Doktor. Rückbestätigung der Klingonen.«

»Sie sollten sich was Besseres einfallen lassen als eine Rückbestätigung«, murmelte McCoy und schaute zu, als der Planet unter ihnen verschwand. *Wir kommen bald zurück, Jim,* dachte er. *Hoffentlich...* »Folgen die Orioner uns?«

»Positiv«, sagte Spock.

»Verdammt«, sagte McCoy. »Das ist der Preis des Ruhms. Stünde die *Enterprise* auf regulärer Grundlage unter meinem Befehl, würde ich zuerst den Namen übermalen. – Uhura«, fügte er hinzu, »welche Ortung verwenden die Orioner?«

»Schwer zu sagen, Doktor. Laut letztem Kenntnisstand Standardortung. – Mr. Spock?«

»Üblich ist meiner Meinung nach Standardortung. Sie unterscheidet sich nicht besonders von der unseren.«

»Gut. Können wir sie blockieren? Oder verhüllen?«

»Zu einem gewissen Grad, auf interstellaren Strekken.«

»Gut. Sulu, bringen Sie uns ein ordentliches Stück aus der Kreisbahn. Schwenken Sie dann wieder ein – in einer hübschen, langen, engen Hyperbel. Chekov, berechnen Sie sie so, daß wir um den Planeten katapultieren und danach ohne Zusatzenergie wieder rauskönnen. Spock, wenn die Kreisbahn feststeht, möchte ich, daß kurz vor der Drehung alles abgeschaltet wird, was wir uns leisten können. Keine entbehrlichen Emissionen.«

Spock blinzelte. »Die Strategie kommt mir bekannt vor, Doktor«, sagte er. »Und sie ist wirkungsvoll. Wüßte ich es nicht besser, würde ich annehmen, Sie hätten Jellicoe gelesen. Oder möglicherweise Smith.«

McCoy lächelte leicht verlegen. »Jim hat mir die Strategiebücher laufend unter die Nase gehalten und mir ständig erzählt, daß ich sie lesen soll«, sagte er. »Damals sah ich keinen Sinn darin. Aber vielleicht hatte er recht. Gestern nacht habe ich mich regelrecht durch sie hindurchgefressen.«

»Ein Klingonenschiff verläßt den Orbit, Doktor«, meldete Chekov. »Es ist Kaiev.«

McCoy riß die Augen auf. »Ich frage mich, was er vorhat.«

»Er feuert von hinten auf das Piratenschiff, Doktor«, sagte Sulu, der seinen Scanner im Auge behielt. »Photonentorpedos, volle Breitseite.« Eine Sekunde später sagte er: »Wirkungslos. Sind alle danebengegangen.«

»Was hat er vor?« sagte McCoy leise. »Er könnte doch Reißaus nehmen.«

»Meldung von der *Ekkava*, Doktor«, sagte Uhura. »Keine direkte. Ein Strahl.«

»Her damit.«

Sie hatten plötzlich wieder die Brücke der *Ekkava* im Bild und sahen Kaiev. Er schwitzte noch immer. McCoy fragte sich allmählich, ob der Mann überhaupt Medikamente bekam, oder ob der Schweiß auf etwas anderes zurückzuführen war. »*Enterprise*«, sagte er, »Sie haben sich mir gegenüber mutig gezeigt. Bevor wir alle sterben, möchte ich mich revanchieren.« Er legte eine kurze Pause ein und sagte: »Ich habe meine Tacrin-Dosierung erhöhen lassen. *Ekkava* – Ende.«

McCoy lächelte. Zum ersten Mal seit langer Zeit war ihm *wirklich* nach Lächeln zumute. »Behalten Sie ihn im Auge, Sulu«, sagte er.

»Er feuert noch immer, Doktor. Noch eine Torpedo-Breitseite. Ein Treffer diesmal. Aber ohne Wirkung. Das Schiff ist zu gut abgeschirmt.«

»Ein reaktionsfähiger Schild«, sagte Chekov. »Manche der neuen Klingonenschiffe sind damit ausgerüstet... das dort aber nicht, glaube ich. Das Schildkraftfeld hat eine viel höhere Ladung als ein normaler Waffenschild. Es absorbiert nicht nur die Kraft von Photonentorpedos, sondern wirft sie zurück. Das ist sehr übel, besonders, wenn man dicht dahinter ist.«

»Registriert«, sagte McCoy. »Trotzdem komisch. Normalerweise sind die Klingonen doch immer scharf auf jede neue Waffe, die mehr kann als ein Speer.«

»Die nicht, Doktor«, sagte Spock. »Reaktionsfähige Schilde und Partikelstrahlwaffen erfordern ungeheure Energievorräte... viel mehr, als Schiffe von der Größe des klingonischen oder des unseren befördern können. An Bord des Orionschiffes sind trotz seiner Größe wahrscheinlich nicht mehr als ein paar hundert Leute; der größte Teil des Platzes wird von Triebwerken und Waffeninstallationen eingenommen.« Spock verschränkte die Arme und setzte eine nachdenkliche Miene auf. »Wir haben es mit einem Szenarium zu tun, das bei Starfleet manchmal als Simulation durchgespielt wird... aber eher bei Übungen kreativer Ausweichmanöver.«

»Mr. Sulu ist äußerst kreativ«, sagte McCoy. Er ließ seine Knöchel knacken, dann schalt er sich. Er pflegte diese schlechte Angewohnheit nur, wenn er nervös war. »Was macht Kaiev?«

»Feuert noch immer«, sagte Chekov. »Das Piratenschiff ignoriert ihn.«

»Entweder will er es ablenken«, sagte McCoy, »oder...« Er zuckte die Achseln. »Vielleicht ist er, wie er sagt, einfach nur mutig. Es wäre mir lieber, er würde da verschwinden.«

»Zwei weitere Klingonenschiffe verlassen die Kreisbahn, Doktor«, meldete Spock. »Taktisches Bild.«

Der Computer legte eine taktische Ansicht auf den Frontbildschirm. Sie sahen vom planetaren Nordpol aus auf den ›Fliegendreck‹ umgebenden Teil des Weltraums. Die *Enterprise* befand sich fast am unteren Ende des Bildschirms, und die Markierungszahlen der X- und Z-Achsen veränderten sich rapide. Hinter der *Enterprise* schwang das Piratenschiff nach links und verließ fast die Ebene des Sonnensystems, um ihr zu folgen. Dicht hinter ihr feuerte noch immer die *Ekkava*. Als die Klingonenschiffe dem Planeten am nächsten waren, verließen sie die Kreisbahn und schwangen nach rechts hinter den Planeten.

229

»Wo wollen sie hin?« fragte McCoy. »Und was haben sie vor?«

»Wenn Sie lieber ein Realbild haben, kann ich es Ihnen geben, Doktor«, sagte Spock.

»Nein, lassen Sie es so«, erwiderte McCoy eilig. Beim Anblick von Schiffen sah er auch Menschen und Menschenleben, und dann führte sein Eid lärmende Diskussionen mit den anderen Verpflichtungen in seinem Kopf. Sah er jedoch ein sauberes, ordentliches Computerbild wie dieses, fühlte er sich eher an Messungen in der Krankenstation erinnert – an möglicherweise komplizierte, aber ordentliche, handhabbare Diagramme. Zudem verstand er taktische Bilder. 4-D-Schach, Go und Gwyddbwyll; alles Spiele, die er schon seit langem spielte.

Und außerdem gab es noch andere Quellen für gute Ideen.

»Diese Leute«, sagte er und maß den Lichtfunken, der die Piraten darstellte, »halten wohl nicht sehr viel von Raffinesse, was? Sie kommen her und ballern; das scheint ihre Lieblingstaktik zu sein.«

»Ich würde Ihnen zustimmen«, sagte Spock. Er kam von seinem Posten herunter und stellte sich einen Augenblick neben den Kommandosessel. »Es war ihnen immer am liebsten, sich bis an die Zähne zu bewaffnen und jeden Widerstand einfach niederzuknüppeln. Das Überraschungselement und Verrat waren stets bevorzugte Waffen.«

McCoy nickte. »Gut.«

»Gut?« sagte Uhura leicht verdutzt.

»Ja. Uhura, konnten Sie irgend etwas mit dem klingonischen Kode anfangen?«

»Was? Aber ja. Ich habe ihn schon vor einer Weile geknackt.«

»Den neuen?«

»Ich hatte ja ein paar Minuten Zeit.«

»Wunderbar! Schicken Sie folgende Botschaft an

die *Ekkava:* ›Wir spielen Verstecken. Kreisbahn merken.‹«

Spock schaute beunruhigt drein. »Ist das klug, Doktor?«

»Ich glaube schon. Machen Sie's, Uhura. Kodieren und abstrahlen.«

Uhura arbeitete kurz an ihrer Konsole. »Fertig.«

»Darf ich fragen, welche Strategie Sie erwägen, Doktor?« sagte Spock.

McCoy lehnte sich zurück. »Sind Sie mit den U-Booten des zwanzigsten Jahrhunderts vertraut? Die sind so leise und so tief wie möglich gefahren.«

»Die Strategie hat zwar einige Vorzüge«, sagte Spock, »aber vergessen Sie nicht, daß einige Aspekte unserer Anwesenheit, zum Beispiel Reststrahlung und Wärme, nicht abgeblockt oder anderweitig vertuscht werden können.«

»Weiß ich. Aber stimmt es nicht auch, Spock, daß der Weltraum in der Nähe der Sonne dieses Systems viel zu ›warm‹ ist, als daß man uns anhand *bloßer* Wärmeausstrahlung leicht ausmachen könnte?«

»Es stimmt zwar«, erwiderte Spock, »aber je mehr wir uns der Heliopause des Systems nähern, desto weniger Schutz werden wir vor einer Entdeckung dieser Art haben.«

»Weiß ich«, sagte McCoy. »So weit will ich ja gar nicht von hier fort. Obwohl ich annehme, daß unser Freund es glauben wird. Wie läuft's mit der Kreisbahn, Chekov?«

»Berechnet, Doktor«, sagte Chekov und betätigte einen Knopf. Sie wurde auf dem taktischen Bild sichtbar: Es handelte sich in der Tat um eine sehr enge Hyperbel, sie hatte fast den Umriß eines Kometen oder einer altmodischen Haarnadel. Eins ihrer Beine war eine Tangente zum Kreis des Orbits, den die *Enterprise* rund um ›Fliegendreck‹ beschrieben hatte. Das andere entfernte sich um etwa achtzigtausend Kilometer von dem Planeten und fiel allmählich in der Katapultkurve, um die McCoy gebeten hatte, wieder zu ihm zurück.

Ein Teil der Haarnadel war in der Nähe der Wendung ihrer Spitze vor dem Weiß des Hyperbelrestes rot markiert. »*Dort* müssen wir die Triebwerke einschalten«, sagte Chekov, »um in diese Kreisbahn zu kommen, Doktor.«

»Verstanden. Anlegen und ausführen.«

»Fertig, Doktor.«

»Sobald wir loslegen, wird alles abgeschaltet, was wir abschalten können«, sagte McCoy. »Also auch die Warp-Triebwerke. Wenn ich mich recht an das erinnere, was Jim immer gesagt hat, werden sie uns hauptsächlich mit der Ortung verfolgen.«

»Aye«, sagte Scotty, nicht gerade sehr glücklich.

»Sie brauchen nicht kalt abzuschalten«, sagte McCoy. »Ein heißer Neustart dauert ... wie lange?«

»Bei dieser Treibstoffkonfiguration sechs Minuten.«

»In Ordnung.«

»Nachricht von Kaiev, Doktor«, sagte Uhura. »Er sagt ›Bestätigt. Ephemeriden notieren. Ins Gegenteil ändern.‹«

»Das ist seine Kreisbahn«, sagte Chekov, dessen Finger über die Konsole tanzten. »Ich glaube, er meint, daß er seine eigene Parabel umkehren will. Verzwickt. Er hat wohl vor, den Schub ...«

Für einen Moment herrschte Stille. Dann legte Chekov die Kreisbahn der *Ekkava* auf den Bildschirm. Sie schwang sauber aus ihrem gegenwärtig sichtbaren Kurs vom Planeten fort und dann wieder zu ihm zurück, ebenso katapultierend wie der Kurs der *Enterprise*, doch in einem anderen Winkel und aus größerer Höhe. Beide Kreisbahnen kamen dem Planeten recht nahe, dann liefen sie auseinander.

»In Ordnung«, sagte McCoy leise. Jedes Schiff, das einen von ihnen jagte, ohne zu wissen, wo sich der andere befand, würde irgendwann unvermutet den einen

232

oder anderen hinter sich wiederfinden. »Es ist zwar kein großer Vorteil«, sagte McCoy, »aber etwas Besseres kriege ich im Augenblick nicht hin. Wir können dem Burschen mit unseren Waffen nichts anhaben. Wir können auch nicht vor ihm fliehen. Wir können eigentlich überhaupt nicht viel machen, bevor wir nicht wissen, welche Ortung er hat.«

»Wenn die Impulstriebwerke laufen, sind wir verwundbar«, sagte Spock.

»Weiß ich. Kann nichts dagegen machen. Was haben diese Leute für Computer, Spock?«

Spock schaute nachdenklich drein. »Gerüchten zufolge kaufen die Piraten sie von den Romulanern aus zweiter Hand. Das könnte für uns gleichzeitig Glück und Pech bedeuten. Wenn sie alte Computer haben, umso besser. Aber die Romulaner bauen sehr gute Computer. Sie sind nicht nur flexibel, sondern können auch leicht aufgerüstet werden. Haben Sie Bedenken hinsichtlich ihrer Fähigkeit, Ortungsdaten schnell zu verarbeiten?«

»Ja.«

»Ich würde sagen, daß sie nicht so schnell sind wie etwa die Klingonen«, sagte Spock wohlüberlegt. »Aber bei solchen Einschätzungen existieren immer unvorhersehbare Faktoren. Wie Sie schon sagten, Doktor: Raffinesse ist nicht ihr Stil. Die meisten, die mit Orion-Piraten zusammenstoßen, werden vernichtet oder entziehen sich der Vernichtung durch die Flucht. Sie sind bestimmt nicht an Gefechte gewöhnt, die sich in die Länge ziehen... und bestimmt nicht an Gefechte mit einer kombinierten Starfleet-Klingonen-Streitmacht. Wir könnten ihnen eine ziemliche Weile standhalten.«

McCoy war es im Grunde egal, wie Spock es ausdrückte, aber er konnte sein Motiv verstehen. »In Ordnung. Schalten Sie alles ab, das nicht von Belang ist, bei den Schilden angefangen. Ich fliege zwar nicht gern ohne sie, aber sie sind so auffällig wie eine Glühbirne

233

in der Dunkelheit, und wenn man uns nicht sehen kann, kann man auch nicht auf uns schießen. Jedenfalls nicht sehr erfolgreich. Also die Lichter löschen und die Warp-Triebwerke abschalten; jeder weiß, was er zu tun hat. Also los.«

Die Brückenmannschaft legte los. Die Beleuchtung verblaßte. »Uhura«, sagte McCoy, »schalten Sie das ganze Schiff zu, ja?«

Sie nickte.

»Hier spricht Dr. McCoy«, sagte er, und zum ersten Mal, seit der ganze Wahnsinn angefangen hatte, versagte seine Stimme. »Ähem. Entschuldigung. Meine Damen und Herren, wir werden uns nun für eine Weile ziemlich klein machen und leise sein – in der Hoffnung, daß das sehr große Schiff, das uns momentan jagt, uns so lange verliert, bis wir etwas Nützliches unternommen haben, um es zum Halten zu bringen. Sie brauchen zwar nicht stumm zu bleiben ...« Er schaute den bestätigend nikkenden Spock an. »... aber positives Denken ist immer eine Hilfe. Bis dahin vermeiden Sie bitte den Einsatz irgendwelcher Gerätschaften, die nicht unbedingt nötig sind. Vergessen Sie nicht, daß unser Schild inaktiv ist und daß wir, wenn wir nicht vorsichtig sind, eine Menge Elektronen abgeben. In etwa ...« Er schaute Chekov an. »... zwanzig Minuten starten wir kurz die Impulstriebwerke. Danach rodeln wir nach ›Fliegendreck‹ zurück und erwägen unsere sonstigen Optionen, um mit dieser üblen Lage fertig zu werden. Bleiben Sie alle ruhig und denken Sie an etwas Schönes. – McCoy, Ende.«

Er setzte sich im Kommandosessel zurück und wartete. Spock sagte: »Ist Ihnen bewußt, Doktor, daß dies ... auch schiefgehen kann?«

»Ich wußte doch, ich kann mich darauf verlassen, daß Sie darauf hinweisen«, sagte McCoy. »Spock, vertrauen Sie mir nur dieses eine Mal. – Und übrigens«, fügte er hinzu, »fällt Ihnen etwas ein, das uns das Überleben im Moment mehr erleichtern könnte?«

Spock zögerte einen Moment. »Ich möchte Ihnen keine falschen Hoffnungen machen«, sagte er, »aber... nein. Diese Strategie hat viel für sich.«

»Das genügt mir«, sagte McCoy und lehnte sich in den Sitz zurück. »Das Schlimmste, was passieren kann, ist, daß wir alle draufgehen und Jim auf dem Planeten überlebt.« Er wurde etwas leiser. »Dann wäre das Unternehmen wenigstens kein totaler Verlust. Es wäre zwar nicht gerade erfolgreich... Aber dann haben die Orioner uns nicht alle umgebracht.«

Spock nickte; er wirkte nachdenklich. Er ging langsam an seinen Posten.

McCoy saß da und dachte: *Und jetzt kommt der schlimmste Teil: das Warten. Wie hält Jim es nur aus, immer nur hier herumzusitzen, während man einem anderen am liebsten in den Hintern treten oder einfach nur kampflos verschwinden will? Und meist muß er an diesem Sessel kleben.* Mit seinem momentanen Geisteszustand, fand McCoy, war nur schwer zu sympathisieren. Im Augenblick wünschte er sich nichts sehnlicher, als das Piratenschiff aus dem Weltraum geblasen zu sehen, bloß um ein wenig Spannung abzubauen.

Aber die Menschenleben...

»Wie viele Leute«, sagte er zu Spock, »haben Sie gesagt, sind auf dem Schiff?«

»Es ist zwar schwer zu schätzen«, sagte Spock, »aber ich nehme an, um die siebenhundert.«

»Danke, Mr. Spock«, sagte McCoy. Er lehnte sich wieder zurück und schwieg. Im ersten Jahr auf der medizinischen Fakultät hatte er etwa siebenhundert Menschen an der einen oder anderen Sache sterben sehen. Sie waren an allem gestorben, was man sich nur vorstellen konnte: Infektionen, Traumata, chronischen Krankheiten und Syndromen aller Art. Seine Erinnerung trübte die Frage, wie viele an etwas gestorben waren, was er getan oder unterlassen hatte. Er hoffte stets, daß es nicht zu viele gewesen waren.

Mehr konnte man in dieser Situation nicht tun. Hoffen.

Es war eine gute Übung für diese Sache gewesen.

»Achtzehn Minuten bis zur Zündung des Impulstriebwerks«, sagte Sulu.

»Ein wie großes Bild können Sie uns bei dieser Entfernung geben?« fragte McCoy.

»Kein sehr großes«, sagte Sulu. »Jetzt, wo alles ausgeschaltet ist, können wir das Gebiet nicht so sondieren, wie wir es möchten. Es würde uns verraten. Sie müssen sich mit einem vergrößerten taktischen Bild begnügen, Doktor.«

»Immerhin.« Dann ging es eben nicht anders.

McCoy betrachtete das taktische Bild und bemühte sich, ruhig zu bleiben. Es dauerte so unheimlich lange. Man hatte sich so daran gewöhnt, daß die *Enterprise* dorthin fuhr, wo sie hinfahren wollte, und zwar mit Donnergetöse und einer Staubwolke. Das Herumkriechen in der Finsternis war eine Qual. *Aber es rettet Jim... und hoffentlich auch uns.*

»Sulu«, sagte McCoy, »haben Sie ein annehmbares Realbild von dem Piratenschiff bekommen?«

»Ich habe mich schon gefragt, wann Sie darum bitten werden«, sagte Sulu und bearbeitete kurz seine Konsole. »Hier.«

Das taktische Bild rutschte zur Seite; die andere Hälfte des Schirms wurde von dem gewaltigen Ding ausgefüllt, das aus dem Nichts hervorgekracht war und sich auf sie gestürzt hatte. Im relativ hellen Licht neben ›Fliegendreck‹ waren sämtliche Auf- und Anbauten deutlich zu erkennen. »Was ist das?« fragte McCoy und deutete auf einen Anbau. »Sieht wie ein Treibhaus aus.«

»Ich nehme an, es ist eine Zielerfassungskuppel«, sagte Sulu. »Extern abgeschirmte Sensorenanordnungen und so weiter.«

»Das Ding sieht wie wild zusammengestückelt aus«,

sagte McCoy. Er war an die Ordnung und Anmut der *Enterprise* gewöhnt; neben ihr sah das Ding schwerfällig und untauglich aus. Aber das war ein gefährlicher Trugschluß.

»Ist es wahrscheinlich auch«, sagte Sulu. Er lehnte sich untätig zurück und reckte sich, während er mit einem Auge den Kurs verfolgte. »Wahrscheinlich haben sie die einzelnen Teile hier und da zusammengekauft – und dann, als sie alles hatten, haben sie es zu irgendeiner Hinterwäldlerwerft am Ende des Sagittariusarms oder im Kohlensack geschleppt. Wir haben Gerüchte über solche Werften gehört. Dann haben sie alles im Raum zusammengesetzt. Dabei kommen eine Menge Leute ums Leben – und noch mehr, wenn der Zusammenbau steht, weil man nicht will, daß jemand weiß, was das fragliche Schiff kann, wer es gekauft hat, was er dafür bezahlt hat und womit es bewaffnet ist...« Sulu wirkte entrüstet.

»Komisch«, sagte McCoy. »Ich dachte, Sie interessieren sich für das Piratenleben. Piraten auf hoher See und andere Lustbarkeiten.«

Sulu lachte leise. »Aye, fünfzehn Mann auf des toten Mannes Kiste – und 'ne Buddel voll Rum! Einen Säbel in der Hand und den Wind im Haar... Schiff gegen Schiff, Kanone gegen Kanone, Säbel gegen Säbel. Man raubt die Dublonen und vergräbt sie auf einer paradiesischen Insel in der Karibik...« Er setzte eine nachdenkliche Miene auf. »Bis heute sind die Wracks der *Maria Rea* und der *Estevan* nicht gefunden worden...« Er lächelte. »Aber das war in anderen Zeiten. Hier und da ein, zwei Schiffe, und den Reichtum ein bißchen umverteilt. So gesehen haben unsere Piraten keinen großen Schaden angerichtet. Aber die hier vernichten Planeten, wenn sie ihnen nicht gewinnträchtig genug sind...« Er schüttelte den Kopf. »Das ist nichts für mich, Doktor.«

»Hab ich auch nicht angenommen.« McCoy schaute

nachdenklich drein. Dann sagte er: »Was macht unser Pirat?«

»Folgt mit Impuls«, sagte Chekov. »Beschleunigt auf volle Kraft.«

»Au weia, das bedeutet Ärger, was?« murmelte McCoy. Gute Raumschiffskommandanten waren im allgemeinen darauf bedacht, ein Herangehen an die Lichtgeschwindigkeit zu vermeiden; sie neigte dazu, eigenartige Dinge mit den Triebwerken und der Mannschaft anzustellen. Doch der Pirat glaubte wohl, der Preis sei ein wenig Halsen und Sausen wert. »Wie schnell sind wir?«

»Im Moment achtzig Prozent seiner Geschwindigkeit. An der Grenze. Ist nicht sehr gesund, ohne Schutzschilde zu fliegen ... aber die Computer sind im Moment alle in Ordnung und zeigen keine zeitlichen Abstimmungsprobleme an. – Mr. Spock?«

Spock, an seinem Posten, nickte. »Jedenfalls im Moment. Aber wenn wir das Tempo ohne Vorsichtsmaßnahme heraufsetzen, werden die Computer es irgendwann büßen müssen. Ich würde das Schiff nicht viel mehr als drei Viertel Impuls laufen lassen.«

»In Ordnung«, sagte McCoy. »Schreien Sie, wenn Sie irgend etwas sehen, das ich wissen müßte.«

»Natürlich.«

McCoy wurde klar, daß dies der beste Teil der ganzen Sache war. Niemand hatte etwas *dagegen*, daß er Befehle gab – es gab weder Konkurrenzneid noch Streß; alle *wollten*, daß er Erfolg hatte. Andererseits hatten auch alle den gleichen Gedanken: Er mußte weitermachen, bis Jim den Platz im Kommandosessel wieder einnehmen konnte. Die Mannschaft wünschte sich Kirk ebenso zurück wie er selbst – falls dazu eine Möglichkeit bestand. So sehr McCoy die Mannschaft auch mochte, da er ihre Loyalität kannte, er hatte seine Zweifel.

»Das Orionschiff beschleunigt weiter«, meldete Sulu. »Es holt leicht auf. Zehn Minuten bis zum Impuls.«

238

»Wie hoch ist die Wahrscheinlichkeit, daß sie unsere Triebwerksspur sehen?« fragte McCoy.

Spock schüttelte den Kopf. »Das hängt von der Richtung ab, in die ihre Hauptortungsanlage zu Beginn der Periode gerade arbeitet. Wenn wir langsam beschleunigen, besteht eine faire Chance, daß sie die Ionenspur für ein paar Sekunden oder vielleicht gar um eine Minute verpassen. Sollte dies der Fall sein, bekommen sie nur sehr wenige Daten, aus denen sie vorausberechnen können, welchen Kurs wir zu nehmen beabsichtigen.«

»Je weniger sie von uns sehen, desto besser«, sagte Chekov. »Wir müssen nur hoffen, daß sie nicht dorthin schauen, wo wir wirklich sind.«

»Dieses Unternehmen erfordert viel zuviel Glück«, brummte McCoy. »Nicht die besten Aussichten für einen Neuling.«

»Ganz im Gegenteil, Doktor«, sagte Spock. Er schaute von seiner Arbeit auf. »Ein Neuling hat in einer Situation wie dieser viel bessere Überlebenschancen als ein erfahrener Captain. Ein Neuling weiß nicht, welche Fehler er begehen kann. Deswegen hat sein Gegenspieler größere Schwierigkeiten, seine Fehler und die Gründe zu beurteilen, die zu ihnen geführt haben. Das taktische Vorgehen eines Neulings ist sehr wahrscheinlich unvorhersehbar und, wenn er damit Erfolg hat, im höchsten Maße effektiv. Außerdem liegt in der Tatsache, daß er in letzter Zeit kein Gefecht geführt hat, ein kleiner, streng statistischer Vorteil. Und das Gesetz des Zufalls in Verbindung mit der Chaostheorie...«

»...bereitet mir hauptsächlich Kopfschmerzen«, sagte McCoy. »Ich danke Ihnen, Mr. Spock. – Chekov, was machen die anderen Klingonen?«

»Sie fahren lange kometäre Kreisbahnen, wie wir«, sagte Chekov, »aber sie sind so berechnet, daß sie das System entweder bald verlassen oder auf Warp-Antrieb umschalten, um schnell zurückzukehren. Sie sind alle sehr vorsichtig. Ich glaube zwar, sie wissen, daß die

Orioner stärker bewaffnet sind als wir, aber sie möchten sehen, ob wir noch einen Trick auf Lager haben, den sie gern ihrem Imperium melden würden.«

»Und wieder mal müssen wir unserem Ruf gerecht werden«, sagte McCoy leise. »Ich weiß nicht genau, ob ich wild darauf bin, mich mit Ruhm zu bekleckern. Die Prominenz führt kein sehr ruhiges Leben.«

In diesem Moment erbebte das Schiff mit einem äußerst scharfen, bemerkenswerten Ruck, viel stärker als üblich. Aber sie hatten den Schutzschild desaktiviert – deswegen spürte man jeden Treffer dreimal so heftig wie sonst. »Wieder ein Testschuß?« fragte McCoy.

»Ich glaube schon, Doktor«, sagte Sulu. »Sie wissen nicht genau, wo wir sind, also versuchen sie es mit dem üblichen Schuß ins Blaue. Ich habe allerdings gesehen, wohin der Schuß gezielt war. Sie wissen nicht im geringsten, wo wir sind.«

»Danket dem Himmel, auch für kleine Wunder. Wenn wir drehen, schießen sie noch weiter daneben, was?«

»Stimmt.«

»Darauf trinke ich einen«, sagte McCoy. »Später.«

Er seufzte und dachte an Kaiev, der irgendwo dort draußen im Dunkeln war, mit seinem Leberschaden und seinem nervösen Blick. Man konnte nie genau sagen, wer zum richtigen Zeitpunkt kam, wenn man in der Klemme saß. *Es gibt jemanden, dem ich einen ausgeben möchte, wenn alles hinter uns liegt*, dachte er. *Wenn das Schicksal es gut mit uns meint und wir ein paar Minuten Zeit haben, um uns zusammenzuraufen, wenn alle Probleme gelöst sind.*

Falls wir überleben ...

Auf dem Bildschirm sah er die Stelle herankriechen, an der sie wieder auf Impuls schalten konnten. Jetzt nur noch ein paar Minuten. McCoy musterte den kleinen Lichtpunkt des Orionschiffes und fragte sich: *Warum tun sie das? Ist es für sie nur ein Job? Irgend etwas, das sie tun müssen? Denkt denn keiner von denen je über die Lebewesen nach, die sie umbringen und versklaven? Über die Planeten, die sie im Laufe der Jahre terrorisiert haben? Einige müssen es doch tun. Bestimmt gibt es auch auf ihrem Schiff einige, die ihre Untaten im Lauf der Zeit bedauert haben. Einige wollen bestimmt da raus.*

Und sie kommen wahrscheinlich auch raus, weil wir sie umbringen müssen – oder versuchen, sie umzubringen. Sie wollen uns nicht ziehen lassen; wir sind ein zu dicker Fisch und bedrohen ihren Lebensunterhalt. Aus dieser Lage kommst du nicht mit Argumenten heraus, Leonard, alter Knabe. Hier draußen sind die einzigen redlichen Mittel ein guter Astrogator und die gute, kalte Finsternis, in der man sich verbergen kann ...

»Zwei Minuten«, sagte Sulu. »Doktor, sie nehmen ihren alten Kurs wieder auf. Wenn sie ihn beibehalten, hängen wir sie bestimmt ab. Sie sind so weit von uns entfernt, daß sie ein Impulsfeuer übersehen, wenn sie in die falsche Richtung schauen.«

»Behalten Sie diesen Gedanken bei«, sagte McCoy.

Wieder verging eine Minute. Langsam. Langsam. McCoy beobachtete das Diagramm und wägte seine Optionen ab. Was sollte er machen, wenn das Ungeheuer *nicht* wendete? »Wir müßten mit dem Impulstriebwerk leichter manövrieren können als das Ding da«, sagte er.

»Das glaube ich auch«, sagte Spock von seinem Posten her. »Es ist zwar bestens mit Impulstriebwerken ausgerüstet, aber andererseits muß es so viel Rohmasse bewegen, daß es sich beinahe gefährlich schwächt.«

McCoy nickte. »Unter diesen Umständen klingt es wie ein Fehler, uns von ihnen in den Warp jagen zu lassen.«

»Fraglos. Der Pirat ist bestimmt besser bewaffnet als

wir. Im Warp hätte er einen beträchtlichen Vorteil. Ich könnte der Verlockung bestimmt widerstehen.« Spock klang ungewöhnlich heftig.

»Spock, wenn unser Vorteil im Impuls liegt, bleiben wir dabei. Sie brauchen mich nicht zu überzeugen.« Doch das Problem bestand darin, daß sie nicht bis in alle Ewigkeit mit Impuls fliegen konnten. Es mußte eine Lösung für dieses Problem geben... doch McCoy sah sie nicht.

»Dreißig Sekunden«, sagte Sulu. McCoy beobachtete den Bildschirm und das weiße Pünktchen der *Enterprise*, das auf den markierten Teil der Parabel zukroch. »Kurs überprüfen.«

»Bestätigt«, sagte Chekov und las eine Zahlenkolonne vor. Sulu nickte. »Alles klar«, sagte er. »Doktor? Die letzte Chance für einen Gegenbefehl.«

»Weitermachen«, sagte McCoy.

Die Impulstriebwerke sprangen an, alle auf einmal, wie üblich. Der in den Eingeweiden des Schiffes rumorende Ton stieg nicht langsam an, sondern machte ein kräftiges *Wuuumf!* McCoy saß aufrecht im Kommandosessel und staunte. »Sind die Maschinen in Ordnung?« fragte er.

»Es liegt daran, daß alles andere abgeschaltet ist«, übertönte Sulu den Lärm. Er war eigentlich gar nicht so laut, wenn man ihn eine Sekunde lang gehört hatte. »So klingen sie eben lauter.«

»Kaum zu glauben«, sagte McCoy. Der ›Feuerstoß‹ ging weiter. Normalerweise waren die Impulstriebwerke fast unhörbar; nun war McCoy drauf und dran, den Maschinenraum anrufen, um sich nach einer Möglichkeit zu erkundigen, die Dinger leiser laufen zu lassen. Es war absurd. Es gab keine Möglichkeit, daß der Pirat sie im Weltraum hören konnte. Aber McCoy zuckte trotzdem.

Der Lärm hörte nicht auf. Er schien nie aufhören zu wollen. Für jemanden, der nicht völlig taub war und

242

ihre Ionenspur nicht übersah, dauerte er bestimmt lange genug...

Der Lärm hörte auf. McCoy atmete erleichtert auf. »Nun?« sagte er zu Sulu und Chekov.

Chekov schaute auf seine Computeranzeige. Sulu wartete nicht – er war damit beschäftigt, ihre Kreisbahn und die Orioner zu studieren. Der Pirat schien sich immer weiter von ihnen zu entfernen...

»Ein guter Feuerstoß«, sagte Sulu. »Wir haben die enge Hyperbel, wie geplant; das Katapult wird funktionieren. Und unser Freund scheint uns nicht gesehen zu haben...«

Ich hoffe, Kaiev hat uns wenigstens gesehen. »Gut gemacht, meine Herren«, sagte McCoy. »Melden Sie, was die Klingonen tun.«

»Kaiev ist aus der Ortung gerutscht, Doktor«, erwiderte Spock. »Ich schätze, er ist etwa hier.« Auf dem Frontbildschirm markierte ein kleiner roter Lichtpunkt seine Position. Er schwang noch immer von dem Planeten weg und in eine Kreisbahn, die sich irgendwann mit der ihren schneiden würde. »Er wird wohl ebenfalls einen Impulsstoß vornehmen und hat die gleichen Vorsichtsmaßnahmen ergriffen, um nicht gesehen zu werden.« Spock wirkte zufrieden. »Ich würde mir nicht die Mühe machen, darüber zu spekulieren, ob es eine bereits erprobte Taktik ist oder ob er sie sich von Ihnen ausgeliehen hat. Sie war aber, glaube ich, ein weiser Entschluß.«

McCoy dachte kurz nach. »Nun, denn. Uhura, haben wir noch eine Nachrichtenkapsel übrig?«

Sie schaute unglücklich drein. »Wir haben zwar noch eine, Doktor, aber ich hatte noch keine Zeit, sie zu laden.«

»Geht schon in Ordnung. Ich möchte auch nicht, daß sie geladen wird. Es sei denn, mit einem Haufen Müll. Schauen Sie...« Er stand auf, ging zum Bildschirm und schaute genau auf die Stelle, an der sich die Kreisbahn der *Enterprise* in etwa mit der der *Ekkava* schnitt. »Ich habe eher daran gedacht«, sagte er, »ungefähr hier eine Kapsel abzusetzen ...« Er deutete auf einen Punkt, der dem Planeten näher war als die Schnittstelle. »Kurz bevor wir diese Stelle erreichen, soll sie anfangen zu senden. Wir könnten es wie eine Fehlprogrammierung aussehen lassen. Oder nein. Es wäre besser ...« Er grinste. »Speichern Sie ihr unsere ID und einen Notruf ein, damit es so klingt, als wäre sie die *Enterprise*.«

Uhura lächelte nun auch – boshaft. »Ich könnte sogar eine Antwort fälschen, wenn Sie wollen«, sagte sie. »Starfleet könnte antworten, das Einsatzkommando käme etwas später, und daß wir durchhalten sollen. Ich kann es leicht einbauen.«

»Machen Sie das. Das ist vielleicht noch besser.«

Spock musterte interessiert den Bildschirm. »Sie wollen einen Versuch machen«, sagte er, »den Piraten zwischen uns und die *Ekkava* zu locken.«

»Genau. Vorschläge?«

Spock dachte kurz nach und sagte dann: »Dieser Ort hier wäre mir lieber ...« Er deutete auf eine Stelle, die den sich schneidenden Kreisbahnen etwas näher war. »Wenn wir den schlimmsten Fall postulieren, was in Situationen wie dieser immer das klügste ist, müßte man darauf aus sein, die maximale Entfernung zwischen unseren Schiffen und dem Piraten so gering wie möglich zu halten. Unsere überlegene Manövrierbarkeit – und darin werden auch die Klingonen gut sein –, versetzt uns in die Lage, schneller auf Bewegungen des Piraten zu reagieren, der aufgrund unserer Nähe wiederum Schwierigkeiten haben wird, rasch auf uns zu reagieren.«

»Und wo ist da der Haken?«

»Natürlich gibt es auch Nachteile. Falls das Orionschiff uns sieht und beschießt, sind die Chancen, daß es nicht trifft, wirklich sehr gering. Aber ich schätze, daß unser Vorteil diese Gefahr mehr oder weniger ausgleicht.«

McCoy lächelte ironisch. »Mehr oder weniger?«

»Doktor, wie Sie aus eigener Erfahrung beim Schachspiel wissen, sind derlei taktische Situationen nur selten in prozentualen Werten oder statistischen Durchschnittsbegriffen ausdrückbar. Es gibt zu viele Unbekannte – zum Beispiel Anfälle plötzlicher unerwarteter Intelligenz und die Intervention von Unbekannten, die man zuvor nicht einbezogen hat.« Spock sah so aus, als hielte er eine solche Intervention für einen Bruch mit der guten Sitten. »Doch ein Gleichgewicht der Auswirkungen ist in der gegenwärtigen Situation einfach das Beste, was wir uns erhoffen können. Ihr Plan hinsichtlich der Kapsel ist gut durchdacht. Die Orioner werden sicher annehmen, daß die *Enterprise* genau das tut, was sie gegenwärtig tut – leise dahinzuschleichen. Und sie werden sich begierig auf die Stelle stürzen, an der das plötzliche Nachrichtenleck sie die *Enterprise* vermuten läßt. Das heißt, wenn alles gutgeht. Dann steht die Frage an, was wir als nächstes tun.«

»Wie wahr«, murmelte McCoy. Vor seinem inneren Auge war das Bild der *Ekkava*, die auf das Heck des Orionschiffes feuerte, ohne daß der Pirat ihr mehr Beachtung schenkte als einer Fliege. »Ich hoffe bloß, zwei von uns reichen aus.«

»Ich habe unsere Scanneraufzeichnungen des Orionschiffes nach eventuellen Schwachstellen durchgesehen«, sagte Spock. »Sie sind das Beste, was wir ermitteln konnten. Der Versuch, ein solches Schiff hundertprozentig ›kugelfest‹ zu machen, ist unlogisch; es wird immer Ecken geben, denen man weniger Schutzpriorität zubilligt oder die zu gut von anderen ›aktiven‹ Verteidigungsmaßnahmen geschützt werden, als daß sie welche brauchen. Mr. Sulu, in dieser Hinsicht würde ich Ihre und Mr. Chekovs Eingaben willkommen heißen.«

»Gewiß, Mr. Spock. Legen Sie es auf meinen Schirm, und wir sehen's uns an.«

Zu dritt legten sie los. McCoy beobachtete das weiße Pünktchen auf dem Bildschirm, das rund um den engsten Teil seiner Kreisbahn kurvte, die Haarnadel. Das Orionschiff bewegte sich weiter von dem Planeten fort, seine Kreisbahn wich leicht von der ihren ab und führte aufwärts, hinaus aus der Systemebene. *Mach nur so weiter*, dachte McCoy. *Ihr fliegt genau aus dem System raus, und dann wären wir euch los.* Aber er wußte auch, daß dies nicht sehr wahrscheinlich war.

Vielleicht schaffen wir es nicht einmal zu zweit…

»Uhura«, sagte er, »wie lange dauert es noch, bis die Kapsel fertig ist?«

»Ich bin gleich soweit«, erwiderte sie. »Ich arbeite gerade an der Programmierung.«

»Gut«, sagte McCoy und gähnte.

Uhura schaute ihn mit einem eigenartigen Ausdruck an. »Wann haben Sie zuletzt etwas gegessen, Doktor?«

»Häh?«

»Dachte ich mir's doch«, sagte sie. »Gehen Sie lieber mal runter und essen Sie etwas.«

»Was?« sagte McCoy erschreckt. »Mitten im Gefecht?«

»In den nächsten zehn Minuten wird ohnehin nichts passieren, Doktor. Holen Sie sich ein Sandwich oder so was.«

»Ich könnte es mir raufbringen lassen«, sagte McCoy und machte Anstalten, wieder im Kommandosessel Platz zu nehmen.

»Doktor«, sagte Spock, der über Sulus Schulter lugte, »wenn Sie ein Kommando übernehmen, müssen Sie lernen zu delegieren. Sie haben seit geraumer Zeit keine Pause mehr gemacht. Dies ist kein Gefecht bei Warptempo, wo sich die Bedingungen innerhalb von Sekunden ändern können. Sie haben etwas Zeit, um sich zu erfrischen, und ich rate Ihnen, sie zu nutzen.

Ich rufe Sie schon, wenn irgend etwas Ihre Aufmerksamkeit oder Anwesenheit erfordert.«

»Na ja, wenn Sie ganz sicher sind ...«

Spock musterte ihn mit dem speziellen Blick, der McCoy stets an den eines freundlichen Lehrers erinnerte, der sanft einen Hirnamputierten unterwies. »Ich geh' ja schon, ich geh' ja schon«, sagte er schließlich und eilte zum Turbolift.

10

Er ging zur Krankenstation. Endlich hatte er ein Alibi. Als er durch den vertrauten Korridor marschierte, empfand er eine riesengroße Erleichterung – als werde sich, sobald er durch die Tür trat, alles lösen. Er wußte, daß es eine Illusion war. Aber eine erfreuliche.

Er ging durch die Tür und fand hinter ihr das Chaos vor. Es war jene Art Chaos, mit dem er umzugehen verstand. In den diagnostischen Betten lagen Leute, deren Routineuntersuchung anstand. Vier oder fünf Angehörige der Mannschaft saßen im Wartezimmer – sie hatten keine ernsthaften Beschwerden. Lia legte eine Druckschiene um Fähnrich Blundells Bein und hielt ihm einen Vortrag über die Auswirkungen sportlicher Betätigung bei Nullgravitation. McCoy atmete die Luft seiner Lieblingsumgebung erleichtert ein und schlenderte weiter.

Die Leute freuten sich, ihn zu sehen, auch wenn Lia aufschaute und fast vorwurfsvoll sagte: »Was machen *Sie* denn hier?«

McCoy schaute sie an. »Kann ich mich nicht mal in meiner eigenen Abteilung umsehen? Ich bin hier, um mir anzuschauen, wie Sie den Laden verkommen lassen. Wie können Sie an *dem da* eine nagelneue Schiene vergeuden? Mark, wie oft haben wir Ihnen gesagt, wie man sich auf dem Squashplatz aufführt?«

»Sie will mich nicht mit dem Quickfixer behandeln«, beschwerte sich Mark Blundell.

»Warum sollte sie auch, wenn Sie alles ignorieren,

was wir Ihnen raten? Nein, mein Junge, nun müssen Sie halt eine Weile leiden. Taka braucht den Protoplaser außerdem nötiger als Sie, und darüber hinaus haben wir Ihren Knochen in diesem Jahr schon viermal regeneriert. Sie haben's übertrieben. Wollen Sie etwa, daß Ihre Zellen vergessen, wie man sich selbst heilt? Die nächsten vier Wochen werden Sie rumsitzen und über die Fehler Ihres Verhaltens nachdenken.«

»Es ist die reinste Folter, nichts anderes! Ich werde mich bei Starfleet beschweren.«

»Wenn Sie das machen, setze ich Sie auf Wasser, Brot und Vitamine«, sagte McCoy und eilte in sein Büro.

Als die Tür sich schloß, senkte sich Stille herab. Er trat an seinen Schreibtisch, öffnete die verschlossene Schublade und kramte eine Weile in ihr herum, bis er auf den dicken Klumpen stieß, der in ihrem hinteren Teil residierte. Es war lange her. McCoy nahm den betreffenden Gegenstand heraus, musterte die weiße Umhüllung des eleganten schwarzen Kupferstichbehälters und öffnete sie.

»Sie sollten das nicht essen«, sagte Lia. »Sie wissen doch, es ist schlecht für Ihre Haut.«

»Gleich werden Sie mir noch erzählen, ich kriege davon eine Herzkrankheit«, sagte McCoy verächtlich. »Setzen Sie sich hin und seien Sie still, sonst kriegen Sie nichts ab.«

Er nahm Platz und mümmelte die Schokolade. Es war ein Geschenk von Dieter, von seinem letzten Besuch. Ein gigantischer Riegel bester Zartbitterschokolade, glänzend wie das Fell eines Vollbluts, aber viel leckerer. »Da«, sagte er, brach ein Stück ab und reichte es Lia. »Erzählen Sie es bloß nicht weiter.«

»Wie könnte ich das, nach der letzten Erkältung?«

»Erzählen Sie es bloß keinem«, sagte er. »Sonst ist mein guter Ruf beim Teufel.«

Sie lächelte ihn an. »Wie kommen Sie da oben zurecht?«

»Es ist die reine Hölle, Lia. Nur noch schlimmer. In der Hölle kann man wenigstens sagen, man wäre nur aus Versehen dort gelandet. Aber in diese Sache habe ich mich selbst reingeritten. Weil ich Jim immer aufgezogen habe.«

Sie schüttelte den Kopf. »Ich wette, er tritt sich selbst in den Hintern, wenn er erfährt, was passiert ist.«

McCoy nickte, biß noch ein Stück Schokolade ab und machte Anstalten, den Rest zu verstauen. »Wollen Sie noch ein Stück?« fragte er.

»Nein, danke. Nachher riecht es noch jemand, und dann wollen alle etwas haben.«

McCoy lachte leise. »Stimmt. Ich verschwinde lieber wieder. Eigentlich dürfte ich gar nicht hier sein. Ich hab's Jim versprochen.«

»Ich hau' Sie schon nicht in die Pfanne«, sagte Lia. »Übrigens sind die Knochenmarkergebnisse fertig.«

»Später«, sagte McCoy und eilte aus dem Büro. Beim Hinausgehen warf er einen Blick auf die Gesichter der Patienten – die alle ruhig waren und sich freuten, ihn zu sehen – und sagte: »Werdet alle sofort gesund und verschwindet von hier!«

Ihr Gelächter verfolgte ihn auf den Gang hinaus und den Weg zum Turbolift zurück. Das Gefühl des bevorstehenden Verhängnisses, das er für eine Weile völlig vergessen hatte, fiel wieder auf ihn zurück.

Zum Teufel damit, dachte er und verdrängte es gewaltsam. Er hatte seine Laune in letzter Zeit nicht mehr richtig im Griff. Er reagierte auf die Dinge, wie sie kamen, statt sich auf kreative Weise dazu zu bringen, das Beste aus einer Situation zu machen. *Ich bin der Herr all dessen, das ich überblicke*, redete er sich ernst ein, als er in die Liftkabine trat. *Ich bin der Herr meines Schicksals und der Captain meiner Seele.*

Aber ob die Orioner das auch wissen?

250

Als der Lift anfuhr, lachte er leise. Seine Zweifel waren völlig verständlich (sagte die psychiatrische Abteilung in seinem Hinterkopf). Man hatte ihn plötzlich in einen seltsamen neuen Job gezwungen, dessen schöne Seiten er – falls es sie überhaupt gab – nur vom Hörensagen kannte. Das Leben jener, die von ihm abhängig waren, mußte in ihm einfach den Eindruck entstehen lassen, aus der Bahn geworfen zu sein und sich inkompetent zu fühlen. Doch andererseits hatte er den Vorteil, oft einem der erfolgreichsten Praktikanten der Raumfahrt gelauscht zu haben, sei es bei einem Gläschen oder beim Essen. Jim hatte stets Analysen seiner Handlungen vorgenommen: was funktioniert hatte, was nicht funktioniert hatte, und warum. McCoy war ein guter Zuhörer, er hatte viel von dem, was Jim ausgesprochen hatte, innerlich verarbeitet, ohne im fraglichen Moment darüber nachzudenken. Und sie hatten Schach gespielt – was noch besser gewesen war als Jims Endspielanalysen, denn es hatte McCoy mit Beweisen und Erfahrungen aus erster Hand über die Methoden und Mittel eines Meisters des Unvorhersehbaren in Strategie und Taktik versorgt. Für McCoy war das Schachspiel ein starkes diagnostisches Werkzeug. In diesem Fall würde es sich sogar als noch nützlicher erweisen. Es konnte ihr aller Leben retten.

Vorausgesetzt, ich drehe nicht durch. Ich bin der Captain meiner Seele. Leider bin ich auch Kommandant dieses verfluchten Schiffes. Das ist etwas gefährlicher und wirkt sich auf einen Haufen Menschen aus ...

Also ruhig bleiben, auf die Brücke gehen und dein Bestes geben.

Vor ihm öffnete sich die Brückentür. Auf dem Frontschirm hatte die *Enterprise* schon einen beträchtlichen Teil des zweiten Teils der Parabel zurückgelegt. Aber das Symbol für das Piratenschiff fehlte noch. »Wo sind sie?« fragte McCoy.

»Ungewiß«, sagte Spock. McCoys Magen fing wieder

251

an zu zucken. »Ich glaube, sie haben eventuell elektronische Gegenmaßnahmen eingeleitet.«

»Was? Einen Tarnschirm?«

»Möglicherweise.«

»Oh, wie schön! Das hat uns gerade noch gefehlt. Wo können sie den herhaben?«

»Wahrscheinlich aus zweiter Hand bei den Romulanern gekauft«, sagte Sulu. »Sie haben einen Teil ihrer älteren Technik verschleudert. Aber wenn es ein *alter* Tarnschirm ist, geht es in Ordnung. Wir kennen seine Erscheinungssignatur, und sobald unsere Scanner wieder Saft haben, finden wir sie ohne Schwierigkeiten.«

»Wieder Saft haben?«

»Wir hatten einen kleinen Defekt, Doktor«, sagte Spock und tippte geschäftig auf seiner Tastatur. »Ein Partikelscanner ist ausgebrannt. Ein Team aus dem Maschinenraum wechselt ihn gerade aus, aber die Arbeit wird mindestens eine halbe Stunde dauern. Deshalb müssen wir vorsichtig verfahren, wenn der neue eingesetzt ist: Wir können die üblichen Testsequenzen nicht mit voller Kraft fahren, solange wir uns bemühen, unsere Position zu verheimlichen.«

McCoy seufzte. »Wie weit sind sie?«

»Etwa halb fertig«, sagte Scotty. »Ich würd' ja selbst runnergehn und mich drum kümmern, aber dat bringt nix; 's is' kein kreativer Job, nur'n normaler Austausch. Den krieg ich auch nich' schneller hin.«

Der Schotte in ihm kommt durch, dachte McCoy. Es war kein gutes Zeichen. Zwar gab Scotty sich nie besondere Mühe, seinen Aberdeen-Akzent zu unterdrücken, aber in Situationen, in denen der Streß regierte, wurde er immer deutlicher.

»Recht haben Sie«, sagte er zu Scotty. Dann wandte er sich an Uhura. »Was macht unsere Kapsel?«

»Fast fertig«, sagte sie. »Wollen Sie mit Mr. Spock den Kurs besprechen?«

McCoy schüttelte den Kopf. »Da verlasse ich mich ganz auf das Urteil von Mr. Spock.«

Spock warf ihm einen neckenden Blick zu. »Möglicherweise eine historische Entscheidung«, sagte er. »Ganz gewiß eine erste.«

McCoy grinste. »Erwarten Sie nicht, daß ich mich für den Gefallen bei der nächsten Untersuchung revanchiere. Machen Sie nur, geben Sie Uhura, was sie braucht. Ich möchte das Ding draußen haben. Den Kurs können wir doch auch später noch ändern, oder?«

»Ich würde es lieber nicht tun«, sagte Spock. »Man könnte die Sendung registrieren, und dann wüßte man vielleicht, daß wir einen Köder einsetzen.«

»Na schön… Wir brechen alle Brücken hinter uns ab, wenn es soweit ist. – Sulu, wo stecken unsere Freunde?«

»Das klingonische Einsatzkommando befindet sich noch immer ein beträchtliches Stück außer Reichweite – rechts auf dem Bildschirm«, sagte Sulu. »Richtung Kreisbahn. Die *Ekkava* bewegt sich völlig lautlos. Wir *nehmen an*, daß sie ungefähr hier ist…« Er deutete an eine Stelle der Hyperbel der *Ekkava*. »In ungefähr zwanzig Minuten müßten wir uns am nächsten sein.«

McCoy rieb seine verschwitzten Hände. »In Ordnung. Dann raus mit der Kapsel. Uhura?«

»Fertig.«

»Abwerfen.«

»Abgeworfen.«

Es gab natürlich weder ein Geräusch noch einen Rückstoß, doch kurz darauf erschien eine weitere Spur auf dem Bildschirm, ein grünes Pünktchen, das sich eilig auf jene Stelle zubewegte, an der die *Enterprise* und die *Ekkava* langsam zusammenliefen.

»Ich lasse sie etwa achtundvierzigtausend Kilometer auf die Stelle zufliegen, an der wir uns treffen«, sagte Uhura, »dann lasse ich sie losbrüllen. Es müßte den Orionern genügend Zeit geben, sie zu hören und auf sie zu reagieren; dann werden sie wenden und mit Volldampf ...«

Sie warf einen Blick auf Spock. »Wahrscheinlich um die neunzigtausend Kilometer pro Stunde, an dieser Stelle. Sie werden mit dem Tempo heruntergehen müssen, wenn sie manövrieren. Sie werden, schätze ich, sechskommavier Minuten brauchen, um den Kurs erfolgreich zu ändern, und dann noch einmal acht Minuten, um die Stelle zu erreichen.«

»Und um die Kapsel zu vernichten«, sagte McCoy, »die sie für die *Enterprise* halten.«

»Oh, eine Nahortung wird ihnen verraten, daß wir es nicht sind. Aber sie werden trotzdem feuern, um die Kapsel zum Schweigen zu bringen. Und da sie uns nicht sehen können, werden sie wahrscheinlich annehmen, daß auch wir irgendwo in diesem Gebiet unter einem Tarnschirm sind. Es könnte sein, daß sie etwas über die von uns ersonnenen Tarn-Gegenmaßnahmen wissen, aber ob sie es nun wissen oder nicht, etwas Feuerschutz in der Gegend wäre wünschenswert. Wenn sie *wirklich* einen Tarnschirm haben oder andere Gegenmaßnahmen einsetzen, müssen sie sie ausschalten, wenn sie schießen. Und wenn sie damit beschäftigt sind ...«

»Dann ballern wir selber los.« McCoy stand auf und ging zu Spock, um nachzusehen, womit er sich beschäftigte. »Wie geht's mit der Ortungsanalyse voran?«

»Sie geht voran.«

Also nicht so schnell, wie er es gern hätte, dachte McCoy; er kannte diesen Ausspruch. Er schaute auf Spocks Bildschirm, auf dem nun ein Abbild des Piratenschiffes zu sehen war. »Ein häßliches, großes Ding«, murmelte McCoy. »Sieht aus wie ein mit gefrorenen Spaghetti überzogener Ziegelstein. Schauen Sie sich mal die ganzen Röhren und Schutzrohre an.«

»Ich vermute, daß Ästhetik im Leben der Orion-Piraten keine tragende Rolle spielt«, sagte Spock. Er ließ die Bildschirmanzeige rotieren und sagte: »Schauen Sie, Doktor. Diese Fläche – die schmalere Seite des Rechtecks – erscheint weniger schwer gepanzert als manche andere, wenn man nach der Spektrographie urteilt. Es könnte sich möglicherweise um einen Planungsfehler handeln. Aber solange das Schiff nicht feuert, ist es nur schwer zu sagen.«

»Ich kann Ihnen gar nicht sagen, wie glücklich mich das macht«, sagte McCoy.

»Auch ich bin nicht besonders beeindruckt von dieser Lage«, sagte Spock, »aber es hat wohl keinen Zweck, sich gerade jetzt darüber zu beklagen. Laut dem uns gegenwärtig zur Verfügung stehenden Beweismaterial bietet diese Schiffsseite unsere größte Chance. Auf dieser Seite befinden sich zudem Schleusen, die zu den Beiboothangaren führen. Wie die *Enterprise* landen auch die Piratenschiffe nie; bei den meisten ihrer Erwerbungen verlassen die Orioner sich auf große Frachtshuttles. Jedes dieser Schleusentore ist ein potentielles Ziel; sie müssen ziemlich dünn und leicht sein, sonst könnte man sie unmöglich bewegen. Doch andererseits werden die Waffenschmiede des Schiffes dies ganz genau gewußt haben, deswegen dürfte der Schutzschild an diesen Stellen wahrscheinlich dichter sein als anderswo. Ich fürchte, wir müssen unsere Theorien ohne vorherigen Test erproben.«

McCoy seufzte. »Die Geschichte unseres Lebens. Tja, dann wollen wir uns mal bereitmachen. – Sulu?«

»Kapsel ist auf Kurs«, sagte Sulu. »Bisher noch keine Sendung, aber sie müßte *dort* sein...« Er deutete auf den Bildschirm und das grüne Pünktchen, das nun weiter vorangekommen war. »Die anderen Klingonenschiffe leiten ein Wendemanöver ein.«

Dies überraschte McCoy. »Glauben Sie, sie wissen, was hier vor sich geht?«

Sulu zuckte die Achseln. »Sie können es nicht wissen. Die *Ekkava* hat die Funkstille nicht gebrochen. Es könnte aber sein, daß sie sich Kaievs Ephemeriden angesehen und es sich ausgerechnet haben. Sie zeigen allerdings keine Bereitschaft, zu nahe zu kommen. Sie wenden nur schrittweise – sie möchten allem Anschein nach unbeteiligte Beobachter bleiben.«

»Die haben die *Ekkava* doch nicht angefunkt, oder?« sagte McCoy zu Uhura.

»Nein, Doktor. Da draußen herrscht Totenstille.«

»Denken wir uns doch lieber eine andere Formulierung aus«, sagte McCoy.

Eine Weile konnten sie nichts anderes tun als warten.

»Fünfzehn Minuten bis zur Annäherung an die *Ekkava*«, meldete Spock dann.

McCoy rieb sich die Hände. Es war wirklich erstaunlich, wie Hände schwitzen konnten. *Wenn ich ein Handflächen-Antischwitzmittel entwickeln und es an Raumschiffskommandanten verkaufen würde, könnte ich Millionen scheffeln. Hmm, Aluminiumhydroxid ... Nein, zu grob – vielleicht eine Neugliederung der Schweißdrüsen. Man könnte einen Protoplaser nehmen und ... Nein, dann braucht man es nur einmal zu machen, und wie soll ich daran etwas verdienen? Wie wär's denn mit ...*

»Kapsel geht in Position, Doktor«, sagte Uhura. »Optimal etwa zwanzig Minuten Sendepositionszeit, von jetzt an gerechnet.«

»Lassen Sie sie labern«, sagte McCoy.

Uhura berührte einen Umschalter. Die Brücke wurde vom leisen Geschwätz der Datentransmission erfüllt, die die Kapsel absandte. »Ein alter Kode«, sagte Uhura. »Sie können ihn sofort knacken.«

»Gut.«

Und sie warteten.

»Zehn Minuten bis zur *Ekkava*, Doktor.«

»Danke.«

Es hatte keinen Zweck, weitere Atemübungen zu machen. McCoy konnte nur dasitzen und schwitzen.

»Sieben Minuten, Doktor. Da ist die *Ekkava* – positive

Spur, Direktortung mit reduzierter Energie.« Das Symbol auf dem Bildschirm, das die *Ekkava* dargestellt hatte, richtete sich von allein neu aus und näherte sich der Position, die die *Enterprise* darstellte.

»Registriert.«

Es war erstaunlich, wieviel man in zwei oder drei Minuten ausschwitzen konnte. McCoy nahm sich vor, einen Aufsatz über die Austrocknung auf Gefechtsstationen zu verfassen.

»Fünf Minuten, Doktor. Messung der *Ekkava* zeigt, daß man die Waffen scharfmacht. Der Pirat hat gewendet und nimmt Tempo auf. Sechs Minuten bis zur Kapsel.«

»Alle Waffen bereithalten. Noch nicht scharfmachen. Scotty, Neustartverfahren vorbereiten. Könnte sein, daß wir es brauchen.« McCoy schluckte.

Die Trockenheit, ja, es war faszinierend, wie sein Mund austrocknete und sein Leben anfing, vor seinen Augen abzulaufen. Man brauchte gar nicht von einer Klippe zu springen. Alles, was er verpaßt hatte, meldete sich von ganz allein und erkundigte sich, warum er dieses Essen nicht gekostet, sich jenen Sonnenuntergang nicht angeschaut und jenem Freund nicht erzählt hatte, was ihn bewegte...

WUMM!! Das ganze Schiff wackelte, als werde es von einer Riesenhand gepackt und geschüttelt. »Der Pirat feuert auf die Kapsel, Doktor«, sagte Sulu. »Er wird nun schneller. Noch eine Minute.«

»Hat er sie getroffen?«

»Nein!« sagte Uhura.

»Gut. Bringen Sie sie zum Schweigen. Nachricht an die *Ekkava:* ›Jetzt!‹ Nicht mehr. Sulu, taktisches Bild!«

Der Bildschirm flimmerte und änderte die Ansicht. In der Mitte zeigte sich ein langer, rechteckiger Block, wie ein häßlicher, mit Spaghetti bedeckter Ziegelstein. Er flammte in einem hellroten Heiligenschein, der Computerdarstellung des Schildes. Aus einer Seite ragten Phaserlanzen aus ihm hervor; sie zischten an der *Enterprise* vorbei. Die *Ekkava* war dem Piraten näher und feuerte eine neue Ladung Photonentorpedos auf ihn ab. *Wo lagern die das ganze Zeug nur?* dachte McCoy. *Jetzt weiß ich, warum Klingonenschiffe nur eine kleine Mannschaft haben. Das ganze Schiff ist voller Torpedos ...*

Das Orionschiff konnte nicht sehr schnell drehen, ganz sicher nicht schnell genug, um sich sofort den Klingonen zuzuwenden. Die *Ekkava* machte feuernd einen seitlichen Ausfall. Der Pirat verlangsamte allmählich, aber er würde seine Zeit brauchen. Er drehte sich nur sehr langsam – und wandte der *Enterprise* seine Achillesferse zu. »Jetzt zeigen Sie mal, wie Sie schießen können, Chekov und Sulu«, sagte McCoy. »Spock, geben Sie ihnen die Koordinaten ...«

Die taktische Abbildung konzentrierte sich auf den Piraten. Umrundete Querbalken richteten sich auf seine verwundbaren Stellen. »Alles auf einmal, dann überladen wir vielleicht ihren Schild«, sagte McCoy. »Aber reservieren Sie uns eine Kleinigkeit, meine Herren, für den Fall, daß wir sie brauchen. Selbständig feuern!«

Sie feuerten. Dort, wo der Schild des Piraten getroffen wurde, erhellte er sich wie eine Sonne und überlud – aber nicht lange. Langsam kehrte er wieder zu dem roten Glühen zurück.

Chekov war noch nicht fertig. Er drosch auf seine Konsole ein, und eine Photonentorpedosalve raste hinaus.

Die *Ekkava* feuerte ebenfalls, von der anderen Seite. Torpedos und Phaser trafen den Schild an allen verwundbaren Stellen gleichzeitig.

Der Schild blitzte auf und erlosch.

»Wir haben ihn!« sagte Sulu leise.

»Wirklich?« sagte Chekov. Der Pirat drehte sich schneller, er wälzte sich herum, machte aber höheres Tempo. Hinter ihm fiel das Klingonenschiff zurück; es beschleunigte, ohne zu feuern. Der gewaltige recht-

258

eckige Kasten wandte sich langsam zur *Enterprise* um, jagte sie auf dem Hyperbelkurs, der sie um den Planeten herumkatapultieren sollte.

»Selbständig feuern!« sagte McCoy.

»Photonentorpedos werden nachgeladen«, sagte Chekov. »Nur Phaserbeschuß.«

Er feuerte. Die Strahlen trafen das gewaltige Ding ... und es absorbierte sie.

»Mein Gott«, sagte McCoy leise und entsetzt. Er hatte sich verrechnet. »Wir sind Geschichte.« Und die Verzweiflung, die er verdrängt hatte, stürmte neuerlich auf ihn ein. Keine Überlebenschance, keine Chance, das Schiff und die Besatzung zu retten, auch wenn er selbst sterben sollte ...

Als sie sinnlos und hoffnungslos feuerten, stürzte sich der Pirat auf sie ...

Und alles fiel aus. Kein Licht, kein Ton. Nichts. Alles fiel *aus*.

Tod ... dachte McCoy verzweifelt, bevor auch er ausfiel.

Kirk betrat die Lichtung. Die Klingonen marschierten vor ihm her. Sie waren ausnahmslos stinkwütend, aber solange er die Waffe hatte, konnten sie nichts tun. Als sie auf die Lichtung kamen und er durch die blaugrünen Bäume schaute, stellte er überrascht fest, daß sich dort etwa zehn weitere Klingonen aller Dienstgrade und Geschlechter aufhielten. Sie standen herum und schienen auf etwas zu warten. Manche unterhielten sich mit den Angehörigen einer *Enterprise*-Landeeinheit. Kirk sah Lieutenant Janice Kerasus. Sie stand an der Seite und unterhielt sich in fließendem Klingonisch, offenbar mit einem Commander.

»Weitergehen«, sagte er zu seinem Grüppchen. »Katur, helfen Sie Ihrem Freund zurück aufs Schiff.«

Die jungen Klingonen bemerkten, daß ihre Chefin sie ansah, und verschwanden mit ziemlicher Eile im hellen

Summen des klingonischen Transporterstrahls. Kirk ging zu dem Mann hinüber, der ihm fast freudig entgegenschaute und sich von Kerasus löste, um ihn zu begrüßen. Kirk setzte für den Augenblick ein Pokergesicht auf.

»Captain Kirk«, sagte der Klingone. Er machte tatsächlich eine kleine Verbeugung.

»Commander ...«

»Kaiev, von der *Ekkava*. Zu Ihren Diensten.«

Na, das wollen wir doch erst mal sehen, dachte Kirk. »Commander, könnten Sie mir erzählen, warum Sie unsere Kommunikation blockiert haben?«

Kaiev zuckte leicht zusammen. *Aha,* dachte Kirk. »Es ist mir sehr unangenehm«, sagte Kaiev. »Wir hatten einen Kommunikationsdefekt an einem Hauptpult – er schloß eine Prüfschleife kurz und hing im Blockierungsmodus fest. Auch unsere Geräte waren blockiert. Aber das Problem ist inzwischen behoben; die Kommunikation funktioniert wieder.«

»Entschuldigen Sie, aber ich muß mal eben meine Ausrüstung prüfen ...« *Und dein Wort!* Kirk zückte seinen Kommunikator und klappte ihn auf. »*Enterprise*«, meldete sich Uhura.

»Hier ist Kirk. Es ist nur ein Test, Lieutenant.«

»Jawohl, Sir. Brauchen Sie etwas dort unten?«

»Nein. Hinter mir liegt ein äußerst erfreulicher Tag. Sagen Sie Dr. McCoy, daß ich gleich raufbeame.«

Die kürzeste aller Pausen folgte, dann wurde Uhuras Stimme erneut hörbar. Sie klang leicht verdutzt. »Aye, Sir.« Kirk runzelte die Stirn. *Was hat das nun wieder zu bedeuten? Hat McCoy etwa ...?*

»Captain«, sagte Kaiev. »Gibt es ein Problem?«

»Nein«, sagte Kirk schnell. »Kein Problem. Das ist alles, Lieutenant Uhura. – Kirk, Ende.«

Er steckte den Kommunikator weg und nickte Kaiev zu. »Das wäre also erledigt. Darf ich Sie fragen, Commander, was Sie hier machen?«

»Im Moment eigentlich nichts«, sagte Kaiev. Sein Gesicht wies einen entspannten Ausdruck auf, der Kirk beträchtlich verwirrte. Ihm kam ein Gedanke. Der Mann wirkte nicht im geringsten zugeknöpft. Kirk war noch nie einem Klingonen begegnet, der nicht zugeknöpft war, und diese Erfahrung war, um das mindeste zu sagen, faszinierend. »Wir waren auf einer Forschungsreise«, sagte der Klingone, »aber hier gibt es nichts, das uns besonders interessiert. Außer«, und er lachte sogar, »ein paar Pflanzen.«

»Ja«, sagte Kirk, und er mußte ebenfalls verhalten lächeln. »Ich habe gehört, daß bei Ihnen etwas knapp ist. Wenn wir Ihnen helfen können, was das Klonen angeht, so sagen Sie es nur.«

»Nicht nötig«, sagte Kaiev. »Aber trotzdem danke. Captain, ich möchte nicht abrupt erscheinen, aber ich muß mich nun anderswo um ein paar Dinge kümmern und ein paar Disziplinarangelegenheiten regeln. Wir werden gleich aus der Kreisbahn verschwinden.«

»Na schön«, sagte Kirk. »Ich wünsche Ihnen eine gute Reise, Commander.«

»Ich Ihnen auch, Captain.«

Der Klingone zückte seinen Kommunikator.

»Commander«, sagte Kirk, der sich leicht verwirrt fühlte, »sind wir uns nicht schon mal irgendwo begegnet?«

»Oh, nein«, sagte Kaiev. »Aber MakKhoi hat mir alles über Sie erzählt.«

Der Transporter der Klingonen beamte Kaiev fort, doch zuvor winkte er Kirk zum Abschied zu. Kirk hob ebenfalls seine Hand; er war nun völlig durcheinander. Als der Mann verschwand, ließ er die Hand sinken.

Pille, dachte er, *was hast du wieder angestellt? Ich muß es rauskriegen.*

In diesem Moment kam Fähnrich Brandt von der weiter entfernten Lichtung vorbei. »Captain«, sagte er, »auf der nächsten Schneise ist ein ;At. Er sagt, wenn es

261

möglich ist, möchte er gern mit Ihnen reden, bevor Sie gehen.«

»Aber sicher«, sagte Kirk. Er schlenderte über den weichen, grasähnlichen Teppich der Lichtung und blickte zu dem beeindruckenden Bauwerk hinauf, das die Ornae aus sich selbst konstruierten. Es war ein phantastisches Gebäude und sah halb wie eine altrussische Kathedrale mit Spitz- und Zwiebeltürmen und halb wie eine Säulen-*Stoa* in der Tradition des Parthenon mit etwas eingemischter dänischer Moderne aus. Es war eindeutig größer als alles, was er die Ornae bisher hatte bauen sehen. An einer Gebäudeseite war eine Art Triumphbogen. Kirk ging hindurch und wurde durch den Anblick mehrerer Ornae belohnt, die ihn anglotzten und ihr weiches, kratziges Lachen ausstießen.

Kirk lächelte ebenfalls und eilte zur nächsten Lichtung. Der heutige Tag gehörte eindeutig zu den erfreulichsten, die er seit langer Zeit erlebt hatte, wenn man das kurze Ärgernis nicht mitzählte, sich mit der übereifrigen klingonischen Landeeinheit auseinandersetzen zu müssen. Der Wald schloß sich kühl und schön um ihn; das goldene Licht der Nachmittagssonne drang in breiten Strahlen durch die Äste und vergoldete die Blätter und sogar die umhertreibenden Staubflocken. Er nahm sich auf dem Weg Zeit und schaute sich die Formen der Blätter und die Art an, wie das Licht auf sie fiel. Nur der Himmel wußte, wann er je wieder Zeit dazu haben würde. Hinter dem Wäldchen befand sich die zweite Lichtung; auf ihr stand der Meister der ;At.

Kirk trat an den Meister heran und begrüßte ihn liebenswürdig. »Haben Sie etwas vergessen, Sir?«

»Das habe ich noch nie, fürchte ich«, sagte der Meister, obwohl seine Stimme nicht sonderlich furchtsam klang. »Captain, es müssen Entscheidungen gefällt werden.«

»Das kann man wohl sagen«, sagte Kirk. »Ich hätte nicht gedacht, so bald von Ihnen zu hören.«

»Ich hätte auch nicht geglaubt, schon soweit zu sein. Aber wir müssen uns unterhalten. Es gibt eine Sache, die ich zuvor aussprechen muß.«

»Dauert es länger?« sagte Kirk. »Dann setze ich mich hin.«

»Tun Sie das. Captain, ich habe Sie getäuscht.«

»Wirklich?«

»Ja. Und die Konsequenzen könnten gräßlich sein. Sie werden vermutlich wütend auf mich sein, wofür ich Verständnis hätte. Aber es war ganz einfach notwendig.«

Kirk hatte keine Ahnung, wovon er redete. Ging es auch hier um irgendeine bizarre Sache, die nur Einheimische verstanden? »Fahren Sie fort, Sir. Ich mag vielleicht wütend werden, aber ich werde mich bemühen, gerecht zu bleiben.«

»Davon gehe ich aus.« Eine lange Pause folgte, in der Kirk sich des sehr langen, langsamen Grollens bewußt wurde, das ihn überall umgab – als spüre der Boden das Unbehagen des ;At und zittere mit ihm. »Captain, als wir uns das erste Mal getroffen haben, hatte ich das Verlangen, ungestört mit Ihnen zu reden.«

»Das haben Sie doch auch. Dachte ich.«

»Ihr Übersetzungsapparat...« Der ;At klang leicht verwirrt. »Das Wort *reden*, fürchte ich, sagt nur wenig über das aus, was ich wirklich wollte. Wir sind eine tiefsehende Spezies, Captain.«

Kirk nahm an, ihn verstanden zu haben. Der Translator tat zwar sein Bestes, um manche zusammengesetzten Wörter zu übertragen, aber der ;At meinte, daß er Gedankentelepath war. »Sir, das habe ich schon vor geraumer Zeit verstanden. Es macht mir keine Sorgen.«

»Das ist gut. Doch wird Ihnen vielleicht die Zeit Sorgen machen, die Sie hier verbracht haben.«

Kirk schaute sich um. Er empfand erneut Verwirrung. Allmählich gewöhnte er sich an den Zustand. »Es waren doch nur ein paar ...«

»Tage«, sagte der Meister.

Und sofort danach – ohne zu wissen wie – wußte Kirk, daß es stimmte. Er hatte den ganzen Nachmittag lang die Dinge in neuen Details gesehen und empfunden. Jede verstreichende Sekunde war angefüllt von einer ganz besonderen geistigen Wachheit. Die Luft war in jeder Minute wie Wein gewesen, das Licht so üppig wie ein altes holländisches Gemälde, jedes Gefüge und jedes Gefühl stärker als sonst. Er hatte angenommen, es seien nur die Auswirkungen der Muße gewesen, weil er ein paar Minuten abgeschaltet hatte. Doch nun wußte er: Sein Zeitgefühl war manipuliert worden. Nun, da er wußte, was es für ein Gefühl war, konnte er es unmöglich für etwas anderes halten. »Wollen Sie damit sagen«, sagte er, »daß für meine Mannschaft zwei *Tage* vergangen sind, während es für mich nur ein paar Stunden waren ...?«

»Es war etwas weniger.«

»*Mein Schiff!*«

Kirk zwang sich zur Ruhe, denn die Auswirkungen waren noch immer da, und seine Furcht war ausgeprägter als sonst. »Die Zeit war kein Begleitumstand«, sagte der Meister. »Ich habe Sie leicht aus dem für Sie gültigen Zeitstrom in die Zeit der Zukunft versetzt. Um etwa eine Woche. Wenn wir unser Gespräch beendet haben, werde ich Sie sofort wieder rückversetzen.«

Kirk schluckte. »Sie haben recht, Sir«, sagte er. »Ich bin wirklich wütend. Aber ich möchte gern Ihre Gründe dafür hören.«

»Wie Sie wissen, mußten wir miteinander reden«, sagte der Meister der ;At. »Sie waren nicht der einzige, der in der vergangenen Zeit tiefgesehen und tiefgefühlt hat. Ich auch. Ich mußte Entscheidungen treffen – über Sie und Ihr Volk. Ich brauchte Zeit, um sie richtig zu treffen – mehr Zeit, als wir hatten. Und da ich, wie Sie

264

wissen, in gewissem Umfang fähig bin, in der Zukunft zu existieren, wurde mir klar, daß dies die einzige Möglichkeit ist, dies zu bewerkstelligen. Denn die Klingonen waren im Anmarsch, und auf ihrer Spur andere; danach wären alle Chancen vertan gewesen.«

»Andere ...?«

»Die Orion-Piraten.«

Kirks Magen krampfte sich zu einem Bällchen zusammen und verknotete sich.

»Ich fürchte zwar auch um Ihr Volk«, sagte der Meister. »Doch meine erste Furcht gilt meinem eigenen, das ich unter dem damaligen und anderen Angriffen leiden sehe. Die Hilfe, die Sie uns anbieten, ist sehr verlockend. Aber ich muß sie gegen die Gefahren des Verkehrs mit Fremden abwägen. Die Piraten sind nicht sehr freundlich mit uns verfahren. Sie kamen hingegen mit gefälligen Worten. Ich mußte sicher sein, daß auch der Hintergrund Ihrer Worte gefällig ist. Ich bin mir dessen nun sicher. Unsere drei Arten werden der Föderation beitreten. Wir werden zu teilen lernen, was wir haben und sind. Wir werden wohl nie wieder sein wie früher; aber ich glaube, die Veränderung muß stattfinden, und ich glaube, sie ist die Sache wert.«

Kirk nickte. Er zwang sich mit reiner Willenskraft, ruhig zu bleiben. »Nachdem das gesagt ist«, sagte er, »wofür ich Ihnen danke ... Was geschieht nun mit meinem Schiff?«

»Ich glaube, Sie wollten zurückkehren«, sagte der Meister. »Ihre Leute sind mitten in einem Gefecht, und es steht schlecht um sie.«

»*Pille* kämpft?!« schrie Kirk. »Er ... Sie ... Wie komme ich da rauf?!« Er sprang auf. »Wenn sie den Schutzschild aktiviert haben, können sie den Transporter nicht einsetzen ...«

»So«, sagte der Meister.

Und alles hielt an ...

... und ging von neuem los. Er war auf der Brücke. Die Sirenen der Alarmstufe Rot schrillten. Überall um ihn herum war der Teufel los.

Kirk empfand, wie schon ein-, zweimal zuvor, einen Feuersturm im Rücken, wie ein losbrechender Adrenalinstoß. »Taktisches Bild!« schrie er. Auf der gesamten Brücke flogen erstaunte und entsetzte Köpfe herum. Nur McCoy drehte sich nicht um; sein Blick war auf den Bildschirm gewandt, und er sagte: »Wurde aber auch Zeit, verdammt noch mal! Sulu, noch mal feuern...«

»Ja«, sagte Kirk eilig. »Und den Schutzschild.« Sein Blick saugte sich an der taktischen Bildschirmanzeige fest. »Jetzt hart nach rechts, Sulu! Chekov, geben Sie mir einen Waffenzustandsbericht...«

Er kam auf den Bildschirm. Was für ein Tohuwabohu! Überall waren Schiffe. Eins der großen Piratenschiffe, das Mutterschiff des Beibootes, das er während der Zeitversetzung bei dem ;At gesehen hatte, und vier Klingonenschiffe, die es ebenfalls angriffen...

»Wir haben Hilfe bekommen«, sagte Pille. »Kaiev von der *Ekkava* hat angefangen, und kurz darauf haben auch die anderen mitgemacht. Ich dachte mir doch, daß sie einer guten Prügelei nicht widerstehen können.«

Kirk nickte und starrte auf den Bildschirm. Der Pirat fuhr nun mit Impuls, wie alle anderen. Besonnen. Aber sie hatten nun keine Zeit für Besonnenheit. »Ich kenne diese Taktik doch«, sagte er zu McCoy. »Jellicoe, was? Aber ob's auch diesmal funktioniert? Zum Teufel damit. Sulu, Warp vier. Wenn's soweit ist, raus aus dem System.«

»Neustart in Vorbereitung, Captain«, meldete Scotty von seinem Posten her. »Noch vier Minuten.«

»Dann weichen wir lieber aus, Mr. Sulu.« Kirk schaute McCoy an. »Hast dich wacker geschlagen, nehme ich an. Uhura, geben Sie mir einen Block und

schieben Sie alle Logs seit meiner Abwesenheit rein.«
Er schaute auf den Bildschirm. »Ein Klingonenschiff
könnte ich ja verstehen, aber vier?«

»Das erste hat eine Landeeinheit verloren«, sagte
McCoy. »War einfach weg, so wie du. *Wo, zum Teufel,
hast du gesteckt?*«

»Auf dem Planeten«, sagte Kirk. »Bei deinem
Freund, dem ;At.«

McCoy blinzelte. »Das haben die Ornae und Lahit
auch immer gesagt.«

»Sie stehen mit den ;At in Verbindung. Sie scheinen
zu wissen, was sie tun. Was *er* tut«, korrigierte Kirk
sich, als er den Block nahm, den Uhura ihm gab. »Ich
habe nur einen gesehen. Sulu, schwingen Sie ein
bißchen weiter aus. Ich brauche etwas mehr Raum.«

»Jedenfalls konnten wir dich nicht finden«, sagte
McCoy. »Du warst aus der Ortung raus, und dein
Kommunikator war auch weg.«

»Die ;At stellen irgend etwas mit der Zeit an«, sagte
Kirk und überflog den Block. »Über die genauen Einzelheiten reden wir später. Ich verstehe zwar die
Gründe, aus denen der Meister es getan hat«, sagte er
und blickte über seine Schulter, »aber sie haben für uns
alle ein paar Probleme geschaffen, und ich werde wohl
einige Hilfe brauchen, um mich zu entschuldigen.«

»Der Meister?« sagte McCoy und schaute in die gleiche Richtung wie Kirk. Er erstarrte, wie auch alle anderen, die seinem Blick folgten, denn es sah so aus, als
stünde ein großer, grober, bräunlicher Felsmonolith vor
der Tür des Turbolifts. Er war zweifellos zu groß, um
dort stehen zu können – die Decke war für seine Höhe
zu niedrig. Doch es sah so aus, als reiche der Felsen
durch die Decke, ohne sie zu beschädigen.

McCoy sprang vom Kommandosessel auf, in dem
Kirk auf der Stelle Platz nahm, und sagte: »Sir ...«

»Verzeihen Sie mir, Doktor«, sagte der ;At, »daß ich
Sie durch den Captain fortrufen ließ. Aber er war der-

jenige, mit dem ich dringend sprechen mußte. Und die Zeit war knapp.«

»*Sie* haben den Captain ...«

»Der Meister ist ein talentiertes Wesen«, sagte Kirk geistesabwesend, während er den Blockinhalt durchging. »Zum Beispiel der Funkspruch von Starfleet. Die plötzliche Unterbrechung. Sir, früher hat es Zeiten gegeben, in denen ich Sie ganz gern in der Nähe gehabt hätte. Nun ja. – Sulu?«

»Gewinnen etwas Distanz, Captain. Die Klingonen machen den Orionern das Leben schwer. Die Schutzschilde des Piraten sind zwar wieder aktiviert, so daß die Klingonen nicht viel machen können, aber sie sind viel schneller und konzentrieren sich auf ihre Schwachstellen.«

»Gut. Bleiben wir noch ein paar Minuten im Rennen; schaffen Sie mir etwas Platz. Ich muß kurz nachdenken.«

Das Schiff schüttelte sich verhalten. »Photonentorpedos«, sagte Spock und kam einen Moment hinunter, um sich neben dem Kommandosessel aufzubauen. »Captain, darf ich sagen, daß es schön ist, Sie wiederzusehen?«

»Amen«, sagte McCoy von der anderen Seite des Sessels.

»Spock, ich muß Ihnen sagen, daß ich mich auch freue. Aber es ist wohl besser, wenn wir zunächst etwas gegen den Piraten unternehmen.« Kirk schaute auf den Bildschirm; er sah weniger von dem Piraten als in der Nacht auf ›Fliegendreck‹, der Nacht voller Feuer und der Schreie der Ornae und brennenden Lahit. »Scotty, wie steht's mit dem Neustart?«

»Noch zwei Minuten, Captain.«

Kirk legte den Datenblock beiseite und trommelte mit den Fingern auf die Armlehnen. »Pille«, sagte er, »du brauchst nicht zu bleiben. Ich hab dich lang genug von der Krankenstation ferngehalten.«

»Ist nicht, Jim. Ich hab es angefangen, ich will auch sehen, wie es ausgeht.«

»Wirst du schon – auf die eine oder andere Art. Du hast übrigens gute Arbeit geleistet. Deine Einlage bei Delacroix war unbezahlbar. Hätte ich selbst nicht besser hingekriegt.«

Er musterte mit einiger Bewunderung die Form des hinter ihnen befindlichen Piraten. »Das ist vielleicht ein Schiff«, sagte er. »Man sollte bei Starfleet wirklich darauf achten, wem man so viel von unserer ausrangierten Technik verkauft. Nicht alles an dem Rumpf da stammt von den Romulanern.«

»Ich habe mir speziell die Sensorenanordnung am Heck angesehen«, sagte Spock. »Es scheint die Starfleet-Ausgabe zu sein, mit einigen Modifikationen.«

»Sieht wirklich so aus.« Kirk machte eine finstere Miene und dachte darüber nach. »Hmm. Pille, arbeiten irgendwelche von den Klingonen direkt mit uns zusammen?«

»Die *Ekkava*. Die anderen sind nur von ihrem Oberkommando geschickt worden, um einen Interventionsversuch zu machen, als die Landeeinheit der *Ekkava* verschwand und wir ihnen nicht sagen wollten, wohin wir sie entführt haben.«

Kirk schnaubte. »Typisch. Uhura, bitten Sie Commander Kaiev, den Angriff abzubrechen. Sagen Sie ihm, daß wir gleich in den Warp gehen. Das Ding wird uns bestimmt verfolgen – und genau das ist meine Absicht. Wir drehen eine Schleife und kehren dann ins System zurück.« Er stand auf, beugte sich über Chekovs Sitz und gab einen Kurs ein. »Holen Sie es auf Ihre Konsole. Sehen Sie diese Stelle? Dort gehen wir aus dem Warp. So wie die Reaktionszeit ausfällt, kommt auch der Pirat ein paar Sekunden später raus, aber bis dahin haben wir längst umgedreht und fliegen Unterlicht. Wir werden hinter ihm auftauchen. Die anderen sollen alle dort und feuerbereit sein, wenn das Ding

269

rauskommt. Wir werden seinen Schutzschild zerlegen und die Sache dann beenden. Uhura, besorgen Sie sich Spocks Schwachstellenliste. Und jetzt los.«

»Jawohl, Sir.«

»Gleich kümmern wir uns um die Sensorenanordnung.« McCoy schaute Kirk an. »Kennst du Kaiev?« fragte er.

»Wir sind uns begegnet«, sagte Kirk. *Was nun wirklich eine interessante Sache war – aber dafür haben wir jetzt keine Zeit.* Er schaute nachdenklich auf die andere Hälfte des nun geteilten Bildschirms, der das Bild des Piraten und eine taktische Anzeige zeigte. »Was ist das da für eine kleine grüne Spur?«

»Die Nachrichtenkapsel.«

Kirk schaute einen Moment überrascht drein. »Ah! Ein Ablenkungsmanöver?«

»Genau«, sagte McCoy.

Kirk lächelte ihn an. »Du hast dir wirklich Mühe gemacht, was?«

»Was sollte ich denn sonst tun?« brummte McCoy.

Kirk sah verlegen aus. »Ja, was hättest du auch sonst tun sollen. Trotzdem ...« Leichter Übermut trat in seinen Blick. »Wenn es was zu lernen gibt, sagst du nie nein, was?«

»Jim, weißt du, was ...«

»Erzähl's mir später. Uhura, sind die anderen Schiffe bereit?«

»Alles klar, Captain.«

Kirk schaute McCoy mit zeitweiligem Interesse an. »Pille, könntest du mir bitte erklären, wie du es gemacht hast, daß die ganzen Klingonen *mit* uns kämpfen statt *gegen* uns? Es ist reine Neugier. Und Starfleet wird sich wahrscheinlich auch danach erkundigen.«

McCoy wirkte leicht verlegen. »Also, mit den drei anderen hab ich nichts gemacht. Was die *Ekkava* angeht: Ich habe Kaiev nur angeschrien.«

»Hmm«, sagte Kirk, und ihm fiel ein, wie oft er sich

gewünscht hatte, ebenso zu verfahren. Allerdings hatte er eine reichliche Anzahl von McCoys Flüchen mit eigenen Ohren gehört, und es war nicht auszuschließen, daß auch Klingonen sich von manchen seiner Ausdrücke beeindrucken ließen. »Scheint funktioniert zu haben.«

Er beugte sich wieder über die Steuerkonsole und berührte einige Kontrollen. Sulu schaute mit zunehmendem Interesse zu. »Da«, sagte Kirk. »Halten Sie diese Anweisung in Bereitschaft; vielleicht haben wir eine Chance, sie zu nutzen. – Scotty?«

»Wir sind soweit, Captain.«

»Gut. Mr. Sulu – Warp vier. Behalten Sie den Z-Achsen-Wechsel im Auge. Ich möchte gerade hochgehen, wie ein Turbolift im Fluge.«

»Jawohl, Sir.«

Es ging los. »Normalbild«, sagte Kirk. Der Schirm war einen Moment leer – dann füllte er sich wieder mit dem Bild des Orionschiffes. Es war im Moment ein gutes Stück hinter ihnen und fuhr wahrscheinlich mit Warp zwei.

»Die werden nicht lange brauchen, um aufzuholen«, sagte Kirk. »Sie sollen denken, daß wir ausreißen.«

Etwa zehn Sekunden lang änderte sich die Lage nicht. Dann kroch das Piratenschiff langsam näher heran. »Scotty«, sagte Kirk, »Sie setzen doch die neue Treibstoffkonfiguration ein, oder?«

»Im Augenblick.« Scotty wandte sich von seinem Pult ab und sah leicht betrübt aus. »Wir haben Probleme damit; ich würde sie nicht sehr lange einsetzen, höchstens eine Stunde. Danach müssen wir uns nach etwas anderem umsehen, das die gleichen Ergebnisse bringt. Aber im Augenblick fahren wir mit etwa hundertzehn Prozent normaler Maschinenleistung. Ich kann bis auf Warp acht raufgehen, aber nur *sehr* kurz.«

»Registriert. Warp acht werden wir aber wahrscheinlich brauchen. Wenn Sie also irgend etwas mit den Maschinen machen müssen, tun Sie's jetzt. Ich habe die Absicht herauszukriegen, was unser Freund da triebwerkmäßig draufhat.«

Scotty seufzte und murmelte etwas, dann drehte er sich wieder zu seiner Konsole um und nahm Einstellungen vor. Kirk lächelte. Scotty beschwerte sich immer, wenn er gebeten wurde, die Triebwerke zu frisieren. Andererseits maulte er aber auch, wenn man es *nicht* tat. Also brauchte man sich im schlimmsten Fall nur auf sein Gemurmel einzustellen. »Übrigens, Pille«, sagte Kirk, »die verschwundene klingonische Landeeinheit – weißt du, was sie unten wollte?«

»Ich würde lieber wissen, ob sie wieder sicher an Bord ist«, sagte McCoy.

»Ist sie – glaube ich. Zumindest habe ich sie an Bord gehen sehen. Trotzdem: Rat mal, wohinter sie her waren.«

McCoy schaute ihn kopfschüttelnd an. »Keine Ahnung.«

»Hinter der pflanzlichen Form der Sardelle.«

»*Was?*«

Kirk erzählte ihm von der *Tabekh*-Sauce. McCoy nickte und sagte: »Ja, ich hab davon gehört. Ich glaube aber nicht, daß du sie kosten möchtest.«

»Warum nicht?«

»Weil zu den Zutaten auch Arsen gehört.«

Kirk blinzelte.

»Ihnen gefällt offenbar der bittere Geschmack«, sagte McCoy. »Außerdem spielen Arsene in der Ernährung der Klingonen eine wichtige Rolle. Klingonen können eine schreckliche Arsenschwäche entwickeln, wenn sie nicht aufpassen, besonders in streßreichen Situationen...«

»Vielen Dank, Pille«, sagte Kirk. »Sulu, was macht unser Freund?«

»Beschleunigt auf Warp vier. Im Moment ist kein anderer im Warp.«

»Gut. Warp fünf, Mr. Sulu. Beschleunigen wie der Gegner.«

»Jawohl, Sir.«

Sie sahen, daß die Orioner langsam aufholten. »Nicht übel für ausrangiertes Zeug«, sagte Kirk nachdenklich, »aber es interessiert mich noch immer, wo sie es herkriegen. Wir dürfen kein Material an jemanden verkaufen, der es an die Orioner weiterverkauft – aber ich nehme an, das Fälschen von Endabnehmer-Zertifikaten ist ein jahrhundertealtes Spiel.«

»Warp sechs, Captain.«

»Registriert. Jetzt machen sie aber *wirklich* Dampf, was?« Kirk setzte sich hin, beobachtete und dachte nach. Irgendein Teil seines Bewußtseins spürte, wie gut er sich fühlte. Wenn es sich nicht vermeiden ließ, war es immer am besten, Raumschlachten am frühen Morgen zu schlagen. Aber nein, es war fast Abend, oder nicht? Zumindest für ihn. Komisch, daß ihm sein Körper so frisch und lebhaft vorkam wie am frühen Morgen. Er warf einen Blick auf den ;At. Er mußte ihm später eine Menge Fragen stellen ...

»Sie gehen ebenfalls auf Warp sechs, Captain.«

»Gut. Und jetzt schön langsam beschleunigen, Mr. Sulu. Ganz wie gewohnt. Und achten Sie auf den Kurs. Wenn wir zu früh wenden, kommen wir aus dem Zeitplan.«

»Ich behalte ihn im Auge, Sir.«

Alle beobachteten den Bildschirm. Das Piratenschiff kroch ständig näher heran – und machte plötzlich einen raschen Sprung nach vorn. »Schnell, Sulu, Warp sieben!«

»Warp sieben, Sir ...«

Auch die *Enterprise* tat einen Satz. *Bleib dran*, dachte Kirk. *Im Moment brauchen wir Tempo. Aber nicht mehr lange. Aber sie sollen unser Heck eine Weile sehen ...*

»Warp sieben«, sagte Sulu. »Mehr, Sir?« Der Pirat holte weiter auf.

273

Er macht mindestens neun, dachte Kirk. »Wendemanöver einleiten – wir wollen nicht zu weit aus dem System heraus. Gehen Sie auf Warp acht.«

»Vater unser ...«, murmelte Scotty an seiner Konsole.

»Nicht lange, Scotty, ich verspreche es«, sagte Kirk. »Nur eine Weile. Dann verlassen wir den Warp und kühlen uns ab. Aber er nicht.« Er schenkte dem Orionschiff einen grimmigen Blick.

Hinter ihnen kam der Pirat näher. »Er macht jetzt achtkommafünf, Captain«, sagte Sulu.

»Gehen Sie für eine Minute auf neunkommafünf. Dann hart auf Warp vier drosseln und Warpraum verlassen. Wir müssen wieder auf unsere alte Geschwindigkeit gehen. Uhura, Rundruf.«

Uhura nickte.

»Achtung, Mannschaft, hier spricht der Captain.« Ging da ein leichter Seufzer der Erleichterung durch die Reihen der Brückenmannschaft? Oder war es nur McCoy? »Wir sind im Begriff, im Warp ein Hochgeschwindigkeitsbremsmanöver durchzuführen. Sie wissen, daß dies die künstliche Schwerkraft manchmal schwanken läßt. Wenn Sie gerade eine Kaffeetasse in der Hand haben, leeren Sie sie. Das Manöver wird etwa eine Minute dauern. Wir geben Bescheid, wenn wir fertig sind. – Kirk, Ende.«

Er setzte sich in den Kommandosessel zurück und schaute zu, wie der Pirat näher und näher kam. *Mach nur so weiter*, dachte er. *Häng dich an uns ran; je dichter, desto besser.* Das abrupte Kursänderungsmanöver, das er ausprobieren wollte, war von den Düsenjägerpiloten eines vergangenen Krieges auf der Erde erfunden worden. Es war so wirkungsvoll, daß die Gegner oft darauf beharrt hatten, sie seien abgeschossen worden.

Mal sehen, ob es noch hinhaut, dachte Kirk. Bisher sah alles gut aus. Vielleicht hatte der Pirat noch nichts von diesem alten Trick gehört, denn er jagte fröhlich hinter dem Heck der *Enterprise* her. »Wir müssen in Kürze mit Beschuß rechnen«, sagte Kirk.

Wie aufs Stichwort zischte eine weiße Feuerlanze aus dem Piratenschiff hervor. Bevor Kirk ein Wort sagen konnte, wich Sulu aus. Es war zwar kein großes Ausweichmanöver, aber das war bei dieser Geschwindigkeit auch nicht nötig; schon die leichteste Neigung nach Steuerbord oder Backbord konnte ihre Position um Tausende von Kilometern verändern. Der erste Schuß ging sauber vorbei, doch der Pirat feuerte weiter. Sulus Problem bestand darin, einen bestimmten Kurs einzuhalten und nicht zu weit von ihm abzuweichen, sonst kamen sie an der falschen Stelle heraus – weit von ihren Freunden im Realraum entfernt.

Der Pirat feuerte pausenlos. Sulu duckte das Schiff und schlug Haken. Kirk klammerte sich mit den Händen an die Sessellehnen und gab sich alle Mühe, seine Aufregung nicht zu zeigen. Bei diesem Tempo reichte ein guter Schuß, dann waren sie so tot, daß sie es erst bemerkten, wenn Gott ihnen auf die Schulter klopfte und ihre Essensmarken verlangte. Scotty, hinter ihm an der Konsole, brummelte unglücklich vor sich hin. »Wie läuft's denn, Mr. Scott?« erkundigte sich Kirk.

»Ich bemüh mich im Moment, die Balance zu halten«, sagte Scotty, »aber ich kann nicht sagen, wie lang's noch hinhaut. Die *Enterprise* ist für so was einfach nicht gebaut...«

»Verstanden. Halten Sie die Balance noch ein paar Sekunden. Ich habe von den Schildfetzern gehört, mit denen diese Dinger ausgerüstet sind, und ich möchte nicht, daß sie so was gegen uns einsetzen. Bei diesem Tempo würde schon die Rückkopplung das Schiff auseinanderreißen. – Sulu...«

»Kurz vor dem Ausstiegspunkt, Captain. Daten stehen bereit.«

»Behalten Sie sie im Auge. – Countdown.«

»Vierzehn«, sagte Chekov, während der Pirat sich

ihnen noch mehr näherte und weitere Phaserstrahlen aussandte. Einer streifte die *Enterprise,* und sie schüttelte sich wie ein von einer Wespe gestochenes Pferd. »Sulu ...«, sagte Kirk.

»Schwein gehabt, Captain ...«

»Die anderen aber auch!«

»Elf, zehn, neun ...«

»Rundruf, Uhura. – An alle! Warp-Bremsung in acht Sekunden ... Festhalten! Raus ...«

»... sechs, fünf, vier ...«

Das Schiff erbebte wieder, diesmal stärker. »Schild Nummer sechs verloren«, sagte Spock. »Kompensieren mit fünf und sieben ...«

»... zwei, eins ...«

Als die künstliche Schwerkraft wie üblich aussetzte, drehte sich Kirks Magen um. Nicht einmal Scotty hatte je etwas dagegen unternehmen können. Wenn man bei solch hoher Geschwindigkeit abbremste, wechselten die Prioritäten des Schildes zugunsten der Aufrechterhaltung der strukturellen Schiffsintegrität, und das Ergebnis war, daß die Schwerkraft flöten ging. Dann war sie wieder da und schaltete sich erneut aus. Die Mannschaft hielt sich an den Konsolen fest. McCoy, der neben Kirk stand, wirkte leicht gestreßt. Kirk kannte diese Miene: McCoy setzte sie bei Patienten auf, die sich abrackerten, ihren Herzschließmuskel auf Vordermann zu bringen. Sein eigener machte ihm nun ein paar Schwierigkeiten, aber dafür hatte er jetzt keine Zeit. Der Bildschirm zeigte das Piratenschiff, das mit Warp neun an ihnen vorbeizischte, während ihre eigenen Fersen festen Halt im Gewebe des Raumes suchten. Sie verlangsamten. Die Warp-Triebwerke jaulten. Nicht einmal Scotty konnte sie daran hindern ...

»Warp acht, sieben, fünf – vier!«

»Jetzt!« sagte Kirk. Sulu würgte den Autopiloten ab und erledigte den Ausstieg von Hand, um ganz sicherzugehen. Als sie, noch immer abbremsend, den Warp verließen, ratterte und rumste das ganze Schiff um sie herum. »Taktisches Bild...«

Der Bildschirm zeigte vier kleine rote Lichter, die zusammen in einem Haufen vor ihnen standen – und scheinbar näherjagten, obwohl es die *Enterprise* war, die auf sie zufuhr. »Eins«, zählte Kirk leise, »zwei, drei...«

Vor ihnen trat der Pirat in den Realraum ein und fegte genau in die wartenden Klingonen hinein. »Selbständig feuern, Mr. Sulu«, sagte Kirk. »Mr. Chekov, aktivieren Sie die von mir eingegebene Anweisung.«

Der Pirat wurde aus fünf Richtungen von Phaserstrahlen getroffen. Seine Schutzschilde brachen zusammen. »Nahaufnahme«, sagte Kirk, der sich fest an seinen Sessel klammerte. Wenn der Zeitplan nicht hinhaute, brauchte das Ding einfach nur in den Warp zurückgehen, um einen neuen Angriff zu starten...

Der Pirat füllte den gesamten Bildschirm aus. Seine Schilde flackerten kurz auf und erloschen wieder. Die klingonischen Phaserstrahlen trafen ihn geballt aus vier Richtungen, und die der *Enterprise* aus der fünften. Außerdem wurde er noch von etwas anderem getroffen: Da tauchte eine kleine Gestalt geradewegs aus dem Nichts auf, ein kleiner Eisenklumpen mit einer Masse von kaum einer Tonne – doch sie beschleunigte fast auf halbe Lichtgeschwindigkeit. Die Nachrichtenkapsel traf den Piraten mittschiffs. Bei diesem Tempo hätte keine Panzerung sie aufhalten können. Sie bohrte sich in die Seite des Piraten, und ein großer Feuerblitz und silberne Atmosphäre, die sofort gefror, als sie auf das Vakuum traf, quollen aus dem Schiff.

»Die Sensorenanordnung da hinten«, sagte Kirk und deutete auf sie. »Verbrennen.«

Ohne sich auch nur die Mühe zu machen, auf die Justierung des Zielcomputers zu warten, nahm Sulu Ziel und feuerte. Die gläserne Einrichtung am Heck des Piraten explodierte in einer Plasmawolke.

»Das reicht«, sagte Kirk. »Laßt ihn abbremsen.«

»Die Klingonen folgen ihm, Captain«, sagte Chekov.

Kirk stieß die Luft aus. Die Klingonen hatten mit Sicherheit noch eine alte Rechnung zu begleichen; die Orion-Piraten hatten ihre Planeten lange ausgeplündert, ohne daß man sie hätte erwischen können. Vielleicht nahmen die Klingonen an, daß man es ihnen als Schwäche und Einladung zu noch mehr Zerstörung auslegte, wenn sie den Piraten entwischen ließen.

Kirk schaute über seine Schulter auf Uhura und sagte: »Machen Sie Kaiev und den anderen klar, daß es unsere Strategie war und daß wir auf dem Recht der Beseitigung bestehen.«

Uhura nickte. Kurz darauf meldete sie: »Sie haben akzeptiert, Captain. Aber Kaiev möchte mit Commander McCoy sprechen.«

Kirk drehte sich lächelnd zu McCoy um. »Willst du den Anruf hier entgegennehmen, Pille? Oder bei dir unten?«

»Unten, bitte«, sagte McCoy. »Sagen Sie ihm, ich sei im Moment beschäftigt, Uhura. Ich rufe später zurück.«

»Soll ich folgen, Captain?« fragte Sulu.

»Nein. Bremsen und anhalten.«

»Jawohl, Sir«, sagte Sulu mit leicht verwirrter Stimme. Alle nahmen Platz und schauten auf den Bildschirm; sie sahen, daß der Pirat verlangsamte. Dann fing er an zu taumeln.

»Starke Explosivdekompression auf dem Piratenschiff, Captain«, sagte Chekov. »Waffen- und Triebwerkssysteme sind am Ende.«

»Aber noch nicht restlos«, sagte Kirk leicht ergrimmt. Die Klingonen näherten sich dem Piraten, packten ihn mit Traktorstrahlen und verlangsamten ihn bis zum Halt.

Kirk schaute zu und wartete. Als das Orionschiff etwa hunderttausend Kilometer entfernt anhielt, drehte er sich auf dem Sessel herum und musterte den massiven Felsblock, der scheinbar vor der Tür des Turbolifts saß.

»Jetzt, Sir«, sagte Kirk.

Abgesehen vom Bildschirm änderte sich nichts – er zeigte sie fünf Kilometer von dem Piraten und den ihn haltenden Klingonen entfernt.

Sämtliche Gesichter auf der Brücke wandten sich zuerst dem ;At und dann Captain Kirk zu. Kirk lächelte verhalten. *Ich weiß zwar nicht, ob die Piraten es gesehen haben, aber die Klingonen können ruhig darüber nachdenken und sich fragen, wie wir das gedreht haben. Ich glaube, von jetzt an werden die Dinge an den Grenzen der Föderation und des klingonischen Imperiums eine Weile ruhiger verlaufen.*

Er schaute sich kurz das Piratenschiff an und sagte dann: »Sind die Phaser bereit, Mr. Sulu?«

»Ja, Captain«, erwiderte Sulu ziemlich leise.

»Jim ...«

Kirk wußte, was McCoy sagen wollte. Er brauchte es gar nicht auszusprechen. »Pille«, sagte er, »wir haben es mit üblen Killern zu tun. Sie haben auf diesem Planeten und anderen, die wir beschützen, und auch auf denen der Klingonen gemordet. Ich weiß nicht, ob sie es verstehen, wenn wir ihnen nur auf die Finger hauen. Sie sind mir hundertmal fremder als die Ornae, die Lahit oder sonst jemand, den ich kenne.«

McCoy schaute ihn nur an. Dann atmete er aus. »Sie haben das Kommando, Captain«, sagte er.

Kirk musterte das Piratenschiff und suchte sich die beste und ungeschützteste Stelle aus.

Sie sind hominider Abstammung, sagte seine Erinnerung ungewöhnlich deutlich. *Die meisten Hominiden stammen von Ahnen-Geschöpfen ab, die um des Überlebens willen gejagt und getötet haben. Die Gewohnheit steckt in unseren Genen. Sie läßt sich nur schwer überwinden.*

Aber die da? Wenn ich je jemandem begegnet bin, der

279

töten muß, *dann sie*. Die allzu lebhafte Nacht wurde wieder lebendig. Schreie und Flammen. *Sie sind Terroristen, ganz einfach. Sie haben den Tod verdient.*

»Sulu…«, sagte er.

»Sir?«

Kirk holte tief Luft und stieß sie aus. »Verbrennen Sie all ihre Triebwerke bis auf eins – das schwächste. Es ist sinnlos, daß sie an Altersschwäche sterben, bevor sie mit der Neuigkeit in den Kohlensack zurückkehren. Und zerblasen Sie all ihre Waffenschächte. – Uhura, kann der Pirat noch funken?«

»Ich empfange einige schwache Rundrufe«, sagte sie.

»Können Sie sich einklinken?«

»Aber sicher.«

»Dann los. – Orionschiff, hier spricht die USS *Enterprise*. Wir danken Ihnen für die vergnügliche Jagd, aber wie Sie anhand unseres letzten Manövers gesehen haben, sind solche Jagden für uns nun überflüssig. In Fällen von geringerer Wichtigkeit verfügen wir nun über die Fähigkeit, unsere Schiffe – und Teile davon, einschließlich der Waffe, die wir gegen Sie angewendet haben – zu bewegen, ohne Normalimpuls- oder Warp-Triebwerke einzusetzen. Der neue Blitzverlegungsmechanismus wird in Kürze auf sämtlichen Schiffen der Föderation installiert sein. Wir erlauben Ihnen, zu Ihrem Heimathafen zurückzukehren, damit Sie Ihrem Volk diese Nachricht überbringen. Für die Zukunft raten wir Ihnen dringendst, sich von unserem Machtbereich fernzuhalten – und auch aus diesem Gebiet, das nun laut dem Vertrag, dem seine drei Spezies zugestimmt haben, unter dem Schutz der Föderation steht.« Bei Kirks letztem Satz fuhren alle Köpfe herum, aber im Moment mußte er sie ignorieren. »Sie sind nun frei. – *Enterprise*, Ende.«

Auf der Brücke brandete leiser Beifall auf. Sulu hielt sich heraus; er schloß gerade den letzten einer Reihe fein abgestimmter und geschickter Phaserschüsse ab, die genau das vernichteten, was sie vernichten sollten.

»Nachricht vom Commander des klingonischen Einsatzkommandos, Sir«, sagte Uhura. »Man ist enttäuscht von Ihnen.«

Kirk lächelte. »Antworten Sie: ›Tut mir leid, ich bin nur ein Mensch.‹ – Sie sollen das Piratenschiff auf der Heimfahrt in Ruhe lassen – es sei denn, sie möchten, daß *wir* uns aus dem Nichts auf sie stürzen.«

Uhura nickte und wandte sich ihrer Konsole zu. Kirk schaute sich auf der Brücke um. »Hat das Geschüttel irgendwelche Schäden verursacht?« fragte er.

»Nein, Sir«, sagte Scotty. »Es ist alles in Ordnung.« Er tätschelte seine Steuerkonsole. »Wir haben diese Dinger ja gebaut, damit sie was *aushalten*.«

Kirk schaute den ;At an. »Ich danke Ihnen, Sir«, sagte er.

»Bleibt es bei morgen?« fragte der ;At.

»Sie können sich drauf verlassen.«

»Werde ich.« Und dann war er weg.

»Ich möchte gern mitgehen«, sagte McCoy.

»Klar, Pille. Kein Problem. Sag mal, mußt du nicht noch einen Anruf tätigen?«

»Offen gestanden…« McCoy eilte zur Turbolifttür.

»Ach, übrigens… Pille?«

»Ja?«

»Du bist deines Amtes enthoben.«

»Mit Vergnügen«, sagte McCoy. Die Tür schloß sich hinter ihm.

»Was, zum Teufel, wollen Sie eigentlich alle hier?« schrie McCoy fröhlich, als er in die Krankenstation kam. »Ich habe Ihnen doch gesagt, Sie sollen gesund werden und sich dünnmachen! – Morrison, sind Sie *schon wieder* da? Wir verpflegen Sie wohl zu gut.«

»Doktor«, sagte Lia. »Ich hab hier ein paar Meldungen, die Sie abzeichnen müssen…«

»Ah, wunderbar! Her damit!« Er riß ihr den Daten-block aus der Hand, holte die Formulare auf den Schirm und signierte jedes einzeln – liebevoll, künstle-risch, mit großem Genuß. Als er fertig war, nahm Lia ihm den Block ab und sagte mißtrauisch: »Sind Sie in Ordnung? Ich kann ja Ihre Unterschrift lesen.«

»Was ist denn mit Ihnen los? Ich bin ganz verrückt auf Formulare. Wenn Sie wollen, daß ich ein Rezept ausfülle, ist auch das leserlich«, sagte er glücklich und eilte in sein Büro. »Ich muß mit jemandem sprechen. Falls ich gebraucht werde, ich bin hier.«

Eine Minute lang saß er nur herum und schaute sich die Bürowände an. Hier gab es keine Bildschirme außer dem einen, der die Bilder des Innenlebens eines Menschen zeigte. Keine Kanonen. Keine Waffen. Keine Schutzschilde. Hier gab es nur seinen eigenen geliebten blöden Computerbildschirm.

Oh, Wonne.

Er griff nach dem Kommunikator. »Brücke«, sagte er. »Uhura, geben Sie mir bitte Commander Kaiev.«

»Kein Problem, Doktor. Sichtverbindung?«

»Bitte.«

Kurz darauf erhellte sich der Schirm und zeigte Kaievs Gesicht. Der Klingone wirkte ziemlich über-rascht – was man ihm nicht übelnehmen konnte. »MakKhoi«, sagte er, »ich hatte gehofft, Sie würden mit mir reden, bevor Sie abreisen.«

»Ich glaube nicht, daß wir jetzt schon abreisen«, sagte McCoy. »Wir haben noch viel Zeit. Aber ich möchte mich entschuldigen, Kaiev, weil ich Sie belogen habe.«

»Weil Sie angeblich Ihren Captain umgebracht haben?« Der Klingone lachte. »Sie haben gut geschwin-delt! Nur schade, daß es nicht gestimmt hat. Aber machen Sie sich nichts draus. Eines Tages befehligen Sie bestimmt Ihr eigenes Schiff. Sie werden ein guter Captain sein!«

»O nein – nicht doch!« sagte McCoy. »Kaiev, ich bin Arzt. Ich habe kein Interesse an einem Kommando.«

Kaiev starrte ihn an.

McCoy zuckte die Achseln. »Es ist wahr«, sagte er. »Tut mir leid, wenn ich Sie enttäuscht habe.«

»Wenn alle Ärzte so geschickt beim Kommandieren sind wie Sie, darf ich nicht vergessen, den meinen umzubringen.«

»Dazu hätte ich eventuell auch Lust«, erwiderte McCoy trocken. »So, wie er sich um Sie gekümmert hat … Nein, ich hab's nicht ernst gemeint. Aber vielleicht hilft es, wenn Sie ihm mal die Zähne zeigen. Er achtet nicht auf Ihre Gesundheit … vielleicht mit Absicht. Und der Himmel weiß, was er mit Ihren Leuten anstellt.«

Kaiev nickte nachdenklich. »Vielleicht. MakKhoi – darf ich eine Frage stellen?«

»Aber bitte.«

Kaiev schaute sich um, als wolle er prüfen, ob ihn jemand beobachtete. »Mit Ihrer neuen Waffe hätten Sie sich doch nicht einmal vor vier zusätzlichen Schiffen zu fürchten brauchen. Sie hätten alle vernichten können.«

McCoy lächelte nur.

»Aber Sie haben mit uns geredet, als wären Sie der Schwächere. Das ergibt doch keinen Sinn.«

»Es hätte auch keinen Sinn ergeben, Sie in die Luft zu jagen, obwohl ich es hätte tun können«, sagte McCoy. »So sind wir Menschen eben … wenigstens in dieser Woche. Sie haben auch nicht immer das Vernünftigste getan, Kaiev. Vielleicht sind Wesen wie Sie und ich Vorboten der Zukunft. Könnte doch sein, daß unsere Völker irgendwann mal wieder zusammenarbeiten.«

Kaiev schaute ihn nachdenklich an.

»Unmöglich«, sagte er dann mit vergnügtem Spott.

»Nun ja«, sagte McCoy, »vielleicht kann ich Sie mal

untersuchen, bevor Sie abreisen, damit Sie eine ordentliche Grundlage haben, auf der Sie die Ergebnisse Ihres Arztes vergleichen können. Als Geste des Respekts ... von einem Commander zum anderen.«

Kaiev nickte. »Ich werde mir die Zeit nehmen.« Und der Bildschirm wurde leer.

McCoy setzte sich in seinen Schaukelstuhl und lächelte.

11

CAPTAINS LOGBUCH, Ergänzung. James T. Kirk hat wieder das Kommando:

Die Lage an Bord der *Enterprise* hat sich gestern leicht beruhigt. Das Personal, das angewiesen wurde, den Schwerpunkt seiner Arbeit auf die Sprache zu konzentrieren – und nebenher nach mir zu suchen –, hat seine wissenschaftliche Forschungstätigkeit wieder aufgenommen und studiert die äußerst seltsamen evolutionären Muster und die Geschichte von 1212 Muscae IV. Mr. Spock schätzt, daß wir noch etwa einen Monat hierbleiben müssen, um zumindest die Grundlagenforschung abzuschließen, damit das wissenschaftliche Personal von Starfleet genügend Informationen hat, um anfangen zu können, genaue Fragen über diesen Planeten zu formulieren. Ich persönlich kann sagen, daß es mir nichts ausmacht, nun für eine Weile stillzusitzen.

Ich habe hinsichtlich des genauen Wortlauts und der Ziele des Abkommens, das wir und die drei auf ›Fliegendreck‹ heimischen Spezies unterzeichnen werden, Gespräche mit dem Meister der ;At geführt. Der Meister sieht kein Problem darin, daß der Name ›Fliegendreck‹ in dem Vertrag steht; da alle drei Spezies ihre Welt anders nennen, wird es die Sache wahrscheinlich vereinfachen. Der Meister wünscht nicht, daß die Föderation einen festen Stützpunkt auf dem Pla-

neten errichtet. Seiner Meinung nach sei dies
»ein Verstoß gegen seine Zuständigkeit« – eine
Formulierung, von der ich hoffe, daß sie mir irgendwann erläutert wird.

Die drei Klingonenschiffe, die während meiner ... Abwesenheit ... hier eingetroffen sind, um
der *Ekkava* zu helfen, sind abgezogen. Die *Ekkava* ist auf Bitten des Meisters noch hier. Unsere Beziehungen zu den Klingonen waren im
allgemeinen so ungewöhnlich herzlich und
freundlich, daß ich mich manchmal verlockt
fühlte, mich zu kneifen. Ob es daran liegt, daß
wir Seite an Seite mit den Klingonen gekämpft
haben oder auf andere Gründe zurückzuführen
ist, ist mir unbekannt. Die planetare Oberfläche
von ›Fliegendreck‹ ist gewiß ein ungewöhnlich
heiterer Ort und wird sowohl von den Klingonen
als auch von der Mannschaft der *Enterprise* als
erholsam empfunden. Seit einiger Zeit halten
sich auf dem Planeten Gruppen von Urlaubern
auf, denn es gibt keine Eile und keinen Grund,
einem Großteil der Besatzung keinen Urlaub zu
gewähren.

Eingegangene Nachrichten von Starfleet erläu-
tern, daß es im HQ eine Art organisatorischen
Umsturz gegeben hat – mit dem Ergebnis, daß
unser Fall Delacroix übergeben wurde. Allerdings wurde dieser Herr ohne eine nötige Ein-
weisung auf uns angesetzt. Man hat ihn inzwischen abberufen, so daß McCoys Akte sauber
bleibt – wenn man von der Zeit absieht, als er die
Leiche stahl.

Obwohl der Doktor offenbar eine extrem
schwierige und schmerzhafte persönliche Erfahrung hinter sich hat, hat er sich tapfer geschlagen. Es erscheint mir zwar angemessen, ihn für
einen Orden vorzuschlagen, doch hege ich den

Verdacht, daß Starfleet sich weigern könnte: Wenn man ihm einen Orden verleiht, könnte dies auch andere zu dem Versuch ermutigen, sich in eine ähnliche Situation zu manövrieren. Ob er nun einen Orden bekommt oder nicht, er hat sich wacker geschlagen. Ich glaube zwar nicht, daß ich ihn bewußt noch einmal in eine solche Lage bringen würde, aber es ist sehr ermutigend, wenn man weiß, daß ihm sein gesunder Menschenverstand auf der Brücke ebenso wie in der Krankenstation zur Verfügung steht.

Ich werde den Planeten auch weiterhin besuchen und die Grundlagen erörtern, auf denen die künftigen Beziehungen zu den Ornae, den Lahit und den ;At basieren werden. Es müssen viele Fragen gestellt werden, und der Meister hat sich als sehr hilfreich erwiesen – besonders bei Sprachproblemen, die immer ein Stolperstein sind. Endlich kennen wir die Antworten auf manche jener Fragen, die wir uns am Anfang gestellt haben. Aber manche Antworten fallen unklar aus und erfordern ein langes und sorgfältiges Studium, damit wir sie irgendwann verstehen... falls man sie überhaupt verstehen kann...

»Was ist das denn für ein Vieh?« fragte McCoy und deutete nach oben.

»Doktor«, sagte Spock geduldig, »Ihre Ausdrucksweise schreit zum Himmel. Den Begriff ›Vieh‹ wendet man im wesentlichen auf Angehörige der Gattung...«

»Ich meine kein Vieh im *allgemeinen*«, sagte McCoy, »sondern den *Käfer* da.« Das hellbunte Lebewesen, auf das er zeigte, setzte sich über ihnen auf einen Ast und musterte sie aus kleinen, hellen Augen, die wie Funken glühten.

»Ich fürchte, er hat keinen Namen«, sagte der Meister der ;At. »Er fliegt, er leuchtet, er sucht bestimmte

Bäume, um sie zu befruchten. Mehr kann ich Ihnen auch nicht über ihn sagen.«

Es war ein sehr früher Morgen; die Sonne war erst vor knapp zwei Stunden aufgegangen. Lichtstrahlen fielen wie Lanzen durch das Geäst der Bäume, als McCoy, Kirk und Spock zusammen über den Waldweg spazierten. Der Meister begleitete sie auf seine stille Art.

»Sie sind große Namengeber«, sagte der Meister. »Sobald man Sie läßt, geben Sie allem einen Namen.«

»Dürfen wir? Ich meine, läßt man uns?« fragte McCoy.

»Oh, nicht daß es irgendeine Rolle spielt«, sagte der Meister. »Es muß sich doch kein Geschöpf an den Namen halten, wenn es keinen Wert darauf legt. Sie kennen ihre wahre Natur; das genügt.«

Sie gingen schweigend ein Stück weiter. Kirk genoß den Morgen in vollen Zügen. Die Unverständlichkeit des Meisters störte ihn nicht. »Toll«, sagte er, als sie auf die nächste Lichtung kamen. Die sie umgebenden Bäume verströmten duftenden Blütengeruch. Die Blüten waren so transparent wie Wasser und hier und da von goldenen Pollen bestäubt.

»Sie sind schön«, sagte der Meister mit großer Zufriedenheit. »Wie die meisten Dinge heute morgen. Und Ihr Schiff war der Morgenstern, der erste, den wir hatten. Schade, daß wir ihn verlieren werden.«

»Dafür kommen dann andere«, sagte McCoy.

»Aber keines wird je wieder das erste sein«, sagte der Meister. »Macht nichts. Die Erinnerung bleibt frisch. Und Sie bleiben wenigstens noch eine Woche.«

»Ja, so ist es«, sagte Kirk, »aber ich kann mich nicht erinnern, es Ihnen erzählt zu haben. Hat ein anderer es erwähnt?«

»Nein, wirklich nicht«, sagte der Meister. »Aber Sie müssen wenigstens noch eine Woche bleiben.«

»Ich muß?«

Der Meister hielt inne – beziehungsweise er hörte abrupt auf, mit ihnen Schritt zu halten. »Sicher«, sagte er. »Beziehungsweise Ihr Schiff. Denn als ich Sie holte, war es Ihnen etwa eine Woche Ihrer Zeit voraus. Nach der Überprüfung Ihrer Zeitrechnung kann ich es nun mit Bestimmtheit sagen.«

Kirk dachte kurz nach. Dann sagte er: »Natürlich. Die *Enterprise* muß noch meinen Anruf von der Planetenoberfläche beantworten. Deswegen klang Uhura so verwirrt.«

»Ja«, sagte der Meister, »und dann müssen die jungen Klingonen zu ihrem Schiff zurückgebracht werden, die ich in diese Zeit versetzt habe, um zu beobachten, wie Sie allein auf Ihre Erzfeinde reagieren. Der Commander der *Ekkava* wird mindestens ebenso lange hier sein. Aber ich glaube wohl, daß es sie kurz darauf danach verlangt, dieses Gebiet zu verlassen.«

»Vermuten Sie es nur?« sagte McCoy. »Oder werden Sie irgendeine schlaue Methode finden, um es hinzubiegen?«

»Dazwischen besteht kein Unterschied«, sagte der Meister; er klang leicht nachdenklich.

Sie überquerten die Lichtung und atmeten den Duft von Blumen ein, die so klar wie Wasser waren. »Noch etwas, Sir«, sagte Kirk. »Als wir uns unterhielten und Sie Ihre Wahl trafen – wenn wir uns irgendwann in dieser Woche unterhalten und Sie Ihre Wahl treffen werden ... Der *Teufel* soll diese Zeitformen holen!«

McCoy lachte.

Der Meister erzeugte das tiefe Grollen, das Kirk längst als Gelächter erkannt hatte, denn der Meister lachte oft.

»Sie mußten sich in *dieser* Zukunft aufhalten oder sie irgendwie erleben. Sie mußten im voraus wissen, daß ich in der Lage gewesen wäre, Ihr Schiff in dem Gefecht mit den Orion-Piraten vor der Vernichtung zu bewahren.

Aber ich wußte es nicht – und Sie auch nicht, noch nicht. Hätte ich es gewußt und mitgeteilt, hätte eben dieses Wissen Sie unvorsichtig machen können. Oder es hätte der Furcht die Schärfe genommen, die Ihre Waffe ist, wenn Sie Ihr Schiff verteidigen. Auch wenn ich es gewußt hätte, ich hätte nicht gewagt, es Ihnen zu sagen.«

»Aber Sie mußten es doch wissen! Sie waren in der Zukunft!«

»Stimmt. Aber da hat keiner von uns gewußt, was die Gegenwart *tun* würde. Die Gegenwart ist alles – sie ist viel wichtiger als die ferne Vergangenheit; sie ist der Kindergarten und die Grundschule der Zukunft –, auch wenn man sich in der Zukunft aufhält. Die Gegenwart ist gefährlich, fast zu gefährlich, um an ihr herumzupfuschen.«

»Und doch leben wir in ihr«, sagte Spock.

»Ja«, sagte der Meister. »Für mich ist es eine Quelle des Erstaunens. Aber wie andere Welten funktionieren, muß für mich in mancher Hinsicht ein Rätsel bleiben. Auf jeden Fall habe ich Ihnen nicht mehr erzählt, Captain, als Sie brauchten, um Ihre Arbeit zu tun... und nicht weniger, als Sie zu befähigen, sie zu erledigen.«

Sie blieben auf der anderen Seite der Lichtung stehen, wo der Weg weiter in den Wald hinein verlief. »Sir«, sagte McCoy, »freuen Sie sich, daß wir gekommen sind?«

»Freuen? Es ist schwer zu sagen. Sie hatten ein Kind, Doktor. Als es zum ersten Mal anfing, allein in die Welt hinauszugehen, wie haben Sie sich da gefühlt?«

»Nervös«, sagte McCoy. »Ich hatte Angst vor allem, was hätte schiefgehen können. Aber andererseits...« Er suchte nach den passenden Worten. »Schließlich hatte ich darauf hingearbeitet«, sagte er. »Ich wollte meine Tochter als eigenständige Erwachsene sehen. Ich wollte, daß sie glücklich ist und daß es ihr gutgeht. Um zuzuschauen, wie sie ihre Chancen nutzte und zu etwas wurde, was ich nie vermutet hätte ...«

»Genauso ist es«, sagte der Meister. »Allein in den vergangenen paar Tagen haben riesengroße Veränderungen stattgefunden. Schon jetzt sprechen die Ornae mit Worten zu mir, die ich sie noch nie habe verwenden hören. Ihre Sprache bereichert die der Ornae. Ich nehme an, einige Ornae werden eines Tages mit Ihren Leuten in den Weltraum gehen. Auch die Lahit reden mehr als sonst. Sie sind offener geworden. Niemand kann sagen, wohin das alles führen wird. Veränderungen ...«

»Sir«, sagte Kirk, »ich bezweifle, daß sich sehr viele unserer Leute hier zeigen werden. Es werden nur einige Natur- und Sprachwissenschaftler und dergleichen sein. Wir sind nicht darauf aus, eine so perfekte Welt zu ruinieren. Sie ist so einfach und friedlich ...«

Kurzes Schweigen breitete sich aus. »Und paradiesisch?« sagte der Meister dann. »Haben Sie im Laufe der Zeit nicht mehr als ein Paradies ruiniert? Ich sehe, daß es so ist. Ihre Befürchtung spricht für Sie. Aber Sie brauchen über die einfachen, idyllischen Geschöpfe am Rand der Galaxis nicht zu besorgt zu sein, Captain.« In der Stimme des Meisters schwang ein Anflug von Erheiterung mit. »Nachrichten verbreiten sich auf Wegen, die Sie überraschen würden. Und abgesehen von Ihrer Schuld: Paradiese sind kaum knapp gesät. Aber das hat nichts zu sagen. Es ist edel von Ihnen, sich darüber zu sorgen, daß Ihre Zivilisation die unsere verdorren lassen könnte. Es war anfangs auch *meine* Sorge. Aber ich habe sie inzwischen abgelegt. Wenn ich es getan habe, können auch Sie Ihren Geist ruhen lassen. In meiner Einschätzung seid ihr nicht stark genug, um etwas anderes zu tun, als uns zu bereichern ... und meine einzige Aufgabe besteht darin, die drei hiesigen Völker zu kennen. Später, viel später, in einigen tausend Jahren, fällt Ihnen vielleicht etwas ein, das eine oder zwei unserer Vorstellungen wirklich verändern könnte. Aber jetzt noch nicht.«

Kirk sagte nichts. Er hatte das Gefühl, als hinge er noch immer über ihm, der Schatten des enormem Alters und der Macht, der sich auf dem Feld auf ihn herabgesenkt hatte. *Wir haben gute Absichten*, dachte er. *Das ist etwas wert. Aber wie kommen wir nur darauf, daß wir alles verstehen, was um uns herum vorgeht? Genau besehen ist es doch das* Nichtverstehen, *das uns immer wieder in die Ferne treibt. Geheimnisse sind halt viel interessanter als das Wissen ...*

Sie gingen weiter in den Wald hinein. »Ich habe keine Zweifel über den Verlauf unserer Begegnung und unserer Verhandlungen, Captain«, sagte der Meister, der ihnen bewegungslos folgte. »Sie hätten raffinierte Methoden ausprobieren können, um meine Entscheidung zu beeinflussen. Aber Sie haben keine angewandt, und soweit ich weiß, hatten Sie auch nicht die Absicht, sie anzuwenden. Und in unseren eigenen Historien, die auch die Zukunft mit einschließen, ist uns Ihre Ankunft prophezeit worden ... die Ihre, oder die von jemandem wie Ihnen. Die Zeit war reif für Wachstum. Mithin ... wachsen wir. Aber glauben Sie niemals, es läge an *Ihnen*«, fügte der Meister erheitert hinzu. »Die Geschichte, die hier geschrieben wird, ist die unsere. Und was denjenigen angeht, der sie tatsächlich niederschreibt ...« Sein Satz endete in einem Laut, der verdächtig nach einem Kichern klang.

»Sir«, sagte Kirk, »was wir auch tun, wir werden unsere Einmischung auf dieser Welt auf ein Minimum beschränken und so vorsichtig wie möglich mit Ihren Völkern umgehen.«

»Was ist mit Ihrem eigenen Volk?« sagte Spock. »Die anderen ;At scheinen ziemlich einsiedlerisch zu sein.«

Kirk hatte irgendwie das Gefühl, daß der Meister sie anlächelte. »Das waren sie schon immer«, sagte er. »Ich bin im Augenblick der einzige meiner Art hier, Mr.

Spock. Es gibt zwar noch viele andere, aber sie leben nicht hier.«

Kirk runzelte die Stirn. Alle Scanneraufzeichnungen des Meisters waren leer gewesen. Es gab keine physikalische Probe seines Äußeren; ebenso hätte man den Versuch machen können, dem Rumpf der *Enterprise* eine Zellprobe zu entnehmen. Auch wenn die Ornae und Lahit vielleicht die gleiche genetische Ausstattung hatten – es gab keinen Beweis, daß der Meister überhaupt etwas mit ihnen zu tun hatte. Auch hier hatte sich das erste Forschungsteam geirrt. Der Meister war eine Chiffre. »Wenn man der einzige seiner Art hier ist«, sagte Kirk, »fühlt man sich da nicht einsam?«

Der Meister lachte. »Wenn man über einen ganzen Planeten und zwei komplette Spezies wacht? Kaum. Und jetzt noch eine weitere Spezies, für die man keine Verantwortung hat. Gute Zeiten stehen an!«

»Verantwortung?« fragte Spock.

»Wachen und beschützen.« Der Meister hielt am Rande einer anderen Lichtung an. »Daß anderswo Wunder geschehen, steht fest. Es wird mir eine große Freude sein, einige von ihnen auch hier zu sehen.«

»Sir«, sagte McCoy, »haben Sie die Raumfahrt schon selbst in Erwägung gezogen?«

Einen Moment war es still. Sie blickten über den offenen Platz. Er war über und über mit langem, welligem, blaugrünem, hüfthohem Gras und Tau bedeckt und glitzerte bei jedem Atemzug des Windes. »Wer denkt nicht gelegentlich daran, seinen Posten zu verlassen«, sagte der Meister, »und etwas anderes zu tun, irgendeine neue, bessere Arbeit? Doch dann, wenn die Pflicht ruft, bleibt man dort, wo sein Versprechen einen verpflichtet hat. Ich bleibe hier. Aber vielleicht ...« Der Captain hatte den Eindruck, daß der Meister ganz besonders Dr. McCoy ansah. »... werden Sie und Ihr Volk, das meine Verantwortung kennt, irgendwann diesen Weg zurückkommen.«

293

Kirk glaubte, so etwas wie Wehmut aus seinem Tonfall herauszuhören. Er hätte liebend gern ja gesagt. Aber es war ihm zur Gewohnheit geworden, diesem Geschöpf die Wahrheit zu sagen. »Wir sind nicht unsere eigenen Herren, Sir«, sagte er. »Wir würden gern zurückkommen, wenn wir hier fertig sind. Vielleicht tun wir es auch. Aber es hängt ab von den gegenwärtigen Mächten und davon, welche Entscheidungen sie treffen.«

»So ist es«, sagte der Meister. »Aber daran bin ich gewöhnt.« Seine Stimme klang vergnügt.

Sie gingen weiter durch das Gras und wurden feucht bis an die Hüfte, ohne daß es sie störte. Der Meister brachte keinen Halm durcheinander und verrückte keinen Tautropfen. »Ein hübscher Trick«, sagte McCoy, dem so einiges gegen den Strich ging. Er war noch nie Frühaufsteher gewesen und hätte gern noch ein bißchen geschlafen.

»Irgendeines Tages können Sie es auch«, sagte der Meister. »Ich würde mir keine Sorgen darüber machen.«

»Bis dahin muß ich aber noch 'ne Menge abnehmen«, sagte McCoy.

Sie kamen an das nächste Wäldchen, das von einer eigenartigen Helligkeit durchdrungen war. »Hierher«, sagte der Meister und führte sie über einen anderen Pfad. Er war schmaler als die meisten anderen; weiche, farnblättrige Bäume und Büsche streichelten sie, als sie durch das blaugrüne Zwielicht schritten. Die Bäume standen hier so dicht, daß sie ein Dach über ihnen bildeten. Das einzige Licht kam von vorn.

»Hier ist etwas, das ich Ihnen zeigen möchte«, sagte der Meister. Sie verließen den Wald und standen plötzlich, endlich an einem Ufer. Das weiche, messinggoldene Licht der morgendlichen Sonne, gefangen in orangenfarbenem Dunst, ergoß sich über das blaue Wasser und fing sich in den Sturzwellen, die auf den pfirsichfarbenen Sand schlugen.

McCoy sagte lächelnd: »Danke.«

»Ich dachte, es würde Ihnen vielleicht gefallen«, sagte der Meister. »Es ist nur eine von vielen Grenzlinien. Ich danke Ihnen, daß Sie die meine überschritten und verteidigt haben.«

»Wir haben es gern getan, Sir«, sagte Kirk. »Und ich danke Ihnen für Ihre Gastfreundschaft.«

»Ach, was das angeht«, sagte der Meister, »so gehört sich das doch so. Man weiß schließlich nie, wen man plötzlich bewirten muß...«

Er lachte und verschwand.

»Ein rätselhaftes Wesen«, sagte Kirk, nachdem er eine Weile damit zugebracht hatte, sich den bemerkenswerten Sonnenaufgang anzusehen. »Ich gehe nur ungern von hier weg.«

Spock musterte geraume Zeit den goldenen Morgen. »Nun, Captain«, sagte er dann, »ich nehme an, Lieutenant Uhura wartet darauf, daß ich mich um den Translatoralgorithmus kümmere. Wir haben die Pronomen und Verben der Lahit endlich sortiert.«

»Dann machen Sie mal, Spock«, sagte Kirk. Der Vulkanier drehte sich um und verschwand im Wald, um seiner Arbeit nachzugehen.

»Hat keinen Zweck, ihn festzuhalten, wenn er etwas tun muß«, sagte McCoy und schaute über das morgendliche Meer.

»Nee«, sagte Kirk.

Er ging zur Seite, wo ein großer Felsen halb vergraben im Sand lag. »Entschuldigen Sie«, sagte er, wischte ihn ab und nahm auf ihm Platz.

McCoy schlenderte zu ihm hinüber, bückte sich, um eine Muschel aus dem Sand zu ziehen, und drehte sie zwischen den Fingern. »Du gehst auf Nummer sicher, was?« sagte er.

»Ich bin kein Geologe, Pille. Die Felsen hier sehen für mich alle gleich aus, und ich sitze nun mal nicht gern auf einem, der mich unter Umständen plötzlich anspricht. Und wenn doch, möchte ich mich wenigstens vorgestellt haben.«

»Ein seltsamer Planet«, sagte McCoy und nahm neben ihm im Sand Platz.

»Ich weiß nicht«, sagte Kirk. »Komisch, ja. Aber nicht so seltsam wie manch anderer, auf dem wir waren. Die Dinge, die passiert sind … *Sie* waren wirklich seltsam.«

»Das brauchst du *mir* nicht zu erzählen. Willst du dich in ein paar Tagen irgendwo in einem Gebüsch verstecken und dir zusehen, wie du verschwindest?«

Kirk zog eine Grimasse. »Wahrscheinlich nicht. Mir reicht es, wenn ich zu einer bestimmten Zeit an *einem* Ort bin. Der Meister regelt es auf seine Weise.«

»Ich habe nie erfahren, wie man seinen Namen ausspricht«, sagte McCoy.

»Du warst auch ziemlich beschäftigt«, sagte Kirk. »Pille, ich muß dir sagen, daß es mir leid tut. Wenn ich gewußt hätte, daß so etwas passieren würde …«

»Macht nichts, Jim. Wie hättest du es wissen sollen? Die Dinge wurden auf eine Weise manipuliert, die wir nicht verstehen konnten. Wenn ich jedes einzelne Warum erwäge, kann ich nicht behaupten, daß es mich stört. Wenn der Preis, diesen Planeten in die Föderation zu holen, darin bestanden hat, mich in den Wahnsinn zu treiben und zwei Tage ohne Schlaf zu lassen, war er, glaube ich, ziemlich gering. Meinst du nicht auch?«

»Nun ja …«

»Und vergiß nicht, was ich alles gelernt habe.«

Kirk lachte.

»Nein«, sagte McCoy. »Im Ernst. Ich habe immer gewußt, daß das Schiff dir gehört; aber mein Wissen war abstrakt. Jetzt ist es konkret. Es war einfach, hinter dir zu stehen und dich zu kritisieren. Aber jetzt habe ich selbst an deinem Platz gesessen. Solange nichts passiert, ist es wunderbar. Aber was den Rest der Zeit betrifft, bleibt der Schuster lieber bei seinen Leisten.«

Kirk nickte.

»Trotzdem«, sagte McCoy, »irgendwann wird mir schon ein Grund einfallen, dich mit einer Operation zu betrauen. Dann wollen wir doch mal sehen, wer auf diesem Schiff wirklich flexibel ist.«

»Nein, danke!«

Sie saßen eine Weile in kameradschaftlichem Schweigen da. Kirk schaute in den Morgen hinaus und seufzte. »Es wird mir nicht leichtfallen, diesen Ort zu verlassen. Er hat so etwas ... Entspanntes.«

»Etwas Heiteres«, sagte McCoy. »Fast wie verzaubert.«

»Beschützt«, sagte Kirk. »Ja.«

»Ich glaube, das ist der Meister«, sagte McCoy und setzte eine nachdenkliche Miene auf. »Möge er lange wirken.«

»Er hat gesagt, andere seiner Art ...« Kirk nahm einen tiefen Zug der Morgenluft. »Ich frage mich, wo sie sind.«

McCoy schüttelte den Kopf. »Überall, wenn mein Verdacht richtig ist.«

»Verdacht?«

»Ach, eigentlich nicht«, sagte McCoy. »Nur ein komischer, witziger Gedanke. Ich habe da drüben an ein bestimmtes Zitat gedacht. Er hat es aus meinem Kopf geholt, war damit einverstanden und hielt es für witzig. Es ging darum, freundlich und vorsichtig mit Fremden umzugehen – weil viele auf diese Weise schon Engel aufgenommen und bewirtet haben, ohne es zu ahnen.«

Kirk lächelte. Dann nickte er.

»Wer weiß, was die Menschen in all den Jahren zu erleben geglaubt haben«, sagte McCoy, »wenn sie dann und wann einem klugen Lebewesen von hohem Alter und großer Macht begegnet sind – unkörperlichen, guten Geschöpfen –, die auf ihren Reisen manchmal auf die Erde kamen, das Leben hier und da beeinflußt haben und weitergezogen sind. Es gibt überall in der Galaxis Legenden über solche Ge-

297

schöpfe, in allen erdenklichen Arten und Formen. Man hat ihnen zahllose Namen gegeben. Allein auf der Erde gibt es hundert Namen für Wesen, die sich so benehmen und so reden wie der Meister der ;At, wenn sie auch nicht genau so aussehen. Und es gibt auch alle möglichen Legenden über ›lebendige‹, aufrecht stehende Felsen, die hin und wieder sprechen und sich bewegen. Wenn sie etwas sind, das manche unserer Ahnen hin und wieder für Engel gehalten haben, kann ich nur sagen, daß ich ihre Verwirrung verstehe. Und Sinn für Humor haben sie auch. Was kann man mehr verlangen?«

Kirk legte den Kopf schief. »Eine interessante Theorie. Vielleicht noch eine Spezies in der Art der Bewahrer? Die in unterschiedlicher Gestalt von Planet zu Planet reist und damit beschäftigt ist, ganze Planeten und Ökologien zu bewahren? So eigenartig ist die Vorstellung gar nicht. Man könnte durchaus davon ausgehen, daß die Organianer etwas Ähnliches getan haben.« Er grinste, wenn auch ziemlich boshaft. »Was ist, wenn die Organianer gar keine Fremden waren? Was ist, wenn sie *echte* Engel waren?«

»Dann würde mich ihr Sinn für Humor noch mehr freuen«, sagte McCoy, »denn dann haben sie es dringen nötig, sich mit uns und unseresgleichen abzugeben.«

Kirk lachte und stand auf. »Kommen Sie, Commander«, sagte er. »Genug Geschichten erzählt. Laut Dienstvorschrift muß ich Sie nun über den Zeitraum Ihres Kommandos befragen: Wieso haben Sie vergessen, mitten im Gefecht den Schutzschild einzuschalten...?«

»Sag mal, steht nicht eigentlich deine ärztliche Untersuchung an?«

»Aber *nein*«, sagte Kirk.

»Oh, *doch*!«

Sie eilten durch den Wald zurück ins blaugrüne

Zwielicht. Hinter ihnen, über dem Meer, stieg die *Enterprise* empor und zog über dem Wasser dahin. Wie ein Morgenstern.

Und falls ihr irgendwo ein Felsen zulächelte, fiel es niemandem auf.

in der Reihe
HEYNE SCIENCE FICTION & FANTASY

STAR TREK: CLASSIC SERIE
Vonda N. McIntyre, Star Trek II: Der Zorn des Khan · 06/3971
Vonda N. McIntyre, Der Entropie-Effekt · 06/3988
Robert E. Vardeman, Das Klingonen-Gambit · 06/4035
Lee Correy, Hort des Lebens · 06/4083
Vonda N. McIntyre, Star Trek III: Auf der Suche nach Mr. Spock · 06/4181
S. M. Murdock, Das Netz der Romulaner · 06/4209
Sonni Cooper, Schwarzes Feuer · 06/4270
Robert E. Vardeman, Meuterei auf der Enterprise · 06/4285
Howard Weinstein, Die Macht der Krone · 06/4342
Sondra Marshak & Myrna Culbreath, Das Prometheus-Projekt · 06/4379
Sondra Marshak & Myrna Culbreath, Tödliches Dreieck · 06/4411
A. C. Crispin, Sohn der Vergangenheit · 06/4431
Diane Duane, Der verwundete Himmel · 06/4458
David Dvorkin, Die Trellisane-Konfrontation · 06/4474
Vonda N. McIntyre, Star Trek IV: Zurück in die Gegenwart · 06/4486
Greg Bear, Corona · 06/4499
John M. Ford, Der letzte Schachzug · 06/4528
Diane Duane, Der Feind – mein Verbündeter · 06/4535
Melinda Snodgrass, Die Tränen der Sänger · 06/4551
Jean Lorrah, Mord an der Vulkan Akademie · 06/4568
Janet Kagan, Uhuras Lied · 06/4605
Laurence Yep, Herr der Schatten · 06/4627
Barbara Hambly, Ishmael · 06/4662
J. M. Dillard, Star Trek V: Am Rande des Universums · 06/4682
Della van Hise, Zeit zu töten · 06/4698
Margaret Wander Bonanno, Geiseln für den Frieden · 06/4724
Majliss Larson, Das Faustpfand der Klingonen · 06/4741
J. M. Dillard, Bewußtseinsschatten · 06/4762
Brad Ferguson, Krise auf Centaurus · 06/4776
Diane Carey, Das Schlachtschiff · 06/4804
J. M. Dillard, Dämonen · 06/4819
Diane Duane, Spocks Welt · 06/4830
Diane Carey, Der Verräter · 06/4848
Gene DeWeese, Zwischen den Fronten · 06/4862
J. M. Dillard, Die verlorenen Jahre · 06/4869
Howard Weinstein, Akkalla · 06/4879
Carmen Carter, McCoys Träume · 06/4898
Diane Duane & Peter Norwood, Die Romulaner · 06/4907
John M. Ford, Was kostet dieser Planet? · 06/4922
J. M. Dillard, Blutdurst · 06/4929
Gene Roddenberry, Star Trek (I): Der Film · 06/4942
J. M. Dillard, Star Trek VI: Das unentdeckte Land · 06/4943
Barbara Paul, Das Drei-Minuten-Universum · 06/5005
Judith & Garfield Reeves-Stevens, Das Zentralgehirn · 06/5015
Gene DeWeese, Nexus · 06/5019
D. C. Fontana, Vulkans Ruhm · 06/5043

STAR TREK™

Judith & Garfield Reeves-Stevens, Die erste Direktive · 06/5051
Michael Jan Friedman, Das Doppelgänger-Komplott · 06/5067
Judy Klass, Der Boacozwischenfall · 06/5086
Julia Ecklär, Kobayashi Maru · 06/5103
Peter Morwood, Angriff auf Dekkanar · 06/5147
Carolyn Clowes, Das Pandora-Prinzip · 06/5167
Diane Duane, Die Befehle des Doktors · 06/5247

STAR TREK: DIE NÄCHSTE GENERATION

David Gerrold, Mission Farpoint · 06/4589
Gene DeWeese, Die Friedenswächter · 06/4646
Carmen Carter, Die Kinder von Hamlin · 06/4685
Jean Lorrah, Überlebende · 06/4705
Peter David, Planet der Waffen · 06/4733
Diane Carey, Gespensterschiff · 06/4757
Howard Weinstein, Macht Hunger · 06/4771
John Vornholt, Masken · 06/4787
David & Daniel Dvorkin, Die Ehre des Captain · 06/4793
Michael Jan Friedman, Ein Ruf in die Dunkelheit · 06/4814
Peter David, Eine Hölle namens Paradies · 06/4837
Jean Lorrah, Metamorphose · 06/4856
Keith Sharee, Gullivers Flüchtlinge · 06/4889
Carmen Carter u. a., Planet des Untergangs · 06/4899
A. C. Crispin, Die Augen des Betrachter · 06/4914
Howard Weinstein, Im Exil · 06/4937
Michael Jan Friedman, Das verschwundene Juwel · 06/4958
John Vornholt, Kontamination · 06/4986
Mel Gilden, Baldwins Entdeckungen · 06/5024
Peter David, Vendetta · 06/5057
Peter David, Eine Lektion in Liebe · 06/5077
Howard Weinstein, Die Macht der Former · 06/5096
Michael Jan Friedman, Wieder vereint · 06/5142
T. L. Mancour, Spartacus · 06/5158
Bill McCay & Eloise Flood, Ketten der Gewalt · 06/5242

STAR TREK: DIE ANFÄNGE

Vonda N. McIntyre, Die erste Mission · 06/4619
Margaret Wander Bonanno, Fremde vom Himmel · 06/4669
Diane Carey, Die letzte Grenze · 06/4714

STAR TREK: DEEP SPACE NINE

J. M. Dillard, Botschafter · 06/5115
Peter David, Die Belagerung · 06/5129
K. W. Jeter, Die Station der Cardassianer · 06/5130
Sandy Schofield, Das große Spiel · 06/5187

DAS STAR TREK-UNIVERSUM, 2 Bde.,
überarbeitete und aktualisierte Neuausgabe!
von *Ralph Sander* · 06/5150

Diese Liste ist eine Bibliographie erschienener Titel

KEIN VERZEICHNIS LIEFERBARER BÜCHER!

DAVID WINGROVE

Die Chronik des Chung Kuo
Nach dem Untergang der westlichen Zivilisation der Aufstieg Chinas zur Weltherrschaft

Im 22. Jahrhundert ist die Welt der Hung Mao, der »Westmenschen«, vergangen. Das große Reich der Han, der Chinesen, ist wiedererstanden. Chung Kuo, das Reich der Mitte, umspannt die ganze Erde. Sieben gewaltige Städte, Hunderte von Ebenen hoch, überwölben die Kontinente, um die riesigen Bevölkerungsmassen zu beherbergen. Sieben T'ang, Kaiser von gottgleicher Macht, herrschen über sie.

Das Reich der Mitte
06/5251

Die Domäne
06/5252

Die Kunst des Krieges
06/5253

Schutt und Asche
06/5254

Wilhelm Heyne Verlag
München

ALAN BURT AKERS

Die Saga von Dray Prescot - der größte Zyklus im Programm
HEYNE SCIENCE FICTION & FANTASY

Dray Prescot, Offizier und Zeitgenosse Napoleons, verschlug es einst auf den tödlichen Planeten Kregen. Da tauchen gegen Ende des 20. Jahrhunderts geheimnisvolle Kassetten auf, und es gibt keinen Zweifel: Dray Prescot lebt...

... und wird weitere unglaubliche Abenteuer zu bestehen haben, bis sein tausendjähriges Leben abgelaufen ist.

Die Intrige von Antares
06/4807

Die Banditen von Antares
06/5137

Als Originalausgaben bei Heyne

Wilhelm Heyne Verlag
München

Top Hits der Science Fiction

Man kann nicht alles lesen – deshalb ein paar heiße Tips

Ursula K. Le Guin
Die Geißel des Himmels
06/3373

Poul Anderson
Korridore der Zeit
06/3115

Wolfgang Jeschke
Der letzte Tag der Schöpfung
06/4200

John Brunner
Die Opfer der Nova
06/4341

Harry Harrison
New York 1999
06/4351

Wilhelm Heyne Verlag
München